董无渊 著

一纸千金 上

重庆出版社

图书在版编目（CIP）数据

一纸千金 / 董无渊著. -- 重庆：重庆出版社，
2025. 6. -- ISBN 978-7-229-19869-5
Ⅰ. I247.5
中国国家版本馆CIP数据核字第2025D79V22号

一纸千金
YIZHI QIANJIN

董无渊　著

选题策划：李　子　李　梅
责任编辑：何　晶　项宁静
责任校对：刘小燕
封面绘图：清　茗
封面设计：冰糖珠子

重庆出版社 出版

重庆市南岸区南滨路 162 号 1 幢　邮政编码：400061　http://www.cqph.com
重庆市国丰印务有限责任公司印刷
重庆出版社有限责任公司发行
邮购电话：023-61520656
全国新华书店经销

开本：710mm×1000mm　1/16　印张：28.5　字数：770 千
2025 年 6 月第 1 版　2025 年 6 月第 1 次印刷
ISBN 978-7-229-19869-5
定价：69.80 元

如有印装质量问题，请向重庆出版社有限责任公司调换：023-61520678

版权所有　侵权必究

目录

第一章 丧事静默 艰难求存 001

第二章 打赢胜仗 走马上任 011

第三章 账本多多 繁目杂章 020

第四章 连本带利 能掐会算 031

第五章 画个大饼 盲袋风波 037

第六章 干你甚事 初露端倪 049

第七章 瓷器易碎 簌簌落地 054

第八章 铁骨铮铮 生闯虎穴 060

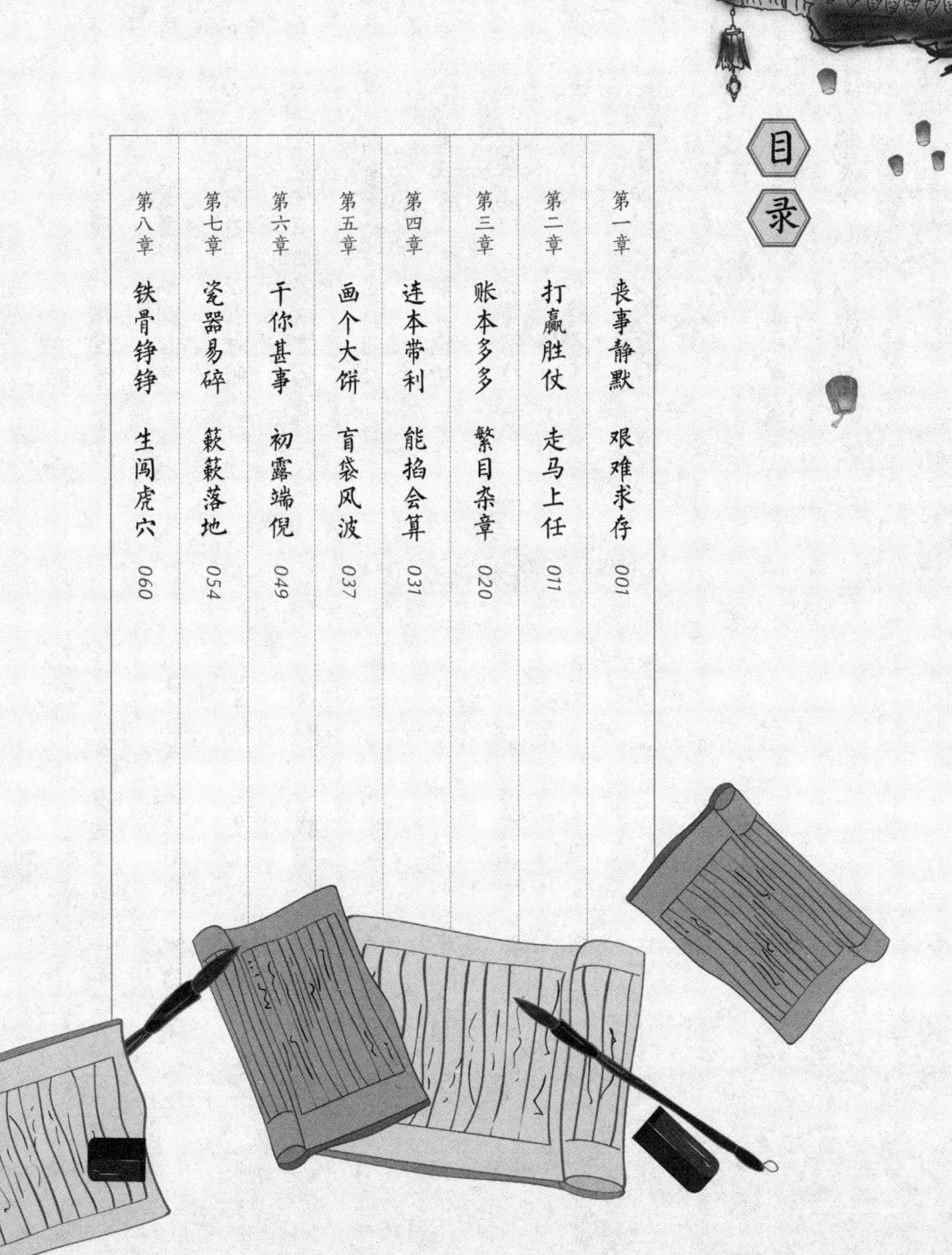

第九章　灯下黑暗　灼灼星光　064	第二十一章　契约文书　一本万利　135
第十章　乱点鸳鸯　嗫嚅开口　070	第二十二章　要考榜首　鸡犬升天　144
第十一章　锦鲤花花　万家灯明　076	第二十三章　天生总助　翻脸内讧　152
第十二章　这是规矩　要成方圆　079	第二十四章　拿钱砸人　合并置业　160
第十三章　断层第一　忠诚为金　082	第二十五章　落地入土　另辟蹊径　171
第十四章　脸皮要厚　颠三倒四　088	第二十六章　反诈中心　买猪看圈　183
第十五章　焚香沐浴　诸事合宜　094	第二十七章　豚蹄穰田　母猪上树　194
第十六章　双手捧杯　抬眸寻人　098	第二十八章　青春少艾　宗族之束　205
第十七章　如梦如醒　必有章程　104	第二十九章　笔走龙蛇　内有乾坤　213
第十八章　穿针引线　亲切会晤　110	
第十九章　横空出世　气沉丹田　118	
第二十章　纸寿千年　畅游其中　124	

第一章  丧事静默 艰难求存

白幡高直竖,庑房结灵花。安徽宣州,陈家三房静悄悄地办着一场丧事,静悄悄——"静"在人少,"悄悄"在不敢大胆声张。人自然是少,因为陈家人大半都去了前院哀悼——陈家唯一在朝做官的大房大爷也死了。

"贺小娘连死都不凑巧!"后院三房的外廊,婆子捏了把从前院顺来的南瓜子,边嗑边嘚吧嘚吧。

"大爷前夜咽的气,贺小娘昨儿闭的眼,三爷一早备下的橡木棺材压根没用上。"张婆子努了把嘴,意在东南角,"被三太太生生摁下来了,说一个小妾入殓的风光盖过朝上做官的爷们儿,脑子打了铁的人才会这么做!"婆子说得眉飞色舞,澄澈光晕下,向四面八方喷射出几道绵长的水雾抛物线。外廊拱柱后立着的贺显金默默别开脸,避开了这无差别物理攻击。

"照您这么说,要是贺小娘错开时间死,岂不是能风光大葬了!"

"岂止风光大葬!我听说三爷甚至在墓碑上刻了自己名字,等百年后要和贺小娘合葬!"

廊下的双环小丫头也嗑着瓜子附和:"还得是张妈!啥都知道!"

张婆子被奉承得通体舒畅,打开了话匣子:"我跟你说,那棺材里,贺小娘手里攥着的和田玉,值这个数!"张婆子拿了个巴掌出来。

"五两银子?"丫头猜。

张婆子顺手一巴掌拍到丫头头上:"没见识!五十两!三爷一个月的花头!"

"哇!贺小娘真是好福气!"

这早死的福气给你要不要啊?贺显金轻轻别过头,动了动手中的攒盒,里面的四色碟子碰撞在一起,发出清脆的声响。张婆子偏过头,见是贺显金,拿瓜子的手一滞,随后顺畅地挤出笑脸:"金姐儿可怜见的,快去看看你娘吧!"

张婆子再看四下无人,想了想又加了句:"正好三爷也在,趁爷们儿正伤心,赶紧把自个儿的事儿定下来!有些事儿过期不候——你身边伺候的那四个丫头一早就托我另找差事了!"

贺显金低头理了理攒盒,再抬头,脸上挂着恰当的悲伤和敬意:"多谢张妈疼我。"说

完便提着攒盒,头也不回地往里走。

少女戴孝最是俏,素净的麻纱,小巧的白花,哭红的鼻头和微肿的眼睛,再加上侍疾数月而日渐纤细瘦弱的身姿。张婆子看着贺显金的背影,眯了眯眼,目光浑浊:"你别说,金姐儿比她娘还勾人。"

张婆子这话含在喉头呢喃,小丫头没听清,疑惑地"啊"一声。张婆子回过神,笑着摇头:"我是说,你显金姐姐指不定福气更好。"

被三太太随便嫁到哪家,当个福气更好的小娘,也只能这样了。女人能干啥?特别是这贺显金,主不主,仆不仆的,可能还不如她们呢。她们就算是贺家的下人,在自己家也是明媒正娶、三书六聘的,毛了急了,还能给当家的一顿骂。这些当小娘的敢吗?

贺显金端着攒盒绕进灵堂,一眼就瞅见耷拉着脑袋,跪在棺材前的陈家三爷。

"您先起来坐坐吧。"贺显金平静地打开攒盒,依次拿了四碟糕点摆在彭牙四方桌上,"您跪了两天了,饭没吃,觉没睡,太太记挂您,特意叫我去她院子拿了糕点过来。"

陈三爷一听,猛抬头,气得目眦欲裂:"她叫你去干甚!艾娘都死了!死了!她还想做什么!"陈三爷满脸通红,手撑在膝盖上蹭起身来,一把将桌子上的盘子掀翻!

"叫她少管漪院的事吧!"

"乒乒乓乓"几声,盘子砸在地上,倒没碎,只是糕点摔了个粉烂,吃肯定是不能吃了。可惜了。贺显金想起三太太说的话:"前头大爷摆灵悼念,阖府上下谁敢不去?就三爷是个痴情种?就他是个梁山伯?你娘的死,也不是一日两日间攒下的果,缠缠绵绵病了这么一两年,谁心里都是有准备的。你若是个好孩子,真心心疼三爷,就叫三爷换身衣服,抹把脸,赶紧去前院跪着哭一哭他那英年早逝的大哥!"

贺显金再看一眼双目赤红的陈三爷,吼得中气十足,精神头还好,还能哭。

贺显金内心评估了一下,顺手递了个小机凳在陈三爷身后:"三太太没想做什么,也没对我做什么。"

"您先坐。"小姑娘神色淡淡的,瞧不出喜怒,只有红红的鼻头泄露了她丧母的哀痛。

陈三爷看到了这点哀痛,他痛,显金只会比他更痛。他死了女人,显金死了妈啊。这世上,只有他和显金是真心难过。陈三爷瘪瘪嘴,眼里一下子涌出泪,颓唐地滴落在贺显金为他准备好的机凳上。

"你娘她死了……"

贺显金点点头:"阿娘死时,我就在她身边。"

"她再也回不来了……"

贺显金:"每年清明您可以去给她上香,若想她了,也能去坟前陪她说说话。"

"我再也无法握住她的手了……"

贺显金仍是点头:"人死了,阴阳相隔,入土为安,自然勿扰亡者清静。"

陈三爷滞了滞,陡然号啕大哭:"可我想她!我好想她啊!再没有人真正觉得我好了!"

爱之深,思之切,对亡者的想念,总是难以消退。贺显金等待陈三爷慢慢平静。棺前的香燃尽,灵堂里的哭声终于渐渐弱了下来。

"比起看到您痛不欲生,阿娘或许更愿意看到您好好过日子。"贺显金声音轻轻的,"看到您好好吃饭,好好睡觉。您可以为她哭泣,但只能哭三日。三日之后,就把阿娘的箱笼收拾好,您若愿意就好好封存,若不愿意就埋进土里,陪着她去下一世。她更愿意看到您衣食无忧,喜有所得,爱有所依。看到您一生潇洒,不为困苦所拘,甚至看到您儿女成群,膝下稚童可爱,尽享天伦。"

陈三爷哭得双眼眯成一条缝:"这些都是你娘告诉你的?"

贺显金抿抿唇,轻轻点了点头。除此之外,贺艾娘还叮嘱过她一些体己话,贺显金并未全盘托出,只是牢记在心。成长,就是从接受开始。贺显金知道,从这一刻起,她能依靠的便只有她自己。

大魏宣州,造纸世家陈家,三房的女儿贺显金,如今十五岁。她姓贺,但管她吃喝拉撒的人家姓陈,这姓陈的主家是她娘的第二任郎君,她娘是陈三郎的宠妾,而她是她娘和前夫的种。

简而言之,她是个拖油瓶,而且是依附着妾室生存的、不那么名正言顺的拖油瓶。在这样的时代二嫁,还带上与前任的孩子,她娘真是个勇猛的妾室。每一个勇猛妾室的背后,都有个恋爱脑的男人。陈三爷确实是个恋爱脑,这是整个陈家的共识。

陈家造纸起家,现已有百年。所谓宣纸,其实就是宣州出产的纸张,而在宣州这个地界儿,陈家又算排得上号的纸商,光是内院就有四进,分作五个院子。话事人陈老太太独住苎麻堂,陈大老爷在京做官,长房便住着选草堂,二房住着浆造堂,三房住着捞纸堂,另有一个空院子,挂了晴晒堂的牌子。

一听就知这家人是造纸的。苎麻、选草、浆造、捞纸和晾晒,组成了一张张玉骨冰肌的纸,也组成了阖家主仆七十六口的宣州陈氏。老太太内外一把抓,两手抓两手硬,老大负责开拓仕途市场,老二跟着老太太打理生意,等待着继承陈氏纸业。至于老三嘛,小儿子基本都拖后腿,陈老三也不例外。

陈三爷,名曰陈敷,六岁启蒙,现如今三十有六,文不成,武不就,十八岁娶了隔壁江南道织造孙家的嫡幼女为妻,本应就此过上斗鸡撵狗的草包生活,奈何在二十七岁的高龄,遇上了碰到灾荒、看似柔弱如菟丝花的贺艾娘和小拖油瓶贺显金。

从此,陈老三的恋爱脑开了窍,顶着压力固执地纳了二嫁的贺艾娘为妾,从此就跟魔怔似的,但凡陈三太太孙氏有的,管他龙肝凤胆,陈老三一定要给贺艾娘搞到手,就算被母亲指着鼻子骂也不管不顾。

陈老三和贺艾娘,大概就是叛逆草包二代遇上了柔弱的小白花。贺艾娘纤细敏感,又体弱多病,陈老三便日日不离身,自掏腰包,人参燕窝如流水般往贺小娘房里送。不仅送,还要敲锣打鼓让所有人都知道,让所有人都羡慕,让所有人都看到,他陈老三虽然文不成武不就,但他会宠人,会疼人!三房内院都羡慕贺艾娘"盛宠"加身。

贺显金的目光从恋爱脑陈老三的脸上，移到棺材前的牌位上，上面刻着"吾妻贺艾娘之位"。贺显金轻轻叹了口气。吾妻，吾妻，陈老三真正的妻，能忍这口气？恐怕早就不想忍了。

陈敷又跪着哭了两场，直到膝盖肿痛，才扶着长随站起来，有气无力地嘱托贺显金："你给你娘守一守大夜吧，明儿第三天得下殡了，我得跟去看着。"

贺显金看了眼渐落的天色，轻声劝道："您记得去前院给大老爷上炷香吧。"

陈敷撇撇嘴角，有些不屑的样子，既没说去也没说不去，只冲贺显金摆摆手，半边身子靠在长随身上，一瘸一拐往外走。

贺显金也随之离去，转身刚过灌木丛，却被陡然窜出的黑影吓了一大跳！

"小金妹妹！"声音是个男子！

贺显金有点怕，下意识向后退。那影子却急切地追过来，面部暴露在光里，十七八岁的样子，手长脚长，脸上胡须一茬青过一茬，就是个在抽条的少年。

"小金妹妹！"白灯笼挂得低低的，白光透过微黄的麻布绢纸照射在少女的脸上，深茶色的瞳孔配上狭长微扇的眼形，小巧挺立的鼻，还有像花瓣一样的嘴。少年心头一悸，喉头微动。她太漂亮了。贺小娘已足够漂亮，但贺显金更漂亮。

少年刻意压低声音："小金妹妹，你听我说，上回在湖边我说的话是真的。我今年下场乡试，我娘答应我要是乡试过了，就准我一件事！"

听同窗说，男人要低声沉吟，要把钩子放在话里，没有女人听了不动心的。不过，在贺显金耳里，少年人在变声末期本来声音就难听，压低嗓门说话，像喉咙长了水泡。

贺显金本来就烦，只道："你若无事，我要去给我娘续香了。"

贺显金埋头往里走，这少年微微一愣，说不出来她哪里不一样了。他来不及细想，错开身形，挡住贺显金去路，自顾自地把后话说出："等我过了乡试，我就求我娘把你给我！爹喜欢贺小娘，也同样爱护你，你留在陈家，正好他也能继续照拂你……"

贺显金眉头皱成一团，不可思议地抬头看向少年。陈三爷和孙氏有三子一女，最小的儿子就是这个年纪。贺显金顿觉不妥，立刻转了口："你这样的身份，把我给你，是什么意思？"

少女说得坦荡又自然。陈四郎被少女嘴里这句话拱出了火，目光幽暗："就是当我房里人。"

贺显金本想忍了，毕竟她如今处境不明朗，看陈三爷也绝不是个靠谱的，按道理她忍下来，比发泄出来明智。但不行，贺显金扬眉："什么叫当你房里人？无名无分住到你院子去？"

"会有名分！等我过了乡试，就抬你做小娘！"

"那你一直没过乡试，我就一直白白陪你睡觉？"

陈四郎差点被口水呛到。贺显金转身从竹篮里拿了香递给陈四郎："来吧，你去给我娘上炷香，当着她说出你的愿望，看她应是不应。"只要你有这个脸。

三支长香直冲冲地怼到陈四郎下巴颏儿，陈四郎被打了个猝不及防。

"去啊。"贺显金声音冷清地催促。三支长香快要杵进陈四郎鼻孔了，陈四郎趔趄着往后退了一步，略带惊慌地抬头，却见贺显金直身挺立，眼神深暗，透出他不太熟悉的情绪。

她，她是在蔑视他吗？陈四郎被这个认知惊到了。贺小娘柔弱可怜，她的女儿向来沉默温驯，非常有寄人篱下的自觉，见到他，要么退避三舍，要么安静忍耐。就连上次，他企图趁夜黑一亲芳泽，也只是把贺显金逼得踩空落了水。他被娘恶狠狠地揪着耳朵骂了半个时辰，后来又听说贺显金病了两日，紧跟着，贺小娘就驾鹤归西了。不是因为他吧？！陈四郎怕得要死，躲了几天，就怕贺显金给他爹告状，等到现在他爹都没来找他，他便大着胆子摸进了内院。

当初贺小娘来陈家前，还在逃灾荒，这对母女浑身上下就只有两套破布衣服，连名籍都被人抢了。而现在，贺小娘死了，没有人保护贺显金了！谁能为她做主？离乡人贱！葡萄熟了，可以摘了。陈四郎胆子陡然壮了三分，将贺显金手上的香一把拂掉："贺小娘不过是妾，是仆！没有我给她上香的道理！"

陈四郎又不好意思地笑："不过小金妹妹成了我的人，她也算我半个丈母娘，我给她磕个头、上个香也是无妨的。"他前逼了一步，手搭在贺显金腰间，"小金妹妹别怕，我必不负你。"

贺显金觉得像一碗油泼到腰上一样不适，她看了眼腰，又看了眼陈四郎，笑了笑，抬眼高唤了一声："三爷！您又回来了！"

陈四郎"唰"地将手抽回，慌忙回头看。没人，他松了口大气。刚转头过来，却感到右手火辣辣地疼。不知何时，贺显金将白烛滴下的热油尽数倒在了陈四郎的右手上！

蜡烛油贴肉烫！陈四郎上蹿下跳地甩右手，嘴里吱哇乱叫。贺显金将装热油的碗"啪"地摔到地上，碗四分五裂。

贺显金一把捏住陈四郎的下巴，踮起脚，脸贴脸，皮挨皮，一字一句恶狠狠道："你给我记住，再有下次，你右手碰我，我废你右手；你左手碰我，我剁你左手。我一条烂命，换你锦绣前程——我赚了！"

此刻的贺显金虽然腿肚子都在打战，但是她故作镇定，这一关必须过，因为她知道，欺软怕硬是人的天性，如果一如既往步步隐忍，最后就只能落得"人为刀俎，我为鱼肉"。

贺显金表情太过于凶狠。原先花瓣般诱人的唇，变成了妖怪吃人的嘴，原先狭长上挑的眼，变成了恶鬼索命的剑。

面冷心狠。陈四郎心里闪过这四个字，浑身不自觉地打了个哆嗦。

"听清楚了吗！"贺显金手指使劲，眼看陈四郎的脸多了四指掌印，陈四郎慌不迭点头。贺显金手一松，向后背手，偷偷活动微微发抖的关节。

陈四郎龇牙咧嘴地找凉水，一边呻吟一边甩手。此情此景，陈四郎也不在乎什么低音炮了，灵堂外只剩下变声期少年的嘎嘎乱叫。贺显金一个眼神都不想多给，背着手，又走回灵堂。

隔了好一会儿，廊外吱哇乱叫的声音才消失殆尽。躲在白幡后，将这一切尽收眼底的张婆子手里抠着攒盒，浑身止不住发抖。

她看到了什么？！贺显金那个拖油瓶，泼了四郎一碗滚烫的蜡油！那油这么烫，遇冷就凝固，就像贴了一层甩不掉的滚烫锅巴，四郎的右手背红得像虾壳！

这，这可是主子，还是三太太最喜欢的小儿子，还是写字读书的右手……张婆子抖抖抖，手里的攒盒跟着发出轻响。贺显金眼神横扫过来，张婆子膝盖一软，差点跪在地上。

"金……金姐儿。"

贺显金轻轻点点头："您给我娘送四色攒盒？"

张婆子慌忙点头："是是是！一天了，供奉的攒盒该换了！"

贺显金笑道："多谢张妈疼我。"

张婆子一边往后逃，一边连连摆手："不敢不敢！分内分内！"

快要逃出生天，张婆子咬碎了后牙，半侧身，探了个头道："金姐儿，刚刚的事，你要给三爷提前知会一声，服个软、哭一哭，三爷吃这套……别等到三太太兴师问罪，到时候就一切都晚了！"

贺显金有些惊讶挑了挑眉。张婆子赶忙加了句："你也是我们看着长大的，你小时候，我还帮你洗过尿床单呢！"

哦，原来是一张尿床单结下的主仆之谊。贺显金移开眼，没说话，她的沉默让张婆子后背莫名起了一层毛毛汗。

"他不会声张，前院大爷正在摆灵，他偷偷潜入后院女眷住所，被当家的知道了，他没好果子吃。"贺显金轻声打破沉默，紧跟着话锋一转，"不过，零碎收拾肯定是少不了的——您若真疼我，就帮我在外头买十张黄麻纸，还有墨。"

黄麻纸是最便宜的。说着，贺显金便塞了半吊钱给张婆子。

陈家还能没有纸？随便到哪个门房，要也能要到几张纸。这半吊钱纯属送给她的。

张婆子搓搓手，没拿铜板："还能要你钱？你娘刚死，干啥都不容易，多留点钱傍身。"

贺显金想了想又道："那烦您帮帮忙找一小截儿竹子尖头，我有用。"

张婆子想问有啥用，又念及陈四郎被烫得通红的虾壳手背，赶紧噤口，直道"好"。不到一刻，张婆子便拿着东西回来了。武力值这种东西吧，有时候就是简单又好用。

当所有人都离开，整个灵堂安静得仿佛能听见蜡烛燃烧。管他白日人声鼎沸、来往如织，面子情了后，终究尘归尘、土归土，分道扬镳，再无关联。

在这个男人出一个月的花头给女人买镇棺玉，就被人交口称颂的荒诞时代，在这个"我是主，你是仆，连上香都没你份"的奇葩时代，在这个"你好好求求三爷，趁他心软把自己的事定了"的狗屁时代，她的目标是什么？

她的人生、她的价值、她的未来都由别人决定。可谁也不能决定她脑子里面，在想什么。贺显金跪在棺材前，眸光里如有火苗跳动。灵堂的烛火，一夜未灭。

天刚蒙蒙亮，出殡的人就来了，陈三爷失魂落魄地紧随其后。抬棺前，贺显金认认真真朝棺材磕了三个响头，泪水掉下的刹那，贺显金用手接住，耳边传来贺艾娘临终前的声音，不断回荡："用娘教你的本领好好活下去。"

"努力活着。"

是的，自此以后，她要努力活下去。

陈三爷非让出殡队伍堂堂正正地从陈家大门走，内院的二门坚决拦住了年近不惑的恋爱脑。出殡队为首之人给陈三爷出了个主意："咱们迂回走，从游廊的同心湖摸过去，我知道一个小门，常年没人值守，那边也能到前院。"

照这条路线，出殡队朝着前院一路狂奔。陈三爷兴高采烈地给出殡队一人赏了一个银角子，高声激励："就这么干！只要艾娘的棺材从陈家大门出去，我一人赏十颗金瓜子！"

出殡的唢呐吹得更响了。贺显金抱着贺艾娘的牌位，披麻戴孝，紧紧跟在陈三爷身后。眼看着就要撞到前院的另一桩白事，一个羊角胡须的中年男人红着眼冲上来："使不得使不得！三大爷哟！白事不相见，相见霉百年！您快带着贺小娘从侧门出去吧！"

陈敷一把拂开："大哥明日出殡从哪儿走？"

中年男子快哭了，拍着大腿："大老爷自是从大门！就没有姨娘从大门出殡的先例！"

陈敷铁了心，看了不远处的灵堂一眼："这回艾娘从正门出去了，下回就有先例了！"

灵堂里头人多得像蚂蚁，汲汲营营的，瞧不上！陈敷昂着头，把抬棺的赶边儿去，自己顶上，肩上抬着棺材，喊起号子指挥众人往前走。

"让他发疯！"中气十足的女声，是陈家当家瞿老夫人。

瞿老夫人梳着光滑的圆髻，穿了一身黑麻衣，脸圆圆的，身形不高，气度却极为端庄。瞿老夫人右脚拖在地上，拄着拐杖，行走间明显不便，却气势不减。

陈敷一见娘，条件反射缩脖子。谁知这回，他老娘调虎离山，不打后脑勺。"啪"的一声，拐杖敲在陈敷膝盖窝里。陈敷膝盖一软，眼看棺材摇摇欲坠，贺显金抱着牌位，冲上前，贺艾娘棺材的一角狠狠撞到贺显金背上！

"唔！"一股剧痛从脊柱迅速向上蔓延，贺显金死死咬住嘴唇。这该死的恋爱脑，害人又害己！

一连三夜没睡，贺显金本就略有眩晕，棺材砸背，这一下又着实有点猛。贺显金眯了眯眼，眼前多了几颗色彩各异的星星。

"快把贺姑娘扶住！"中气十足的女声多了些气急败坏，拐杖杵地的声音啪啪直响，"来人把三爷绑起来！去请三太太到蓖麻堂！贺小娘继续出殡送葬，五伯，劳您带孝义一块去，务必将贺小娘的执佛礼办得妥帖。"她接着说："我三子顽劣，个性狂狷，很是难教，今日扰乱我长子陈恒停灵，我必家法伺候，绝不姑息。"

家家有本难念的经。陈家靠老大支应门户，一个商贾之家，供出个进士大人，做官做到四川成都府同知，虽只是个从六品，却也由商入仕，整个宣州府，哪个不敬他陈家三分？不过，如今陈家飞到一半翅膀断了，连带着小小年纪就顺利考过乡试、成为举人的陈家长房，也只能灰溜溜回乡守灵，还不知前程在何处。

瞿老夫人掷地有声，灵堂拜谒众人或唏嘘不已，或感同身受，或暗藏幸灾乐祸。贺显金被人一左一右搀着,麻布孝帽扣在额前,正好挡住她大半张脸。她忍痛睁眼,一抬头却见瞿老夫人身后站着一个身形颀长、冷漠玉立的少年郎。

少年郎二十刚出头的样子,运道也确实不太好,据说去年参加秋闱考过了乡试,名次还不错,若是能趁热打铁,乡试第二年顺利参加会试,能不能中进士,对他对陈家都是巨大的一步。如今亲父去世,至少守孝三年。三年期满,谁知这考场上又多了多少磨刀霍霍、踌躇满志的读书人?是二十几岁的进士吃香,还是三十几岁的进士吃香?肯定越年轻,前途越香、越光明嘛。

希望之星一直低着头,无论是拿破布塞了嘴、囫囵着骂天骂地被绑着往里走的陈敷,还是被唤作五伯的中年男子井井有条地指挥着贺小娘的棺材绕开另一场白事,都引不起他半点兴趣。直到瞿老夫人一锤定音,决定贺显金的去向:"送贺姑娘回漪院,再请个大夫来瞧瞧。这几日就让贺姑娘安安静静地在院子里休养生息吧。"

她把贺显金彻底隔开了,贺显金的归宿或许将尘埃落定。贺显金意识到这一点,再次抬起头来,正巧撞上希望之星的目光,探究与深邃都藏在深棕色的瞳仁里,像看啥都带点好奇的吉娃娃。和吉娃娃唯一的区别是,希望之星眼睛不凸,甚至还有点好看。贺显金目光坦荡,希望之星却率先蹙眉移开眼。

过了晌午,蓖麻堂中摆了十来沓纸,竹麻的涩味、石灰粉的苦味、桑皮若隐若现的清香味……纸间百味之中,袅袅一缕烟。瞿老夫人端了杯茶,还没喝,嘴里却满是苦味,叹了口长气,看向下首惴惴不安的儿媳:

"秋娘,老三是个混账羔子,我生老大、老二时陈家还在泾县讨生活,等咱们陈家有了自己的作坊,雇用了二十来个伙计,我才要的老三……他又是遗腹子,当家的走得早,对他,我确有放纵、溺爱、宽宥三大罪过。"

瞿老夫人远房表妹瞿二娘,也是陈家的老伙计,给三太太孙氏奉了四色糕点。

瞿老夫人招呼孙氏:"大中午把你叫过来,没吃饭吧?吃两口糕点垫垫胃。"

孙氏埋着头,没吭声。瞿二娘有点不高兴,婆母都用上"罪过"这种重话了,做媳妇的少说也得劝慰两句吧?

"砰——"瞿二娘放糕点盘子的动作大了点,孙氏抬了抬头,唇角紧抿,正欲开口,却见瞿老夫人疲惫地撑起额角,冲她摆摆手。

"阿二,你莫冲秋娘摆脸色。老三行事荒唐,本就是陈家对不起她,她心里难过也正常。老三现被我绑在马厩,趁他还没来,你我婆媳二人当面锣、对面鼓地说一说,往后的事到底该怎么办?你若实在不想和他过了,我做主给你们写封和离书,城东的桑皮纸作坊和旁边的小院给你,你和老三的三子一女全都留在陈家,你看,可还是不可?"

孙氏如同遭了一闷棒!她忍了快十年了,贺氏好不容易死了,她守得云开见月明,凭什么这个时候和离!

"媳妇与三爷结发二十余载,最大的儿子年过双十,媳妇……媳妇此时和离……旁人……"

孙氏眼眶大红,"谁家爷们儿没几个喜欢的丫头小娘?媳妇也不是容不得人的,这么多年也都这么过了……"

瞿老夫人点点头,话锋一转,语气带了点凌厉:"你既不是恨老三入骨,又何必撺掇他扛着贺氏的棺椁去老大的灵堂闹事?"

孙氏猛地一滞:"娘——"

瞿老夫人手一摆:"送贺氏出殡的人有你乳娘的干儿子吧?"

孙氏辩解的话堵在了喉头。

"老三脑子蠢又幼稚,他那个狗脑子,单凭他自己能做成事?怎么恰好掐在前院吊唁的人最多的时候出殡?怎么从二门顺利出来绕到前院?他自己能安排妥当?"瞿老夫人有些提不上来气,"他这个蠢材先被贺氏把弄,贺氏眼皮子浅,只要些金银珠宝,倒也便宜。你却撺掇着他丢脸,老大丢脸,陈家丢脸……"

孙氏一眨眼,两行泪砸下来,跟着泪落下的,还有跪到青砖地上的膝盖:"娘!媳妇只是一口气咽不下来!您知道他给贺氏的牌位上写的什么吗?'吾妻',写的'吾妻'啊!"孙氏哇的一声哭出来,"贺氏不可恨,坏了规矩的是三爷!媳妇只是想叫他出出丑!叫宣州城的人都知道媳妇平日过得有多苦!"

这两口子也是一对卧龙凤雏,一个脑子蠢,一个心眼坏。是人都知道家丑不可外扬,这婆娘却恨不得让所有人都知道那些家长里短、鸡毛蒜皮。先暂时分开吧。瞿老夫人捏了捏鼻梁:"我预备将老三发回泾县做管事,他刚在宣州出了那么大丑,避避风头吧!"

孙氏张了张口,肩头一歪,顺势低头擦了擦眼角。

"贺氏的女儿,你预计怎么办?"瞿老夫人沉声发问。

孙氏脑子一紧,想起昨日幼子红肿的手背。绝不能让这个小贱人留在陈家!老的是狐狸精变的,祸害她男人!小的也是狐狸精,祸害她儿子!

"贺氏是逃荒来的宣州,说是家里都死完了,应当没人给金姐儿做主了,"孙氏试探问,"金姐儿这个身份有点尴尬,贺氏一死,她就更没立场待在陈家了,照媳妇看,要不再让人去找找?"

"也可再找一找。"瞿老夫人叹了口气,"找到的希望很渺茫,都九年了,若还家里有人活着,就算再难,也不至于放任正头大娘子和族中血脉流落在外。还是要有两手打算。"

孙氏撇撇嘴角:"娘说得是,金姐儿去年及笄,一针一线都是媳妇给她操办的。她们娘俩身份虽尴尬,我们陈家却是好好养了她的,甚至您还准她学字、绣花……"一定要把这小狐狸精赶出去。

孙氏眼珠一转:"三爷纳贺小娘时,顺手把这娘俩的名籍都落在陈家,姑娘大了留不住,咱们好歹也算长辈。娘,您看我们要不要添一副嫁妆,把她发嫁出去算了。"

"她刚死了娘!守孝三年!不要闹出陈家逼迫孝期姑娘嫁人的丑闻!"瞿老夫人敲打孙氏,"别再丢陈家的脸了!老大刚没了,宣州做纸的哪个不盯着咱家抓把柄?不过一个小姑娘,一月能有多少嚼用?好好给她养三年,宣州城的人知道了也只会赞咱们一声仁义!"

三年!孙氏咂舌,岂不是把一块肥肉放在四郎嘴边?他能忍住不咬吗?孙氏想起四子对贺显金的垂涎，不由焦躁，抬眼看了瞿老夫人两眼，终是迟疑开口："媳妇觉得还是尽早将她送出去合适。贺小娘家学渊博，金姐儿也不遑多让，我家四郎年轻气盛被她勾得竟入了迷！这，这还怎么读得进去书啊？"

瞿老夫人没想到这层。瞿二娘倒是打量了孙氏一番，心想，得了吧，也不知道谁勾谁呢。孙氏没听到瞿老夫人反对，稍坐正，语速急切："您看一个贺小娘就把咱们三房搅和得家宅不宁，她女儿当真是留不住了！媳妇是这样想的，乡下守孝也难有守满三年的，咱们就说是贺小娘的遗愿，想把姑娘早些送出门子，等金姐儿守满一年，咱们就二一添作五，给她备上十两嫁妆发嫁出去得了。"

瞿老夫人面无表情："你倒是已有成算。"又抬抬手，示意孙氏说下去。

"金姐儿如今无父无母，又没亲族，不好说亲。配个咱们家的管事或账房，媳妇觉得不错。"

孙氏一早就想过怎么处置贺显金。真要养着，她硌硬！真金白银花费不说，她天天看贺显金那张脸在跟前晃荡，她都少吃两碗饭！

"咱们家城东桑皮纸作坊的账房年先生还不错呢，是个读书人，如今是家里实在供不上了，这才出来一边找营生一边读书。咱金姐儿若是运道好，还能当当举人娘子呢！"

瞿老夫人皱眉："我记得，这年先生年纪不小了？乡下家里可有正头娘子？"

孙氏连忙摆手："没有没有！刚死了！"孙氏兴致勃勃，"还有最妙的！他原配是个贤惠人，日熬夜熬地做女红供年先生读书，熬来熬去熬成了个肺痨鬼，身子骨弱没留下一儿半女。咱们金姐儿嫁过去，立刻能当家！要是生个儿子，跟原配又有什么区别？"

瞿老夫人神色有些微妙。妙在何处？妙在这男人是个吸血蚂蟥？

孙氏觑了眼瞿老夫人，赶紧加码："更好的是，年先生也刚死了妻室，也要守制，咱们就说这门亲事是贺小娘死前急匆匆定下的，先在官府处把六礼给过了，再把金姐儿放到郊外的庄子备嫁。"孙氏咬咬牙，斩钉截铁道，"媳妇以后定会好好约束四郎，好好管束子女，好好打理三房，再也不同三爷争嘴斗气了！"

别的没打动瞿老夫人，"好好约束四郎，好好打理三房"倒是打动了她。孙氏若真能从此紧一紧骨头，打起精神来当母亲当媳妇，她真是阿弥陀佛了！瞿老夫人表情略显动摇，孙氏趁热打铁："四郎刚考过童生，大伯家的金鳞郎我们不敢比，可放在读书人里，四郎也算争气了，等来年顺顺利利考下秀才，兄弟俩扶持上进，那时候您老人家脸上才有光呢！"

这说到瞿老夫人心坎上了，所有的事都不能阻挠爷们儿读书。隔了良久，瞿老夫人方轻叹道："就按你说的办吧。提前和金姐儿通个气，跟她说明白，不是我们家不让她守孝，只是她娘的遗愿是她早点有归宿，最好让她相看一下年生，看得上就好，看不上再找找。"

无所谓！陈家三间铺子，四个作坊，管事、账房多着呢！孙氏了却一桩大心事，神色雀跃："好好！等她再守几天，媳妇就告诉她这件事！"

孙氏风风火火地告了礼冲出去。瞿二娘给瞿老夫人添了壶热水："比起拴在马厩的丈夫，还是亲生的儿子更重要。"

陈老三被绑在马厩里，孙氏一句话、一个字都没问。在婆母面前一点不关心郎君，也不知道是蠢，还是真的不在乎了。瞿老夫人手冷，捂热水暖手："傻人有傻福，老大从小就聪明，你看——"

寄予厚望的长子死了，半个月前她接到来信，一直硬撑到现在，喉头哽咽："我原先盼他上进，盼他做官，盼他飞黄腾达、入阁拜相。我前天看到他的尸首，我宁愿他是个傻子，是个蠢材，只要他能活着，平安健康就好……"

瞿二娘还想再劝，却见瞿老夫人深吸一口气，摆摆手，语气已复原："老二憨实有余，机敏不足，守成已是勉强，老三……"提起这个孽障都晦气。"只希望笺方能好好念书，期满三年后一次登科，二房好好做生意，用银子给笺方铺好青云路，咱们陈家才能长长久久地兴旺发达，蒸蒸日上啊。"

第二章 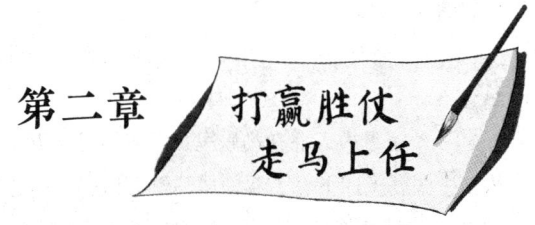 打赢胜仗 走马上任

漪院这几日人来人往，先是来了四个长随，把陈敷放在漪院惯用的衣物、消遣和摆件清理运送出去，又来了两个穿红着绿的丫鬟在贺小娘的房间关着门清理了大半天，运出五个大的樟木箱子后，把房门和窗户门关得紧紧的，还拿糨糊贴了封条。这防得，还真是不带掩饰。贺显金有些无语。

随着凶猛妾室贺艾娘的落幕，漪院终于逐渐冷清下来。被贺显金武力值折服的张婆子偷偷告诉她，原先配的四个丫头异常聪慧，在贺艾娘去世前夕纷纷找出"婶婶去世，要回家一趟""弟弟脚断了，屋里没人照顾""家里母猪生崽，要伺候猪妈坐月子"等匪夷所思的借口，收拾东西打包回家，期待下一场主与仆的相遇。

其他的都能理解，母猪生崽，这个确实不能忍。找理由能不能用点心？能不能让人感受到一点点敷衍的尊重？总而言之，这些时日，贺显金养了两天后背就不痛了，身边也没有人照顾，每日要自行打水、烧炉子、浣衣、清扫院落，偌大一个漪院没人过问，日子也算自得其乐。

幸而陈敷是个不读书的，连盘了半个月的核桃都打包带走，三十来本书却留下了，全便宜了贺显金。贺显金爱读诗书，以此为乐，安静陶冶在自己的世界里，可是过得越安静，漪院的日子就过得越不留痕迹。

不留痕迹的结果就是日子越来越难过。首先是吃，每日三餐愈渐潦草，原先早上一颗蛋、一碗清粥、几碟小菜外加两个素菜包。这几日的早饭，就半个馒头、一碗米汤，偶尔放几颗青豆佐餐，几乎降到监狱服刑的程度，再慢慢变成一顿饭，厨房只给一盘水煮青菜、一小碗没去壳的谷米。贺显金在蒸汽升腾的厨房揭开锅盖，看看菜，抬头看看放饭的师傅，再看看菜。

"金姐儿，你守孝！好吃好喝的，怎么守孝？"师傅嘿嘿笑，指指地下，"你娘都看着呢！"

看，看你脚底长疮，头顶流脓。贺显金没说话，提起食盒向外走。一顿两顿还行，一连五日顿顿都是这个样子，连青菜的种类都没有变化，人很难受。

贺显金半夜饿得翻身坐起，探身从床板下摸出个狭长的木匣子，打开来是叠放的三张百两银票，还有两支沉甸甸的金钗，三个粗粗的金戒指。这是贺艾娘留给显金保命的。显然，贺艾娘没考虑到这大面额银票和金钗在深宅后院的流通实用性，至少，贺显金不敢拿一百两票子去换三个素包子。她敢拿，下一秒，三太太就敢来抄了她的家。

贺显金盖上木匣，叹了口气又藏进了床板。再等等吧，再忍忍吧。

"叩叩叩——"窗棂外有人轻手轻脚地敲窗，贺显金跪在床上，推开木窗。一个食盒被人推了进来。

"快吃吧！"张婆子的脸出现在月光里，看贺显金眼神愣愣的，道，"快吃！三爷叫我给你送的！"

贺显金打开食盒，里面放着一碗鸡蛋羹、一碟酱油葱花豆腐，还有一碗白米饭，都还冒着热气。

"三爷被老夫人捆在马厩里，狠狠地打了五十下板子，发了三天高热，皮开肉绽，吓死个人！"张婆子四下看了看，从袖里掏出一个荷包放到窗台上，"给你带的银子，三爷的钱全被老夫人管起来了，掏了一袖兜这就是全部了。明天三爷被发去泾县，这家里也不知道会是怎么个光景。他教你不要和三太太别锋芒，忍一忍，等他业成归来，给你找个好归宿。"

张婆子没文化，使了牛鼻子劲儿才记下这么多文绉绉的话。贺显金仍旧有些怔愣，紧攥了把荷包，手又缓缓松开。张婆子犹豫半响，一咬牙，还是把今天她半路打听到的传言一股脑倒了出来："三太太这么作践你，不过是想让你吃一吃守孝的苦头。她给你找了门亲事，是城东桑皮纸作坊的账房先生，上上个月死了先头的婆娘，手上握着桑皮纸作坊的账。她一直想要那个作坊，是想拿你笼络住那个账房……"还有彻底绝了陈四郎的心。

"我还在守孝……"贺显金迟疑道，"是要守三年不准婚嫁吧？"

张婆子"哎"一声："你个傻妮子啊！守三年那是当官的、读书的，人家才这么干！你去乡下看看，谁敢守三年？！三年不成亲不生娃？家里谁干活谁下田？！"

是，在农村人就是生产力。三年不准成亲，就是四五年都可能不会添丁，这可是大事。陈家不过是做生意的，本来也不讲规矩。

贺显金眯了眯眼："老夫人将三爷发回泾县，可有说何时召回来？"

张婆子一拍大腿："说泾县作坊的收益能赶超城东桑皮纸作坊的收益的时候，就让三爷回来！"

"桑皮纸作坊收益几何？"

"这个……"这属于机密，张婆子不知道，但女人的关注点永远不一样，"应该很好！桑皮纸作坊姜管事的婆娘逛街买东西从来不眨眼！"

"那泾县作坊收益几何？"

"泾县作坊赵管事的婆娘还穿着三年前的补丁衣裳！"

贺显金心想，完了，恋爱脑可能一辈子回不来了。

三太太孙氏醒了个大早，一睁眼，左眼皮子就一直在跳，她正吃早饭，一身绿衣服的丫鬟翠翠急匆匆地跑过来。

"漪院走水了！走水了！"

孙氏气急败坏地把手里的油饼子一扔，她就知道贺显金不会老老实实、安安分分吃青菜！孙氏提起裙摆，飞也似的向漪院跑，火急火燎地绕过回廊，就看见漪院院落墙角下裹着个瑟瑟发抖的身影，身影旁边围着瞿二娘和张婆子，再看漪院里头，没见哪处火光四射、烟雾缭绕啊？

"哪儿走水了！"

张婆子默默指向漪院的厕房。孙氏望过去，正好看到一缕文弱的青烟，蹿天蹿一半而崩殂。孙氏咬牙切齿，看了眼瞿二娘，压抑怒气："把金姐儿带到我房里吧。叫几个婆子丫头再看看院子里还有其他地方着火没，必须彻查起火的来由！"

"带回苴麻堂吧。"瞿二娘利落地再给贺显金裹了一层大麻布，"这火来得奇异。"

怎么不奇异？厨房起火，闻所未闻！谁会在厨房玩火？在厨房玩屎，都比玩火正常。苴麻堂那个老虔婆必定是怀疑她对漪院干了什么吧！

孙氏憋了口气。她确实是干了什么——她不准厨房给这丫头吃饱饭。孙氏来不及说啥，就见瞿二娘和张婆子一左一右地把贺显金扶起来往出走，走了两步，瞿二娘转头道："请三太太一并去往苴麻堂，这院子都是拿榫木搭的，起火是大事，一旦处理不慎，咱们陈家一张纸一张纸卖出来的家产就全没了！"

还要对她兴师问罪？孙氏气得快要发疯，一抬头正好看见贺显金巴掌大一张脸从大麻布里探出来，对着她隐秘又灿烂地一笑。孙氏话都说不出，只想气死算了！

贺显金裹紧麻布，步履匆匆地跟在瞿二娘身后，一路逐渐嗅出了石灰的涩味和青草树皮特有的腥味。苴麻堂布陈简单，一张方桌、两盏灯、三个五斗柜，还有一壁放满册子的橱柜。除却这些，就是好十几摞的各色纸张。

贺显金飞快扫视一圈，觉得屋主人是个非常务实的人，务实的人更喜欢直球。故而，在瞿老夫人一进堂屋时，贺显金在跪与不跪中迅速做出抉择——跪吧，你刚烧了人家房子的厕所呢。

"老夫人，小金错了。"贺显金"扑通"一声砸在地上，语气平缓，"小金早上起来用火折子点燃了厕房的栏木，等栏木燃起来，小金就拿水给浇熄了，再请张妈给三太太和您报告漪院走水。"

孙氏正想听贺显金要放什么屁，听完更为疑惑。瞿老夫人眉毛没动："你放火，只是为了见我？"

贺显金点头。是的，她在孙氏的高压下，在放弃和放纵中，选择了放火。

"你为何要见我？"

贺显金抬头，目光清淡平静："我不想嫁人，比起嫁人，我还可以为陈家做更多的事。"

贺显金从怀里掏出用黄麻纸和麻绳线装订的册子，递到瞿老夫人眼前："这是娘死后，漪院账目和人情来往，三太太屋里的两个姐姐将正房贴了封条，所以，漪院那些不能立刻换算成金钱银两的物件儿，我就没有算进去。册子上的总账是三爷拨给漪院的治丧费，共计五十两，收到人情来往十八两四钱，支出丧葬、回礼共计三十九两八钱，结余十八两六钱。"

孙氏听得云里雾里，以为贺显金想要和陈家算总账，便低声呵斥："钱钱钱！一个小姑娘家家，陈家养你十年，你现在来算账是不是晚了点！"

贺显金一言难尽地看了看孙氏。单从智力来说，孙氏和陈敷应该能百年好合。

瞿老夫人挑眉接过贺显金的账册，纸张非常粗糙，但麻线装订得很规范，字有些奇怪，笔画细细的，看上去不像是用毛笔写出来的。

张婆子小觑一眼，恍然大悟。噢，金姐儿那天找她要黄麻纸和竹管子就是干这？黄麻纸做册子，竹管子写字？

瞿老夫人翻开看，当即一愣。首页首行写着：立账时间，昭德十四年十一月初四至十一月十三总结；账册名称，漪院贺娘治丧总费。第二页画为两行，中分数列，天干地支，上进下缴，收方与付方，即来方与去方，两页看下来明细清楚，来方去方相等，收与支分布明晰，大类小类一目了然。总目采取"日清法"，每日终了后，在上日的基础上加当日变动的总额，五日一汇总，十日一加总。

瞿老夫人震惊地看向贺显金。贺显金笑笑，"龙门四脚账"是她娘的独门手艺。贺艾娘的前夫，也就是贺显金的生父，早年间是一名记账先生。贺艾娘每日耳濡目染，善于观察学习，极有算账天赋，十里八乡有难算的账目，都会来请教贺艾娘。贺艾娘的这个法子"有来有去"方便账簿，成了她的秘籍，传女不传男，贺显金完美继承了下来。

如今，她更要打一个漂亮的"翻身仗"，用自己的本事在这世间有尊严地活下去。她将贺艾娘的治丧费用粗略做成"龙门账"的形式，向瞿老夫人展示了一把——账还能这么记。瞿老夫人轻轻合上账册，眯眼看向下首那个单薄又清瘦的少女："你想当账房？"

贺显金抿唇轻轻道："我可以当账房。"也可以不仅仅当账房。

"就像您，可以做偌大陈家的话事人，可以带领陈家从泾县走到宣州，可以举全家之力供出一个官身，让陈家脱胎换骨。"贺显金语气逐渐坚定，"比起嫁一个账房，我可以做一个账房。您尽可以随便甩一本烂账给我，再叫来城东头桑纸坊的年账房，同我一起比拼，看看谁算得快，谁把账做得准。"

贺显金此言一出，瞿老夫人率先横了孙氏一眼，孙氏顿时面色煞白。天老爷做证！她只是饿贺显金饭，还没开始逼贺显金嫁人呢！

"让年先生来。"瞿老夫人一锤定音，"去把库里去年泾县作坊和城东作坊的册子拿过来，拿十月至腊月的。"

最后一季的账本，按道理来说是最难的。很多积压未销的账目都会卡在年关紧急入账，有些凭证不全，有些程序不全，甚至有些连金额数目都对不上。年底的账，很考验基本功。

没一会儿，年账房跑得满脸是汗，佝身进来。来人身形不过五尺，倒三角脸形，许是自矜读书人的身份，两腮蓄须，阔鼻之上一双王八绿豆三角眼，和脸形是一对儿，有点像长山羊胡的耗子。年账房见到瞿老夫人又是作揖又是鞠躬，正好露出空白一块的头顶。一只长山羊胡、脑门斑秃的耗子。贺显金面无表情地将目光移向孙氏：我可真是谢谢你啊！竟然配只耗子给她！

册子被搬来了，瞿老夫人让人搬了两套桌凳、两套文房四宝，道："金姐儿对城东桑皮纸作坊的账，年先生对泾县作坊的账，账都是真实的，只把最后的核算抹了。二位以月为单位，以一炷香的时间，只算当月利钱，看谁算得多算得准。"

瞿二娘踮脚点香。耗子志得意满又奉承恭敬地先朝瞿老夫人颔首致意，再从怀里掏了二十根粗细长短一致的小棍子："托老夫人的福，除却依靠某家的努力与勤劳，便离不开这吃饭的伙计了。"

算筹！贺显金并不会打算筹，只是回忆起贺艾娘教自己的法子。早年在书中也曾翻阅过"三九二十七""六八四十八""四八三十二""六六三十六"等句子，贺艾娘便一一研究，整理了一套珍贵算法。

出人意料，这几册账本不算难。支出与收入基本固定，由此可见陈家的业务面基本固定，每个月的支出与收入都相差不大，买进桑麻、竹子、石灰粉等原材料的价钱基本一致，卖出的数量和种类也大体相近，工钱没有变过，说明雇佣的人手长期固定，不存在频繁更换的情况。这样的账是最好算的。不过，让贺显金惊讶的是，桑皮纸作坊每月纯利竟能有一百五十两。

二十根小棍子，摆弄出一个奇怪的阵法，剑指贺显金这个张狂的妖怪。贺显金默默把头移开，轻轻向瞿二娘颔首："二婶，我算完了。"

瞿二娘将贺显金的账本送到瞿老夫人眼前。瞿老夫人扫视一遍，口吻平淡："年先生，您不用算了。"

耗子惊恐抬头，瞿老夫人缓缓合上账本："金姐儿已经算完了，三个月，全对。"孙氏一声惊呼。

"她、她没有用算筹！也没有用鼓珠！"耗子先生不愿相信，"她怎么算出来的！不可能！"

"我在这里做了算术。"贺显金云淡风轻地指了指脑袋，"无形之形方为大形，无为之为方为大为。顺应天然，承接自然，年先生输在了太过刻意。"

瞿老夫人让孙氏也先回去，将贺显金独留了下来，看她的目光带有打量与思考："你娘生前常在漪院，极少外出，我对她的了解属实不多。"

贺显金埋下头，没解释。算术和做账这种东西，有些人生来就会。

瞿老夫人未等到贺显金开口，想了想又道："女子多艰难，你如果是因为不中意年生，我做主给你再找归宿，等你热孝期满再做打算？你只看到我带领陈家一步一步向上走，却没看我与管事斡旋、与官府奉承、与买方算计的艰难……"

"夫人，今年的税，我建议您多上两成。"贺显金突兀开口，打断瞿老夫人后话。瞿老夫人皱眉，"嗯？"一声。

贺显金缓缓开口："刚刚的账簿，桑皮的买入价有三次是三百文十斤，四次是五百文十斤，八次是七百五十文十斤，同一地域、同一时节、同一买家，价格浮动不应该超过五成。"把控成本是避税最常用的手段。

贺显金此话一出，瞿老夫人眯了眯眼，眸色闪过一丝精光。贺显金笑了笑，冲淡了素日纤弱清冷的气质："赋税猛于虎，做生意自然各有各的关窍和门道。只是今年不同于往年。往年，陈大人还在四川任官，官场相见留一线，咱们家是官府的'自己人'。今年，陈大人英年早逝，官场上的那些人会变成谁的'自己人'，咱们无从知晓，更不知道会不会被人翻旧账、拿把柄。我认为咱们还是舍小利以谋远为好。"送上两成赋税，当官的愿意冲业绩就冲业绩，愿意饱私囊就饱私囊，只要你别人走茶凉就来查我就行。

贺显金再一笑，鞠躬再道："我是飘零孤寡之身，除却陈家给我一口饭吃，我也再难有谋生之路，对陈家，对您，对三爷，我始终感激备至，永生不忘。"

耗子先生有句话倒说得很对，账房不是谁都能当的，要么心腹，要么直系，要么挺进大牢狱，勇当背锅侠。她一个孤寡身，除了陈家，又能依靠谁呢？

瞿老夫人看贺显金的眼神，短短几瞬，变了三变，隔了良久，方喑哑开口："你三爷今日要去泾县上任，还缺个账房，你愿意去吗？"

"我愿意。"

贺显金要跟陈三爷去泾县一事，还不到午时，整个陈家就知道了。后院里，孙氏双腿伸直，后背直挺挺靠在椅背上，头仰着，喘了几口粗气，隔了好一会儿才平静下来。

她气啥？烦人的夫君走了，讨厌的妾室死了，连妾室带来的拖油瓶都不在她眼前晃荡了，这后院就是她的天下了！大房的嫂嫂向来因她有个举人爹，眼睛望到天上去，从不与人争抢什么；二房的嫂子家里落魄，只是泾县做纸师傅的闺女，就算二伯当家，她也说不上什么话，更何况她还没儿子；蓖麻堂的老婆子年纪大了，还能活几年？等老婆子一死，二伯没儿子，他就相当于是她儿子的长工！陈家最后还是她儿子的！

孙氏双腿一蹬，开心地向上蹭了蹭，招呼穿红衣服的朱朱进来："给舅家的二郎和四郎送些银钱去！"

朱朱道："可给舅家的表小姐送点东西？"

孙氏一嗤："送甚送？小丫头片子，也不值几个钱！"

又想起同是小丫头片子的贺显金跟去做账房的事，终于梳理清楚自己哪里不快活了。那小贱人就该嫁给那头顶没毛、腮边没肉的老鳏夫，因钱财操心得夜不能寐，又因生孩子而粗腰身、掉头发、生斑纹，一把屎一把尿一把奶将孩子拉扯大后，人过三十，又碰见夫君拿着家中为数不多的积蓄在勾栏瓦舍倾家荡产，喝得烂醉就动手打人的局面啊！她凭什么像个男人一样潇潇洒洒地出门游荡？孙氏气得把桌上的茶杯拂到地上！

这头孙氏一张脸多云转晴又转阴，那头贺显金回漪院收拾东西，没一会儿，瞿二娘带着两个身强力壮的丫鬟过来："老夫人给您拨的丫头，一个叫二丝，一个叫五妞，您看着用吧。"

贺显金看也没看，摇摇头："二婶，这不合适。"

贺显金探身去够五斗柜上的墨块："我刚和老夫人签了约，陈家用一月两贯钱请我做账房，我若干得好，陈家可给我涨薪或分利，到时我再用自己的薪酬去雇佣侍从。"而不是得陈家的赏。

瞿老夫人可以赏赐幼子妾室的女儿，却不能赏赐雇佣的账房。

瞿二娘看贺显金颇为赞赏："你真不像你娘。"

贺显金笑了笑，没说话。

临到中午，三驾马车、两驾驴车终于从陈家大门出发，瞿老夫人对陈敷仍一肚子气，并未来送，陈家大太太新寡不出门，三太太恨不得门口放鞭炮欢送瘟神，她若来送可能会忍不住笑出声。故而，参加长亭送别的只有一脸敦厚的陈家二爷和个子高高、脸大大的陈家二太太。陈敷臀部抱恙，垂头丧气地趴着，张婆子体贴地把他的头放在柔软细腻的云锦靠垫上。

"您不高兴我来？"贺显金声音轻轻的，想起前夜傍晚热腾腾的饭菜，语带笑意，"城东桑皮纸作坊的年账房有些厉害，我费了好些功夫才赢了他当上账房的！您可别赶我回去。"

"你娘托付我照料你，不是叫你去做账房！"陈敷的头埋进靠垫，瓮声瓮气，"泾县远得很！要坐一天的马车，骨头都坐散架！我发疯被发配边疆，你跟着胡闹什么？家里还敢少了你的吃穿不成？"

嗯，你老婆只给我吃青菜。贺显金想。这当然不是主要原因，她想生存，就只能拼命挣扎。在陈敷这条纯种咸鱼面前，贺显金同样不知道该怎么表达自己的不认命。

好在咸鱼翻了个身，自己想通了："算了算了，你想干就干吧，你娘以前也跟我说过，她想开个茶馆子，既帮人点茶又卖茶，一年赚个两三吊钱，自己给自己当伙计和东家……"

陈敷啧了两声："两三吊钱有啥好赚的，也不嫌累得慌。"

贺显金抿抿嘴。陈敷使劲伸出脖子，探头看向渐行渐远的陈宅，嘟嚷了两声，转头贴向车壁。在马车上吃了几个干馕，又在郊外茶铺买了几碗水，算是对付两顿。小富二代哪里吃过这种苦，疲惫得脸都青了。

临到天黑，拐过护城林，在陈敷一张脸彻底变紫前，他们终于抵达泾县，车夫一路向东边走，马车外渐渐有潺潺的流水声。贺显金好奇拉开车帘向外看，两条小河蜿蜒流过。

"这是泾县乌溪的支流，一条尝起来有碱味，适合泡草皮、泡竹子；一条尝起来有酸味，适合做成纸。"陈敷有气无力，靠在车壁，给贺显金虚指一枪，"看到那儿了吗？"

看不到。天都黑了，那又太远了，又没有灯，黑压压一片，完全看不清。贺显金含含糊糊应是。陈敷便道："乌溪旁边的山地有嶙峋奇石，泾县做纸的都在这石滩上晾晒檀皮、稻草，这样晒出来的原料做纸才白亮光生。"

这条咸鱼怎么会知道这些东西？贺显金试探性地看向陈敷，目光中充满怀疑。陈敷一下子悲愤起来："我现在诚然是个废物纨绔，可我也有勤奋上进的童年啊！"

山路崎岖，陈敷被颠得屁股疼，旧伤未愈又添新伤，整个人处于狂躁状态："痛痛痛！烦死了！泾县啥也没有！"

"把我一个人丢那么远！心也太狠了！

"不过榔桥镇天香楼的肘子是一绝。

"琴鱼干柔韧鲜甜，美味耐嚼；茂林十二碗热凉荤素，汤面饭包；云岭锅巴咸香脆爽，一口嘎嘣……

"嘿！等我好了，我挨家挨家去吃！"

说着说着，陈敷喜形于色，眉飞色舞。贺显金无语。恋爱脑就属于自我修复能力极强的类型，一边狂躁抱怨，一边自我疗愈，生命力和抗压能力堪比草履虫。贺显金默默把头移开，不自觉地弯了弯嘴角。和这样的人相处，挺轻松的——只要你不是他妈。

马车"哐哐哐"沿着乌溪上游向泾县驶去，随着天色越暗，路况反而越好。渐渐灯火通明，路过泾县城门，四盏硕大的油灯随霜雪摇晃，昏黄灯光映照在古老陈旧的砖墙上，"猷州"二字高挂城楼。贺显金写不好毛笔，但能看出这字不错，苍劲清隽，很有风骨。

陈敷探过头来，见贺显金专注地看着城门牌匾，撇撇嘴："青城山长题的字，昭德元年的探花郎官拜通政司右参，可惜惨了，身子骨不好，三次辞官回泾县开书院，是我们泾县这几十年来最厉害的人物。"

陈敷像想起什么，陡然幸灾乐祸地一笑："我那大哥寒窗苦读一辈子，一辈子都在追赶他，结果追到一半死了。"

也不知道这两兄弟到底有什么仇什么怨。贺显金默了默，有些不赞同地开口："人死灯灭，冤仇随云散。"

陈敷耷拉眼，不置一词，隔了一阵才瓮声瓮气："好吧。这话，你娘也说过。"

贺显金想。恋爱脑名不虚传。

过城门，守门的小吏趾高气扬地拦住马车。贺显金撩开门帘向外看，第二辆马车上的董管事赶忙下车，毕恭毕敬地奉上名帖和各人路引，顺势捎带三个小荷包。待小吏看清名帖后，一瞬间绽开真挚的笑颜："陈家的少东家回来了？吃了晚饭没？要没吃，等会儿我卜了值请少东家吃酒？"

"不敢不敢！"董管事点头哈腰，"少东家前几日摔了腿，回来养病的。等大好了，我们陈家做东请您去天香楼吃肘子。"

小吏乐呵呵放行。陈敷与有荣焉地挑眉："读书是一条路，做生意也是一条路，咱们家和青城山长并称泾县双姝。"你愿意当"姝"没问题，人家青城山长倒不一定愿意。

进城后的景象，有点颠覆贺显金的想象。四方街高悬油纸灯，茶棚里坐满人丁，街头卖花、卖茶、游医、神课……如一卷栩栩如生的清明上河图，以天为色，以地为绢，缓缓铺开。贺显金扒在窗棂上，如饥似渴地向外看。这一瞬间，她感受到了未曾有过的自由。

人声渐远，马车拐进一处僻静院落，门口挂着"陈宅"牌匾。两辆马车、驴车，装了五个人，陈敷、贺显金、张婆子、董管事，还有个陈敷的长随百乐；十二个箱笼，其中陈敷的箱笼九个，另外四个人的箱笼合计两个半，还有半个装了几罐宣州的水和土。百姓多恋家，出门几十公里都算远门，就怕水土不服，故而带点家乡的水，必要时还可以加点土在水里一起喝。

来时已晚，陈家旧宅早已收拾妥帖，借微弱灯光，贺显金见一佝偻老头带领七八个年岁各异的侍从立在门口欢迎。佝偻老头一见一瘸一拐的陈敷，顿时眼眶通红："三哥儿！"

陈敷半靠在百乐身上，拱拱手，刷白一张脸："六叔您安康。"

贺显金跟在陈敷身后，微微抬了抬眸。贺艾娘出殡时，瞿老夫人让一个叫"五叔"的人打理事务。这位是"六叔"，所以是"五叔"在宣州打理，"六叔"留在老宅？果然还是逃不了家族式管理。

陈老六抹了把眼："你这是怎么了？去年见你还好好的，这怎么路都难走了？可有大碍？"

"无碍无碍，摔坏了，再过几天就好了。"陈敷摆摆手，率先朝内院走，"今天太晚了，赶了一天路，六叔要不先歇着？明日我们再坐下来慢慢谈？"

谈？谈什么？陈老六一愣，同身后的管事交换了一个眼神，懂了，便笑道："是是是，明日我做好安排的，咱们先去水西市集吃灌汤水包，再去天香楼订一桌八凉十六热的席面，下午去看桃花潭……"

"明日先去铺子和作坊吧。"贺显金开口。

陈老六被一把清冷纤细的声音打断，转头去看，是个白皙纤长的小姑娘。没见过，但他听说了陈三爷的爱妾刚死不久。

陈老六一笑，胡须贴到鼻头："这位是……？"

"我是新来的账房。"贺显金声音仍旧清淡，面目平静，"我叫贺显金，六叔可以叫我显金，也可直接唤我贺账房。"

陈老六克制住挑眉的冲动。他倒是收到来信，说陈家三爷要来接管泾县作坊，随身跟了一个厉害的账房，他以为是扶着陈三爷走路的年轻男子，却不想，是这个女的？

"你是女子？"陈老六没克制住，问。

贺显金笑了笑："我以为，这个答案很明显。"

是很明显，很明显的小妾样啊！陈老六眼神一暗，眸光在贺显金身上来回打转，还欲说什么，却被陈敷一把拦住。

"好了好了！有事明日再说吧！"陈敷打了个呵欠，"明天先不去玩了！先听金姐儿的，把作坊和铺子的事理一理吧。"说着便一瘸一拐又熟门熟路地往上房走。他屁股这个样子，玩也玩不尽兴。

贺显金抬头看了眼陈老六，微微颔首，跟在侍从后转头向内院去。一时间，众人皆空。陈老六身后的管事紧张地捏住衣角，迟疑道："这三、三爷……莫不是真来接手作坊与铺子的？"

"接个屁！"陈老六向地上啐口痰，"他也配！"

第三章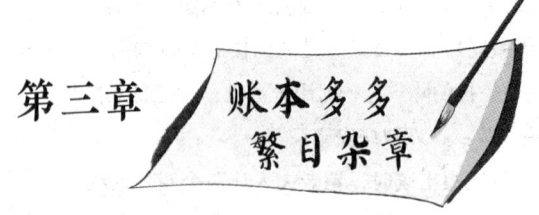

账本多多
繁目杂章

老宅的"六叔"明显把她当作不受宠的女眷收拾，分了间最边上的逼仄东厢给她。房里只有一张不到三尺的床，一个小梳妆桌，一套小小的四方桌并两个矮机凳。张婆子的房间就在她隔壁，都比她的大。

张婆子"啧"一声，预备起身找人换房间："老宅我熟，内院好十几间房呢！得脸大丫头睡的厢房都比这好！"

"东家提供住宿就不错了。"贺显金把自己位置放得很正，"更别提我跟着三爷还蹭到了三餐两点和瓜果。"

张婆子顿时打住话头。这样也好。她不是还因为贺显金差点成小娘而看不起吗？如今这小姑娘跟她一样，凭本事吃饭。好得很！张婆子发觉自从贺小娘死后，她越看这小姑娘越顺眼。先是惧怕这小姑娘"非暴力不合作"的姿态，后来又发现这姑娘有点真东西，现在越发觉得她行事说话都极有章法。活了半辈子的直觉告诉她，跟着这姑娘，可能比跟着陈三爷有前程。

张婆子表达爱意的方法就是投喂。她又从厨房摸了三四个绿豆糕来："多吃点，瞧你这小脸儿瘦的，那三太太忒不是东西了，什么年头还饿饭！"

贺显金道了谢，一口一口吃得认真极了，每一口都慢慢咀嚼后再吞下。张婆子走后，贺显金继续收拾。她没带多少东西，就三四套利索的棉布衣裳，一小盒既能擦脸又能抹嘴的油脂膏，几支木簪，还有就是名籍、芦管笔、漪院钥匙、几两碎银子。贺显金把贺艾娘留给她的那三百两银票贴身放在亵衣衣缝里，几件金饰留在漪院上了锁的梳妆柜里。除此之外，没了。

贺显金闭上眼，陈宅背靠乌溪支流田黄溪，加之腊月的天气，着实冷得让人发抖，贺显金在梆梆硬的床板上翻来覆去睡不着。等她有钱了，她必要烧个日夜不灭的暖火炕，捧八个玉石手炉，再铺上三床厚厚的蚕丝被褥，让自己燃起来！陷入沉睡前，贺显金恶狠狠地想。

镇上乡间的清晨，由一声接一声的鸡鸣唤醒。贺显金和张婆子刚吃完早饭，昨日见过的管事就来了，身后两个低着头的长工捧着两摞半人高的册子。

"贺账房，您是宣城来的，身份和我们不一样。"管事有点胖，腆着肚子，如怀胎五月，脸上油光锃亮的，像只猪刚鬣。陈家雇人都不看样貌的吗？前有鼠精年生，后有猪妖刚鬣，再选选能凑齐妖界十二生肖。

猪刚鬣说话笑眯眯："昨儿三爷不是说今天要打理作坊和铺子吗？这是我们三年的账册，出账、入账、采买、借贷——都在这儿了，您请查阅。"

六老爷昨儿打听清楚了，这女的不是啥大人物，不过是陈三爷那个爱妾先头的姑娘。既没有陈家的血脉，又不占陈家的名分，连当亲戚都名不正言不顺，叫声表小姐都谈不上。也不知使了什么花招，跟着陈三爷来了泾县，多半是来躲家里正头娘子磋磨的。

贺显金抬头看了，至少有五十本账册，随手摸了一本，粗略扫视，又是"单一记账法"，记的时间、金额和事由，最小的一笔才两文钱。

这假账，做得还细咧。贺显金笑了笑："您是？"

猪刚鬣仍旧笑眯眯："鄙人姓朱，是陈记纸铺的管事之一，另一位是作坊的管事，手上功夫好，做纸水平不错，为人却不得贵人青眼，故而您以后见我的机会要多点。"

真姓朱啊？贺显金默默埋头。简言之，两个管事，一个负责技术，一个负责市场，做市场的排挤做技术的，懂了。

贺显金翻了页账本，随口问："原先的账房呢？我来了，是不是抢了他的位子？"

猪刚鬣轻咳一声："您这话说的——谁在哪个位子，做什么事，还不是东家一句话？只要东家不说辞，换个位子做事也要尽心竭力啊。"

瞿老夫人可不会专门为了她特设一个岗位，更不会因为陈敷要来就把她也放过来，让陈敷给她当靠山。瞿老夫人让她来，一定是需要有人来，需要人来改天换地。需要改，就说明前面做得不好。一个在大东家心里都干得不行的人竟然没说辞退？只是换了个岗？账房先生向来不是裸着的，背后都牵扯着千丝万缕的关系。前面这位，看来背景挺硬的啊。

贺显金笑笑，把账册放回去了："原先的账房先生和您是什么关系呀？小舅子？姐夫？三姨爹？或者，是昨儿个那位六叔的关系？"

"您真是爱开玩笑……"猪刚鬣笑容凝了凝，紧跟着笑得更开，转头便高声吩咐长工把账册往里搬，"快给贺账房把册子搬进屋！误了贺账房的事儿，看我饶不饶你们！"

"账册不出账房门，这是规矩。"贺显金伸出手臂，刚好挡住来人，脸上带着笑，"我不知道前头那位的规矩是怎样的，我既走马上任，那我的规矩就是账房最大的。"

她脸上的笑意渐渐敛去："册子上是数字，更是钱，您把册子搬出账房，拟了清单吗？查了页数吗？记了档吗？水牌对了吗？凭证签了吗？有第三人佐证吗？"

猪刚鬣不想第一天这小姑娘如此咄咄逼人，想发火，却又顾忌陈三爷。贺显金双手抱胸，以一夫当关之态，拦住长工的去路："账本，哪儿来的抱回哪儿去！你！"

贺显金指向左侧那个看起来更老实沉默的："你前面带路！我要跟着你们，眼看着你们把账本搬回去！"

搬回去？她还要跟着？猪刚鬣瞬间慌了神！这套假账，是他们应付上头检查做出来的东西，花了大价钱，可谓是天衣无缝，谁看都找不出漏洞。他们还指望用这套账拖陈三爷十来日呢！陈三爷是什么路数，陈家谁都知道。这回接到信，他们便什么准备都没做。那套漏洞百出的真账簿，还在纸铺里放着呢！

猪刚鬣愣在原地，脸上的僵笑没来得及完全收回。贺显金语气严厉："走吧。朱管事，您带路。"口吻不容置喙，像一根钉子直冲冲坠下，意图戳破猪刚鬣不多的狗胆。张婆子没见过这么强硬的贺显金，不自觉吸了口气屏住呼吸。

猪刚鬣下意识要笑,扯扯嘴角才发现自己正笑着,没办法笑得更开了,表情就显得有点怪:"这、这不好办吧。三爷都还没去,你去合适吗?"

"那去问三爷,要不要一起去?"贺显金转身就朝上房走。

"别别别!"猪刚鬣赶紧把贺显金拦住,脑子里过了千头万绪,当机立断,"贺账房要去就去吧,你是老东家派来的账房,相当于啥?相当于钦差大臣!您要看账本,不是应当的事吗?这点小事就别惊扰三爷了,他老人家本就身子不畅,让他歇歇,让他歇歇……"

话说到最后,猪刚鬣明显服了软。贺显金睨其一眼,手背其后,抬起下颔:"那就走吧。"语气还是很硬。她必须得硬,一则她是女人,二则初来乍到,三则她不姓陈。一旦她表现出分毫软弱,就会被人立刻欺到头上。

铺子就在陈宅拐角,水西大街正中,出了门左拐走百来米就到。此处背靠田黄溪,拱桥下,乌篷青船摇下桅杆过桥洞,"陈记纸铺"旁的递铺是传递公文的站点,对面是胡饼摊和药铺,人流如织,想来是泾县繁华地段。

猪刚鬣见贺显金几个大跨步进了铺子,便抹了把额上的汗,背过身招来学徒:"快去叫你六老爷来!来铺子!"

猪刚鬣甫一进店,便见贺显金脚在地砖上粗略量了量,又听其沉吟道:"地砖长宽均为十八寸一块,横有十二块砖,竖有九块半砖……三尺见方,店长有二十一尺,宽有十七尺,合计四十余方。"不算大。

猪刚鬣忍住哆嗦的手。算这么快呢!怎么算出来的?几乎是脱口而出啊!这个速度算账本?还不如算算他命还有多长!

贺显金双手背在身后,环视一圈,店里错落摆放着二十几摞纸,草木味与碱味比瞿老夫人的蓖麻堂更盛,几个斗柜没有章法地摆在角落,斗柜合叶门虚掩,里面应是更值钱的纸。斗柜上摆着几个燃香的瑞兽双耳炉,袅袅生烟。

贺显金目光落在那香炉上。猪刚鬣赶紧上前:"这几个铜制香炉是我特意买的,放在咱们店里又清雅又漂亮,您若喜欢,我给您买个新的,哦不!我给您买个银的!您看可好?"

贺显金收回目光:"在放纸的地方燃香,想找死?"但凡有个火星子蹿出来,直接来一场篝火晚会。别人看晚会,他们是篝火。

猪刚鬣一愣,随即大义凛然:"就是说啊!我一早就提醒六老爷,别做这些附庸风雅的蠢事,他老人家偏偏一意孤行、孤注一掷、独断专行……"

卖队友,尽显伶俐机警。猪刚鬣被贺显金斜了一眼后,默默住了口,侧身让出一条路,向贺显金殷勤介绍:"里头就是咱们陈家的做纸工坊,由李管事做主。前两日他老娘在地坝摔了腿,告了三日假,后天就回来,您请进来看看吧?"边说边嫌弃地将放在穿堂挡路的凳子踢开,又冲贺显金笑得亲切,"老李头东西不好好收……老李头是个粗人,做纸是个粗活儿,咱们作坊的利润比不上另几个,我私心觉得许是因为老李做纸手艺不行——这纸好不好,用的人知道,纸张好了,生意怎么可能不好?"

不仅卖队友，猪管事还擅长背后扣锅。老李头纯属娘在田上摔，人在家中坐，锅从天上来。

贺显金摆摆手："先把账看了。等李管事回来，请他带三爷熟悉。"

猪刚鬣赶忙点头："是是是！咱先把正事做了。"说着一抬手，吩咐两个长随把账册拿上来。

"不看这些。"贺显金熟门熟路地绕过柜台，弯腰从第二层试探着摸到两个崭新本子，一本写"昭德十三年腊月入缴"，一本写"昭德十三年腊月支出"。

贺显金拿出芦管笔，扬了扬账册，意有所指："我先看新账，再算旧账。"

做生意的有两本账太常见了。瞿老夫人是撑了陈家半辈子的人精，她都看不出泾县的账有问题，这说明账本做得很好——除了盈利不好，其他都很到位。猪刚鬣给她看的，必定是那一套账。人老成精的瞿老夫人都看不出洞天，这么短的时间，难道她可以？她对自己倒也没有盲目自信，还不如选择近账。近一个月的账目来不及作假，不一定能抓住大的把柄，但能大概一窥铺子的真实状况。

猪刚鬣脑子冒出一额头的汗。腊月的账有亏空吗？应该没有很大的亏空。一般年底要待查，陈六老爷都不敢把账做得太过分，何况他？猪刚鬣擦了把脑门的汗，暗自呼出一口长气，见那姑娘头上单插一支木簪，脸上素白，未涂抹脂粉，一身深绛色麻布夹袄，袖口泛白有磨毛，一看就穿了很久。这么看，倒看不出这女子实质是个夜叉。昨夜，他真是老眼昏花，竟觉得这女子弱质纤纤、身娇体软。

也不知看了多久，夜叉放下芦管笔，蹙眉凝视。

猪刚鬣赶忙道："可有误？"

夜叉点头。猪刚鬣心口揪起来："误差可大？"

夜叉，哦不，贺显金摇头："差了三文。"

呼——穿堂风吹过，都能听见猪刚鬣舒出一口长气的声音。

"才三文啊？"猪刚鬣肉眼可见地轻松起来，"来来来，我给补上。补上这三文，腊月的账是不是就结平了？"

贺显金表情顿时一言难尽。会计不怕差一万，只怕差一分。算账时，遵循资金占用等于资金来源的法则，需将资金来源都一分不差地落实在资金占用上才能平账，才能说明账目清楚正确。有时账目出错，差一万容易找出错误所在，差一分找错误比较困难，这需要会计把账从头到尾复核一遍，看到底是核错了，还是账错了。

偌大纸铺的管事，这个常识都不懂？竟预备自己出资垫资？贺显金脸色有点难看。她能够想象之前的账有多乱了，一定有亏空，而且不会小。

"补平三文钱？不懂事的东西！"陈六老爷气喘吁吁来，瞪了猪刚鬣一眼，一边从袖兜里掏出一卷票子，"贺账房颠簸歧路来泾县做事，三文钱也是你说得出口的？"

陈六老爷将捆成卷的票子放到显金手边，慈眉善目地笑："贺账房，您看，这点银子补得平这笔账了吗？"

扎扎实实一捆票子。贺显金不动声色地将眼睛扫到账簿的某一行，再抬头环视一圈，心里有了底。贺显金玩儿似的将那捆票子攥在手里，摩挲几下，笑了笑："我看账册，咱们铺子里做纸师傅如今是四人，采办买卖一人，伙计跑店二人，分行管事二人。我从刚进店到现在，没去瞧做纸坊里面，单看店肆也只见一垂髫学徒并朱管事二人，其余人呢？"没等陈六老爷答话，贺显金玩笑，"也和李管事一样，亲娘摔了腿？"

猪刚鬣忙道："今天是旬休！"

"旬休呀，"贺显金点点头，转而又笑，"你看，我一个账房多这个嘴，真是欠嘴巴打。"

猪刚鬣的头顿时摇得像骰子，连声道："该问该问！您是老东家派来上工的，您想问什么，我必知无不言、言无不尽！"他似乎，隐约觉得，这位夜叉见了票子，脾气要好些了，话头也软些了，甚至给了他来人非常好相处的错觉。猪刚鬣与陈六老爷隐秘对视一番，躬身谄笑："那账册的事儿，您看……"

贺显金方恍然大悟，如梦初醒般将那卷票子拿起来，掂了两下。都是五十两的票子，大概八张到十张，就是四百两到五百两。前日瞿老夫人拿泾县、城东两间铺子的账册来打擂台，现在泾县的铺子就拿了将近十个月的利润，封她的嘴。更别提，之后准备给陈敷的孝敬，金额只会多不会少。

贺显金将票子熟练地往陈六老爷方向一推："三五百两……还不够三爷给我娘买几副头面贵。"

猪刚鬣心头一跳，倒是看不出这夜叉一身的铜臭味。陈六老爷倒是大喜，舒展笑开，又从袖兜掏了一卷票子出来，顺势与原先那卷放在一处："不愧是宣城来的小姐，眼界、见识都比咱这小地方的大！"贪财的心也更大。

"八百两银子，能买几副头面，老朽不清楚。但老朽知道，宣城一套两进的宅子不过三四百两，泾县价格更低，一二百两的院子还捎带一套榆木家私，再采买两三个麻溜利索的丫头、婆子，您就等着舒舒坦坦过一辈子呢。"

贺显金也笑开了，将两卷票子若无其事揣回兜里，将账簿利落合上，站起身来向外走，一边走一边跟猪刚鬣笑着叮嘱："三爷是腿脚不便，可腿脚不便，眼睛、嘴巴、耳朵是好的呀！你们就把三爷丢老宅闷着？"

这是在点他们呢！拿了钱就办事！这夜叉敞亮！上道！是一个战壕的兄弟！猪刚鬣受教地低头听训。

贺显金态度如沐春风："轿子咱们有吧？"

"有有有！有二人抬的青布小轿！"

"城里，南曲班子有吧？"

"有有有！长桥会馆里有贵池傩戏、皮影戏、黄梅戏！"

贺显金手心拍手背，"啪"地一摊手："那您还等什么？！临夜里抬起小轿请三爷往长桥会馆一坐，演上一出精彩的皖南皮影戏，再叫上两壶好酒。三爷爱热闹，你前几日把他伺候得舒舒坦坦的，后面等店肆的伙计'旬休'完了，要开始加班加点做纸了，也没工夫伺候他了，到那时三爷一高一低，两相一较，落差顿起，您说，他在泾县还待得住待不住？"

陈六老爷听得连连点头。是是是！他还没想到这一层呢，他只想到怎么把陈敷伺候舒坦，没想到那厮要在这儿待得开心，乐不思蜀了咋办？就照这蹄子的话来办，先把陈敷捧得高高的，再借个由头不理他，到时候那厮自己都闹着回宣城。他们礼数到位、接待热情，也没得罪那个废物。

陈六老爷连连点头，与猪刚鬣一起将贺显金送到门口。贺显金摆摆手："不送了不送了，我个人在城里溜达溜达，您二位先忙。"陈六老爷又拖着猪刚鬣说了一通年少有为、另眼相看的屁话，眼看贺显金拐过墙角才收敛起笑意。

"做事大气点吧你！"陈六老爷一巴掌拍到猪刚鬣脑袋上，"三文钱补平？老子一张脸都被你败完了！"

猪刚鬣诡笑抱头："那夜叉一来就一副油盐不进、正气凛然的样子！我、我纵是有心，也怕弄巧成拙啊！"

陈六老爷一声冷笑："油盐不进？正气凛然？"一个小娘生的拖油瓶，没了依仗，往后怎么活都不知道，哪来的底气油盐不进？这么大一笔钱，够她衣食无忧地过完这辈子。若是男人，能写几个字，能读几页书，还有个奔头。这女又长得好看，等过了孝，怕就要被陈家捉回去嫁人！她这时候不趁机捞点依仗，还指望啥时候？

陈六老爷作势又打猪刚鬣。猪刚鬣抱头连呼："六叔！六伯！六爷爷！"

"放聪明点！叫六祖宗也没用！"陈六老爷扫了一圈店肆，"等老三走了，把李三顺叫回来，他做的纸不错，有人喜欢。其他的人，泼皮的就一人一两银子放出去，老实的就找两个人去吓一吓，叫他们自己辞工。"

贺显金拐过墙角，一路神色平静，步履稳健。张婆子跟在身后，亦步亦趋，眼神觑了几下，把要说的话咽了下去。她是觉得跟着金姐儿有前程，可这奔前程的方向，好像不太对啊？靠坑蒙拐骗和黑吃黑？

"金——"

"张妈——"

二人同时开口。张婆子住了口："你说你说。"

贺显金一边扫视街面上的店肆，一边漫不经心地开口："您说，您在老宅很熟？"昨夜说的，张婆子准备帮她争间大房子。

张婆子连连点头："陈家老一辈的，几乎都是从泾县出去的，亲连亲，熟得很。"

门口悬挂一束长麻丝的麻铺，悬挂绒线的绒线铺，悬挂皮袄的皮货铺……贺显金的目光从店肆门口的幌子——扫过，开口："那麻烦您找一找这县城里在陈记纸铺做工的几个伙计，给他们带句话。"

这简单。"带什么话？"张婆子问。

啊！找到了！挂着木头栓子的木匠铺！贺显金说："跟他们说，陈家三爷陈敷来泾县了，今晚上会乘一顶青布小轿去长桥会馆听戏。"

没头没脑的。张婆子愣了愣："没了？"

贺显金迈步向那间木匠铺子去："没了。"

腊月陡生风霜雨，临到天黑，陈六老爷和猪刚鬣请陈敷前往长桥会馆看皖南皮影戏，并去天香楼吃饭，贺显金作陪。贺显金在陈家没看过皮影戏，故而颇为惊讶。这戏比她想象中勾人，特别是武打戏，一人同时操纵八影四对打，生旦净末丑大多连台，可谓是"一口说尽天下事，双手舞动百万兵"。

贺显金和陈敷看得津津有味，少女双眼放光，恋爱脑翘首以盼，两张并不相似的侧脸重叠在一起。张婆子一眼望去，竟从这对奇奇怪怪的"父女"身上看到了一丝奇奇怪怪的默契。

这俩的心都不是一般大啊，一个敲诈别人八百两银子还跟没事人似的，一个屁股被打烂了，为了看戏不惜翘起臀歪着坐。她一个守寡的婆子跟来泾县是对的，在陈家内院里待着，哪能看到这么精彩的事啊。算了，打不过就加入吧。张婆子沉默片刻，以同样的角度仰起头认真看戏。

看皮影戏不贵，三文钱一张坐票，有钱没钱的都看一场戏，但位置不相同，以陈敷为首的一行人就坐在楼上包间，周二狗一行就在菜市场般的大堂里穿行。周二狗掏空了身上仅有的三文钱挤进会馆，身后跟着四五个一身短打、皮肤黝黑的力工。

"二狗哥！三文钱，一碗素面啊！我早上到现在还没吃饭呢！"

"对啊，在外面堵陈三爷不就行了？非得花钱进来。钱还没要到手，先把钱撒出去。"

"陈家的都是一路货色，没用的！照我看还不如趁乌漆麻黑的，咱哥几个把那个猪肉头打一通！"

身后传来牢骚声。周二狗转身沉声："不想要钱的就回去！我把三文钱补给你！要回来的钱，也别想平分！"

力工噤了声。周二狗眯着眼睛抬头，看到二楼包间里猪肉头毕恭毕敬地给一个粉面男人倒茶。周二狗瞄准目标，埋头向前挤，他身长八尺，又因常年靠力气吃饭，身上的肉把薄夹袄撑得发紧，像头壮牛一样往前冲得飞快，没一会儿就冲上二楼。

"见我？"陈敷眼睛盯着戏，"陈记纸铺的伙计？见我干甚？"

会馆小二哪知道："说有急事。"

陈六老爷给猪刚鬣使了个眼色。猪刚鬣起身赶人："去去去！别来烦我们少东家看戏！"

会馆小二正准备走。贺显金开口："三爷，要不见见吧？万一人家来给您巴巴问好呢？"咱们陈家毕竟是泾县双姝之一。

陈敷转头想了想："那叫上来吧。"

周二狗听店小二召唤，紧了紧关节，向后招手，示意后面人跟上。四五个壮汉在包房站定，乌压压地挤满剩余空间。陈老六面色阴沉，眯眼扫视一圈。这要干什么？逼宫，还是告状？陈老六看了眼猪刚鬣，使了个眼色：必要时，把这群人绑出去！

"少东家！"周二狗气沉丹田，中气十足。

陈敷扭头一看，被吓了大跳："哎哟！这么多人！"

"我们都是陈记纸铺的伙计。"周二狗别别扭扭地作了个揖，"我叫周二狗，这是我弟弟周小狗，另四个姓郑，是堂兄弟，我们和陈家原来是一个村的，你娘提携乡亲，招伙计时多照顾村里的青壮。"

贺显金面无表情，这人还挺有规矩。

陈敷笑道："那还挺好，我后几天要去铺子，到时候请你喝酒。"

周二狗咬了后槽牙："少东家，我们预备集体辞工。"

"你要辞工就辞！跟老朱说一声就是！闹到少东家跟前来，难不难看？"陈六老爷笑起来，脸上皱皱巴巴，又转头和陈敷笑，"小年轻不懂事，进了县城被迷了眼，要走的人留不住，等会儿我老朱在账上一人支五两银子。"

陈六老爷横了这群人一眼，语带隐秘的威胁："再多，也没有了。"

周二狗身后的人窸窸窣窣，似乎在商量，颇有些意动。五两银子噢，他们一个月工钱不过八钱银，一年也不过九两银子。陈家每个月发一半工钱留一半工钱，说剩下的工钱等他们干满三年一水儿给完。

翻过腊月，就是三年了！猪肉头压根不提这回事了。三年，一半的工钱，就是十五两银子。他们本来也没想过能把工钱要回来，能要回来五两银子不错了。猪肉头那个只吃不吐的，放话让他们去告官，又说陈家大爷是在朝廷做官的，他们怎么可能告得赢？素来民不与官斗，跟来的汉子有的打了退堂鼓。

"不行。"周二狗心一横，掷地有声，"三年一半的工钱，一人十五两银子！一分一钱都不能少。"

贺显金向后仰了仰头。果然，她今天看那本账册，就觉得不对。工钱是如数支出去了的，签字的凭证，却是朱管事一个人的私章，就算这群伙计不会签字，摁手印总会吧？一个手印都没有。她断定陈六老爷和朱管事必定克扣伙计工钱，却没想到这两个人胆子这么大。克扣三年！一年只发一半工钱！心太黑了！贺显金是小账房，一个月守着三两银子过日子，她是没办法共情这些地主家的。

"口说无凭。"陈六老爷阴恻恻开口，"你们在陈记也干了好几年了，要一直欠你们工钱，你们还能在陈记干？现在突然跳出来说陈家差你们工钱，少东家凭什么信？你们当别人是傻的？"

陈敷看看这边再看看那边，略显无措。

"我信。"贺显金从袖兜掏出一卷捆得严严实实的票子，重重地拍在桌子上，"十五两银子，六个人，总计九十两。三爷给你们支一百两，算作三年的息！你们若愿意继续干，就留下来，三爷承诺按时按月发薪，绝不拖欠。"

陈六老爷瞳孔猛地放大。这一卷票子看起来，真眼熟呢！陈六老爷肢体僵硬地转向贺显金，紧盯着桌上那卷票子。这就很过分了，骗他的银子，用陈敷的名义，给他店里的伙计发薪资，别人对陈敷感恩戴德。这娘们怎么那么有脸呢？

陈敷也被贺显金豪迈一拍惊住了，看了看桌上的票子，动动嘴唇子："这钱……"这钱哪里来的？

陈敷才说出口两个字，就被贺显金打断。贺显金面无表情，语气却与有荣焉："这钱是三爷自家的私房，拿私账补公账，作为账房，我是不建议三爷这么做的，但三爷执意如此，我也只好听从。"

陈敷一句话，转了九个弯，大大的眼睛盛满了不解：我、我有吗？

陈敷顺利接收到贺显金冷静却笃定的目光，冷静地诉说着一个信号：不要反驳。陈敷脖子一缩，咽下后话。好吧，他有。

周二狗的目光在桌上的票子和桌边的少女身上打转。票子是真的，鲜章红艳艳的，贼好看。这女的没见过，一长条，瘦津津的，比旁边的墙壁都白，像根白黄瓜。

"你是账房？"周二狗问，问完发现自己不太关心这件事，谁是账房和他有屁关系，拿到手里的真金白银才跟他有关系，"我们兄弟六人不多拿，该是九十两就是九十两，我多拿两张票子，再给你干一年，互不相欠。"

"还愿意在陈记纸铺做工的，明天早上准时上工，一个月照旧八钱银子，包食宿、包回乡车马，一旬两休、岁节、冬至、寒食三大节放三日假；圣节、元节、中元节、夏至、腊日中节放两日假；在座诸位都是用了三年以上的老人，每年还有三日带薪休假。"贺显金掏出白边纸、芦管笔、印泥和擦手的毛纸，"唰唰"几笔写完，分作两份，分别推向周二狗，"这张是领银子的条，这张是约定上工的条，您看着摁手印。"干脆利落，没半个字废话。

周二狗没作声，也干脆利落地摁了两个手印，再看这女的觉得还行，虽然是条白黄瓜，但是嘎嘣脆又蜜蜜甜，处起来方便。

贺显金拿着纸，转头就找陈敷："三爷，劳您在狗爷手印旁敲个私章。"

陈敷没反应过来："啊？"

贺显金言简意赅："二人协商一致方为契约，契约不可破，破者为背信弃义之辈，遭万人唾弃、千人辱骂、百人不齿，子孙后代千秋万辈都将背负弃诺背誓的骂名！"

陈敷疑惑，只是签个伙计，有必要这么狠吗？他娶媳妇，也没立过这么重的誓啊。但是陈敷不敢不敲章，他从贺显金眼神里又看出了一个信号：敲章，不敲章者死。

贺显金笑着将这份约书递到周二狗手上："狗爷，契约已成，按照约定，您付出劳力，陈记保您薪酬温饱，若有违背，陈记天轰地裂，永不得成业！"

皮影戏正值中场，鼓声锣声唱声逐渐式微，长桥会馆陷入片刻寂静，少女的声音高亢尖厉。贺显金提高声量，大声道："从前陈记如何，今日咱们一笔勾销！陈家三爷自请来泾县，只为正陈记衣冠、塑陈记新貌、强陈记新业！大家伙好好跟着三爷干，三爷有肉吃大家有肉，三爷无汤喝也必为大家割骨刮肉，共吃一勺稀粥！三爷在此谢过诸位了！"

周二狗身后的汉子们，陡然鼻头发酸。这东家，也是太那个了！

周二狗之后，无人再谈请辞。郑家年岁最小的伙子，红着眼眶摁下手印，拿了约书好好折叠放在袖中，对陈敷深鞠了一躬："谢三爷！谢三爷的银子！我一定好好干！"

陈敷只觉整个人快飘到天上了，屁股都不痛了。伙计签完，楼下的皮影戏还在换布景，一楼大堂诸人都在看二楼包厢。

贺显金朝周二狗耳语两句，戏楼里便听周二狗扒在包厢边缘，声如洪钟："陈记三爷陈敷在此！凡与陈记有银钱、业务、采办纠葛的，携真实凭据来长桥会馆，五日之内，三爷均认账付账！"

贺显金一拍手，张婆子从包厢后端了个盘子，盘子里四叠银锭子摞得高高的，张婆子得意扬扬地将盘子"咚"一声砸桌上，一楼大堂惊起一阵接一阵热烈的叫好和掌声。

陈敷咽了口口水："这、这也是我的私房？"

贺显金笑了笑："不是您的私房，难道是我走的公账？"

猪刚鬣已经很急了，刚刚给周二狗一行发钱时，他后背、手心，甚至脚掌心都在大冒汗，如今见这夜叉端了盘银子出来要把残账算了完，他整个人已慌得发抖。

夜叉根本不需要看账本！合不上的账、他们企图隐藏的账、被他和陈六老爷合伙吞下的账，全都会随着这一盘银子浮出水面！夜叉哪里需要对账本，账本自会来找夜叉。到时候，夜叉手里拿着凭证，两相核对亏空，他还有命在吗？天知道这些年他和陈老六从这账里抠了多少银子？少说一年也有三四百两吧，不要提他们用二等货换下李三顺做的一等货，把一等货运出泾县卖高价，从中赚取差额之类的事。诚然泾县作坊不赚钱，可再满的粮仓有两只贪得无厌的硕鼠，粮食也保不住啊！

如今，猫来了。猪刚鬣急切地看向陈六老爷，心呼救命！陈六老爷阴狠地看向那盘银子。这银子，是不是有点像他给出去的另外四百两？

"老三，你这是什么意思？"陈六老爷脸色铁青，"泾县作坊不赚钱，你以为是我和朱管事从中捣鬼？什么纠葛？什么欠账？你现在演这一出，是不是想打你六叔的脸？"

陈敷下意识看向贺显金。贺显金慢条斯理地从布背篓里掏出一个方方正正的木头盘子，中间镂空，椭圆木珠串成一条线。贺显金上下晃动，随着"哗啦啦"的声音，算盘珠子众神归位。

"瞧您说的，打您什么脸？作坊的管事是朱爷，账目经手的章也是朱爷敲的，各类采买办理的约书更是朱爷谈的。"贺显金没笑，拨弄了几下算盘，找一找手感，"错处是朱爷犯的，您至多是监管不力，不算什么大事。"

猪刚鬣不可置信地看向贺显金。钱是昨天贪的，锅是今天背的，凭啥啊！猪刚鬣再把目光移向陈六老爷，谁知却见陈六老爷怔愣片刻后，默默将眼神移开了。

这什么意思？意思是，打了他老朱，就不能再和别人计较了，是这个意思吗？猪刚鬣心头发慌，像甩了根麻绳掉进没有底的深水井，直冲冲地往下坠。

"你、你什么意思！我、我什么也没干！你乱说啊！你乱说！"猪刚鬣结巴起来，手指头哆哆嗦嗦地指向贺显金，脑袋看向陈六老爷，"六老爷，她乱说我啊！"

贺显金甩甩头，笑得和蔼可亲："还没有轮到您的事儿呢。"

陈敷不自觉打了个寒战，感觉他闺女就像阎罗王，笑眯眯地说"还没到时间呢，您的死期还得再议呢"。

笑眯眯的夜叉，难道就不是夜叉了吗？照样吓死个人！猪刚鬣脸一下刷白，眼神扫到桌上的银子，从惧怕瞬间变为愤怒！

陈六老爷今早上来救场，一下子掏了八百两，眼见夜叉收了，他们两个的心就放回肚子里了。陈六老爷就说要不他们一个人出四百两，出点血，舍财免灾。猪刚鬣忍下血泪，硬生生剜了四百两出来，像在割他的肉啊！现在回想起来，他凭什么和陈六老爷出的一样多？吃钱的时候，他们两个怎么不平分？怎么就是陈六老爷占七成，他占三成了？钱，陈六老爷拿了，现在有危险了，却想推他去抵债！呸！美得他！

猪刚鬣气得流油，油涌上脑袋，话都糊涂了："你吓唬我做什么？我不清白，难道别人就干净？你就是欺负我不姓陈，我告诉你，我姓朱的也不是团糯糊，由得你个小浪蹄子搓圆捏扁！"

"你再说一遍，我是什么？"贺显金"腾"地一下站起身，动作迅速，拿包厢柱子做掩护，挡住了大堂望向包厢的视线，顺势用芦管笔尖尖的笔头深抵住猪刚鬣的喉咙，压低声音，"你再拿我是女人说事，我发誓我一定用你的血当这支笔的墨水！"

笔尖死死抵住猪刚鬣的喉咙，戳出深深的痕迹。他惊恐地看着，艰难吞了口水，只见笔尖堪堪从喉结上划过。贺显金恶狠狠道："听清楚了吗！"

猪刚鬣忙连连点头。贺显金将笔收回袖中，神色如常地落座。陈六老爷惊呆了，花白山羊胡翘到颊边，陈敷也惊呆了，手里的瓜子落了一地。唯一冷静的是早已见识过贺显金用蜡油烫人的张婆子和在心里深觉这白黄瓜干得漂亮的周二狗——就算是女的，要没几分血性，作坊的青壮弟兄凭什么跟她混？凭什么从她手里拿钱？早该整治整治这狗屁猪肉头！

"我早说了，事情还没到那个地步！"贺显金恨铁不成钢，"你我共事，何必剑拔弩张？不过是几两碎银，记差了、算错了、写漏了都是常事！"

"大魏律法，凡罪从减从轻，独于治赃吏甚严。"贺显金蹙眉摇头，很为猪刚鬣着想，"三爷若真想收拾账目，尽可以报官！凭陈家在泾县的关系，县太爷必定是要理一理的。为何没有报官？不就是念在同事情谊吗？银子缺了就补上，账目算错了就斧正，数目写漏了就添上，哪有解决不了的事？"

贺显金眼睛一扫，意有所指地点了陈六老爷："六老爷，您说是吧？"

陈六老爷看了眼贺显金，脸色铁青地缓缓点头。堂下皮影戏布景换好，猪刚鬣憋着一口气先行告退，陈六老爷亦如坐针毡，没一会儿也走了。大堂中人流如织，时不时抬头望二楼包厢，窸窸窣窣不知在说什么，连台上的皮影戏都吸引不了他们的目光。

陈敷也在疯狂打量贺显金。贺显金气定神闲地坐在包厢边上，见戏里那卖锦货的黄郎背上行头东山再起，便"咦"了一声。锣鼓声敲响，紧跟着是热闹的唢呐和胡琴，长桥会馆的人今日看了两场戏，心满意足离开。

贺显金同张婆子一道收拾算盘、笔墨。

"金姐儿——"陈敷终于开口。

贺显金"唉"一声，规规矩矩地将手里的东西放下，老实坐在凳子上，认真答了句："我在，您说。"

陈敷千言万语，不知从何说起。"今天的戏挺好看的。"陈敷讷讷道。

贺显金笑了笑："您后来都没看进去，黄郎被奸人所害，家财散尽，后来靠货郎担再起家业，是个好故事。"

天已经黑了。贺显金望了眼窗外，店肆铺子都在往回收灯笼了，她笑道："谢谢您没有拆我的场。今天早上陈六老爷和朱管事企图用这八百两银子贿赂我，放过泾县这几年的账，我收了，又见铺子里无多人，与账册上每月发放的例钱对不上，便想其中必有猫腻，这才设下这一局。"

陈敷心里乱乱地摆摆手："我看得出来，我又不是个傻的。"

是，你只是动脑子的次数比较少。贺显金点点头，表示赞同。

"朱管事和陈六老爷有问题，你预备怎么办？"陈敷忧心忡忡，"他们愿意给你八百两，账上的亏空必定不止八百两，我们补上了这八百两，多余的怎么办？我身上倒是还有四五百两银子，等会儿让阿童交给你。头开了，总要圆上，不能虎头蛇尾，咱们能走一步是一步吧。"实在不行，一封快信送到宣城，掏空他娘的荷包！不肖子陈敷有恃无恐。

贺显金笑着摇摇头："会有人补齐的。"

陈敷没听懂，但见贺显金胸有成竹的样子，便跟着高兴起来："你可真厉害！"

贺显金以为陈敷要表扬她不到一天就把端倪揪了出来，正准备自谦，谁知便听陈敷兴致勃勃又道："你把笔尖磨那——么尖！是故意的吗？"

故意啥？故意拿笔尖当凶器吗？那她的兵器，还挺特立独行。贺显金无语地默了半响，见陈敷一瘸一拐地预备下楼，便跟了上去，隔了一会儿方轻声开口："三爷，我、我擅自插手泾县作坊的事情，您会不高兴吗？"

陈敷一下子没反应过来，"啊"一声后，想了想才直白道："我闻术业有专攻，莫起妄念思冥鸿。我虽然不清楚你是哪里学来的这些办法，但明显你比我厉害，我虽姓陈，却一定没有你做得好，你愿意做，也是我的福气。"

陈敷想了想，又加了一句："我娘从来不觉得我聪明，但我看人还挺准的。你对陈家没有恶意，你对我更没有恶意，你若有恶意。完全可以收了这八百两银子，伙同那两个傻子来哄骗我，但你没有。"

就像你娘，你娘临到死都没爱过我，但她也没伤害过我。这样就很好了，我很知足了。

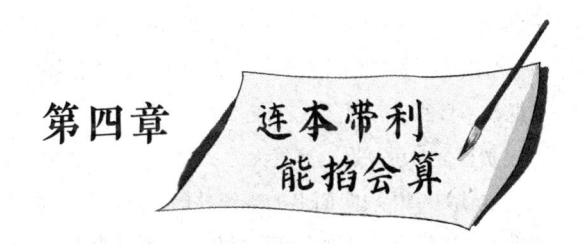

第四章 连本带利 能掐会算

贺显金果如其言，一连五日都在长桥会馆二楼包厢。第一日，唯有一人前来，是泾县城中名唤"小稻香"的酒家，凭据上龙飞凤舞地签着猪刚鬣的大名"朱刚立"。贺显金想，她可真是能掐会算、未卜先知。

"朱管事来我们这儿喝了三场酒,共打了两吊钱的赊账,陈记的人不至于赖账,咱就从来没催账,"来人不过十五六岁,白面小生,怯生生的,"但是前两日我爹病了,饭馆开不下去,我娘才把这个凭据翻箱倒柜找出来……"

造孽,真是造孽!贺显金脸色发冷,板正得像块搓衣板,双手接过少年手中的凭据,按月息两个点的高利息算给他,顺手签好单子递给张婆子,张婆子取来小秤过了碎银,双手给少年奉上。

"赶紧去给你爹请大夫、抓药。"贺显金语气真挚,"对不起,我们来晚了。"

少年一下子红了眼眶,一手拿了碎银,一手把凭据交给贺显金。有了"小稻香"在前,后几日来人渐多,有泾县本地被陈记拖欠货款的小商贩,也有预定纸张却被陈记无限拖延的倒霉买家,还有更多明明定的是一等纸、拿到手的却不够好的买家……只要有真实凭据,全都付款,只要买家认为货不对版、名不副实,那好,请您把剩余的纸张拿过来,立刻退回全款;如果纸张已用完,只要拿出购买凭证,就立刻遣张婆子回铺子拿相等品质的纸张补还。

这年头,买得起陈记的人家,也不至于讹你两张纸。人家还愿意来诉苦、要调换,就说明对这个品牌还残存有一丝信任。真正失望的,直接拉黑名单,休想再从他包里掏出一铜板。这可是泾县!十里长街,八家做纸,只是陈家起家早,瞿老夫人胆子大,以账上基本不留现银的代价迅速扩张了好几间铺子,又乘上陈家大爷的东风,产业比那些小作坊更大罢了。和其他家的纸张,若真说品质有多大个上天入地的区别,其实也并没有。

真正能够显示出陈家卓越做纸技术的货,寻常人也买不起。卖东西都是这样,金字塔顶端的货,金字塔顶端的人买,基本不流入市场;底部做的是薄利多销,赚一个辛苦钱;中部的利润与投入产出比才是最强的,也是兵家必争之地。

更何况,陈家卖的是纸。这个年头,什么人需要用纸?自然是读书人。能供得起读书人的,家中至少有点余粮,他们是市场的中部。照这五日的情形来看,陈家以次充好,快要把市场中部得罪完了!

更别提市场入口——原料供应方,三寸高的拖欠货款单子,粗略加起来有五百余两,拖得最久的一笔有整整三年,拖得最小的一笔才二两银子!二两银子都要拖!万恶的地主家!

贺显金和董管事每日清当天的账清到凌晨,第二天继续黑着眼圈对账出账,托盘里的银子逐渐见底。董管事还不会扒拉算盘,操着那二十根可怜的小棒棒这里摆一摆,那里摆一摆,愁眉苦脸地和贺显金诉苦:"八百两银子,支作坊六伙计一百两,支欠款六百三十一两八钱,支退款一百四十五两一钱,余、余……"

贺显金向后一靠,有气无力:"是负七十六两九钱。"

这钱是拿作坊账面上的现银补的。这几日,贺显金凌晨收了工,还回铺子收拾了账面上的现银,她就没见过这么可怜的账。一间拥有七八个伙计的店肆,账面上只有七十八两银子。补足了长桥会馆的缺口后,泾县兴盛三十载、跨出乡镇打入城市、与青城书院并称泾县双姝的民营企业陈记,目前账面现银一两一钱,还挺吉利。贺显金严重怀疑,隔壁云吞铺子账上的现银都比这多。"

董管事快要气笑了,眼睛耷拉,嘴角上翘:"再过十来天就是正月,一年一税、除夕的红封、来年房屋的租子、作坊需每年更换的打春、草木樨……粗略算下,至少要几百余两……"

陈记纸铺的宅子竟是租的?这可是陈记的大本营,陈家居然没把老阵地买下来?贺显金挑眉。董管事机敏地抓住贺显金神色变化,维持住苦笑的姿态,隐晦道:"那间铺子是衙门的私产,不能买卖。"

贺显金懂了,另一种形式的税。只是这个"税",直接造福当地衙门的官吏,这得交。商贾要懂事,才不会被割。贺显金蹙着眉,手一翻竖起算盘,算盘珠子哗啦啦地挨个掉下去,贺显金又把算盘换了个方向,算盘珠子又哗啦啦地砸在另一边。别说,这声音还挺解压。

董管事闷了闷:"你也别太担心,老夫人把三爷放到泾县来,总不至于真把他逼到绝境……不过几百两银子的事儿,叫三爷写封信回去,母子间服个软,多少钱要不来?"

贺显金摇摇头:"我没想这个。"

"那你琢磨什么呢?"董管事问。

贺显金笑了笑,把算盘一横,算盘珠子总算去了它该去的地方:"我在琢磨,我讹多少钱合适。"

陈敷口中的"两傻"之一,朱二傻正在自己宽敞明亮的二进院落里来回踱步,焦虑万分,隔一会儿就招来仆从问问,等了半天,总算是等到陈六老爷阴沉着一张脸,弯腰驼背地从大门进来。

猪刚鬣赶忙迎上去,未语泪先流。"那蹄子……"他想起前几日抵在自己喉头的笔尖,"那拖油瓶太过分!"猪刚鬣一边哭,一边把攥在手心里的条子拿出来,"今天早上周二狗送过来的,您看看吧!"

陈六老爷接过条子,眯起眼睛。条子上写着:大魏律法,贪赃、妄占私产者杖五十,刑三十载。陈六老爷翻了个面,纸条背后还有字:三日内银一千两,可买五十杖、三十载;五日内价涨至一千二百两;五日后不见银,便于狱中见您。

五十杖,他早死了吧!别在狱中见他了,相约乱葬岗吧!

猪刚鬣哭道:"六老爷,我跑了算了吧?我哪还有一千两啊!我把这宅子卖了,把我自己卖了,也凑不够这么多钱啊!"

跑?跑得了个屁!大魏人丁管制森严,十户为一甲,一百十户为一里,进出城门皆需路引,甚至还需所在行当、家族或里正开出的单子才可放行。这一千两,再加上他们之前付出的八百两,恰好是他们这五六年从铺子里抽走的私房,再加上两个点的利。这是要让他们怎么吃进去的就怎么吐出来。陈六老爷只觉心头窝火。他被人欺负得无法还手,不,不仅无法还手,甚至他连对方的招式都没看清,就被打得晕头转向、予取予求。

"把你这宅子卖了,有个两三百两,"陈六老爷环视一圈,泾县地价不值钱,能卖个两三百两不错了,又看猪刚鬣身后的美婢玉仆,粗略算算,"再把你买的这些丫头美妇也卖了,凑个一百来两,你置在你父母名下的那些地呢?还留着作甚?你死了,银子能跟着你下黄泉?"

陈六老爷语气严厉,一副教训自己子侄的语气。猪刚鬣愣在原地,哭都忘了。这个时候了,还想把他吃干剥净!还让他把地也卖了!那他以后怎么活?他还能回陈记做事吗?这个老不死的!

"难道银子能跟你下棺材了?"猪刚鬣冷笑一声,脱口而出,"六老爷,您把银子攥那么紧,不怕银子化掉啦?我从陈记抠钱的时候,您可是一点没闲啊!您抠得比我还多!还狠!这一千两,我不给!"猪刚鬣撑着脖子吼,青筋暴起,"谁爱给谁给!等我下了狱,我该说什么就说什么!账目的事,我有一份,你就有两份!到时候你看陈家饶不饶你!"

"你疯了!"陈六老爷羊须胡飞起,警觉地四下探了探。他和这猪不同,这死猪是陈家雇来的,贪点钱最多是把银子吐出来,再受点刑狱之灾。他是陈家人,他儿子,包括还在青城书院读书的孙子,若想有出息,就要仰仗着宗族父老!以后读书、做官都还要族长写荐书!这年头,没有宗族撑腰的人,就像离了枝干的叶子,别人想踩就踩,想撕就撕。

先前瞿氏不动他,不过是因为大哥死后,老五带着他站在这个嫂子后面,硬把她给拱上去,瞿氏要对他对老五动手,就是恩将仇报、没有心肝肺。如今这个局面不同了。陈六老爷气得胸口发闷,像大锤抵在胸骨,如今他要是不把银子掏出来,这头死烂猪会像只王八一样咬住他不撒口!

这就不是瞿氏主动动他,是他的把柄被递到瞿氏手边,他的脖子已经被伸到瞿氏刀边,瞿氏只要一抬手,他们这一房活路就断了。

要是这头猪死了就好了。陈六老爷眯眯眼。

猪刚鬣扯开嗓门:"我家里是有本账的,记着这些年的账钱,甚至还有六丈宣、八丈宣的走向,李老章的死,李二顺的残……就算我没了,这些账也该送哪儿就送哪儿!"

陈六老爷眼神一变,喉咙发痒,轻咳一声:"你这个猪脑子……"猪脑子,但趋利避害的本能却很灵敏。居然还记了本账?账本和李老章、李二顺的事情都不怕,陈老六怕的是追究八丈宣、六丈宣去了哪儿……

"这样吧。账我出七百两,你把剩下的银子给了,我调你去旌德做檀皮采买,咱们避避风头,等那两个杀千刀的蠢货走了,咱爷俩再碰头发财。"陈六老爷忍下心头火,态度自然地安排下去,"我等会差人把票子给你送过来,你给陈敷送去。"

猪刚鬣平静下来。离开泾县?也成。有钱在哪儿不成?陈六老爷见安抚下来了,又道:"你这个宅子该卖就卖,不想卖,留下也成,装你那些心头肉正好。事不宜迟,也不晓得陈敷来还要做什么,今天收拾妥帖后连夜走,我来安排你的去向。"

猪刚鬣转了眼珠子,隔了一会儿才点了点头:"那就先不卖吧,等您把陈敷赶走,我回来还住呢。"

陈六老爷乐呵呵念了句:"阿弥陀佛!但愿我这把老骨头还斗得过那两个傻蛋子!"

陈六老爷又安抚两句,便转身出了这套风格华丽的宅子,一出门脸垮得比马脸还长。他吩咐道:"去送信!照旧在宝禅多寺埋伏,这死胖子一露头就砍了。他如果真有账本,要出远门必定随身携带，金银财宝请大王们分了，账本给我送回来。"

身边也是个老头，没胡子，应道："是是是……咱们真给那七百两？"

陈六老爷点头："不给咋办？陈敷那小子铁了心要这些钱，他要就给他。"

老头道："可惜了！"

陈六老爷笑起来："可惜什么？去票行做个日子，半年之后才能兑换现银。"

老头愣了愣："那也能兑出银子啊！只是在日子上卡了他们一把罢了。"

"你自己算算，他们把那些债还清了，店肆作坊的租子、更换器备、过年的红封……他们还有多少钱来拿？"陈六老爷笑得慈眉善目，"更别提还有个大头。"

老头明白过来，笑弯了腰："是是是！您最聪明！年初要是定不上铜陵的檀皮和稻草，那就只能用三县的了……做出来的纸可就大打折扣了！"

"他要是往宣州去了信要银子，我那嫂嫂倒也会给，只是他在这儿估计待不长了。"本来阖家上下都认为这老三就是个废物，去封信要银子不就是落实他就是个废物吗？废物凭什么把持泾县作坊？凭那个姓贺的贱人吗？等他们彻底对老三失望，在泾县陈家还不是他想干啥干啥，那小贱人性子烈，但模样真不错，收了房或是强占了去，谁又能为她出头？陈六老爷笑呵呵，老头也笑呵呵，其乐融融。

到了夜里，猪刚鬣来了趟长桥会馆，姿态放得很低，一出手就是全额一千两："六老爷派我去收檀皮，许是到年后才回来……"

贺显金早预料到了，她接了票子，看了鲜章又看了钱庄，再递给董管事，笑道："您可真是解我燃眉之急呢，凑钱快得我还以为这是假票子呢。"

猪刚鬣"哎哟哟哟"三声："您熟知大魏律法，制造假银票是个什么重罪，我可没那么多脑袋掉哦。"

贺显金看向董管事，董管事微不可见地点了点头。贺显金方笑道："那您去好，后会有期。"

没想到，是后会无期。第三日，贺显金便收到了官府的信，据说猪刚鬣前往旌德的马车在宝禅多寺被劫，金银财宝洗劫一空，人被抹了脖子，黄灿灿的脂肪和红艳艳的血流了一地。民事官司变成了刑事官司，中间必有比假账更厉害的弯弯绕。贺显金突然想起什么，心头一惊，连让董管事前往钱庄兑账。

董管事垂头丧气回来："兑不了！这样大额的银票要提前与钱庄招呼，这几张票子的兑款日期到六月后去……"

贺显金紧抿唇，隔了一会儿方笑了笑："有意思。"

陈六老爷，你还有什么惊喜是我不知道的？银票兑不出，就意味着红封包不出、货款交不上、原料定不了……从人事、财务、市场等方面，对陈记都是很大的打击。要是在平常，兑不出就兑不出，偏偏在年底！

做梦都梦到她打麻将，上家是块金元宝，对家是坨银锭子，下家是串贯通钱。她徜徉其中，三家通吃，幸福的一身铜臭味。贺显金急得都快把钱看穿了，脸上却分毫不显，甚至早上起来还在庭院里打了一套八段锦。董管事脚下生风,见贺显金穿了套宽松对襟的米白外衫罩子,脚踏纯黑老布鞋,头顶束支深褐木簪,桌边的石凳上还放了一盏热气腾腾的盖碗茶。

董管事愣了愣。他仿佛看到了隔壁商行那位年迈又精神矍铄的王老东家。在经历了空手套千两、会馆笔戳喉管子等著名战役后,董管事对于贺显金代行陈敷之职,表示了默认。在看到贺显金精神矍铄地打拳后,这份默认瞬间飙升到高点。

"怎么了?"贺显金收了拳,双拳并腰间,气沉丹田后再吐纳。

更、更像了。董管事便转了话头,意思到了就行:"票号要收咱们接近四个点的月息。"

意料之中。但是,四个点?一千两,一个月的息就是四十两。现在还不到正月,如果他们目前要将现银提出来,就要损失二百八十两,到手才七百二十两。泾县作坊一个月的利润才五十两,这是近三成的亏损啊!贺显金端起盖碗茶,克制地浅啜两口。就作坊目前的状况看,他们真的有这个底气承担二百八十两莫名其妙的损耗吗?

"提现银吗?"董管事焦急,"票号腊月二十八关门,正月十五开门,留给咱们的时间不多了。"

"李三顺师傅回来了吗?"贺显金放下盖碗茶。

董管事点头:"预备明日回来,他倒是一直想给三爷请安。"

"三爷呢?"贺显金皱眉。

董管事闷了闷。好吧,一切尽在不言中。这恋爱脑不是吃喝,就是拉撒去了。

"把三爷绑……"贺显金吞下"绑"字,"把三爷请到铺子去。"

董管事没明白,又问:"酒还是茶?"

瞿老夫人搞来的这个耳目,当掌柜还要再修炼几年啊。贺显金耐心:"李三顺师傅是爱喝酒,还是爱喝茶?"

"茶吧!顶尖的造纸师傅不能多喝酒,酒喝多了,双手要抖,捞纸时就容易不匀称。"董管事想了想,笑道,"昨天我到铺子,见有好几个包浆茶筅、茶漏、茶勺、茶匙俱全,李师傅约莫还是个中高手。"

贺显金点点头:"在田黄溪边找一间雅致的茶舍,挪两盏红泥小燎,准备些许盐渍花生、小黄柑、红枣,备三个攒盒的糕点,把三爷珍藏的茶带去,再请个茶百戏的高手。晚上定天香楼,备一桌好的,让所有人都来。账就从公家支。"

贺显金心里盘算,预算应该能控制在一两一钱?便道:"如果实在超支,写个凭条从三爷的私账走。等赚钱了,立刻把钱补回私账。"

待董管事复述一遍走后,贺显金换了身粗布短打火急火燎向作坊赶,正好在门口遇见陈敷。

"没吃饭吧?"贺显金摇头。陈敷手里拿着两个油浸纸包,递给贺显金:"猜你就没吃饭!小稻香的葱香猪肉包,好吃着!"

贺显金笑了笑,伸手接了,便跟在陈敷后面进了作坊里头。上回她到铺子来,只在外面的店肆看了账本,没进来。造纸说一千道一万,是纯手工艺活儿,靠的是原料的筛选和匠人手上的技术。她一个外姓女人,独自去工坊不太合适,怕别人误以为她有偷师之嫌。跟着陈敷,就名正言顺。

周二狗在作坊，用钥匙一打开门，水汽、湿气、热气，还有草木独有的泥土腥气扑鼻而来。几个硕大的水缸子、数十张竹帘、缝隙透露出岁月痕迹的石槽……里面冷冷清清的，上回在长桥会馆里见过的几位郑姓小哥都百无聊赖地坐在水槽边，嘴里叼着根狗尾巴草。

周二狗一巴掌打在其中一人后背："少东家来了！"

几个人忙提起身，先朝陈敷行个礼，再朝贺显金鞠一躬。这躬鞠得可真瓷实，快九十度了吧。

"腊月年关，坊里工少，李师傅又没回来，掌舵的人不在，大家伙也不是故意偷懒的。"周二狗连忙解释。

"别提了，寒冬腊月，年节将至，谁想出工？狗都不想上工！我要不是……"陈敷摆摆手，看了眼贺显金，"我这时候还在小稻香吃八碗呢！"

贺显金闷了闷："先去库房看看。"

资金紧张的时候咋办？可收回外债，可发行债券。但这些他们都没有，那还剩一条路可以走：清仓回流。

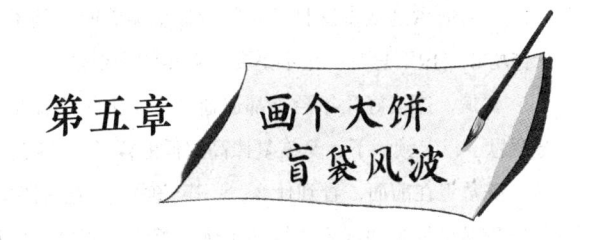

第五章 画个大饼 盲袋风波

库房就在石臼后方，垒的厚厚砖石，地板垫高一米，库房外立八根柱子。贺显金上了三步台阶，看周二狗和董管事一人一把钥匙，一左一右插入钥匙孔，只听"嘎嗒"一声，子母锁应声打开。有点郑重。

贺显金余光不经意往左侧窗户瞥了瞥，一扇小窗正大大开着，窗框基本就是在邀请外人。贺显金再看了眼那把高端大气的子母锁，觉得刚刚的操作，可能主打一个仪式感吧。

贺显金嘴角抽了抽，拍拍董管事的肩，再指向那扇窗，商量道："等咱把账解决了，给每扇窗钉死一个栅栏吧？"

董管事探头一看，唰的一下满脸通红。陈敷咬了口包子，哈哈大笑，笑得活像失了智。

库房值得一把子母锁，里面面积比店面大，几十个楠木斗柜顺序排列，扑鼻而来的是浓厚的花椒味。有点冲鼻子，贺显金凑近墙壁嗅了嗅，是糊在墙上的椒泥发出的味道。

"宣纸需要干燥，除了垫高地盘、铺陈青砖，糊椒泥也有大用处。"陈敷一边吃包子，一边囫囵和贺显金解释，三口两口把包子吃完，掏出绢子仔仔细细擦了手和嘴，才跨进库房大门。

贺显金多看了他两眼。倒不是惊诧于他对宣纸的了解，而是他擦干净手、嘴才进库房，这恋爱脑,其实骨子里对纸业仍有敬畏。有点意思。

贺显金抿唇笑了笑。库房里分了两个大类别,生宣与熟宣,几十种小类别,夹贡、玉版、珊瑚、云母笺、冷金、酒金、蜡生金花罗纹、桃红虎皮……皆由檀木木片制成,分散地挂在斗柜上。

"宣纸分生熟。"董管事像个婆婆嘴,话开了头就喋喋不休,"生宣是做后烘成什么样就什么样,熟宣则是用明矾等涂过,纸质硬且韧,墨和色不易洇散,用来画细笔或做卷子都是一把好手。"

贺显金摸了摸写着"夹贡"的纸,光滑、细腻却有点软绵,应该是生宣。她扫视一圈:"咱们库里如今最多的纸是什么?"

董管事努努嘴。贺显金看向堆在角落里的那一摞黄纸。

"竹纸呗。"董管事略有嫌弃,"咱们家是做品质的,我前几天来查库房就觉得惊讶,竹纸这种东西也不晓得做这么多摞干啥,这东西倒也有好的,叫玉扣,四川、福建竹子好,做得多。但咱们家堆的这一摞和玉扣纸扯不上半个铜板关系呀!"

董管事扯了一张,递到贺显金手边:"你摸摸看,这也配叫纸?"

董管事这副捧高踩低的样子,让贺显金很是意外,他平时看上去老实敦厚,又稳重自持,就是说纸业八卦的时候,和话包子一样。

"为何做这么多这种纸?"贺显金笑着问,脑子里突然浮现出一种可能,"咱们陈家几个作坊年终做汇总时,是不是要写今年的产纸量?"

"是,连续好几年泾县都遥遥领先,去年好像是做了五万刀纸。"董管事突然明白贺显金意思了,卡顿一下,又恢复捧高踩低的样子,"噢!这是滥竽充数!自欺欺人哦!"

陈敷走在前面,看到什么,一声惊呼:"竟有四丈宣!"

贺显金快步向前走,青砖上铺着好大一张纸!她目测一把,长十四五米,宽有三四米,纸张米白,肉眼可见的坚韧和厚实。

陈敷眼眶微红,转头看向贺显金,兴奋道:"四丈宣!非国士不可着笔,非名士不可上墨!泾县这样小的一个作坊竟然有四丈宣!"

"去年三顺师傅携二十余名做纸师傅就在前面那个作坊干出来的四丈宣!干了四天四夜,捞了半刀,如今还剩二十七张。"周二狗眼里有泪,"四丈宣算什么?李大师傅还在时,咱们家能做六丈宣、八丈宣……一刀纸就一百五十两银子!如今李大师傅不在了,再也看不到泾县百来个造纸师傅一起捞纸了!"

四丈尚且如此壮观,何况八丈。一刀八丈宣卖价一百五十两,钱呢?贺显金想起账上那惨淡可怜的一两一钱,心里呵呵一声,一千两银子——讹少了!

贺显金盘了一圈,心中有了计较,和董管事耳语几句。在作坊对付着吃了白水菜和粟米饭,下午,陈敷与贺显金一道去田黄溪。茶舍临溪而建,对面就是大名鼎鼎的青城山院,许是午休过后,来往诸生均着细布长衫,睡眼迷蒙,一边揉眼睛一边拎着布袋包,步履匆匆向里去。

贺显金收回目光,便见不远处来了位面色黝黑、身量矮小、四肢粗壮的中年男子。贺显金笑着迎上去:"李师傅吧?久仰大名、久仰大名!"

李三顺一见来者,一个男人着粉色绫罗,头戴宝石顶帽、面粉眉黑,另一个年轻姑娘神色冷淡,细眉细眼,穿了身粗布衣服,头顶一支木簪束发。李三顺两眼一黑,顿觉前途无望,绝望地长叹一声:"陈家就派了你们俩来?"一个纨绔,一个娘们?

李三顺一屁股坐到木凳上,抹了把眼睛:"二狗说老家儿来了人,要把咱作坊做起来!我高兴啊!我高兴得两天没睡着觉啊!梦里都在做纸!"

李三顺瞥了眼那纨绔。纨绔刚刚在吃花生,嘴角边还挂了片花生红皮。什么傻蛋玩意儿!李三顺悲从中来,老泪纵横:"陈家对我们老李家有恩,我娘是被老东家一根老参救活的,我们报恩!我们一家两代三口拼死拼活地干!可不能这么欺负人啊!你懂啥?你懂吃花生?这娘们又懂啥!"李三顺拍大腿痛哭。

陈敷有些手足无措。贺显金摁住陈敷的肩膀,待李三顺老头的哭声渐弱,方冷静开口:"我不懂做纸,但我会卖纸。您会做纸,我会卖纸。我们卖了纸才能有钱,有了钱,我们才能做更好的纸,到时候我给您请一百个帮手,凿最宽的水槽,做最豪横的大纸张,必让您重现八丈宣的传说!"

腊月二十,光从东方来,日出熹微,清风拂过,贴有兔子剪纸的红灯笼打在青砖上,田黄溪边四五人肩扛手提,十来块木板、几张裱好的长画、特制的油纸大伞,没一会儿便搭起了一个长约五米、宽约三米的棚子,棚子里高高矮矮立起十来个榆木箱子。棚子就在田黄溪边,不到百米的距离,是青城山院。踏晨光纷至而来的书生们,路过棚子,不由驻足。

"陈记……盲袋?"

棚子前立起一支高高的桅杆,桅杆上悬挂了卷成一卷的纸制幌子,木桌前斜竖立起一块做工精良、雕刻上路的名号,上面赫然写着——"陈记盲袋"。陈记纸铺还算有名,幌子上的纸卷也写了,是陈记纸铺在这里摆摊卖纸。五六个书生站在棚子前,单对"盲袋"一词颇有议论:"说文者道,盲,目无眸子也,我私以为此名颇有道家之风,心亡者忘,目亡者盲,一叶障目则真空中空虚空……"

"张兄所言甚是!老子曾云,五色令人目盲,五音令人耳聋,店家此名,啧,越想越有风骨呀。"

"是矣是矣,今朝市井书气渐淡,难得见一经纶好店,吾辈心甚慰啊!"

在编出一篇经义前,这位"张兄"手拎上学布袋包,风度翩翩地发问:"敢问店家,何为盲袋?"

贺显金从木架子后抬起头,笑出八颗白花花的牙:"就是咱买的啥不知道,你付钱,我给你个牛皮袋子,里面有十张各色不同的纸——盲的意思就是你看不着你买的东西呗!"

"张兄"愣住,那确实挺盲的。这店名,也确实挺白的。

"我既看不到我买的什么东西,我为何要买?""张兄"旁边那位"老子云"兄,蹙眉发问。

贺显金笑起来:"妙音至径,大道至简,沧海桑田,万物刍狗,君知前路几何?又明路在云中？雾中？雨中？山中？如事事尽知，岂无趣？"

身后的周二狗偷偷问董管事："贺账房是啥意思？"

董管事面无表情："意思是——别管那么多，买就是了。"

周二狗敬佩地点头："怪不得人家是账房。"推销都推销得这么有文化。

董管事想起昨天陈宅里被翻了个底朝天的藏书屋，一言难尽地看了贺显金一眼。她竟然能把刚背的词儿说得这么顺，泾县作坊充满发展的希望呢！

"老子云"兄细想了想贺显金的话，觉得说得很有道理，略颔首道："看不出来您身为女子，也读书。"再好奇地看了显金身后的木柜子，一个柜子密密麻麻重叠摆放数十个牛皮纸袋，厚薄大小均一致，"十张纸一个袋子？"

"是嘞！袋子里装的纸都不尽相同，有些是玉版，有些是夹贡，有些是竹纸……"贺显金维持着八颗牙的笑，左右看了看，压低声音，"有的牛皮纸袋里，还装了四丈宣和徽州澄心堂纸！"

四丈宣！几个"兄"兴奋对视！这他们知道！四丈宣一刀五六十两银子呢！山长就有一幅《春分竹雨图》是用四丈宣画的！啧！那笔触！那韧感！那温润的手感——虽然他们没摸过，但谁也不能阻挡他们想象！

"张兄"目光灼灼，跟随贺显金语调，压低声调："那您一个袋子卖多少钱？"

贺显金左手一抬，将一张制好的木刻版翻开见光："一袋一百二十文。"

一百二十文可不算少，一斗米才八十文呢！可和纸价比起来，其实也不算啥了，一张三省纸价值二十文，新管纸每张十文钱，竹下纸每张五文钱……一个袋子十张纸，但凡开出一张值钱的玉版或是更值钱的澄心，甚至、甚至直接开出一张四丈宣，那这一百二十文钱，简直不值一提！价值翻十倍，不对，翻百倍啊！

"张兄"眼神更亮了，正想掏银子，却被身边那位"心甚慰"兄撞了胳膊肘："万一你袋子里全放的竹下纸呢？竹纸一张不过几文钱，十张也才五十文，你卖我一百二十文，我岂不吃亏？"

贺显金看了眼"心甚慰"兄袖口泛白的夹袄、冻得略有血丝的面颊，站在"张兄"旁边明显清瘦的身材，一看就不是盲袋的目标受众。但每个人都是客户，莫欺少年穷，这句话对商人同样适用。谁都有可能失败，同理，谁都有发迹的机会。

贺显金依旧露出八颗牙："我向您保证，您目光所及的五百个牛皮纸袋里，必有不少于一百张的夹贡、构皮纸及同等纸张，不少于五十张的珊瑚笺、洒金、桃花纸及同等纸张，不少于三十张的二丈宣……"

日光渐盛，棚子前聚集的青城山院学生渐多。周二狗把木刻版均依次放出，三三两两的人群被"盲袋"二字吸引，围拢看木板上的字。

贺显金声音放大："兄台买的袋子里有什么，我不敢断言，但我能保证我所言非虚——您要这么想，或许您比较幸运，买的第一个牛皮纸袋里就夹着一张四丈宣呢？"

围观的人多起来。贺显金的眼神多落在外衫着细绫的"张兄"身上，鼓励道："一袋一百二十文钱，不过是您一日的饭钱。您若得了四丈宣，将心爱的诗词歌赋都落在这纸上，等您来日高中，我们陈记必定花大价钱把您手里的四丈宣买回来装裱收藏呢！"

众人的目光都落在了"张兄"身上，"张兄"有些飘飘然。清瘦的"心甚慰"又撞了一下"张兄"胳膊肘，再道："就算您真放了好纸进去，但您藏起来不给我们，我们不也拿不到？"

贺显金右手一抬，从架子下方拿了个大木箱子出来，双手摇了摇木箱子，里面发出"唰唰唰"的声音。"五百个袋子，五百个号！一百二十文，抽一次！抽中什么号，我给您什么袋子！"贺显金笑得爽朗，"这样操作，您看还有猫腻的空间吗？"

人越多，贺显金声音越大，少女语声清脆，恰似晨曦的光："咱们做生意，最怕的就是玩不起！年节将至，写贺词、做版画、书好诗……都需一张好纸！陈记既敢拿四丈宣来做生意，就不怕输不起！只要你买得够多，拿到四丈宣的概率就越大！"

"一百二十文，"贺显金笑起来，素日里细长清淡的眉眼瞬间染上了和煦明媚，"买不了吃亏，买不了上当，货真价实，童叟无欺呢！"

"张兄"一生要强，在花钱上，从没认输过。不买不是人！不买是王八蛋！现在不买，回家难眠，早买早享受，不买享不受！

"给我来四个袋子！""张兄"一巴掌摸出半贯钱，顺便再豪气地加上一句，"剩下三十文，不找了，送你买糕点吃！"

找零，二十文！贺显金在心里尖叫！半贯钱五百文，四个袋子四百八十文，应当找零二十文……贺显金一言难尽地抿了抿唇，看了眼不远处的青城山院。这山院的教育水平不太行啊！

"张兄"给了钱又抽了号，周二狗对照着拿了四个牛皮纸袋出来，贺显金恭恭敬敬地递给"张兄"："您看是现在打开，还是回家打开？"

"现在开！"人群里看热闹的起哄。

"张兄"搓搓小手，接过贺显金递过来的裁纸刀，打开第一个袋子，一张纸一张纸掏出来。竹纸、竹纸、竹纸……前六张全是竹纸。人里三层外三层越围越多，几十双眼睛盯着"张兄"掏纸，有好事者"嘘"笑起来："亏了亏了！一张毛边才二三文！张文博，张大公子花了一百二十文买毛边！哈哈哈哈！你爹知道了，一准回去抽死你！"

张文博脸发红，梗着脖子："胡说啥！我爹顶天抽我两三下！可舍不得抽死我！"

贺显金想，这种回嘴，真是软弱呢。张文博掏纸的动作没停，九张全是竹纸，董管事不由自主地握紧周二狗的衣角。周二狗不明所以："全是毛边不好吗？咱们不是净赚吗？"

董管事"咿呀"一声："赚个屁！第一个开出来的就全是赔钱货！咱们五百个袋子，还有谁会买？砸手里了！"

董管事急得脸上发白，再看贺显金，小姑娘面色如常，喜眉笑眼的，勾起薄唇，看起来贴心贴肺又人畜无害。真稳得住啊！董管事感叹一声。

张文博涨红一张脸，掏出最后一张纸，是一张一掌宽的浅绛色纸单。贺显金在心里长长呼出一口气，语气夸张道："您看看上面写了什么！"

张文博大声念出来："洒金六尺宣一张！"

贺显金笑起来："恭贺您恭贺您！是一张很好的纸呢！今年过年您府上的贺词与年诗，有了！"再扬起声音，面向人群，"因牛皮纸袋大小有限，稍大的好纸，是以各色纸单的形式放进牛皮纸袋，诸位兄台若是开出了色卡，请携记有编号的牛皮纸袋和色卡至水西大街陈记纸铺兑换！兄台若贵人贵事忙，我们陈记也提供送货上门服务，您托人招呼一声，我们陈记随时送纸至府上来——您若有什么想一并买来，也可提前知会，我们必定备得妥妥帖帖。"

张文博趁手气好，将剩下的三个袋子全开了，四个袋子，共计三十一张毛边、三张玉版、三张夹贡、两张兰亭蚕纸和一张最值钱的洒金六尺宣。读书人里亦有乡间田头苦出身，从没见过这么多好纸。张文博每开一袋，便引来"哇"声一片。

张文博出够风头，给"心甚慰"分了毛边和一张兰亭蚕纸，给"老子"兄分了玉版和夹贡，又掏了半贯钱买了四袋，并向贺显金再三确认："你们晌午可还在？"

贺显金笑盈盈："在在在！您想咱们什么时候在，咱们就什么时候在。山院腊月二十八放假，我们就一直在这儿摆到腊月二十八，但每天就五百袋。您知道的，这纸的事儿和别的不一样。别的吃的用的，买了就买了；咱这纸买了，用好了是千秋万代都能看见的！"

宣纸有"纸寿千年"的美誉。张文博开心地使劲点头："我先让小厮回家取钱，我爹要知道我花钱买纸，搞不好还能再赏我几吊钱呢！"

贺显金笑得越发真诚，由衷道："风里雨里，陈记等你！"

人群最外层，有人发出一声低沉的闷哼笑声。

"宝元，你笑什么？"低沉笑声旁的男子笑问。

被称呼为"宝元"的男子，额阔顶平，双睛点漆，眉目极浓，鼻挺面白，身形颀长，骨量骨架适中，看上去叫人赏心悦目，极为亲切。他看上去亲切，话却略有棱角："我一笑小儿狡黠，二笑学生鲁钝，三笑雕虫小技博开心。"

乔宝元，大名乔徽，手拎起与那张文博一模一样的山院布袋，眉眼生得浓，神色却点得淡："你看，咱们博儿多开心呀。"

旁边书生也跟着笑起来："开出六尺宣，还有好几张不错的纸，该他开心。不说别的，陈记的纸是好的，也贵，他连乡试都还没过，素日里也没用过什么好纸。"

乔徽摇摇头："这笔账，细算不了。"

四个袋子，四百八十文，一张毛边五文钱，三十一张共计一百五十五文，夹贡、玉版是一个档次的纸，算作十文，共计六十文，兰亭蚕纸两张共计四十文，最值钱的六尺洒金宣，便算作三十文，总计一共不过二百八十余文。

张文博多拿了两百文，买了个开心。陈记推出的"盲袋"卖的不是纸，是购买时冲动的快感、开袋时的忐忑和开出结果后的遗憾或狂喜。简而言之，"盲袋"卖的是感觉。越买越想买，越开越想开，总以为自己下一个袋子，能开出更好的东西。购买"盲袋"，最后压根就不在意什么是好纸，而是追求的那点不确定。

这和赌没有什么区别,唯一的区别是,这个让你有回本的可能,甚至,让你觉得自己赚大发了。乔徽双手抱胸,隔着人群远远看向棚子里那位明显的主事人——一个面生的小姑娘。杏仁般的颌,细长上挑的眉眼,小小的淡色的唇,非常清冷的长相,却透露出蓬勃旺盛、向上使劲的生命力,有种奇怪的美丽和矛盾。

"陈家不是派了他们三爷回泾县吗?"旁边书生小声嘀咕,"这姑娘怎么像当家的?"

乔徽收回目光,拎起书袋,一把扯回书生的头巾:"姑娘为何不能当家?你实属迂腐!走了走了!夫子凶猛,到时罚你三百篇经义,全写毛边!"

张文博开了个好头,囊中有闲钱的围观书生几乎都买了袋子,囊中羞涩的书生一脸艳羡地看着同窗们此起彼伏的吆喝声和起哄声。一个身材瘦小的小童,腊月的天穿件旧得起毛的棉布衣裳,巴在棚子木柱上,目光渴望地望向棚子里的热闹。贺显金的目光与小童撞在一起,她怔愣片刻后,小童飞快跑掉。

"贺账房,我要两个袋子!"

"来了来了!"

有书生赶时间,隔着木架催促贺显金,贺显金应了一声,收回视线,赶在青城山院晨钟敲响之前结束这个忙碌的清晨。

"二百三十个、二百三十一个、二百三十二个……"周二狗埋头蹲在地上,照笨办法数木柜里剩余的牛皮纸袋,头一低,背一弓,雄壮又宽阔的后背像座山似的。

"还剩二百三十二个,咱们一早上卖出了二百六十八个。"周二狗眉飞色舞,"天哪!那些纸放在库房里快两年了!咱们不过是加了个袋子,写了几块板子,竟然把纸给卖出去了!哈哈哈哈!"

真是个容易快乐又精力旺盛的单纯肌肉男。贺显金瘫在凳子上,状态挺好的,除了喉咙有点沙,扁桃体有点痛,嘴巴有点干。她抱着老茶杯狠狠灌了两口热水才舒服点:"等会儿咱们吃了早饭,再回去装五十个袋子。"

热水滑过喉咙,贺显金舒服地发出一声喟叹,脑子和嘴就没休息过,双腿杵在原地就没坐下过,笑得脸都快僵了。贺显金捏捏嘴角,松开下颌,嘟囔着确认:"董哥,青城山院约有三百童生和五十五名秀才,对吧?真有那么多吗?"

董管事也在仰头猛灌水,四十岁的人了,他发誓他这辈子没说过这么多话,也没听过那么多方言。官话里夹杂着各异的方言,凤阳府、滁州府、庐州府,甚至还有江西!还有个学生说的话,像鸟叫似的,他一问,得嘞,温州府的。他一早上,除了"您慢点说"就是"劳您再说一遍",便也没别的了!

董管事咽下水:"青城山院算是咱们南直隶人数较多的书院,咱们府学风昌盛,乔山长探花郎名声在外,本府及邻府的学生喜欢来此求学,甚至其他布政司的学生也会送到青城山院来,等考试的时候再接回去参考,中考率可大大提升。故而四百余人这个数目,应是准确的。"

贺显金把水放下,想了想,沉吟道:"那中午回去,再多装五十袋来!咱们今天争取保五争六。"

董管事咂舌，这、这胆子也太大了！一个山院，顶天也就四百个人，把夫子、教授都加上，也不过四百五十余人。这算是每个人都要买一袋？怎么可能！山院里一百人里至少有三四人是在各地特招的贫家子，学业非常优异，潜力巨大，这部分人，是不可能花钱来买贵纸的。

董管事抹了把额间的汗："会不会太多了？若是天上下雪了，咱们卖不完，纸惹了雪气就潮了，对纸不好。"

贺显金笃定点头："就这么多，您信我，能卖完。"

有的商家做大路生意，做人流量的，流量大生意就好；有的却做的是回头生意，一份东西不一定卖每个人，而买过的人必定还会再买。小姑娘神色淡定，语气却异常坚定。

董管事不由想起前日那场"接风宴"，这个小姑娘提出卖存货、回现银，李三顺坚决不同意，指着陈三爷的鼻子骂："咱做的纸是真的值钱啊！伙计寒冬腊月刮树皮，甘坑、蜜坑二水泡皮，晒、锥、碾、压、捞，伙计们用皮肉在做纸啊！咱们的纸不能贱卖啊！贱卖一次，就再也贵不起来了！"

这李老头真的太倔了，前一瞬，还在跟陈三爷哥俩好，你一杯我一壶，后一瞬，就指着鼻子骂他败家、不惜才也不惜材。老头儿以为贺显金口中的"卖存货、回现银"是要贱卖存纸。谁知，就这个纤弱苍白的姑娘，当场呛了一整杯桃花醉，面不改色心不跳地把杯子往地上一砸，指着满地瓷片发毒誓："我这辈子，若是糟践好东西来换钱，我贺显金如此碎片！死无全尸！"

老头儿噤声了，不只噤声，连茶都不敢喝了。他们当时都以为这姑娘在说大话，快速清存货怎么可能原价卖？资金想回流，只有压低价格，让别人捞一笔，才能用货换钱。你不压价，别人凭什么帮你清？

吃了"接风宴"，陈三爷醉得个糊里糊涂，干完一整杯桃花醉的贺显金出了房间，十分清醒地和周二狗打商量："劳烦狗哥从库里找六百张牛皮纸，咱们熬夜叠成书信袋子的模样，用糨糊封边，再请郑小哥和我一道把库里的纸彻彻底底清一清，按种类与品质登记入册，数清楚每种纸张的数量。"

周二狗在拿了这小姑娘三年筹子后，对这姑娘是死心塌地的。没叫他做事，心里抓心挠肝的，主动凑上去揽活儿。紧跟着贺显金、周二狗、周二狗他弟周三狗，郑家三兄弟连夜连日清理库存。按照八十文一张、六十文一张、五十文一张、四十文一张、三十文一张的卖价，将好品质的纸清理出五个档次，分别冠以汉玉白、栀子黄、落霞红、海青青、品月蓝五色，并找到相熟的印染作坊做了六十张一掌宽的色条。贺显金算了一夜，拿着算出来的纸指挥他们一个袋子放多少张便宜纸，又放多少张好纸，又如何摆放那六十张色条。

如董管事所料，过了日暮，果然下雪。雪灰天，飞檐红瓦之下，乔徽背着手，弯腰低头看着山院门口棚子外新立出的木刻板。上面赫然写着：

集齐汉玉白、栀子黄、落霞红、海青青、品月蓝五色条者，赠六丈宣一张；

集齐任意四色条者，赠四丈宣一张；

集齐任意三色条者，赠二丈宣一张；

集齐任意两色条者，赠流云金粟纸一张。

以上规定长期有效，欢迎选购。

乔徽慢慢直起身。陈记使用了天元式计算，来确保自己的利润，啧，他仿佛看见了他们博儿倾家荡产的命运。

"这位兄台，您要买一个牛皮袋子吗？"一把略带嘶哑的女声，像落在嶙峋山石上的薄雪，被石头的缝隙撕开原有的轻柔。

乔徽抬头，青布油纸伞下，少女着深棕夹袄，木簪束髻，眼眸清亮，鼻头挺翘，下颔小巧，身边摆着一个算盘。乔徽竟没有丝毫诧异，算得出天元式的人会敲算盘，有什么奇怪？只是奇怪，这世间女子多像园中牡丹，像水中菡萏，像雪中红梅，像夜中丁香，或艳，或清，或雅，或淡，都是花。唯独这个少女，像棵树，一棵至寒凛冬，不落叶不枯黄的冬青树。

"不了。"像树、像草、哪怕像棵仙人掌，都跟他关系不大。乔徽双手背后，"没有人能拿到六丈宣，这种庄家稳赢的局没意思，我这种散户没必要为庄家抬轿。"

"若您输了，您赌什么？"贺显金笑起来，露出标准的八颗牙。

乔徽蹙眉。贺显金重复一遍："您刚说没有人能拿到六丈宣。若有人顺利拿到六丈宣，您想赌什么？"

少女语气温和，但态度笃定。乔徽再扫一眼木刻版，必须凑齐五张色单，才能兑换一张六丈宣。从今天山院开出的袋子来看，只有张文博并另八个买了十几袋子的童生开出了有颜色的色单，且都是排位后三的红、青、蓝。近三百个袋子，开出十余张色单，是三十有一的概率，其中排名第一的月白色还没现身。

鬼知道，月白色的概率又是多少，搞不好是一百有一！谁能在八天内凑得齐？乔徽扬了扬下颔，眉梢间带有一丝了然与傲气："袋子总数几何，各色色单几何，都是您定的。规则您定，您自然最清楚怎么获胜，这个赌我同您打，不算公平。"乔徽笑了笑，露出几分少年气狂，"同样，您在山院坐庄，拿一个根本赢不了的赌约，把书生们玩得团团转，也不算公平。"

贺显金侧头，不着痕迹地打量乔徽。松江布、夹棉鞋，拎着和旁人一模一样的布袋，和山院其他书生没有任何区别，除了这张脸过分清俊、气质颇为桀骜不驯之外。贺显金眼珠子一转，笑出十颗牙："这样吧，我告诉您一个铁定能拿到六丈宣的法子，您支持陈家的生意，买一个袋子也好，两个袋子也罢，都算缘分。您看行吗？"

铁定能拿到？换种说法，就是这个天元式的解法。这个袋子不值一百二十文，但这个答案值。乔徽想了想，从袖中掏出一小吊钱放到桌上："愿闻其详。"

贺显金先把钱摸到手里，随手从柜子里抽了个袋子出来，推到乔徽跟前，笑道："很简单，把我们的袋子，全都买下来！你全买下来了，自然能凑齐五色单了！"

乔徽心想，真是无商不奸！就算会做天元式的商，也是奸的，就算像棵冬青树的商，也是奸的。乔徽埋了头，深吸一口气。你不能说她错，因为她没错。当基数够大时，概率自然变大，这是格致里最简单的内容。但"都买下来"，显然不是他想要的答案。

贺显金见书生憋闷，便递了杯茶汤去，温笑道："我没想捉弄您，只是您似乎对陈记这样的卖货手段有偏见，我便不自觉地想怼上一怼。酒香不怕巷子深，这个老话没错，但若是香酒不在深巷在浅巷呢？是不是有更多人闻得到、买得到？陈记同理。我们兢兢业业做纸，勤勤恳恳买卖，未曾坑蒙拐骗，没有背后设局，更没有愚弄山院书生。我们只是通过一些小手段让更多的人知道陈记罢了。"

"您说不可能有人拿得到六丈宣，我便把话放在这儿，必定有人能拿到。"贺显金压低了声音，"我们的规定是集齐五色单，但没有规定只能由一人集齐五色单啊！色单可以交换，可以赠送，甚至可以买卖，拿到六丈宣的概率虽然小，但绝不是没有。"

乔徽深看了贺显金一眼，双手背后再打量了棚子一遍后，抬脚欲离。

"您请留步！"贺显金高声招呼。

乔徽转过身。贺显金将牛皮纸袋毕恭毕敬地递过去："您的盲袋。陈记雕虫小技，您莫放在心上。"

乔徽在原地默了两个呼吸，转身接过牛皮纸袋，挑了挑眉，在贺显金耳边低声道："李老师傅在宝禅多寺遇难后，整个泾县再无六丈宣面世。姑娘既笃定有人能凑齐五色单，那您从哪儿拿出六丈宣？"

这回轮到贺显金嘴角抽抽。这人真烦！哪儿痛，戳哪儿！乔徽说完，便嘴角含笑扬长而去。

"咚咚咚——"书院暮鼓敲响。不一会儿，书生们背着布袋三三两两下步梯，遥遥看到陈记棚子前又摆出一张半人高的木刻版。博儿很激动，三步并作两步走，埋头先看，看到"六丈宣"三字时，博儿一阵五官乱飞，激动地揪住旁边人的衣角，再看集齐五张色单，五官便"哎哟"一声憋在一起。短短一刻钟，博儿的五官大开大合，非常忙碌。

"六丈宣！"博儿像只尖叫鸡，"好久好久没听说过六丈宣了！陈记这次真是大手笔了！"

"这些年，咱们安阳府上贡的贡品就是八丈宣！八丈宣是圣人御用，六丈宣是吾等读书人这辈子能用到最名贵的纸了！"

"安阳府还能做八丈宣？！"

"别瞧不起安阳府！咱们那儿做纸的福荣号虽不靠乌溪，未有甘泉，却也十分勤恳，前些年每年都有八丈宣、六丈宣出产，后来福荣号老东家过世后才断了这脉传承！"

"吹牛吧你！安阳府，穷穷穷！"

"你你你——"

博儿撩开拥挤的人潮，挤到贺显金跟前来，从袖中掏了两个色单，仔细比对了，嘴里呢喃："我手里有红色和青色，我还只需攒上三色就能兑换，是吗？"

博儿眼中有股贺显金熟悉的、未经过社会毒打的单纯的愚蠢。贺显金点点头，笑得真诚："我同您说句悄悄话——张兄，我是最看好您率先兑出六丈宣的！"

贺显金这头刚鼓励完博儿，那头便被其他人匆匆叫走，独留被点亮的清澈而愚蠢的目光，异常坚定。张文博手里攥着已有的两张色单，神色炯炯："再给我拿三十个袋子！"

他都凑了两张色单了！难道就此放弃，功亏一篑？不！绝不！地主家的儿子，永不言弃！

这博儿一连七八日都来，也不和贺显金寒暄，左手给吊子钱，右手拿牛皮纸袋子，一手交钱一手交货，闷声做买卖，一看就是憋着一股气。

贺显金悄声问董管事："这位张兄，是什么来历？"可别被薅秃了！

董管事埋头道："淮安府清凌镇大地主长子，家里良田两三千亩，六七个山头，还做着淮安府的茶叶生意，您放心。"

毛还多，还能薅，贺显金放下心来，安心使劲薅。

如博儿一般燃烧自己、点亮陈记的书生不多，但出手阔绰的还真不少，有的金主一出手就是二三十个牛皮纸袋子。金主小的七八岁，大的十四五岁，高矮胖瘦各有不同，唯一的共同点是，家底雄厚，且学业上还存有巨大的进步空间。

咳咳，毕竟哪个学霸有空玩这个啊！

正月前，腊月间，年节放假在即，学生本就沉不下心，如今一新鲜玩意儿横空出世，课间、午憩、食午间，大家伙谈论的话题三句话不离陈记的牛皮纸袋子和里面质感各异、做工精良的宣纸。山长乔放之端了壶银针茶芽，于庭院中，听二书生议论着珊瑚笺与夹贡的区别，不由心下大慰："书生论纸，便如老僧论道，更如大将惜器，咱们山院的学生总算拎拎清，心头有学业正事啦！"

跟在身后的乔徽无语，他不知道怎么表达，才不会伤害老父亲的心。狗屁爱纸、谈论学业，明明就是被一场还算高明的算数套住了。本质上，就是上了瘾要赌一把啊！我的爹啊！你的学生在沉沦啊！

乔徽轻哼了一声，将陈记在门口摆摊并设下"盲袋"和"集色单"的把戏一五一十说了出来："设计还算精巧，学生们先被彩头诱惑，再被挑起争胜之心，如今有好几个学生在凑五色单，淮安府的张文博、滁州府的孙顺、江西的武大郎，这几个咬得紧，好像都志在必得……"

乔放之端着茶盅愣了愣，把这事在脑子里嚼了嚼，方哈哈大笑起来："有意思，还真有意思！古有商圣范蠡，定陶巨富，三散家财；秦有吕不韦，奇货可居，低买高卖。小小泾县竟有此商贾，心思精巧，擅将钱做活，实乃小城之幸啊！"

乔放之话到最后，满眼唏叹。什么叫活钱？在市场上，不断流通的钱，就叫活钱，简言之，能用出去的钱就叫活钱。反之，被极小部分人死死攥在手里的大部分钱，就叫死钱。凡经济昌盛、市场繁荣之地，均活钱多、死钱少，唯有如此，方可得百家争鸣、安居乐业、学风盛行。

没有金钱支撑的地方，就是一片荒土，再好的种子下地，也只能结出贫瘠的果实。前朝覆灭，多因小部分人太过富有，且不许其他人富，更不许其他人富过自己，对商贾极尽打压欺辱之事，致使白银、尖货外流，国库日渐空虚……乔放之收回思绪，在心里定好明年经义的考题——"致天下之民，聚天下之货，交易而退，各得其所义"。

"你买了吗？"乔放之啜口茶，努努嘴，胡须上翘，"我儿既看透此间奥秘，必知商贾为商，百利为上。寻常人在卖家手上难得其好，我儿必没有浪费钱财，一定是冷眼旁观，心头倨傲，暗自称买者为蠢人……"

"我买了。"乔徽抽抽嘴角，面无表情地截断老父后话，"我买了一袋，那姑娘着实可恶，三言两语就诓骗我掏钱。"

什么？他那自诩绝顶聪明人的儿子，居然被人诓骗上了洋当！乔放之再愣片刻后，抽动胡须放声大笑起来。这笑声，伤害性不大，侮辱性极强。乔徽别过脸去。乔放之笑得脸色涨红，看长子面色实在难堪，便右手暗自招了把胳膊，笑意吞在喉咙："那你袋子里都有什么？"

"我没看！"乔徽继续别过头，"从概率来看，不过是些玉版、夹贡的寻常纸张……"打开不打开，意义都不大。其实，实话是，这袋子见证了他被那姑娘诓骗欺哄的全过程，简直奇耻大辱！他一回家就把袋子压箱底了，打开是不可能打开的，这辈子都不可能打开。

乔放之耸耸肩头，不置可否，笑着把银针茶盅递给长子："你素来倨傲，虽也有这个本钱——七岁秀才、十三岁举人，一路一帆风顺。但为父又要老调重弹，山外山，人外人，一个姑娘就能用算术将这群号称南直隶最聪明的读书人哄得掏钱掏银，更何况广袤大地万万人。"

乔徽低着头，做口型："谦卑、含容、心存济物——"

乔放之见长子油盐不进，便笑着敲了后脑勺："你呀你！总要吃个大亏！跳个大坑！才知为父所言真切啊！"

乔徽什么时候吃大亏，尚未确定。董管事却一直瑟瑟发抖，其觉他们的摊子一定会吃个大亏，被人一把掀翻！这几日，托集色单的福，摊子的买卖一直很好，他们装了八百个袋子，不到八日便销售一空，连带着铺子里的生意都旺了起来。昨夜他粗粗算了算，从腊月二十至今日腊月二十八，售卖牛皮袋子收入九十六两，铺子卖出刀纸每日光是流水便有二十余两。八日的收益，快抵上了泾县作坊四五个月的营收。收益越好，他越心惊。原因无他，木刻版上，集齐五色单可兑换的彩头，他们没有啊！六丈宣早就失传了！不仅他们，连整个泾县怕都找不到一个人会做，怕都找不到一张在售的六丈宣！

八百个袋子全卖光了，总有人凑齐五色单。到时候人家拿着五色单来兑换，他们给什么？给一个灿烂的微笑吗？董管事瑟瑟发抖地担忧："咱们把六十张色单全都放进袋子的吧？"

贺显金淡定点头："自然放了的，咱们是做生意，又不是诈骗。"

董管事挠挠头，四十岁的人了，本来就秃，这几天焦虑得脑顶毛更少了："那要是有人来兑换，咱们怎么办啊？"

贺显金放下合账的算盘，想了想："目前，不会有来兑换的。"

"为何？"董管事问。

贺显金把算盘倒扣，算出总账："拿到唯一一张月白色单的人，暂时不会打开袋子。"

等他打开袋子，都过完年了吧？过完年，学生们返回山院，她也找到六丈宣了吧？

第六章　干你甚事 初露端倪

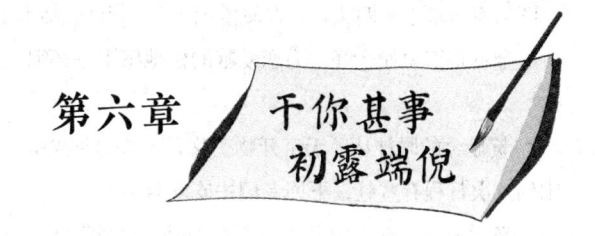

腊月二十八后，日夜飘雪，青城山院放了年节，陈记"盲袋"顺势胜利收官，贺显金花了两个时辰告诉董管事怎么打算盘。贺显金、董管事两个人分别对账再合账，算上成本，这八日共计收入一百八十七两四钱银子。贺显金有些兴奋，埋着脑袋扒拉算盘又算了一次，确确实实是赚了这么多钱！

董管事也激动，头顶几根毛随风摇曳："店铺租子正月十八到期，一月十两，合一百二十两银子，咱们把这笔钱先刨开，伙计们的红封共算十两银子，咱们手里还有五十余两银钱可供支配！"

瞬间还剩不到三分之一。贺显金的激动之情也剩下不到三分之一。贺显金和董管事二人一合计，决定赶在岁除前用剩下的银子先去安吴、丁桥收稻草，李三顺念了好几遍："青檀皮还能顶几天，稻草料却是不够了，最多还能制三十刀纸！"

贺显金以前压根不知道做纸还需要稻草，她一直以为树皮就够用了，谁知李三顺把她拉到水槽前上了堂小课："青檀皮是宣纸的骨头，稻草则是宣纸的肉！皮多则纸性坚韧，称净皮宣，草多则纸性柔软，称棉料宣。几成檀皮配几成稻草，这玩意儿是手过的巧劲儿，熟工师傅一摸，嘿！就知道这里头的门道！"

老头儿说起做纸，笑得一脸褶子，像在炫耀自家得意的传家宝。贺显金看他，心头涌上几分说不清的情绪。大家的人生目标都好明确啊。周二狗日日将攒钱换辆牛车放在嘴上；董管事做了半辈子的副职，如今想走异地升迁这条路，跟着陈敷在泾县打几年江山再空降回宣城做陈家总管事，如果能把几个儿子都捞进陈家混个铁饭碗自然更好。至于几个郑姓伙计，目标一致且明确，攒钱娶媳妇儿，早娶媳妇早生子。

大家都知道自己的人生该何去何从，贺显金不知道。娘临终的嘱咐，孙氏恶意的排挤，她好像一直在被推着走。她究竟想做什么？富甲一方？横行霸道？还是酒池肉林，醉卧美男膝？

前行至安吴，骡车缓慢颠簸，贺显金贴着车壁，面前摆了一本《天工开物》，脑子里数条线交错杂糅，搅在一起，一团乱麻。

"咱们若有空余，天堂寨的小吊酒配糟鹅一定要去试试。"陈敷兴致勃勃。噢，还忘了个陈敷。

这恋爱脑也没啥人生目标，吃吃喝喝玩玩乐乐。据说在他们风风火火制"盲袋"之际，这位年近不惑的恋爱脑把泾县城池里的酒家快要干完了，还非常用心地做了个排名，把四十九个酒家分为甲乙丙三等，按照食味、食气、食质挨个儿排位。贺显金为啥知道？因为这恋爱脑企图从库房拿十张四丈宣"方便做记录",当然,结果是被董管事一把鼻涕一把泪地委婉拒绝。贺显金不知道说什么好。为恋爱脑的松弛感干一杯吧。

　　贺显金的眼神从《天工开物》移开,端起茶盅喝了口水。董管事态度恭敬:"明天岁除,咱们这次日程有些赶,下回专门去吃吃看可好?"

　　陈敷撇嘴,转身撩开车帘看向窗外,"欸"了一声:"这姑娘不冷吗?"

　　贺显金目光顺着他的方向看去,见不远处的稻田里有个身影,穿了件单衣,单裤撩至膝间,赤足站在水田里打理秧苗。是个姑娘,年岁不太大。天还在落雪,这姑娘浑身上下湿透了,田坝头站着两个穿夹袄的男人,也不知在说什么,嘻嘻的笑声传到官道上来,骡车里都能听见。

　　陈敷皱眉:"那两男的怎么不下田?天这么冷,叫个姑娘下田,真不是个东西。"贺显金别过脸去。确实真不是个东西。

　　骡车拐进村镇,贺显金没想到会在收买稻草的地方再见到那个姑娘。不过十三四岁的年纪,仍是那身单衣,双肩扛着根扁担,扁担两头分别挑着硕大两捆泡水稻草。姑娘把扁担放到地上,肩膀被压出两道深痕,一抬头,贺显金才看到这姑娘脸上一左一右两边肿得老高,面颊上两个巴掌印分外明显。

　　贺显金不由蹙眉,看向这庄头的管事:"这位姑娘是?"

　　那姑娘一瑟缩,把头埋进肩膀里。管事还没说话,刚才在田坝上说笑的两个男人把姑娘拉拽近身,没看贺显金,冲陈敷谄笑道:"这狗东西不懂事,我们即刻把她带回去!"说着便又想给那姑娘一巴掌,姑娘条件反射地向后趔趄躲避。

　　"你做什么呢?"贺显金提高声量,看了眼周二狗。周二狗放下扛在肩上的稻草垛,宽阔的双臂撑开向前倾,夹袄男人赶忙把手收回来了。

　　庄头见状,笑着打圆场:"老王家的二郎、三郎还不快过来见见陈记新任的账房!贺账房!"又转头向贺显金笑道,"咱们庄子上王家人,专给纸行打草的。陈记在咱们庄头上买的稻草多半都是王家打的。都是老熟人,大水冲了龙王庙,一家人不认识一家人!"

　　"这姑娘是谁!"贺显金再次提高声量。

　　王家两个男人看向庄头,见庄头抿起嘴巴不说话,便大着胆子道:"是俺家妹妹!妹妹不听话,哥哥打妹妹,干你甚事!"

　　贺显金低头,看王姑娘单裤湿透,被雪风一吹,布料紧贴皮肉,双腿瑟瑟发抖。贺显金目光上移,不出所料,她的袖口短了一截,露出的一截手腕上全是青紫的瘀痕和长条形的血痕。王姑娘感知到贺显金的目光,低垂着眸,咬紧嘴角,笨拙地将手脚往里藏,企图藏住常年被掐打、抽骂的痕迹。这不是普通的打骂,这是恶意虐待。贺显金拳头硬了。

　　陈敷也看到了,怒不可遏:"放屁!简直放屁!是你妹子又如何?人身上一块好皮都没有,她是犯了什么了不起的大错,要受这么大的磋磨?"

　　见陈敷发怒,庄头终于低声解释:"不是一个娘生的,两个哥哥是死了的原配生的,后娘死了,两个哥哥就开始有冤报冤、有仇报仇了,偏生这妹子是个倔气的,从不晓得低头的,

· 050 ·

惹毛了还跟两个哥哥对打！"庄头一副和稀泥的样子，"哎呀哎呀！说一千道一万，也是家务事，家务事！"

"家务事？家暴，就不算暴力了？什么有冤报冤、有仇报仇，人家娘还活着的时候，你怎么不报？娘死，爹不管了，才敢欺负一个小姑娘。可真是太厉害了！贺显金正欲说话，却听陈敷气得声音变形，语气高亢："家务事？那好！我们陈记绝不买这种人家打理的稻草！这种草做出来的纸，都是臭的！坏的！"

陈敷拂袖："让他们把稻草抬回去！我们不要！"

贺显金看向陈敷，拳头一松。陈敷的反抗，每每都有种任性的倔强、固执、直白且叫人摸不着头脑，比如非要让贺艾娘的棺木从正门走，比如非要在牌位上写"吾妻"，再比如"因为你坏，所以我不要你的稻草了"，丝毫不见生意人的精明，有种横冲直闯的鲁直。

不要稻草了？因泾县纸业昌盛，稻草卖得比稻子还贵！王家二哥瞬间慌了神，求救看向庄头。庄头"哎呀"一声："陈三爷是位菩萨，王大、王二你们来给陈三爷好好磕个脑壳，把稻草放下，回去过后好好对妹子，行不？"这个"行不"是在问陈敷，颇有大事化小、小事化了的意味。

"多少钱？"陈敷身后响起一股清冷的声音。贺显金一边发问，一边从周二狗手里接了裹稻草的麻布披到王娘子身上："你们要多少钱才愿意放妹子走？"

王大、王二对视一眼，脸胖点的王大咬了后槽牙："什么意思？俺儿子还要读书科考！他姑姑不能当下人！"良民不为奴，为奴者后嗣永无科考资格。

贺显金看了王大一眼，勾起唇角笑了笑："你放心吧，就冲有你这个爹，你儿子、你孙子、你子子孙孙全都不是读书的料。"贺显金将王娘子拉到身侧，"不改良籍，陈家拟聘你妹子做洒扫女工，需要给你们多少银子才能把她的户迁出王家？我提醒你，这是我问你的最后一遍，若还不报价，这些稻草你拖回去，明年后年我们就去丁桥、章渡收沙田稻草。"

这种做法相当于买断工期，籍仍是良籍，除却先付给本家的银钱，还需每月给相应的酬劳。这与周二狗等不同，周二狗随时能辞工，而入主家籍多半是要干一辈子的。其实这个方案，对女性是保护，至少主家发给女性的月例银子，女性可自由支配，本家不可强取豪夺，女性甚至能挂靠主家置办恒产和私房。陈家之于贺显金，也有点这个意思。

贺显金态度变得强硬："丁桥的'三粒寸'、章渡的'莲塘早'都是后起之秀，收谁的不是收？在这泾县，我们陈家要收稻草，我还不信摔了你的碗，端不到别人的锅！"

庄头有点慌了。陈家真不来安吴收草，他得饿死！庄头朝王大使了个眼色。王大梗脖子要价："三十两银子。少一个铜板，俺立刻把妹子拖回去！"

"放屁！"王家妹子一冲而出，指着王大鼻子骂，"前日你想把我卖给村头糊灯笼的吴癞子预备收多少银子？不过八两！我不从，你和老二就又打我！"王家妹子抹把眼，泪水是咸的，腌着脸上的伤口有点痛，"王老大，我告诉你，既有人拿钱买我，你就识相地收了钱滚蛋！你要断我生路，我回去就跳井！我叫你鸡飞蛋打，人财两空，一个铜板都拿不到，反倒要出一床席子裹我去乱葬岗！"

贺显金先是一愣，随后便笑起来。原以为遭虐打的姑娘是个软柿子，如今看来，倒是个硬茬子。也对，但凡软一分，恐怕早被这吃人的哥俩卖到天涯海角去。围观者越多，都是安吴庄稼上的劳力人，听了这门官司，有知情者躲在稻草垛后高叫："王老大，别贪多了！八两银子，过年能杀两头猪了！"

陈敷气得头发竖起来，从怀中掏出两枚银锭扔到王大、王二跟前："十两银子，爱要不要！"

王大、王二对视一眼，捡起地上的银锭束着手藏了起来。陈敷看这哥俩做派，气得一佛升天二佛出窍。怎么会有人卖妹子，卖得如此丝滑啊！陈敷袖子一挥，看了一圈四周，高声道："欺行霸市！欺男霸女！卖女求荣！诸如此类，如有再犯，陈家绝不在你处买一草一木！陈家素来忠厚老实，看不上尔等奸猾恶毒之辈！"陈敷犹不解恨，在地上"忒"一口，表明立场。

贺显金钩住王娘子的肩往骡车走去，剩下的收草、过籍、付定等诸多杂事皆由董管事留下解决，陈敷直到坐上骡车还在气。是真气，这寒冬腊月的，贺显金看到陈敷头上在冒烟。

"艾娘说，世道让女子颇为艰难，我还不以为然。陈家是母亲当家，素来公正公道，对家中仆从丫鬟也从未有过打骂苛责，我竟不知我陈家收购原材的庄头里竟也有如此荒唐的事？"陈敷摇摇头，头上的热气跟着动。

贺显金正欲说话，却听半躺着、脸色苍白的王娘子惨笑一声："俺这不算啥，挨两顿打就完了。乡里王五娘才惨，先被爹娘嫁个六十老头，得了两匹布，给她弟弟裁了两身衣裳去考院试，后来老头死了，又被她爹娘嫁给那老头的瞎眼侄子，这次得了两只鸡、六只鸭，鸡鸭被当作学费给了弟弟的夫子，我们村里后来就叫她弟弟'六只鸭秀才公'……"

有点黑色幽默，但贺显金笑不出来。就算她会算账、会卖纸、会写字又如何？贺显金一下午心情都闷闷的，骡车驶进水西大街，听窗外熙熙攘攘，还有噼里啪啦放鞭炮的声音。陈敷撩开车帘往外看，七八辆马车停在陈家老宅门口，地上摞起十来个箱笼，仆妇丫头来往如织，各处都透着喜庆的年节气氛。陈敷本还在因"六只鸭秀才公"张着个大嘴傻乐呵，一看外头熙熙攘攘的场面，瞬时垮了个脸。

"他们真来了？"贺显金挑开帘子往外看，正巧看到瞿二娘穿一身喜庆的暗红万字回断纹褙子，叉着腰指点江山。瞿二娘来了，瞿老夫人还远吗？贺显金一激灵，看向陈敷："陈家人都来了？"

陈敷"啧"一声，不太乐意地点点头："过年嘛！一般都要回老宅嘛。可我先头闹了那么一大场，原以为今年我娘懒怠见我，瞿二婶十五送信来，我还以为她颠我玩儿呢。"

你也不是球，颠你玩干啥！贺显金木了，揉揉太阳穴，捋捋头发，先一五一十交代清楚："张妈，你先把王姑娘带进内院将养，趁还没到正月，赶紧请个大夫来看看。"

正月间不看诊，不吉利。但贺显金担心那王大、王二下死手伤了筋骨，这落下病根，就是一辈子。王娘子心头升起暖意，抹了把眼，低声道："俺叫王三锁，您叫我锁儿就成，我爹取这名意思是生了我就锁了，再不生了。"

贺显金摸摸锁头，以示安慰，又转身嘱咐周二狗："请郑小哥在巷子口等着，董管事一到，即刻拿上账本和册子回老宅,再请郑二哥去天香楼办一桌席面……"

"这我去吧!我熟!"陈敷举手自荐。只要不去见老娘,刀山火海任我闯。

"好,那就三爷去吧。"贺显金点头,"顺路去小稻香打两壶酒,虽大爷去了,二爷三爷都在孝,酒可以不喝,但我们不能不备。"又想起什么,继续安排陈敷,"再劳三爷赶紧去白珠阁买上几串珍珠链子,昨天摆摊时听人说有刚从福建送过来的海珠,这个东西值钱,寓意也好,您快去!晚了店恐怕就关门过节了!"

陈敷问:"还有啥?"

贺显金瞥陈敷一眼。要不要再请个貌美的点茶师来坐镇?留小辫子这个活儿,不用特意嘱咐,靠他自己就能干得很好。啥都准备好了,贺显金深吸一口气,再抬头,挂上了社畜最熟悉的真诚而谄媚的微笑:"老夫人,您来了啊!"

贺显金下了骡车,三步并作两步走,笑盈盈迎上去。半躺在骡车上的王三锁目瞪口呆,这姑娘看着只比她大两三岁,却能熟练而井井有条地安排事务,熟练地支使陈记伙计,最后熟练地变脸。

"这、这位姑娘是陈记的账房吗?"锁儿眼睛里有星星。陈记欸!他们这群庄稼户,每日听在耳朵里的陈记欸!养活他们半个村的陈记欸!他们的账房竟然是个小姑娘!账房先生不是要识文断字吗?不是店里最厉害的吗?陈记的账房竟然是个女子欸!

陈敷与有荣焉又兴致勃勃转头:"很厉害吧!她是我姑娘呢!"

陈敷在背后吹嘘贺显金如何能掐会算、点石成金,贺显金在前头却被人恶心得直喝茶,没一会儿就灌了个水饱。一步晚,步步晚!他们有应付领导"四件套",人陈六老爷干得更绝,一早就驾车去了丁桥,在丁桥把瞿老夫人并二爷二奶奶、三奶奶孙氏和几位孙辈郎君接上道了,一路驾着辆马车在前面开道,从热水、点心到午膳、午后小憩,可谓是打点得面面俱到、尽显狗腿风范。

拍马屁本来就烦,没拍到,更烦。贺显金又灌了口茶汤。正堂里满满当当全是人,瞿老夫人坐在上首,方脸宽肩的陈二爷在左边,二奶奶坐在二爷身边,跟着就是老熟人三奶奶孙氏。右边是孙辈,人有点多,贺显金认不全,唯一熟悉的就是陈家长房的希望之星和三房陈敷幼子陈四郎。

希望之星的长相和气度太好,根本忘不掉。一身戴孝麻衣,沉默地坐着,却如同一尊温润适手的玉器,露出棱角分明的下颌,却彰显这尊玉器并非十分内敛、全无风骨。而后者嘛,贺显金的目光落在陈四郎的右手手背上。呵呵,竟然没留疤呢。陈四郎感知到贺显金的目光,瑟缩着将手挡了挡,神色极其不自然。

瞿老夫人环视一圈后,手拄拐杖:"老三呢?"

贺显金站起身,恭谨道:"听闻您来,三爷掐点去订桌席了,就为了那口热菜。"

瞿老夫人面色一松,点点头,又看陈六老爷:"今年生意不好做,圣人要打倭,免除了明年的春试,学堂、山院定纸张的量少了一半,泾县作坊是咱们在老家的根儿,要好好守着。"

陈六老爷夸张道:"瞧嫂子说的!大生意受影响,咱泾县作坊今年却还平了近两三年的

·053·

账呢！还有库里的存货，今年也清了不少，腾出钱来定了来年安吴的稻草和三溪的檀皮，您放心，泾县有我、有老三，错不了！"

今年平的账，今年清的存货。贺显金抬头，这老货，玩得好一手春秋笔法。他们一行是腊月十五来的泾县，偏偏陈六口说今年的成绩，这些成绩自然跟他们无关，却不能说他错！

贺显金眯眯眼，把茶盅放下，跟在陈六老爷话后笑了笑："泾县守得好，六老爷自然居功甚伟，有句话怎么说来着？噢——借钱的是大爷，还钱的是孙子，我们回泾县第二天就实实在在体会到了当大爷的快乐！"

陈六老爷没想到贺显金这娘们敢在这时候说话，脸一沉，阴恻恻地瞥眼过去。

陈二爷憨笑一声："贺账房此话怎讲？"

贺显金语气也夸张，和陈六老爷如出一辙的夸张："我们一来，就有几百张欠账单子像雪花一样飞过来！后来一打听才知道，原来是人家听说陈家本家来人了，便马不停蹄地来要债！生怕来晚了，债主又跑了，欠了好几年的银子又见不到影儿了！"语气确实很夸张，夸张中还带着三分阴阳怪气。贺显金瞪大眼睛，"几百张欠条啊！咱们可是舒舒坦坦地当了好几天的大爷呀！快乐呀，是真快乐！"

大家都是打工仔，谁惯你抢功的臭毛病！希望之星抬起头来，"快乐"地抿了抿嘴角。

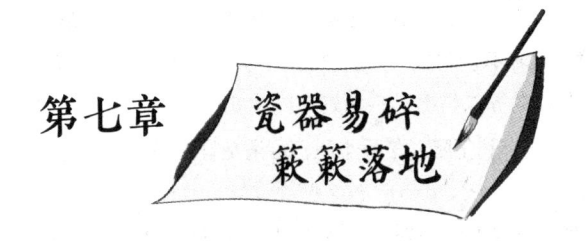

第七章 瓷器易碎 簌簌落地

陈笺方露出了自父亲逝去后的第一个笑，父亲去世的阴霾在很长一段时间都笼罩着他。父亲于他，亦师亦友亦家长，是他在漫长且枯燥的读书生涯里极温暖的光，旁人均称陈家长孙稳重平和，心头拎清，少年老成，处事颇有旧古君子之风。只有父亲会在端午佳节，给他挂上老虎香袋，逼迫他喝一口雄黄酒，好整以暇看他被酒辣住的神情，美其名曰"郎君老成不苟笑，香袋披身彩丝绕，旁待我儿是举子，我待我儿年稚少"。别人都理所应当地认为他年少中举，当内敛稳沉，只有父亲把他当作孩子。

"不像是商贾家庭里出来的，倒像是哪个侯爵世家的公子郎。"

他偶然听见国子监博士对自己的评价，心头嗤笑，不以为然。他从未因出身商贾挂怀感伤，也从不曾艳羡同窗出身高门。这都是因为父亲，因为父亲让他平顺又圆融地接洽了自己的出身，让他不卑不亢、不急不缓地开始自己的人生，让他明白就算全家都将担子压在他的肩上，始终有人为他顶起可以胡闹、放肆、保留自己的庇荫。

当陈家上下都因父亲去世，陈家少了官场庇佑而阴郁低落时，当母亲因父亲英年早逝，止步六品官而惋惜焦虑时，或许只有他，是完完全全、彻彻底底，只因父亲的离去而悲伤。没有人理解他，可能只有贺显金懂，她又何尝不是失去了娘呢。

陈笺方轻轻仰起头，喉头微动，将重新涌动上心头的悲恸无助，咀嚼干净后尽数咽下，目光移向刚刚那位语气夸张、表情丰富的小姑娘。小姑娘眉飞色舞，明明在告状，却作出一副唏嘘又感慨的样子。陈笺方莫名想笑。

"你、你什么意思！"陈六老爷涨红老脸，胡须飞上眼角，指着贺显金，却转头和瞿老夫人陈情，"嫂子，你是知道的！泾县做纸的没有一百家，也有八十家！做生意哪有不欠外债的！真要结一笔算一笔，咱们作坊还要不要活下去了？伙计们的薪酬还发不发！"

陈六老爷手一拍桌面："嫂子，你若不信任弟弟，你就明说！你把老三派过来，是要提携儿子，这是该当的！"他食指快要戳到贺显金脸上，"可这算怎么回事？派个莫名其妙的账房来？还是个小丫头片子？一来就合拢账册，把外债都平了，还去人家青城山院摆摊？卖什么狗屁袋子！您是不知道，同行们和我说起这事儿，我真是脸皮都丢完了！我们陈家少说也是做了两三代的纸业了！从爷爷辈就做宣纸，宣纸是什么物件儿？是读书人的金贵玩意儿！她去摆摊！"

说到最后，陈六老爷咬牙切齿，手指头戳到贺显金的左脸。力度之大，没一会就留了几个掐红的印记。

陈笺方紧蹙眉，开口："六爷爷，慎行！"他话音刚落，却见贺显金一个偏头躲开，"啪"的一声手拍在陈六老爷手背上，双手撑在桌面上猛地起身，少女动作行云流水，纤细的身体爆发出与之不相称的力量，陈四郎条件反射一个瑟缩。

是时候让你见识见识特种兵养生少女的力量了！贺显金拍桌子的声音比陈六老爷更大，手一抬——

"金姐儿——"

"金姐儿——"

两股声音交织在一起制止了她，瞿老夫人和从天香楼赶回来的陈敷同时出声。瞿老夫人一抬眸，见幼子离开身边大半个月后，一洗爱妾过世的颓废荒唐，看上去脸圆了一圈，人也精神不少，暗自点头后移开目光，蹙眉不赞同地指责陈六老爷："老六，过年过节，你同小姑娘见识什么？早到知天命的年纪，今天早起接风又累，你也好好养气，将息将息身子骨吧。"转头吩咐瞿二娘，"给六叔送两盒人参去，要吃得好，下回从宣城再送来。"

陈六老爷气不过地别开眼，给足了瞿老夫人脸面。瞿老夫人又打贺显金五十大板，意有所指："做生意以和为贵，小姑娘家家，气性这么大，以后还怎么打理作坊？"

贺显金心头一动，看向瞿老夫人，抿了抿嘴。陈敷气冲冲地闯进来，还想说什么，却见贺显金朝他轻轻摇了摇头。就这么算了？陈敷捧着两缸酒，迷惘地站在原地，深悔自己回来晚了，错过了在亲娘面前名正言顺发疯的机会。

团年嘛，哪家哪户都是要吵嘴的。贺显金和陈老六把架先吵了，后面倒是一片太平。陈家宗族老少亲眷都过老宅来,这个堂叔那个祖伯加在一起二十余人,加上女眷和年轻男人,在院子里热热闹闹地摆了六七桌。贺显金坐在陈家姑娘的席面上,旁边都是十来岁的小姑娘,姐姐妹妹一阵乱认后,贺显金多了四个姐姐、两个妹妹,成功收获了陈家"五姑娘"的名号。

贺显金很想说,我也不姓陈啊。但四个姐姐不给她机会,又塞了十来个香囊给她,七嘴八舌叽叽喳喳:"你读书写字还做账房,我们羡慕得不得了,又听说你去青城山院骗钱,哦不,赚那些读书人的钱,哎哟哟,我们可激动坏了。天底下,做商贾的还能骗,哦不,赚读书人的钱呢!"

最长那位姐姐叫陈左娘,说:"我妹妹也想买两个'盲袋'来着,又怕全是竹纸,白折钱……"

贺显金正想答话,左娘却不给她机会:"后来我就在家自己给她做了个袋子,里面塞了十来张珊瑚笺,那小丫头高兴坏了!嘿嘿嘿嘿——"

好吧。贺显金挠挠脑袋,人家也不需要她回答,人家只需要倾诉。女孩子们叽叽喳喳的,美好极了。贺显金吃口菜,再看看面如桃花的陈左娘,喝口茶,又看看面若樱花的陈右娘,心头无比畅快。

酒桌上渐渐进入第二趴,陈二爷先以热孝在身拒酒,后在瞿老夫人默许下也端起了酒杯,他确是敦厚实在的人,只要来酒必应,没一会儿场子便热起来。群魔乱舞间,贺显金眯着眼见一个八字胡老头急匆匆和陈六老爷耳语几番后,陈六老爷提起长衫步履匆匆向外走。贺显金拿茶水和陈左娘碰了个杯,钩住桃花娘子的肩头,笑眯眯地告假:"三急三急,你们先玩着!"便踮脚猫身跟在陈六老爷身后一段距离,向外去。

贺显金藏在柱子后,隔老远听墙角处传来一阵哭声。

"老朱死了,一大家子咋办?你送银子又没着落,左不过今天五两,后日又三两,他十几个姨太太,七八个儿子都等着吃饭!你说该咋办呢?"

老朱?死了的猪刚鬣?贺显金双手抱胸,隐蔽地躲在柱子后,侧身探头,见一胖嘟嘟妇人捻着帕子站在墙根下,对着的就是陈六老爷。这胖妇人面带油光,身宽体胖,和死去的猪刚鬣很有夫妻相。借着油纸灯笼的昏光,贺显金见陈六老爷从袖兜里摸摸索索掏了一块碎银扔到那胖妇人手上,悄摸回头看了正热闹的庭院一眼,语带胁迫:"你再找上门来,我一个子也不给你!我给你银子全看在和老朱同僚的分上。"

胖妇人接过银子,急噜噜往怀里揣:"是是是!六爷菩萨心肠,先提携老朱发财,后照拂老朱后人,老朱现在九泉下定在阎王面前赞您是无上神佛,普度众生!"人穷极了,胡话张口就来。墙根脚又是一阵拉扯,无非是陈六老爷威胁,胖妇人求饶再连消带打地诉苦要钱,陈六老爷骂骂咧咧地又从那八字须老仆身上拿银子给她。也没给多少,顶天了八两十两。

贺显金低着头琢磨,不是啥秘辛大事,不过是狼先死了,狼的寡妇借狼狈为奸的旧情来找狼要点生活费,狼怕狼妇破釜沉舟从而东窗事发,便拿小钱吊着稳着。

胖妇人拿了钱,嘤嘤哭着走。贺显金也埋头准备先撤,却听墙根脚下又出动静,一把阴侧侧的声音压得极低:"她要银子咱们就给?若不然……"

贺显金转过头,见那八字须老仆做了个抹脖子的姿势。贺显金眯眯眼,做生意就做生意,银子带上血可就不那么好赚了。贺显金将整个身体都隐匿于柱子后,屏气凝神,生怕气息被发现。

陈六老爷掏了根牙签一边剔牙,一边不屑:"她能要多少?三五两银子也叫钱?她要点小钱,我才放心啊!"陈六老爷拿牙签剔出牙缝里的残渣,囫囵卷进口腔又吞了下去,"那头猪跑的时候啥都带了,价值连城的玉佛、十块大金锭子、二十几件实心的黄金首饰……几乎全部身家都贴身拴在身上,甚至还把银票缝在衣服里面——唯独他嘴上那账本没带。"

"先前不许我卖掉他在泾县的院落,我就应该猜到他打的什么主意!无非是要在泾县留个根儿,在外头混两年,风头过了再回来!那账本记了我把八丈宣、六丈宣卖到安阳府的明细,还有和宝禅多寺大王们的银钱来往,是他给自己留的大后手,"陈六老爷厌恶地露出一口大黄牙,"你说要是他那猪婆娘知道家里还藏着要命的东西,她会只要三两五两银子?那必定是漫天要价,敲老子一个狠的啊!"

八字须想了想,是这个道理!不由慌张道:"那如今怎么办?咱们头上岂不是悬了把菜刀,谁知道什么时候落下来啊!还不如把那猪娘们也解决了,一了百了!"

"这是在泾县!"陈六老爷朝地上恶狠狠地吐了口唾沫,看向猪妻远去的方向,"宝禅多寺在安阳府、滁州府与泾县交界,三地不管,大王们干甚都便利。你在泾县杀人,你不要命了!"雪从东方来,簌簌落下。陈六老爷抹了把头顶的雪粒,"大丈夫不争朝夕,老三和那小娘们在这儿待不长……"

听老宅庭院里,陈二爷被人劝酒时发出的憨笑,陈六老爷讥讽地勾勾嘴角:"陈老二是个不中用的,老大又死了,我那个嫂子把老三放回泾县,无非是来镀层金,隔了不多久就会召回宣城,你且看着吧,老三和那小娘们干得越好,他们留下来的时间就越短。"

八字须老仆闻言咧开嘴笑开:"他们一走,我们就继续当土皇帝咧!"

什么土皇帝!五六年前,李三顺他爹李老章还在的时候,陈老六压着那老傻蛋一个月干两刀八丈宣,干完就往安阳府卖,八丈宣被安阳府当作贡品而得名,他一刀纸拿三百两得利,一个月进账就有六百两银子,谁还在意店肆生意如何呀?那个时候才是好时候!他才算是陈家在泾县的土皇帝!

李老章中了风,把做八丈宣的独门诀窍传给二儿子李二顺,哪知道李二顺是个脑袋硬的,宁肯不要一个月二十两银子的分红也不帮他做八丈宣,他就把这两父子往宝禅多寺一送,李老章为保护儿子拼个瘸腿死了,李二顺撞到头,眼歪鼻斜,既站不起来,又说不出话。八丈宣、六丈宣,至此彻底断绝了!

泾县做不出八、六丈宣后,瞿氏那老娘们特意来了泾县过问,谁知李家师傅一个入了黄土,一个哑了嘴巴,既喊不了冤,又告不了状,瞿氏就只能把这事儿归咎于命运。人嘛,哪里扛得过命啊!瞿氏认了账,对泾县作坊更是撒手不管,只把宣城那三间店攥在手里,他的油水虽少了,但落得个清闲,前面吃的钱也够他吃两辈子了。

陈六老爷拿脚把地上那口黄痰擦匀,转身往里走。八字须老仆似是想起什么:"老爷,您说那猪会不会是诈咱们的？会不会压根没账本这回事？"

陈六老爷耸肩低笑："老子管他那么多，有也是在他宅子里藏着，那猪婆娘找不到就永不见天日，不就行了？"

一主一仆渐行渐远。贺显金在柱子后，大气都不敢喘，隔了许久方从柱子后出来。庭院里热热闹闹的，有男人们喝酒摔碗、划拳劝酒的声音，也有女人们轻轻的、快乐的笑声，张妈动作快，一见本家的马车到了，便从库房里翻出好几个硕大的红灯笼，如今正挂在陈家宅邸门口。贺显金双手抱胸，手指都麻了，手臂垂下，血流涌到指尖。她得好好想想……

"你要去吗？"身后猛地传来一个清瘦温润的声音，"夜探朱宅，去吗？"

老旧的庭院、泛黄的砖墙、素白的雪地、在昏暗红光下逐渐拉长的影子，加上突然出现的声音。贺显金缓慢地转过脑袋，见是一张极为漂亮的脸，颧秀骨颖，其形耸直丰隆，方正不偏，其神端正挺拔，神气清灵。他身形颇高，贺显金需抬头才能对视。远看倒也没发现这人居然这么高……

"希……哦不，大郎。"贺显金收回目光，领首致意。

是长房的希望之星。他刚刚说什么来着？邀约她夜探朱宅？意思是，她在这里听了多久，他也在后面听了多久，然后得出了需夜探朱宅的结论？看模样，希望之星应是最正统的读书人，只要不行差踏错，总会戴上乌纱帽，成为人上人，和平民百姓、市井热闹彻底拉开距离。他蹚这趟浑水干什么？若是被人发现，堂堂希望之星夜半三更去翻新任寡妇的墙，怕是书都读不成吧？

贺显金挠挠头："你……是认真的？"

陈笈方没答话，脚一抬率先跨出门，见贺显金没跟上，转头催促："二叔喝酒后爱唱莺莺传，他唱莺莺，二婶唱张生。"陈笈方面无表情地探头听了听院落的声音，"如今正唱到第二折，等他唱完，大家伙就该发现席面缺了两个人。"

贺显金连忙埋头跟上，陈笈方走得飞快，贺显金需小跑才勉强踩住他影子。腊月二八晚上，百家关门闭户，街上寂静无人。拐过两条街，陈笈方停在一个宅院门口，上头的门匾上写着"朱宅"，四面围墙，或因当朝朝政平顺，百姓安居乐业，泾县所属的南直隶又是经济贸易兴旺之地，百姓家中有余粮、囊中有闲钱，故如猪刚鬣这般的富庶人家，民居围墙不过一丈左右。

她为啥不带个梯子来，带条麻绳也好啊。实在不行，也该带上周二狗，周二狗后背宽得像座山似的，她保准踩得比梯子还稳。贺显金余光瞥到陈笈方，这书生光长个儿，不长肉，一张窄脸比她还小，套件麻衣长衫，一看腰上就没力，搞不好平板支撑还没她时间长，养生战斗少女微不可见地撇撇嘴。干这些坑蒙拐骗的事儿，还需长线筹谋，切记不可冲动行事，必得三思而行。

"咱们……"贺显金话还没落地，便见陈笈方四下打量后，选了个低矮处，往后退了三五步，撩起长衫下摆，深吸一口气埋头冲刺，单脚蹬在墙面上一个发力，双手便撑在了盖顶的青瓦上，一个俯撑便将全身压在了墙顶。

"把手给我。"一只青筋微突的手递到贺显金头上。贺显金张了张嘴,目瞪口呆。这一套动作行云流水,炉火纯青,说他素日少翻了寡妇的墙,贺显金都不信!

明月玉辉之下,少女错愕的神色有点愣,也有点美。陈笺方抿了抿唇。他见过三叔那位大名鼎鼎的贺小娘,面貌非常漂亮,像依附在高枝茂叶中的白花。贺小娘的女儿继承了皮相,但气质截然不同。或是因那双略微狭长上挑的眼睛带来的清冷,或是因纤细却高挑的身量带来的舒朗,或是因不着珠玉裋尽装饰的素面带来的干净,这个少女看上去很聪明。

一眼望过去,就知她很聪明。被一个聪明漂亮的少女以不可置信的目光注视,任何人,陈笺方相信,任何人,哪怕是国子监那已知天命的博士,也必定难掩自命不凡和沾沾自喜。陈笺方心头的颓意与躁意被拂掉一大半,未曾察觉他的语气变得更加温和:"君子习六艺,礼乐射御书数皆通,国子监也要习马、舞剑,你把手给我,我拉你上来,我拉得动。"

话都说到这份上了,就没必要再扭捏了。贺显金自然地将手伸出,陈笺方紧紧握住她的手腕,贺显金也学着他的样子,脚借墙面一蹬,翻身而上,再顺着墙慢慢落到地面。

许是因主家刚死,两进的宅院都扎着白花,四下安静。贺显金猫着腰跟在陈笺方身后,借廊间微弱的灯光朝最大的院子迈进,没一会儿便摸进正院内室,从怀中掏出火折子吹亮观察,应该是猪刚鬣的房间,一个高高的博物柜,里面空了许多格,只有一两件瓷器花斛还在。

贺显金轻声道:"瓷器易碎,外出逃命自然不带在身上。"

博物柜后是两个上了锁的五斗柜,账本或许在那里?陈笺方弯腰拽了拽锁。贺显金摇头,压低声音:"不在那里。"

陈笺方抬起头。为不声张,二人靠得很近,贺显金声音极低:"陈六老爷说朱管事把所有值钱东西都贴身放着,甚至把银票缝在了衣服夹层……"

贺显金一边说,一边踮脚猫腰将火折子拿着四处看了看,悄无声息地往内间摸去。嗬,好大一张床,起码能容纳四个人。贺显金想起朱管事媳妇说的那"十几个姨太太",心头泛上一股恶心,又从怀里掏了张绢帕蒙在手上。手上隔了一层,心里才没那么发毛。贺显金将床上的被子翻开,再道:"那五斗柜虽上了锁,却放在堂屋正中间,一眼就被看见,朱管事那样的人,怎么可能信任一把锁?"

被子里没有东西。贺显金又把枕头扯了出来,一点一点摸过去,一边摸,一边说话:"这样的人,只信任自己,只习惯把最要命的东西放在离自己最近的地方……"

有了!硬硬的!厚厚的!就藏在枕头的棉絮里!还有什么地方,比日日贴着脑袋,离他更近呢!贺显金找半天没找到枕头的接口,索性将火折子放在一旁,紧咬牙关双手拼命撕扯棉布。

"给我吧。"陈笺方看不下去,伸手去够。贺显金忙摇摇头!她能行!

第八章　铁骨铮铮　生闯虎穴

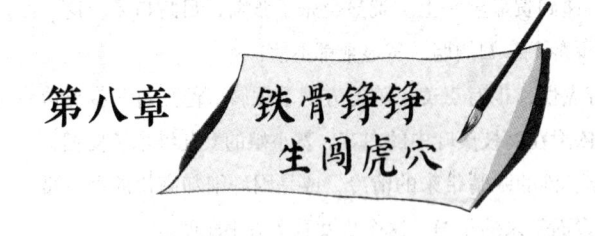

刺啦一声，枕套被暴力撕烂，贺显金从中掏出一本粗麻线装的厚册子，拿火折子凑拢看。

"昭德六年……"七年前的事儿了。账本上一五一十记着每个月采买、售卖、倒卖各方刮下的油水，每月三十两起跳，五十两不封顶。还算是小钱。

从昭德八年开始，每个月就多了两笔账，名目只写了安阳府，一笔账目一百两，还多了几笔支出，一年五百两左右，这应该就是陈六老爷口中将八丈宣、六丈宣卖到安阳府的明细和打点宝禅多寺匪类的来往。

贺显金轻声问："咱们一刀八丈宣，通常索价几何？"

陈笺方怔愣片刻，低声应道："我……家中庶务，从不经长房，我不知。"

噢。贺显金点点头，没再继续问。陈笺方被拂去的颓意与躁意又席卷而来，本不欲再解释，却仍旧开了口："亡父八年前国子监登科，而后至四川成都府任职，我先于青城山院学习，后至国子监读书，在家时间也少……"

不知为何，他怕这个姑娘认为他是那些两耳不闻窗外事，一心只读圣贤书的迂生，又解释道："家中事务皆由祖母和二叔打理，每年季末，来信去信也不至于详细到告诉我们一张纸卖价几何。"

八丈宣、六丈宣绝不仅仅是一张纸。若被李三顺师傅听到，必定嚷着"八丈宣是传品！我死了骨头烂了，这纸活得比我都结实！"之类的话。贺显金想到精瘦老头举起木椽叫嚣的画面，不由笑起来："不知道就不知道，你守孝回来，过两天自然就知道了！"

说着便将账本塞到怀里，听外间响起一阵窸窸窣窣走路的声音，贺显金果断地将火折子吹熄，猫着腰躲在门框后，待走路声消失后，贺显金也没亮火折子了，在黑暗中凭记忆照原路摸出朱宅。脚落到街巷雪地上，心才跟着落回实处。

贺显金有些兴奋，走得快极了，陈笺方想开口，却不知道问什么，问她预备拿这个账本怎么办？好像也没什么必要。这个账本自然要交到祖母手上，该整治的整治，该刮骨疗伤的刮骨疗伤。那位朱管事死了，若把陈六老爷拱下去了，泾县作坊的实权派便只有三叔了，三叔能懂什么？等祖母一走，站在三叔背后的这位贺姑娘便是泾县当仁不让的当家。

她似乎很想掌事？陈笺方看过去，小姑娘容光焕发，许是因兴奋而眉飞色舞，他不由低头笑了笑。有些姑娘、妇人就是闲不住的，比如他娘，父亲死后便将花鸟工笔画重新捡起来，鹦鹉、雀儿画得栩栩如生，翘着一张红喙好似能立马学话。

临到陈宅门口，陈笺方唤住贺显金："贺姑娘——"

贺显金转头，"嗯"了一声以待后话。

"我名唤笺方,家中排行第二,大房拉通排序,我还有个长姐,嫁在京师,你……"你无需叫我大郎。听起来,总有些不吉利的意味。

贺显金想了想,点点头:"好的,二郎。"

陈笺方还想问什么,可张了张嘴到底没问出口,他听旁人叫她金姐儿,是哪个金?是静,还是菁?还是婧?是叫贺金娘,还是贺金儿?可这是女子闺名,他只需要知道她是"贺姑娘",再近就逾矩了。

这个雪夜,本就是他逾矩。莫名其妙地听墙角,莫名其妙地邀约陌生姑娘夜闯民居,莫名其妙地想知道女子闺名。他可以把这些逾矩归咎于父亲猝死带给他的荒唐情绪,但这些荒唐万不可让旁人诟病。

陈笺方转身向里走。一来一往间,陈二爷的莺莺传唱到了第八折,扮演莺莺的陈二爷酒劲上头,故作扭捏地拉扯胞弟陈敷的衣角:"红娘红娘,小姐不醉,只是骨鲠在喉,不吐不痛快——"

陈敷像不像红娘不知道,看脸色还挺红的,气红的。连喝醉酒唱个戏,他都只是个女配角!呸!陈敷面无表情把衣角拉回来。

满场一片哄笑,贺显金躲在热闹里,重回陈左娘和陈右娘的左拥右抱之中。一场接风酒吃到深夜,再休整两日便是除岁和迎新,张妈在瞿二娘的带领下,起得比鸡早,睡得比狗晚,一连几日都在洒扫清理,每日只负责作坊伙计两餐的美好摸鱼时光一去不复返。

"他们怎么还不走啊!"张妈咬牙切齿地给贺显金塞了颗杏仁糖,"还好你捡了个顶事的丫头回来,帮我不少忙——瞿二娘简直就是我的劫!支我上房还支我下地,我一个月才多少工钱!我要拿她那么多月例,我连睡觉都眍眼警醒,一只眼站岗,一只眼放哨,主人家向东偷鸡,我绝不向西摸狗!"

领导来访,屁都要夹着放。贺显金乐呵呵地嚼杏仁糖:"锁儿好了?"

张妈说话间又剥了一碟子瓜子仁推到贺显金跟前:"好全了,乡下长的丫头命硬骨头硬,敷了两帖药,脸上也好了,腿上也好了。我这几天特意给她杀了只鸡,让她养点肉出来再见人。"

说话间,又有人在廊间叫:"张妈张妈——把年糕供到财神爷跟前!"

"来了来了!"张妈嘴上答应,手上把瓜子皮怒气冲冲地丢地上,"初五迎财神,偌大宅子只有我会打年糕,是伐!只有我有手,是伐!"

过年加班,怨气比鬼都重。贺显金笑不可遏,把杏仁糖嚼碎拍拍手站起来,也准备出去。张妈像想起什么来,转头问:"你要出去?"

贺显金点点头:"是,我预备出门走走。"

"你哪儿去?"

去拜访我的财神爷。贺显金挠了挠头:"去水西大街逛一逛……"

张妈对后面的安排没兴趣了,胡乱摆摆手,态度强硬:"那你把锁儿一并带着,让她给我买三斤红糖、五斤南瓜子,再看着买点枸杞、红枣,这么多人来,就带张嘴白吃喝!哎呀,烦死了！"这头发完脾气，那头张妈便朝着厨房里屋大声叫："锁儿！锁儿！你出来！贺账房带你出去逛逛！"

贺显金刚想拒绝，被从厨房急匆匆小跑出来的王三锁小姑娘那水灵灵的、充满期待的目光打断，那目光好似在说，你不带我就不是人。

水东大街，一处民居前。两个姑娘，一个不可一世斜着脑袋抱胸，一个乖乖巧巧低着脑袋做人。乖乖巧巧的锁儿仰头看看不高的围墙，转过头看看贺显金，又扭头看看不高围墙上攀爬的那圈枯叶藤蔓。

"咱不是去拜财神爷吗？"锁儿吞了口口水。这门匾上只有两个字，"财神庙"是三个字。她是不认字，但她识数啊！

"这里是财神庙吗？"锁儿愣愣发问。

双手抱胸的贺显金笑了笑，努努嘴："对咱们来说，他可是天大的财神爷。"

贺显金一边说，一边上前叩叩门闩。小门房探出个脑袋："你谁呀？"

贺显金笑道："铺子上的，来给六爷拜年。"说着一只手从怀里掏出拿红绒匹布包裹的物件，一只手从袖兜里掏了十文钱顺到小门房手上，"你懂的，过年节，咱得懂事不是？"

小门房打量贺显金两眼，门一关往回跑，没一会儿听"嘎吱"一声门打开了，小门房带着贺显金往里走，锁儿局促地跟在身后。临进屋，贺显金停了步子，转身轻捏了捏锁儿的手心，凑拢耳语："等一会儿，见势不对，立马撤退。"

本来没想带这丫头来，张妈硬要塞，她既不好解释，又受不了小姑娘的小狗眼。那就带上罢，就冲这小姑娘敢在她家那两畜生面前为自己挣条生路，想也不是个孬种。锁儿愣着"啊"了一声，还没来得及反应，便跟着进了正屋，忍了许久才忍下惊叹的冲动——她从来没见过这么亮堂又富贵的堂屋，到处都砌着青砖，桌子凳子看起来沉得能砸死人，还有一盏又大又白的挡风的，上面贴的什么呀？亮晶晶又五颜六色……

贺显金的目光也从堂屋的摆件一扫而过，随即落在了面色阴沉的陈六老爷脸上。贺显金生疏地作了个揖，笑眯眯道："您老过年好啊！"

好，好个屁好！你不来惹我，我吃嘛嘛香，身体倍儿棒。陈六老爷脸快掉到胸口："不劳贺姑娘费心，初五迎财神，老宅必兴师动众求来年风调雨顺，贺姑娘身为泾县作坊说一不二当家人，不在老宅兴风作浪，来寒舍就为了贺个年礼？"

贺显金给自己拖了个太师椅，顺手给锁儿也搬了个小杌凳，自来熟地招呼："锁儿，坐。"她支使立在陈六老爷身后的八字须老仆："烦您上壶热茶，再配两笼糕点。"又朝陈六老爷笑笑，"晌午就吃了一颗杏仁糖和一碟瓜子仁，怪饿的。"

陈六老爷面瘦露骨，额黑中庭长，双颊泛黄光，唇色偏青紫，气得快要一佛升天二佛出窍了。这小沫浪子，来他这儿点菜了？！陈六老爷手往桌上一砸，气得耳朵都红了："有事说事！没事送客！"

贺显金笑意更深，向后一靠，双手搭在太师椅背上："伸手不打笑面人，我来同六老爷送贺礼，您闭门赶客绝非为人之道啊。"她伸了伸胳膊，笑道，"真不知道您这个性子，这些年是怎么做的生意？"

陈六老爷气得喉咙都冒烟了。这贱浪蹄子不仅来这儿点菜，还来这犯贱？！陈六老爷深吸一口气，手一抬，正准备放狠话，却见这蹄子从怀里掏了个拿红布包得严严实实、看着像礼物的东西扔到了他跟前。

"我知我是将您得罪狠了的，故而今日特携礼赔罪。"贺显金脸上的笑收了收，示意八字须老仆打开，"您看看，您喜不喜欢。"

八字须老仆看了陈六老爷一眼，陈六老爷眯着眼点了点头。是一沓厚厚的册子。八字须老仆翻看几页后不由大惊失色："老爷，是账本！是朱管事留下来的账本！"

陈六老爷胸口升起一股浊气，气里还带着铁腥味，撑手起身，一把抢过八字须老仆手中的册子，一目十行看下来，越看胸口涌上喉头的那股气越重，越看气里那股铁腥味越明显！一个月一个月，确实每一笔都对得上。

除了向安阳府倒卖八丈宣的账，他卖了三百两，老朱只知一百两，他从中又吞了两百两……这个账本是真的。陈六老爷哆嗦着手，抬起头，见贺显金好整以暇地含笑望着他，恶意从心横起，哑着嗓子："把宅门锁上，调五个精壮家丁过来……快！"

锁儿脸色一变。这老头儿的眼神，跟她大哥二哥要打她的时候，一模一样！锁儿下意识站到贺显金前面，拳头在袖子里捏得紧紧的，虽然小小一个，眼神却像头饿狼似的，死死盯住陈六老爷！贺显金不紧不慢地站起身，先将锁儿拉下来，再轻声哂笑，语带嘲讽："您老糊涂了啊？莫不是想在泾县杀我？"

陈六老爷抽抽嘴角，语气恶毒："倒也不用杀你！把你们两个丫头片子捆起来，我先辱，我家丁随后，割了你的舌头，宰断你的手脚，趁夜里将你残花败柳两个贱人光溜溜扔到街上，你不去死，都有人逼你死！"

锁儿打了个寒战，眼睛一闭再一睁，小狗眼变狼狗眼，满眼都是咬死人的狠厉。贺显金笑了两声，气定神闲踱步到窗边，斜眸睨看："您动脑子想想吧！我们两个姑娘敢独身来你陈六老爷的府上，我们不留后手吗？"

锁儿疑惑，还有后手？她们来之前，唯一做的事，不就是花两个铜板给她买了串冰糖葫芦吗？啥时候留的后手？贺显金猛地将窗棂一推，昂起头高声道："周二狗与他弟弟，并郑家四兄弟，全都在外面藏着！只要我们半个时辰没有出去，周二狗和他弟弟拿大木桩子砸您宅门，郑家兄弟一回老宅报信，二去官府报案——您觉得三爷会不管我吗？"

锁儿克制住向外看的冲动。最好外面有人哦！陈六老爷目光投向窗外，矮墙外又开始落雪了，陈六老爷艰难收回目光，手死死扣住账本。对了！账本！若他将账本毁掉……贺显金的声音恰到好处响起："腊月二十九日拿到这个账本，这么多天足够我誊抄一本了，您手上这本好像就是我誊抄的？还是那句话，若我晚于半个时辰出去，他们将拿着原本该报信报信，该报官报官！"

陈六老爷顿时好像被逼入绝境的岩羊，脑子里过了好几遍思绪，她若想扳倒他，完全可以将这账本直接递到瞿氏手上。她何必走这一趟？她想干什么？不对！她想要什么？

"你想要钱？"陈六老爷摇摇头，"不，不，你不想要钱，你若想要钱，你在一开始就会接我和老朱给你的银子……"电光石火间，陈六老爷好像发现自己摸到这恶婆娘的命门了，"正月后，我就告老辞乡！我年岁也大了，绝不在铺子里碍你的眼，挡你的路！你放心！到时候你就是泾县作坊唯一一掌事人！你想做什么就做什么！绝没有任何人阻碍你！"

贺显金不置可否地耸耸肩："本也如此，你若不应，我不过费些工夫筹谋计划，也不是什么难事。"

陈六老爷颓然砸在椅子上："那你想要什么！你说，你究竟想要什么！"

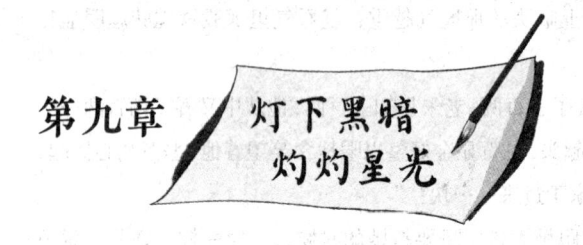

第九章 灯下黑暗 灼灼星光

陈六老爷要崩溃了，瘫坐在椅子上，胡须向下捺，吸几口大气，想到东窗事发后的场景——好不容易贪来的家产被抄走，在衙门一边做小吏一边读书的儿子被打发回家，在青城山院读书读得好好的孙子失去科举资格。还有他自己，大魏律法规定，侵占主家产财物最高可罚五十杖。他敛财之多，被罚一百杖都有余辜！

更何况他还有更大的罪过，私自"喂敌"，将珍品货物卖到别家，帮别家拿到贡品资格，此事若被揭露，他们一家老老少少二十余口人在泾县是决计活不下去了！这个代价太大了，他愿意用任何东西来换！

只要贺显金这个骚浪蹄子态度松动，只要她要，只要他有，他绝对双手奉上！陈六老爷痛哭流涕地偷觑贺显金神色，却见这小娘养的正双手背于后背，一脸兴味地欣赏他的痛苦。陈六老爷"哇"的一声哭得更大声了。再顽强的狗，被人绕着玩几圈，又得不着食吃，也得崩。

贺显金清了清嗓子。陈六老爷的哭声渐弱。

"我要八丈宣和六丈宣。"贺显金手负于身后，收敛笑意，显得极为郑重，"你手上有多少，我要多少，只要你交出来，我当着你的面，把这个誊抄的账本烧了，把原版账本的藏身之地告诉你。"

陈六老爷瞬间忘了哭，嗫嚅张嘴，企图说话。贺显金了然地摆摆手："都是千年的狐狸，别跟我这儿玩聊斋。依照六老爷雁过拔毛、狗过留痕的个性，李老章师傅做出八丈宣、六丈宣这等精品，您不会私自扣下？"贺显金大马金刀地坐下，从八字须老仆手上接了热茶斟满一杯，递给陈六老爷，"您先喝。"

陈六老爷不自觉地往后缩了缩。贺显金冷笑一声："加了蒙汗药、砒霜，还是铅丹？"

贺显金自然地把茶水泼到陈六老爷脸上，转身将茶盏倒扣在桌上，双手撑在八仙桌上，头微微后仰，目光向下，看陈六老爷的眼神像是在看一只单手即可捻死的蚂蚁。

好、好帅。今天，王三锁小姑娘的眼睛很忙，一会儿瞪成圆形，一会儿眯成"一"形。陈六老爷被热茶泼了一脸，面皮火辣辣地疼，茶汤挂在胡子上，瑟缩着一点也不敢动，就怕茶水顺着流进嘴里——掺了雷公藤的茶水，可是要人命的！

贺显金笑了笑："六老爷，您自己想想，您这样子要杀我，我要您几张纸，过分吗？"那是几张纸的事儿吗？如今天底下，有一个算一个，安阳府福荣记、泾县宋记、宣城温家和王家……这几家做纸顶尖的，都做不出来八丈宣了。老师傅接二连三地作古，青黄不接，徒弟还没成熟，谁也挑不了这个大梁。

他们做不出，可达官贵人还是想要啊！越没有就越想要，他听说，京师百安大长公主最喜长幅水墨，为投她意，许多画行愿意出一张纸一金采买八丈宣。陈六老爷从怀里掏了张绢子，哆哆嗦嗦把脸擦干净："我手上是有这两种纸，李老章做时，我各留了十张以期应急……"

十张？你也不是这么抠抠搜搜的人啊！贺显金指腹摩挲茶盏边缘，站起身来："八丈宣和六丈宣，分别两刀，你拿出来，我走人，咱们银货两讫，我就当从来没见过这个账本，你可回乡做富裕田舍翁颐养天年，过年节再见，你照旧是我的好六爷爷。"

好六爷爷！你当我爷爷好不好！陈六老爷心里疯狂输出，面上却扯出一丝苦笑："各两刀？我实在拿不出来……"

贺显金拍了拍膝盖，抬下颔道："拿不出来那就没办法了。锁儿，咱们走。"又回头冲陈六老爷笑道，"这本账册你就拿着吧，进棺材的时候好垫脚。"

贺显金头也不回地往外走。

三、二、一。一般来说，"你不卖我就走了"的惯用花招应该很管用才对啊。

"你等等！"

果然很管用。贺显金露出微笑。

陈六老爷猛然站起身："我给你！我给你四刀纸！"

陈六老爷咬牙切齿。他总共才留了各三刀！是他威逼利诱李老章每个月熬五六个大夜给他做的！做一刀，他就给李老章那要死的婆娘一根一两年的人参！李老章还对他感恩戴德，如再生父母般敬畏。这种乡间里坝出来的，压根就不知道自己的手艺有多值钱，以为树皮做的东西又不是啥金贵货，就算读书人讲究，也卖不起价，他们这群下里巴人，这辈子都不知道好纸多值钱！这辈子都不知道绝品值金值银，可受万人追捧！

陈六老爷咬碎一口黄牙："老根儿！去库里拿两刀八丈、两刀六丈！"眼神像淬铁似的看向贺显金，"贺姑娘，您该告诉老朽，原版账册放哪儿了？"

水西大街，市集繁荣，摊贩来往如织，叫卖声不绝于耳。青城山院门口的小稻香初五开张，一锅炖羊肉加上茱萸、青椒、姜片、八角、茴香，再配上切得大块又有棱角的白萝卜，羊肉炖得杷烂，拿尖头筷子轻轻一拆便骨肉分离，热气从夹骨肉里冒出来。

乔徽吃一口羊肉，再啜一口金华酒，眯着眼"啧"一声："谢你这个守孝之人陪我出来喝酒吃肉。"

陈筊方饮一口茶水，笑了笑："上回见是在南直隶考乡试，你考完后两眼昏花，你爹灌了你一壶盐糖水才缓过来。原以为下回再见是你我相约京师共赴会试……"陈筊方低眉，将后话吞下，摇了摇头，又饮一口茶水，转头看向窗外。

乌溪不结冰，岸边有积雪，行人来往走动，没一会儿便将积雪踏黑践污。一个熟悉的身影从一个巷子口窜出来，身后跟了三个人。陈筊方眯了眯眼，贺姑娘和陈六老爷搅在一起作甚？

乔徽顺着陈筊方的目光望过去，看清贺显金那张冬青般的脸，不觉磨牙："这不是你们家那棵冬青，哦不，那位女账房吗？"

陈筊方目光未移，敷衍着点点头。只见贺姑娘指了个地方，陈六老爷手一抬，后面那老仆就埋头苦挖，没一会儿就挖出一本四四方方的东西，好像是本书？陈六老爷一把将那东西抢过转身便走，隔了一会儿，贺姑娘便带着一个比她更小的小丫头，一人抱着一个裹得严严实实的东西转身向老宅走。过程行云流水，看上去像是在做什么交易？

陈筊方眉头蹙得更紧。那个四四方方的东西，是不是前几夜他们夜探朱宅摸出来的账本？她在和陈六老爷做交易吗？乔徽也歪头看着，隔了一会儿方重新埋头吃羊肉。得嘞，这姑娘可算是把六丈宣搞到手了。

贺显金这两日睡觉，都是枕着八丈宣睡的。别人是高枕无忧，她是高八丈宣无忧，嗅着纸香做甜梦，睡得非常安稳——除了一刀纸太高，导致她有点落枕。落枕的结果是，第二天她歪脑袋看人，透露出几分嚣张不羁的气质。

故而，响午时瞿老夫人多看了贺显金两眼，便放下碗筷，特招贺显金进正堂，预备开展一场筹备良久的面对面、心贴心的思想教育。

这还是贺显金头一次踏入陈家老宅正堂。正堂四面见风，四个红漆拱柱顶上，木梁雕花，墙上皆裱有大小不一、种类各异的空白宣纸，堂上供奉着一卷泛黄却极具光泽的纸，纸张被一整块琉璃罩住，铺平摆放珍藏。贺显金歪着脖子看，那卷纸上星星点点、不规则的水渍，就像雨水滴落氤氲成的小黄斑。这张旧黄纸被珍贵的琉璃罩郑重其事地罩着，小偷都不知道偷哪个。

瞿老夫人一抬头，却见贺显金歪脖子瞪眼地注视堂上供着的金粟山藏经纸，姿态极度嚣张，神色非常不羁。瞿老夫人心头哽了哽，好好的老实孩子，和陈敷那混账东西共事几天，这都学了些什么习气！想起幼子二六不着调的傻样儿，兀地怜惜起贺显金小小年纪与傻子共事的不易，便颇为语重心长开了口："腊月二十八，你和老六那场官司，原是老六嘴巴发贱，你纯属无妄之灾……我心里都知道。"

下属缠斗，最忌讳上位者权责不分，一味和稀泥。明面上不表态，但至少私底下该拉拢的心腹要拉拢，该打压的刺头要打压，若不表明亲疏，时间久了心腹将变成心腹大患，刺头将发展成仙人掌，岂不是陷自己于腹背受敌、亲信全无之境地？

斜脑袋的贺显金装得老实如鹌鹑，待瞿老夫人说完话，才开口："也不算无妄之灾。我们初来乍到便讹了他八百两银子，而后又使计叫他手下的那位朱管事打道回阴间，六老爷算是赔了夫人又折兵，看我不顺眼也十分应当。"

倒也不必把撕破脸皮说得如此直白，瞿二婶在旁咽了口口水。瞿老夫人滞了滞，这些她当然都知道，贺显金一来玩了几手好牌，既架空了陈老六，还把长久积压在泾县库房的存货以高价盘了出去，账面做平了，人情也做到了。现在满泾县提起清算陈老六债务的那位小小姑娘贺账房，谁不赞一句处事大气、心胸坦荡？

对贺显金所作所为，瞿老夫人是满意的，从袖中掏出一个小锦盒推到贺显金跟前："你身上戴孝，金银不上身，我就给你融了个小金条，放在身上也踏实。"

贺显金探着脑袋看。黄金迷人眼，小小一坨，估摸着能有一二两重，黄金是软金，咬上去就是一个大牙印，看上去非常可口。贺显金收回留恋的眼神，企图伸手去拿，奈何落枕太严重，胳膊肘跟着动不了，便努力正脑袋，却又因脖子太疼，那股拧着的筋又把脑袋甩回去了，甚至甩得更歪。

在瞿老夫人眼里——对于金钱，这个小姑娘眼神不作一刻停留，甚至歪头闭眼，作出很是不屑的样子。老太太不由心头暗赞一声，小姑娘年岁虽小，却很有几分不为富贵迷人眼的气度！瞿老夫人把锦盒往前一推，语气愈加轻缓："给你了，就是你的。"

又叹了口气："六叔行事乖张，与他斗，不容易。陈家许多族老都写信给我，说老家的人因六叔一人作为对陈家、对陈记纸铺很有成见，叫我管一管。"瞿老夫人双手杵拐杖，语气发沉："我管？我怎么管？陈家一整个是我的吗？老三他爹走得早，几个辈分高的族老当初要吞陈记的作坊，是五叔六叔帮他哥哥和几个侄子保住了这份家业，就冲这份情义，六叔在泾县只要不是犯了伤天害理的大错，我都能容忍，都必须容忍——"

"他犯了。"

贺显金眨了眨眼。瞿老夫人扭头看向贺显金。贺显金站在原处，表情没有变化："李老章师傅的死，李二顺师傅的残疾都是他的手笔，朱管事虽说也不是什么好人，可罪不至死，也是他为了保全自己牺牲掉的人命。甚至，咱们收购树皮、稻草的庄子上恶行熏天，庄头只知收钱，不知自己还是个人——我想，这也与陈六老爷驭下不严、处事不公有极大关联。"这些是血债。

"还有他私自'喂敌'，将李老章师傅的八丈宣辗转卖至安阳府，成全了安阳府福荣记皇商的名号。"这些是大恨。血债当用血来还，深仇大恨又该如何平息？

瞿老夫人瞳孔猛放再紧缩，不可置信。她当然知道陈六老爷手脚不干净，可她以为只是一些小打小闹！瞿老夫人身形前倾，压低声音："不、不可胡言乱语！"

贺显金闷了闷，歪着脑袋从怀里掏出一本与前两日如出一辙的账本递到瞿老夫人手上："朱管事记录的账本，上面一桩桩一件件记载得清清楚楚。您若不信……"

"我证明，此事为真，这个账本也是真。"游廊外，一个着月白长衫的身影快步而来。陈笺方先拱手向瞿老夫人作揖，再转头神色复杂地瞥了眼贺显金。他原以为这个小姑娘挟天子以令诸侯，拿着账本已使陈六老爷就范，后又觉得不太可能，若这小姑娘有所图谋，早在随三叔来时便心想事成、得偿所愿。

这几日，他一直在等，等这个小姑娘的动作。陈家一介商贾，内外院之别不严，特别是这个姑娘还住在仆从的地方，他想打听什么十分简单。当他一听见祖母召贺姑娘谈话后，便往正堂赶，外间守着的老奴不敢拦他，他便一路畅通无阻，正巧听见这姑娘把账本拿出来了。

他怕她缺心眼地说实话，说这个账本是摸黑偷拿的，便只好急匆匆地出声阻拦。摸黑偷拿，就凭这四个字，就能让这姑娘万劫不复！就算账本是真的，就算陈六老爷该死，但这个账本是偷的，小姑娘偷东西，会让祖母怎么想？让陈家人怎么想？让知道这件事的人怎么想？

偷字，太重，她一个小姑娘，担不起。

"你怎么做证？"瞿老夫人已将账本翻看一遍，再看向长孙的目光如隼如鹰。

因为他跟我一起去的。贺显金在心里回答，这是实话，但她怕瞿老夫人气到吐血。陈笺方面色稳如泰山："腊月二十八，我们刚到泾县，二叔庭院喝酒正酣，六爷爷神情紧张地跑出门厅，孙儿甚觉不妥便跟了出去，正好撞见朱管事遗孀向六爷爷索要银钱，两人一番拉扯推缠，六老爷给了银钱，待六老爷走后，我和这位贺姑娘便去寻朱管事遗孀将这个账本诈了出来。"

贺显金眼见陈笺方面不改色地篡改账本来路，不由轻轻低了头。一个故事九分实一分虚，偏偏这一分虚，谁也无从考证。难道瞿老夫人要开堂审问朱管事遗孀知不知道这个账本的存在？有没有拿这个账本讹诈陈六老爷银钱？就算是为了陈家的脸面，也不可能！只要这个账本来路清晰，陈家只会偷偷摸摸处理了陈六老爷，甚至还要遮掩一番，冠上"多病""体弱"等冠冕堂皇的理由，美化陈六老爷的失势或丧命……希望之星虚虚实实几句话，便"洗白"了账本来路，甚至"洗白"了他们夜探民居的荒唐行径，贺显金咂咂舌。

听到陈笺方一言，瞿老夫人与瞿二娘对视片刻，瞿老夫人微不可见地长舒一口气，手里紧握住账本，一言不发。

沉默，令人尴尬的沉默。贺显金低着头，像只被烤熟的鹌鹑。这一个处理不好，就要和她的大金条说再见了。还是应该先咬一口！贺显金不无暗悔，她其实心里清楚瞿老夫人将陈敷发配老宅的意图所在，不过是陈六老爷做得太过，需拿陈敷这把尚方宝剑杀一杀锐气。可这杀到什么程度就不好把握了。

她毕竟是才来的，摸不清瞿老夫人和陈家的恩怨情仇，也摸不清楚瞿老夫人和陈家几个叔伯子侄之间的关系深浅，君不见，瞿老夫人待陈家五叔的态度就十分倚重和信任吗？万一瞿老夫人只想剪点陈六老爷的头发丝，结果被她大刀一挥，直接"咔嚓"一声砍了脖子。那瞿老夫人是恨陈六老爷，还是恨她？

道理她都懂，她却不想这么试探。李三顺师傅在她手下干事，父兄因陈六老爷或死或残，她做不到冷眼旁观。

"老夫人，陈六老爷手上有人命。"贺显金抬头提醒，"若高高拿起、轻轻放下，恐不能服众。"

陈笺方默了默。这个鲁且直的傻姑娘欸，喊打喊杀，你好歹蒙层面纱！

"孙儿犹记爷爷去时，六爷爷痛哭流涕，在祠堂下举手发毒誓，必以血泪保大房孤儿寡母平安顺遂。"陈笺方跟在贺显金话后打补丁，"年前，父亲猝亡，五爷爷红肿着双眼，满城寻上好棺木，八上滁州只为求乡绅别家让出为家中老人准备的黄柏木棺材。同一时刻，六爷来信道，泾县作坊账上告急，央本家来年另拨六十两原材本钱。"

贺显金微微撇头看了他一眼。陈笺方声音渐低："六爷爷在祠堂前的痛哭是真的，如今心狠手辣、踩着陈家胡闹也是真的，只是欲买桂花同载酒，终不似少年游……"时光飞逝变迁，又一个屠龙少年终成龙的故事。

贺显金也因陈笺方的话，感到莫名心酸。她没经历过陈家顶梁柱陡然倒塌，孤儿寡母依靠两个亲叔叔站起来的岁月，所以她尽可以扯着嗓门喊打喊杀……

瞿老夫人长叹一声："他怎么这般糊涂！"

瞿二姆眼眶一红："夫人，请族老主事吧？"

瞿老夫人手抠进账本中，隔了许久方点头："开祠堂，请陈家耆老，请里正。"拄着拐，瞿老夫人站起身来，声音喑哑："叫阿董带一队家丁，把陈六带来。"

再然后，贺显金和陈笺方就被请出来了，这种教训长辈的陈家高端会晤，希望之星都不够格，贺显金一个打黑工的拖油瓶就更没有立场观战了。

陈笺方背着手慢慢走。贺显金本想走出花厅，就和希望之星分道扬镳，却又不好直道超车，不想搭理他的意图太过明显，便只能歪着脖子，拖着步子跟在后面，做蜗牛状滑行。

陈笺方脚步一停，转身斜睨："你倒不怕陈六老爷告发你敲诈？"

贺显金一惊。陈笺方语态简短提醒："初五迎财神，我与友人于小稻香聚会，正对面就是水西大街最繁华的地段。"

噢。原来是看到她领着陈六老爷"挖宝藏"去了。贺显金挠挠头："他不敢，他还得给他儿子孙子留点好东西呢。"

她小敲了两刀八丈宣、两刀六丈宣，她才不信陈六老爷手上就只有这点！她若狮子大开口往大了要，把陈六老爷的存货要完，陈六能价都不还，全给她？陈六手上必定还有，只要他敢告发她拿着账本先去敲诈，那他手上剩下的那点存货，一张纸都留不住！到时候他儿子孙子恨死他！

陈笺方琢磨片刻，懂了，又背着手向前走，走了两步，在犹豫踟蹰间又停下了步子，彻底转过身："凡事需三思谨慎，勿莽撞鲁行，以混制混、以暴制暴，反伤己身。"

话说出口，陈笺方甚觉不妥。他算哪块田里哪根葱？只是这姑娘本来便出身不显，又有个做小娘的母亲，为人全凭一股冲劲和天生自带的机灵，此时不翻车，不代表以后不翻车。这个世道，一个姑娘，承受得了翻车的代价吗？三叔既顶着压力把这姑娘留下来了，就该担负起教养之责。

三叔……陈笺方脑子里浮现出前两日陈敷一手捧着一个酒缸，站在堂屋正中间，油头粉面又懵里懵懂的模样，不由暗自摇摇头。三叔那个样子，还是算了吧。

陈笺方一抬头，却见贺显金梗着脖子、斜着眼睛看自己，不由莫名气从心底来。这是个什么样子！还梗着脖子不服气了？！这个样子，和三叔梗着脖子在祖母面前不服气，简直有异曲同工之妙。

陈笺方叹了口气，温声道："我出此言语不过因我丧父、你丧母，皆失佑失怙，同为沦落之人方莽撞开口，贺姑娘可择佳言听之，择糟粕弃之，是我唐突。"

陈笺方言罢，便转头走出花厅，留下歪脖子的贺显金风中凌乱。她、她说什么了？她啥也没说啊！

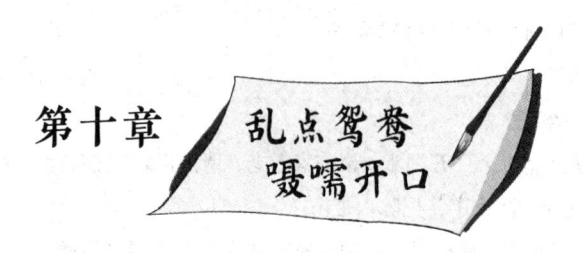

第十章 乱点鸳鸯 嗫嚅开口

陈家开了祠堂，这事儿在不大的老宅压根瞒不住，还没到晚饭，消息便满天飞。张妈还在打年糕。是的，她还在打年糕。陈家是做生意的，对财神的渴求比寻常人家更强烈，企图用年糕留住财神的意愿也更强烈，故而倒霉催的张妈又被捉去打年糕了。

张妈抡着半人高的木杵，面无表情地舂热米，一边舂，一边俯身给贺显金抓了坨还冒着热气的米团塞到嘴里："六老爷这次可能会死。"

贺显金鼓着腮帮子，努力把年糕嚼烂："您听谁说的？"

"前院二舅姥爷的伯娘的表妹，是我嫂子。"张妈面无表情地炫耀了波关系网，冲贺显金努努嘴，"你知道的，你张妈我盘踞陈家多年，人脉很广。"

人脉很广的张妈舂年糕舂出态度，舂出作风，舂出千军万马的气势，贺显金咧开嘴笑得不行。紧跟着张妈便短话长说，添油加醋、添砖加瓦地把下午的事儿说清楚了。

陈六老爷估摸着知道所为何事，先是在家里勃然大怒，尖声咒骂："狗娘养的小畜生，坑我一次还坑我二次！不得好死！你不得好死！"

贺显金差点被热米团哽住。这好像骂的是她？

那头陈六老爷咒天骂地，这头董管事虽头顶毛不多，力气却不小，说了句"得罪了"，几个回合就将陈六老爷拿下，顺带将博物柜上的金银珠宝装了一麻袋，一路从水东大街押到老宅，在陈家宗族耆老面前，金银珠宝被抖落了一地，接着就是涕泗横流的陈六老爷。

"啪啪啪——"陈六老爷双手连环旋风自扇耳光，并演绎了一场"我不是人""我胆子被狗吃了""我知错了我再也不敢了"的中老年男性大型认错现场，先抱着陈家辈分最高的陈家七叔祖的大腿不放，紧跟着又给瞿老夫人磕了几十个响头。

"没用。"张妈撇撇嘴，"也不知六老爷是犯了什么天大的差错，抱大腿不是，磕头也不是，最后他企图冲出去撞柱子。"张妈抓了把热米团旁的花生仁儿塞进贺显金嘴里，"老夫人侧身躲开让他撞，只说了一句'你若现在撞死了，我在祠堂里发毒誓，必保我那侄子侄孙衣食无忧、读书上进'。"

贺显金发现了，张妈在记录八卦、传播八卦上展现出了惊人的天赋——这么文绉绉一句话，她竟可以完美复述!

"然后六老爷撞没撞?"贺显金发问,艰难地把满口的米团和花生仁咽下。

张妈嗤笑一声摇摇头:"他?撞柱子?屎壳郎羞愤而死,他都不会。听老夫人这么说,六老爷反倒不哭了。开始指天骂人,先骂爹妈早死,再骂兄长不管,最后骂上天不公,遭奸人得了道。"张妈摇摇头,"反正就不怪自己财迷心窍,也不怪自己背叛祖宗。他骂得七叔祖发了怒,叫人拿布条塞了他的嘴,把他拖下去了。"

张妈一边说着,一边又给贺显金塞了把红枣干。贺显金被噎得翻白眼。

"最后,耆老族老们商量后决定动用家法,将他鞭笞一百下后发回宁德村——陈家最老的老家,不许为他请大夫和上药,他的子孙后代不受家法,但全都不许留在泾县,更不许从事纸业,他们这一房名下的祭田、宅子、银钱和店子尽数充公,族中不再为这一房提供任何帮助,等过了年就去官衙将这一房的路引和名籍上泾县陈氏的印章去掉。"

回收田地、除名、除族,这是宗族观念下最严重的处罚,在一定程度上甚至高于律法、严于律法。陈六老爷的子孙后代还可以继续生活,他们可以做买卖,重新购置地产另立门户,但他们没办法继续读书了。一个被宗族除名的人,罪大恶极,怎还能入仕为官?当然,如果非要杠,说我读书就是为了陶冶情操,不为入阁拜相,那就自便。

贺显金八卦听完了,飞也似的跑了。她再不跑,八宝饭快要在她嘴里汇合了。

开了祠堂的事办得特别快,当天夜里贺显金就听见庭院里鬼哭狼嚎的,隔了一会儿彻底没了声响,估摸着是鞭笞一百下打完了,陈老六也被拖走了。第二天一早,便见董管事步履匆匆跑进跑出,估计是在核算陈六名下的庶务和地皮。

不到正月十五,宁德村便传来掌控泾县作坊十余年之久的陈六老爷魂归去兮的消息。这消息传来时,大家伙正吃早饭。陈敷听了半晌没言语,反倒是瞿老夫人神色自然地给贺显金夹了一筷子油浸竹笋,再招呼众人:"吃饭,正月里不说不吉利的事。"

陈敷看了眼瞿老夫人,想了想,随即埋头刨饭。自来了泾县便沉默像空气似的三太太孙氏,却手一抖,陶瓷勺子碰到碗沿,发出清脆的声响。贺显金抬头看去,孙氏便跟触电似的一个哆嗦。太吓人了!她可听说了六老爷究竟为啥死,就是因为挡了这死丫头的路,便被人设计被贺显金抓住了小辫子!

否则照六老爷与陈家主支的亲疏远近,就算贪个五六百两,至于死吗?这还是只是被挡了路,当初,不不不,还不叫当初,就在两个月前,她拿青菜作践这死丫头,不给这丫头吃饱,还给这丫头找了个长得像耗子的老鳏夫!对照陈六老爷,她对这丫头犯下的罪行,可谓是罄竹难书!陈六都死了,她的墓地还远吗!

孙氏哆哆嗦嗦地过了两日,越想越害怕,越看贺显金那张笑眯眯的脸,越觉得这丫头包藏祸心,在屋子里走来走去琢磨半天,也不知如何是好,想来想去,终是一咬牙一跺脚差人请来陈敷,姿态拿捏得十足乖顺。

"金姐儿今夕不同往日,陈六老爷一去,泾县作坊大小事务想必是落到她手上了吧?"孙氏低着头,温驯地问道。

陈敷不满道："为甚不是落到我手上？"

孙氏喉头一哽："您、您自己想管事吗？"

陈敷摇摇头："那倒也不想。"

那你抬什么杠！孙氏被堵得胸口疼，正想如往常一样和陈敷大发脾气，却又顾忌陈敷背后的保护神——大名鼎鼎的贺夜叉，不觉深吸一口气，继续低眉顺目道："金姐儿如今万般好，对咱们陈家千般好，可只一样不好——"

事关显金，陈敷蹙眉问："什么不好？"

孙氏温顺道："贺小娘死后，她同陈家的联系太少了，全凭她对您的一腔拳拳之心。咱们做生意的人家多半是重用自家人，如今是您顶在泾县，若有一日您不乐意在这儿了，那就麻烦了。究竟还重不重用金姐儿呢？重用到什么程度呢？若是不重用了，咱们金姐儿又该怎么办？"

这说到陈敷心窝里去了。陈敷蹙眉想了想，点点头："确是如此。"

见陈敷也觉得自己说得很对，孙氏按捺激动："我有个法子扭转乾坤！"

陈敷一抬下颌："你说。"

"让金姐儿变成我们陈家的媳妇儿！您忘了，四郎还没娶亲！金姐儿守孝期满，四郎就下聘采纳，到时候金姐儿就是咱们陈家名正言顺的自家人，别说管一个铺子，就是管四个铺子都使得！"

孙氏快为自己的机智叹服，她怎么那么聪明啊！贺显金风头正盛，老虔婆摆明了现如今是倚重她的，既然倚重，那她不介意四郎纳贺显金为妾！好吧，实在不行，为妻也不是不可。到时候她可是婆婆，对贺显金有天然的身份压制，贺显金再混，她还敢对自己婆婆高喊报仇雪恨吗？！

"你没事吧？"陈敷一言难尽地不可置信道。

"她没事吧？"贺显金腾地一下站起身来，表情好似吃了一大坨屎，以为自己听错了，又问了一遍，"三太太说谁娶谁来着？"

"让四郎娶你。"陈敷顶着夜叉吃人的压力再说一次。

"让谁娶我来着？"

"四郎娶你。"

"让四郎娶谁来着？"

"娶你……"陈敷也开始怀疑起自己的记忆，结果越想越错乱，最后干脆摆烂，往椅凳上一躺，"哎呀！左右我已回绝，太太若在你跟前再谈此事，你也不必顾忌我的颜面，该拒即拒，该回即回，该骂即骂。"

虽不该在继女面前说发妻不是，可陈敷仍旧没憋住，摇摇头："她那个脑子是真有什么毛病。你和四郎算作兄妹，成亲？成哪门子的大头亲？你出嫁时，是要从陈家发出，你那几个哥哥要背着你上花轿的！"

陈敷三子一女，但长子和幼女早夭，皆不到十岁便撒手人寰，听了算命的说，二子要养在舅舅身边到二十岁才可避劫，贺显金一直没见过这位三房二郎。再就是贺显金熟悉的喉咙有泡、肺里有痰的陈四郎。再之后，陈敷便和三太太孙氏再没有子息出生，因为陈家最强妾室贺艾娘上线，陈敷和三太太孙氏的姻缘线被拦腰砍断。

据张妈倾情线报，陈敷在纳贺艾娘为妾前，开诚布公地与孙氏谈了和离，开出的条件非常丰盛诱人，孙氏的嫁妆尽数带回，已用出的嫁妆折算补齐，并将陈敷名下的百亩良田加白银一千两给她，加每年一百两的嚼用花费，若孙氏还要再婚，陈敷便将按一年一百两的标准补足二十年。一亩良田，如今市价是三两至四两银，一百亩即为三百至四百两，也就是说陈敷开出了总计约四千两的分手费，这怕是陈敷当时全部身家。

算是精神出轨方的净身出户？不得不说，某种程度上，陈敷的思想非常前卫，比如和孙氏婚姻存续期间，他无妾室无通房；再比如，遇到生命真爱贺艾娘后，他拿出全部身家企图和离，抛开精神出轨不谈，陈敷也还算是个还不错的男人？不过孙氏不这么看，她宁愿在后宅里受"渣男"和"小三"的气，也不愿意拿着银子开启富婆单身人生。

贺显金摇摇头，把喟叹先甩出思绪，言归正传，颇为不解发问："太太，想我嫁出去的欲望怎么这么强烈啊……"

先有斑秃耗子珠玉在前，再有青春痘小男生在后，孙氏为啥这么操心她的婚事啊？贺显金不太能理解孙氏的想法，她算是孙氏毕生宿敌之女，孙氏竟然也愿意让她当儿媳妇？等等！孙氏是不是准备让她饿着肚子立规矩？是不是准备让她天不亮就起床请安？是不是准备拿婆婆的款儿磋磨她？贺显金顿时气得牙痒痒！

陈敷轻咳一声，微微正身，叹了口气："因为她的手只能伸到这里啊。"

贺显金愣了愣。陈敷手摸摸后脑勺，颇有感触："她和你、和母亲不同，她的眼界只有内宅四方天，她摆弄不了铺子上的事，更没权插手作坊的运作，她能做的就是热情投入内宅女眷鸡毛蒜皮的争斗。"所以她只能把你拖回她熟悉的战场，再在她熟悉的战场打败你啊。陈敷轻轻摇摇头，显得颇为唏嘘，"太太，作再大的恶也不过是随意把你嫁了，就像她再痛恨你母亲，也只是不准你母亲中秋出门拜月，她也只能干到这份儿上了。"

贺显金愣了！她还真没想到陈敷有这般的见识！

"三爷……"贺显金嗫嚅开口。

陈敷看向显金的目光，柔和又温暖，但好像企图透过贺显金看向另外的人。"你放心干吧。"陈敷重新把双手放回后脑勺，移开目光，语气轻松，"一切企图将你拉到深渊的力量，都交给你三爷我去处理吧！你尽管放手去做，陈六老爷死了，铺子上有钱有人有货，谁也不能挡在你前面。你做'盲袋'也好，集色卡也好，无论再惊世骇俗的点子，再奇形怪状的想法，你大可以斗胆试试看！亏了，三爷我给你补齐；赚了，就当作你向上走的垫脚石。"

"什么盲婚哑嫁，什么内宅争斗，你都不用管，你娘把你交给我，不是为了步她的后尘的。你知道，你娘的梦想是什么吗？"陈敷眉眼含笑地转过头来。

贺显金喉头有些涩，眼眶有些酸，轻轻摇摇头。

"她呀,她想游遍九州,从北直隶到琉球,从山海关到乌思藏都司,她想写游记,想写南直隶吃喝在市集的册子,想看雪山,也想看一望无际的草原。"贺显金双眼含泪,陈敷头向后仰了仰,"可惜了,临到死,她走得最远的地方,不过是从青州到宣城,一路逃难挨饿的时光,却成为她最自由的时刻。"

贺显金好像突然能理解陈敷与贺艾娘的感情了,菟丝花与纨绔三郎之间,或许除了依附与倚靠,还有些其他的,她不明白的、从未接触的、有所耳闻但未曾感受过的东西。

陈敷拿手掐了掐鼻梁,舒缓了几分酸涩的意味,抹了把头顶,扭头笑了笑:"三爷我啊,不明白你为何这么拼命干事,但你既然选了这条路,三爷负责帮你清障,你自己坚定走下去,你且记着,不好好干,是要被拖回来嫁人的!"

贺显金抽了抽鼻子,闷闷地点了点头:"我不嫁人,我可以做女户。"

这个朝代,女户可以有私人恒产,可不嫁人,自行购房入籍,唯一的问题是需要有宗族依靠,女户要给宗族购买祭田,死后的财产交由宗族全权分配。相当于收取保护费,宗族给予女户庇荫,女户上交个人财产,非常适合贺显金这种没什么婚姻需求的未来富婆。

陈敷脸色一变:"呸呸呸!胡说胡说!"自己一边"呸呸呸",还要求贺显金也进行封建迷信行为,"你赶紧敲敲木头,边敲边呸,在心里默念皇天后土,小女是胡说八道,万不能当真!"

贺显金没动,急得陈敷捏着她手腕敲在木凳上,尖着嗓子企图装女声帮贺显金"呸"了。装女声就有点过分了,皇天后土怎容你这般蒙混过关。贺显金被闹得没办法,只好跟着陈敷把话"呸"掉。

陈敷这才满意,神色一反常态地认真:"身无彩凤双飞翼,心有灵犀一点通。人啊,可不为钱财成亲,可不为地位成亲,但需求得一人白头偕老、永结同心,这是世上最幸福的事情,金姐儿,你必要记住。"

好吧,这是恋爱脑说得出来的话。贺显金抿抿唇,不奢求、不盼望、不考虑。

贺显金囫囵打着哈哈,又同陈敷闲扯了几句,说起陈六老爷死亡内幕,陈敷听得连连"哇哇哇",既叹陈六老爷胆肥心黑,又叹李老章师傅死得太惨、李家太可怜,念念叨叨地说个没完,问来问去,贺显金被问得脑袋疼。但刚才的话题好歹被打岔了过去,终于不用听陈敷眼冒星星地分享他那"一生一世一双人"的爱情观。贺显金长长地舒了口气。

自陈敷同贺显金长谈这么一场后,贺显金再看孙氏,便从咬紧后槽牙变为眼里带怜悯,反倒叫孙氏越发心惊胆战,又不敢再向陈敷探听什么,就怕自己先被陈敷一顿骂后,又被这夜叉抓住把柄,送去和陈六老爷做伴。

这种忐忑又害怕的心情一直持续到正月十三。瞿老夫人准备在泾县过完上元节,再回宣城。快要回去了!孙氏从来没这么归心似箭过!

"上元"是大节,贺显金提前让周二狗与郑家兄弟销假回来,连夜开了作坊,将更次一些的竹纸清理出来了四五刀,又和刚开市的庄头以极低的价格收购了三千支竹子篾片,再准备了一些笔和彩墨，另备上五六张小方桌和十来张小凳子，就在水西大街的店铺门口一字铺开，顺便在门口挂了个花灯幌子，幌子上还写着三个大字——美人灯。

开玩笑，这么好的清理次等存货的机会，不用白不用啊！

张妈面无表情地坐在凳子上，一边用打年糕打出肱二头肌的手臂稳健地烤制篾片，一边听穿了身月白色棉夹袄、梳了个方髻、提着一只"丰"字形花灯的贺显金对着两位穿着锦绣绸缎的姑娘说瞎话——

"是是是，编一个花灯三十文！"

"篾片、糊花灯的纸张，还有在纸上画画儿的笔和彩墨都准备好了的！"

"连教您做灯笼的师傅都是现成的。"

贺显金转头，笑着指了指一脸冷漠的张妈。两个富家姑娘好奇地望过来，张妈扯开嘴角，回了一个大大的假笑。

贺显金再道："您想想看啊，上元将至，夜市里女子盛装浓抹，大家伙穿红着绿，手上都提着一盏漂亮的花灯，嘿，您猜怎么着？"

穿红缎子的富家姑娘笑眯眼："怎么着呀？"

贺显金笑得疏朗："别人手上的花灯要么是兔子，要么是嫦娥，要么是花神娘娘，哎呀，都是些常见的款式。您手上的可不一样，您想它是竹子就是竹子，想它五谷丰登就五谷丰登，您要乐意还可将桃子、李子、葡萄全画上去，凑个大果盘，您说别人羡不羡慕您？"

穿绿缎子的富家姑娘撞了撞红缎子姑娘的胳膊肘，眼睛里都是心动。贺显金再道："别人看您灯笼不一样，再来问您哪儿买的，您猜又怎么着？"

"怎么着啊！"红绿缎子异口同声。

贺显金笑呵呵："您可告诉旁人，这别处可买不到，是我自个儿做的美人灯呀！"

红绿姑娘"咯咯咯"笑起来。张妈别过脸去，幸好她老了，没人骗得走她的钱。做一个花灯，花费不过是一张纸，几根竹篾片，再有点浆米熬的糨糊。就这，三十文？甚至还要哄骗别人自己做自己的花灯，一个漂漂亮亮、齐齐整整的成品花灯才多少钱？最多不过十文钱吧，这还是那种叠好几层，又有画儿又有字儿的花灯，才敢收十文啊！

张妈浮想联翩间，红绿姑娘已经相携落了座儿，两个盛装打扮的姑娘挤在矮小的四方桌凳间，神色间却高兴得不得了，拿了六根篾片，学着张妈的样子又是折纸又是糊糨糊，主打的就是一个快乐。张妈讲授完工序便收回目光，听门口又响起那个熟悉的、诱人掏钱的声音：

"是是是，编一个花灯三十文！"

"咱们什么都准备好了的，您自己想做成什么样式就做成什么样式呢！"

张妈羞愧地闭了闭眼。她今天见贺显金难得穿了件适合小姑娘的浅色漂亮衣裳，便十分欣慰地赞了两句，谁知这死丫头一脸严肃地告诉她："这是战袍。"

是，这是战袍。战的是生意人有多黑心的底线，刨的是别人口袋里老实待着的银钱。

第十一章 锦鲤花花 万家灯明

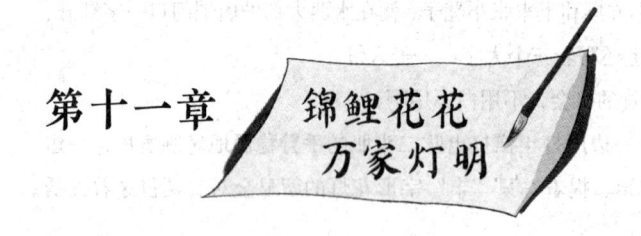

"美人灯"于正月十三正式上线，迅速赢得泾县少女们的热爱，趁年节未过，家中家教尚未收紧，每日都有二十多个姑娘、少妇来做灯笼，算是将泾县家境不错、愿意拿钱给女儿胡闹的掌上明珠全数打尽。贺显金银子没赚多少，但认识了不少人，特别是那些有购买力的女性，比如知府族中女儿、县里典簿的妹妹、县衙文书新娶的美娇娘，再比如一个家里挺有钱的圆圆姑娘。

说起这位圆圆姑娘，贺显金真是印象颇深。这姑娘长得珠圆玉润，一来便付了三百文，包了十个灯笼慢慢做，贺显金立刻请张妈倾力协助大主顾，并遣锁儿去门口买了两盒糕点，自己也不当吉祥物了，拎着个铜制暖炉在她旁边夸张赞扬："哇哦！您这根篾片选得真棒！"

"这个对角，叠得真整齐！"

"这碗糯糊，调得真浓稠！"

贺显金感知到张妈的挤眉弄眼，看了看唇形，噢，糯糊张妈预先调好，送的啊。虽然马屁拍到了马腿上，但金牌销售丝毫不惧怕尴尬，转头便真诚赞扬起大主顾的心灵手巧——但谁知道这位大主顾每个步骤都对，最后成品都废。

十个预制品，她只做出来了一个成品，废掉的或被水墨氤出几个大洞，或篾片粘错灯笼变成了四方形，或纸对折时被粘到一起，灯笼是做成了，就是纸张太厚，光透不出来，眼看大主顾又气又羞，做个灯笼还做急眼了。

贺显金赶忙上了盏茶，笑道："菡萏雅，梅花香，竹子清幽，可谁也不能说无名之花不美，您这灯笼虽看上去不像寻常的灯笼，却美得很有特色啊！"

贺显金单手拎起那只暗黑不透光，看着像花灯实则是团纸的"灯笼"，真挚且诚恳："比如这只，它虽叫灯，却不亮，从理学辩证论道，却是一桩极有意思的事儿。上元夜游，万家灯明，你独向夜行，大家灯都亮亮的，唯你一人灯笼没亮，您想想，那个时候大家是看您，还是看那些普通的、亮堂堂的灯呀？"

全部灯都亮着，只有一盏灯没亮，所有人的注意力在哪儿？肯定在没亮的那盏嘛！这小姑娘年岁不大，看着不过十来岁，脸上胖嘟嘟的，两边面颊肉团起粉嫩，一双眼睛藏在肉里亮晶晶的，像条不愁吃喝的单纯幸福的锦鲤。锦鲤姑娘一听贺显金的话，抽抽鼻子，说话糯叽叽的："您说话真有意思，理学啊论道啊辩证啊……和我爹日日挂嘴上的东西差不离！"

贺显金笑道："那令尊必定是高人。"

锦鲤姑娘正想冲口而出，却听明白贺显金的话，哭也忘了，抽鼻子也忘了，展眸笑起来露出两个笑窝窝："你和我爹爹说话差不多，我爹爹是高人，您也在自夸自己是高人！"锦鲤姑娘捂着嘴笑,手背上也有好几个胖窝窝,声音软糯,"您真好玩!"

啊!女孩子,真的好可爱噢!贺显金捂着胸口把锦鲤姑娘制作的那美得有特点的艺术品打包送出,又请张妈扯了张很好看的洒金珊瑚笺,拿芦管笔画了好几条翘尾巴的可爱鱼摆摆在上面,精心做了个双层花灯送给锦鲤姑娘:"愿您新年快乐,平安喜乐!"

锦鲤姑娘眼睛笑眯眯,像轮弯月。

正月十五的白日,陈左娘带着妹妹右娘来捧场,见铺子上人多,门口放置的四五张四方桌上全坐着人,还有好几个看着眼熟的乡绅家姑娘一边吃着馄饨,一边等在旁边。陈左娘安置好妹妹,便来帮贺显金的忙。陈左娘手脚很麻利,见锁儿来不及分篾片,便撩起袖子先分清一个灯笼六根篾片,扯了条细线捆起来,一捆一捆放好,人来了递一捆出去即可。

之后,又用同样的办法以宽篾片为容器分好糨糊,再将六根篾片、两坨糨糊和两张纸分在一起,一样一样梳理,将原材料一摞一摞地分成了许多个单位。到最后,贺显金负责销售收账,陈左娘负责把做一个灯笼需要的材料递给客人,张妈负责讲授并具体指导做灯笼。

王三锁小朋友在干什么呢?王三锁小朋友拿着贺显金打发她的十文钱,买了碗馄饨,和等位的姑娘并排站立,专心地吃。

正月十五这天最忙,几个人从早上干到太阳快要落坡,水西大街各个巷子横结长绳,商户们纷纷关门闭户,挂起五色纸条、灯联,在树上插上蜡烛,作"百枝灯"。老宅送了饭来,可惜错过了饭点,饭菜凉得透透的。陈左娘本预备将就吃,贺显金坚决不同意:"事多食少食冷,不是长寿之相。"

又见张妈这打了半个月年糕都没萎靡的人,如今正坐在门槛上捶手臂,想想便道:"今天咱卖了四百多盏灯笼,每人分上半吊钱!晚上不摆美人灯了!我请大家去看灯!"

如今街上商户关门闭户,食肆估摸着也早关门,劳累一天,让人饿着肚子回老宅未免太过寒心,灯会上必定有卖热食的小摊贩。

"拐角处那家海味馄饨好吃的,虾米碾得细细的,再放些干紫菜和葱花,用热高汤一冲,啧啧啧,那个味儿!"

"背街的白米糕也好吃!我看着他们磨的米浆,勾了一点点黄糖,其实是用的梨汁调味!"

"溅流桥边的煎饼用猪油渣裹的葱花,又香又脆。"

唯一一个吃饱的王三锁小朋友,一边在前面带路寻食,一边喋喋不休地品评鉴赏。她身后吊着的四个饿死鬼,眼冒绿光,越听越饿,口水越流越多。贺显金咬牙切齿:"王三锁,减半吊钱!"

被扣半吊钱分红的王三锁同学消沉了一会儿,吃饱白米糕的贺显金拿一块黏糊糊的麦芽糖哄好她后,她便被张妈带着一头扎进街头里巷伶人扮演的各色舞队表演中去。

贺显金和陈左娘姐妹漫无目的地在热闹处闲逛,一路走过去,贺显金目不暇接。每一个与贺显金擦肩而过的人,就算衣着朴素,脸上也带着非常知足的快乐。当然也有家贫者,可就算衣裳裤子有补丁,也通身整齐干净。

贺显金叹了一句:"泾县的父母官,确是个好官。"

陈右娘乐呵呵地笑起来，陈左娘反红着一张脸，不自在地转头去看乌溪桥下的长明灯。贺显金不明所以，陈右娘偷偷摸摸，小声附耳道："自上一位县令被匪类在山上劫杀后，咱们泾县尚还没有县令坐镇，只有一名举人出身的正八品县丞主持事宜……"陈右娘闷声笑了笑，"那是我姐姐定了亲的未婚夫婿。"

还好，没骂"铺子门口的青砖经常积水，一定是衙门收了钱又不办事"这种胡话，贺显金笑起来，也压低声音："你姐姐倒是好眼光！"

陈右娘与有荣焉："不是姐姐好眼光，是太爷爷好眼光！"

噢，对，父母之命媒妁之言，对于婚姻这事儿，小辈儿的意见都不重要，左右二娘的太爷爷就是陈家的族长，瞿老夫人口中的七叔祖，县里大贾配衙门实权人物。贺显金点点头，应了声是："一县之主和咱们陈家耆老家中长女，很是相配，很是相配。等这位县丞大人干满三年优异，再往上慢慢爬，如今年岁也不大，爬到知府、知州也是指日可待，指日可待啊！"

陈左娘终于转过身，摁下妹妹多事的嘴，再嗔怪着撞了撞贺显金的肩："泼皮休得胡说！什么慢慢爬，知府知州呀！八品，且还不算是朝廷命官呢！"声音略低了低，"也不是太爷爷定下的，是当初大伯风头正劲，任成都府主官时定下的婚事……"

说话间，眉眼有些低落，贺显金一下子听懂了弦外之音。希望之星他爹在任时定下的亲事，那他爹死了，这门亲事可还有效否？对方是不是看在陈家有位时任六品知府的大伯才定的这门亲事呀？贺显金看陈左娘神色变得肉眼可见地落寞。做事情这么有章法，这么麻利的姑娘欸。

贺显金揽了揽陈左娘的肩头，笑道："管他什么八品六品！就是入阁拜相的文昌阁大学士也只是个名头！咱家里有钱，一个月赚的银子比他十年俸禄还多！你可听好，就算嫁了也得将自己的嫁妆守好，每个铜板子都要用在自己身上才行！"

这话纯属胡话，就算一个月赚人家当官的八辈子的俸禄，做生意的见到朝廷上的人，就算只是个小小的不入流的文书，也得毕恭毕敬、弯腰驼背。陈左娘心里知道贺显金这是在宽慰自己，抿了抿唇角笑起来。贺显金这厢话音刚落，那厢红灯绿亮间传出一个软软糯糯的声音："姐姐！美人灯姐姐！"

到处都是灯，不知道这声音从哪儿来。贺显金踮脚看，人流如织，在亮堂堂的一众花灯里，陡然出现了一个黑点。这个黑点速度极快地奋勇向前，穿越拥挤的人潮，像逆流的小鱼苗似的，鼓足干劲逆行，一下子就挤到了贺显金面前。

噢，是锦鲤花花姑娘啊。贺显金看她手上空抓着一根木杆，便顺着木杆望下去，是那盏就是不亮的灯笼。嗯，果然，在一片亮光中，你会一眼看到那个黑点。

贺显金自然地笑着招呼："从水东大街过来的？那边也有灯楼吗？可好看？"再看锦鲤花花姑娘身边没人，拿不准是她逆流太快，还是确实是一个人出来玩，便问道："一个人就出来的吗？"

父母官再好，一个姑娘家独身出来玩也得注意。贺显金将小姑娘拉到身侧，正准备再问，却见锦鲤花花姑娘转身兴奋地向后招手："哥哥！哥哥！这就是那位说出'万家灯火我独自向夜行'的'美人灯'老板娘！"

贺显金笑着向后看去，一瞬间，笑容凝固在脸上。锦鲤花花小姑娘的哥哥，紧跟妹妹的步伐，从人群逆行而来，看清贺显金相貌时，脸上也僵硬了。

他早该想到，能聪明到耍出一切花招只为卖东西赚钱的老板，这泾县城一只手都数得过来！他那胖妹妹，出门时泫然欲泣地拿着那盏压根就不亮的灯笼，口口声声说："万家灯火我独自向夜行！竹子清幽，梅花香气，就算是不知名小花也很漂亮！就算别人都弱柳扶风，我一个人圆圆胖胖，难道就不美了吗？"

然后妹子就开始掉金豆豆。她扯的啥？是不是扯的灯笼？怎么扯来扯去，又扯到了高矮胖瘦、身材管理上了？！他私心以为，前两句或许是别人说的，后一句一定是他那妹妹自己加上去的。但一旦妹妹祭出眼泪，他爹必定逼他就范。故而他们一路走来，他眼睁睁地看着妹妹兴高采烈地拿着一盏黑黢黢的灯笼，收获了无数惊诧白眼。

他早该想到！这种不要脸的赚钱法子，只有陈记这棵冬青树才想得出来！

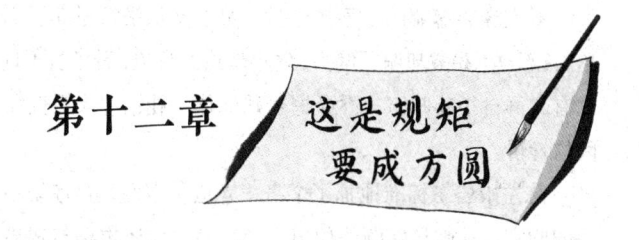

第十二章　这是规矩要成方圆

贺显金抽抽嘴角，率先打了个招呼，表示给了个台阶。乔徽接收到了，也抬起头笑了笑，下颌一扬，露出棱角分明的侧脸和笔挺高耸的鼻梁："贺账房，好久不见啊。"

也不是很久，初五迎财神时，他才看到这姑娘现场挖坑埋人，隔了几天，就听说陈家六老爷死在老村的消息，他爹还差人送了份悼仪。虽不太喜欢陈六老爷，但陈家的纸还是不错的，打交道打了这么些年，人死了送点情也正常。

锦鲤花花看看自家哥哥，再看看一见钟情，哦不，一见如故的"美人灯"老板娘，笑道："原来你们认识呀！"

既然是熟人，便可以熟上加熟，变得更熟！锦鲤花花小姑娘非常兴奋，拽过自家哥哥，一把推到贺显金跟前，神情十分骄傲："这是我哥哥！前一届咱乡试的解元！还有我爹，是探花呢！您知道探花吗？就是当年科举第三名！整个大魏朝的第三名喔！还有我叔叔，也是进士！如今正在京师为官！还有我姑姑……"

乔徽面无表情地将这不争气的妹妹扯了回来，不如他去把家谱拿过来？方便加快冬青树对他们家了如指掌的进度。

乔徽轻声："小珠……"

锦鲤花花止住话头，看看哥哥再看看贺显金，缩了缩脖子，千言万语汇成一句话："我、我是想说，别看我手上笨笨的，连只灯笼都做不好，但我的家人都很厉害的……"

· 079 ·

贺显金笑起来，对于这兄妹心里有了个大概的底儿了——泾县这么多年就出了一个探花，陈敷口中与陈家并称"泾县双姝"的青城山院乔山长。两兄妹是乔山长的子女，怪不得这位乔郎君对于她在山院门口赚书生的钱颇有微词。

总归也是好心，怕未经世事的读书人被骗了吧？贺显金的笑逐渐真诚，微蹲下身，确保目光与锦鲤花花小姑娘平视，笑意盈盈地照着锦鲤花花的方式介绍起自己："我是陈记纸业家中三爷的继女，我娘是三爷的妾室，我家人虽没有你家人那么厉害，但也都是很好的人，乔姑娘若有兴致，可等过了正月来咱们陈记纸铺玩一玩，我给你表演火烧纸。"

乔徽眸光微动，轻轻抿了抿唇。锦鲤花花脸蛋红红的，向自家哥哥靠了靠，目光却亮晶晶地追着贺显金。

"宝珠——我叫乔宝珠，家里人都唤我小珠。"十来岁的小姑娘赤诚可爱，真的像一颗圆滚滚亮晶晶的宝珠，"你唤做什么名字呀？"

贺显金夸张道："那咱们名字是一对！我叫显金，显山露水地挖金！金银珠宝，咱们俩一听就饿不着！"

乔宝珠胖嘟嘟的小手捂住嘴，笑意却从眼睛里露了出来。陈左娘清咳一声，贺显金抬了抬头，没懂。乔徽却偏了偏头，将小珠拉回身边，看了看不远处灯楼上的大更漏，再见人潮涌动，已有人群自小巷归家。乔徽揽着妹妹作了礼："天黑夜深，二位姑娘若要归家，可乘青城山院的青轿。"

陈左娘姿态标准地福了个身，先道了声谢，再连说不用，直说要先去寻家中经年的婆子一同归家，乔徽兄妹顺势便道了别，乔宝珠还想再与贺显金说两句，却被自家兄长拽着衣领子一路往后退。

"哥哥！"乔宝珠又要哭了。

乔徽先向后看了看，只见陈家两位姑娘已走远，那位贺姑娘的背影挺拔直立，浑不见现今闺阁女儿养尊处优带出的拖沓娇态，只觉十脆利落。他收回目光，落在自家嘟着一张粉白圆脸的妹子身上，声音较之往常多了几分严厉："乔家父母亲皆宠溺你，满大街都知道你叫乔宝珠，是乔家如珠似宝的女儿。可世间，多有女子处境艰难，再往北边，甚至有女子需围幂帽方能出行。"

他没想到这棵看起来宁折不弯的冬青树，在陈家却有个这么尴尬的身份。他一直以为这位贺账房虽不姓陈，但至少也应是陈家拐着弯、名正言顺的主家姑娘，才能冠冕堂皇地管着陈家在泾县的铺子作坊。

如今朝中内阁三人，两人极端推崇儒学，一人更信奉自由心学，圣人四十之前受自由心学与理学影响颇深，思想跳脱，不拘礼节，对于新事物很感兴趣，四十岁之后却慢慢倾向于儒学，渐渐开始讲求门阀规矩、宗族礼教。泾县在宣州府，所处南直隶还未刮起这股风。据说，京师所在的北直隶，很有些深闺姑娘、妇人自觉学习《女训》《女教》，更有甚者，自己给自己织就一个大牢笼把自己套住，自己给自己立个贞节牌坊，梳理个三从四德。

虽然这都是些狗屁规矩，他听说后极欲吐口唾沫，好好与北直隶这些道貌岸然的卫道士大辩三百回合，可对于处境艰难的女子，比如贺账房，多一事不如少一事。在陌生男子面前道出闺名,若被有心人知道,对她而言,不是很妙。

这些话,迂腐得乔徽连在亲妹面前都说不出口。乔徽蹙着眉头叹了一声:"你能去找贺账房玩,在相处中却要设身处地地为对方着想,万不可像在家中为所欲为。"

乔宝珠觉得自己被小看了:"我才没有!我今天下午灯笼做不出来,我都没哭!"

乔徽看了看自家幼妹,个小蠢蛋。一家人都机灵,怎么就她一天只吃喝玩乐?提前过上老封君的生活?遇事能想到一,绝不想二,最好是连一都别想,所有人预备齐全,全都得一腔赤忱地在乔家小小姐面前说话行事。

兄妹俩没乘青轿,乔徽在前头慢慢走,乔宝珠捏着兄长衣服角,拖拖拉拉跟在身后,隔了好一会,乔宝珠听见自家兄长问了一句:"你很喜欢陈记的贺账房?"

乔宝珠重重点头:"她很好!她、她是真的觉得我做的灯笼好!嗯,也不一定是觉得我的灯笼好,但她一定不觉得我的灯笼真的比人差!同样,她也不觉得我笨,不觉得我胖!"乔宝珠歪着头组织语言,"有些人面上与我笑嘻嘻的,心里却觉得我蠢笨胖如猪,丢乔家的脸,丢爹爹的脸,贺老板没有!我感觉得到,她是真的挺喜欢我的!"

乔宝珠话说得很绕,乔徽却听懂了。贺账房,发自内心地平等对待与接纳这世上所有的不同。灯笼可以亮,可以不亮;姑娘可以精明,也可以单纯;身形可以瘦,也可以有点肉……她身在内宅,却能开阔又豁达地接受所有差异。

乔徽想,这一点,本身就很值得人敬佩。噢,他还忘了一点,这贺姑娘也在平等地掏空所有人的钱,绝不放过任何人的钱包。对有钱的读书人,就掏个大的,三百文卖盲袋;对靠零花钱过日子的姑娘太太,就掏点小的,三十文卖糊灯笼的纸和篾片;对品行不端、做尽坏事的陈六老爷和朱管事,就果断地下套收命。

乔徽摇着头笑了笑。对于被这个姑娘坑了的不甘心,好像淡了很多。他只是被坑了一个盲袋而已,君不见,隔壁的博儿和顺儿过年也没闲着,先将购入的盲袋拆了,一条一条色卡摆出来收着。顺儿靠自己集齐了四种颜色,博儿运气差一点,只集齐了三张色卡。但是博儿,依靠自己的不懈努力,烈女怕缠郎,成功收购到第四条色卡,追平孙顺战绩。

为了这第四色,博儿可谓是既付出了时间,又付出了精力——花费大量时间在每级每班打探消息、询问内幕,探到有三四个学生手里握着靛青蓝的色卡后,博儿采取了声东击西、调虎离山、围魏救赵等系列战术,最后使出磨功让其中一个学生终于同意将靛青蓝卖出;还付出了金钱——他花了八十八两八钱,就为了买那张靛青蓝的色卡。

他爹听闻后,痛心疾首地发表评语:"张文博要是读书有这份毅力,他一早中状元了!"

倒也不至于,中状元,也还是需要个聪明脑子。

至此,孙顺与张文博旗鼓相当,不分伯仲。自正月起,他们一直在狩猎最后一张色卡,孙顺甚至放出话来,愿意拿一百两银子收购,价格还可以谈,只要拿到月白色卡的人愿冒头。比花钱,博儿怎么能输?立刻打上擂台,叫出了一百二十两的数,只等月白色卡现身。

乔徽大步往前走,心头不无幸灾乐祸地想:陈记放出来的盲袋全都卖光,月白色卡却一直没出现,照那位贺账房平等地坑每一个人的习惯,她会不会直接抽出了这张色卡?那就好看啰!

博儿虽有几分纨绔,家里有几分钱,又有几分喜欢用钱砸人,但到底是个厚道人。那孙顺却不然,家里是开茶馆的,靠十来个漂亮点茶师赚得盆满钵满,如若他一旦发现被玩儿了,此事确不太好收场了。

想起那位身量纤细、眉眼疏朗、虽时常穿着个屎壳郎色的短打夹袄却仍难掩秀丽清隽的贺账房,再想想肥头大耳、嘴巴肉厚得切下来能炒一盘菜的孙顺,乔徽幸灾乐祸的情绪不明所以地淡了几分。应当收紧山院学生的外出机会了,乔徽在心中这样想。

这头辞别锦鲤花花乔宝珠小姑娘,贺显金与陈左娘姐妹相携去戏班子搭建的草台前寻找锁儿和张妈。贺显金吃着锁儿递过来的白玉膏,看台上飞脚筋斗、扬幡扑旗、搽粉弄伞,不由乐呵呵地随众喝彩。

张妈累了,一行人便回老宅。陈左娘姐妹就住在陈家老宅旁边的一所二进院落,故而贺显金先告别辞行,刚转头准备进去,却被陈左娘轻声喊住,随即被拉到墙根脚没人的地方。陈左娘声音低低的:"在外面别说闺名,咱们是姑娘家,刚刚乔山长的长子就在旁边,就算是乔姑娘先问,咱们只需说清自己在家的排序即可。"

陈左娘神色是货真价实的担心。贺显金的娘是小娘,本身就矮了人一头,如今亲娘还死了,这些规矩就更没人教了。陈左娘扯了扯贺显金的衣袖:"这是规矩,你记住了吗?"

贺显金沉默了下来。就在陈左娘以为她听进去了,准备离开时,却听贺显金沉声道:"我在生意场上,若以后需签字盖章,我怎么办?是写陈五娘?还是摁贺大娘?"

贺显金勾起嘴角笑了笑:"三爷不管事,进货、采买、出货、推售,我皆需亲力亲为,和男人谈生意,男人叫我五娘,其中轻视之意昭然若揭。再者,若我代表作坊签订契约时,写了与名籍不同的名字,那这份契约是有效还是无效呢?"

陈左娘愣了愣,这是她没想到的。贺显金笑着钩了钩陈左娘的手,声音很轻,但语气非常坚定:"我贺显金,既有这个胆子,在生意场上和男人一争高下,便有行不更名、坐不改姓的准备。男人若能写名籍上的名字,我就能写名籍上的名字!这才是规矩!"

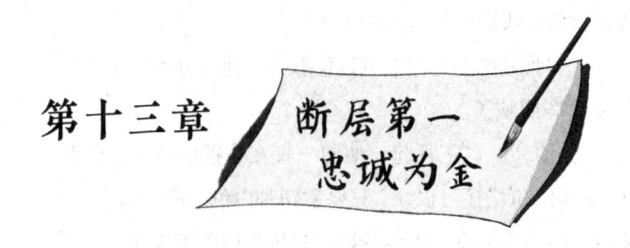

第十三章 断层第一 忠诚为金

正月十八,过完上元,瞿老夫人去泾县铺子上看了一圈,看到精瘦沧桑的李三顺,很是伤感,偏偏却不能明说,只能噙着泪要李三顺带她去家里看看残废的二哥。李三顺不过长三顺两岁,却眼歪鼻斜,鬓发花白,看到瞿老夫人,激动地摆手,头一撇,哈喇子便顺着嘴角淌下来。

瞿老夫人背过身抹泪,贺显金也鼻头发酸。李三顺一边搀着哥哥,一边劝二人:"老东家莫着急,前两年二哥只能躺床上,如今都能坐起来,再等两日或许就能走了!"

瞿老夫人扶着李二顺,刚一开口,眼泪便又簌簌落下,这是陈家造的孽。

"我知宣城有位针灸圣手,原先是宫里给贵人瞧病的,等我回去,我去请他来,你哥哥五十都还没有,还有大把日子好活!总要使把劲,蹦上一蹦啊!"

瞿老夫人又去李老章师傅的坟上拜谒哀悼,贺显金结结实实磕了三个响头,李三顺见小东家额头都磕青了,不觉眼眶微红,背过身擦了泪。

瞿老夫人又同李三顺追忆李家父兄为泾县作坊做的那些好纸,另看了李三顺那四个孙儿,一个一个指着认过去:"穿红夹袄的是老大,我记得快要娶亲了?等成亲那天,必定要给我递请柬,我要来喝一杯的。老二是孙女儿,喜欢绣东西,女红不错,还给我做了好些个漂亮香囊。老三老四是双胞,出生时小得像个耗子似的,我怕你儿媳妇儿没奶喂不活,还特意从宣城请奶娘给你送来……"

李三顺诚惶诚恐:"您都还记得!"

瞿老夫人乐呵呵地一人给一只小小的金锁:"我又没老糊涂!都是看着长大的孩子,我不记得谁记得?"

贺显金看了瞿老夫人一眼,心里暗自点头。临行前,瞿老夫人留了二十个银锭子,又交代了两句,哭了两声,便带着贺显金同上一辆青布骡车。

陈敷为了避免和自家亲娘面贴面、眼对眼地坐着,宁愿选择坐到车外赶骡子,有一鞭无一鞭地打在骡子后蹄上,骡子动动耳朵,略显烦躁。

贺显金在心里给骡子配音:你清高,你为了躲妈,来打我。

"金姐儿。"瞿老夫人略带喑哑的声音打断贺显金的吐槽,贺显金转过头,见瞿老夫人神色肃然,便不由自主地挺直腰杆、屏气凝神地严阵以待。

"泾县作坊是我陈家之根本。"瞿老夫人轻声道,"做纸要水,有好水方得好纸,取泾县乌溪甘水以造纸,莹洁光腻如玉,非他地可拟。前二十年,我一心带着陈家走出泾县,闯向大地方,将家中不着调又玩心重的六弟、手艺非凡的李老章师傅留在了这里,带着心腹人马向宣城闯荡,谁知泾县差点丢了。"

贺显金点点头,这也是家族企业的通病,易过于冒进或过于保守,过于冒进容易亏得鸡飞蛋打,过于保守容易停滞不前,看人起飞。

陈家属于长期冒进、偶尔保守的那一类。按着作坊生产及铺子销售的模式运作,成本已经被压得非常低了,只要控制好产品的优劣,就算不赚暴利,也是稳扎稳打地赚钱。而最应该保住稳定的是生产的质量,恰恰这一点,泾县作坊才是龙的眼睛。而陈家这一环太弱了,占据良好的原料位置却拿不出好东西来,故而就算在宣城一口气开了三间铺子,也没办法直接把陈记纸铺干到断层第一。

瞿老夫人的想法,与贺显金不谋而合:"要好好练李三顺,他爹他哥能做的丈八、丈六,必要他能做,他爹他哥不能做的'三丈三'和金粟纸也要试试做出来。"

陈家要飞升,就要拿出名品。瞿老夫人目光幽深,挑起车帘,看向车外正拿鞭子骚扰骡子的三子,气得语气像根粗糙麻绳似的毛躁:"我不指望老三,但你却叫我刮目相看。好好干,不仅要会卖纸,更要学会做纸。不是叫你上手做纸,是你要一摸就知纸的品质和来历,等你这些磨好了,宣城三间铺子,你才大有作为。"

贺显金被瞿老夫人话里的意思挑得有些兴奋。就像上次,陈六老爷在瞿老夫人面前对她不尊敬,瞿老夫人是怎么说的来着?噢,她说"以后怎么打理作坊",意思是什么,不就是要彻底将泾县作坊交给她了吗?

贺显金目光炯炯,里面有不加遮掩的野心和渴望。

"好好干吧。"瞿老夫人轻声道,"从此你就是泾县作坊的掌柜,你的薪资从一月三两加到十两,另配一进住宅与青布骡车,若有需要可调任两名小厮或丫鬟在身边。"

贺显金眼睛亮亮的,瞿老夫人欣赏贺显金眼中的力量,很好,像饿了几天的狼,将猎物丢到面前,几口便将其彻底撕碎。如果显金姓陈就好了,瞿老夫人鬼使神差地这么想。如果显金姓陈,就算她是姑娘,就算她是庶出,只要她姓陈,自己就有办法将她推到陈家的最高位,等自己死后,这个小姑娘会自动变成新一代的狼王,带领着陈家不回头地向前冲。

可惜呀,可惜她不姓陈。瞿老夫人临行前,向陈记铺子上及老宅,宣告贺显金将任泾县作坊掌柜一职,老宅上下皆恭贺显金为"贺掌柜"。

张妈喜上眉梢,也不知是欢喜贺显金升职,还是欢喜压她一头的瞿二娘终于跑了,一大早上就张罗着炖了只老母鸡,煨上经年的天麻,香得鼻子都要掉了。偌大一石锅,尽被陈敷喝了一半,陈敷放下碗剔牙挑嘴:"还得再上些火候,这肉要炖到拆骨见肉的水准方可……"

张妈想,也没见你少吃!

反倒是被恭贺的正主儿很克制,因守热孝又没喝汤又没吃肉,张妈大声劝贺显金:"不吃肉,左右喝点汤,三十六个月,哪家哪户守孝是点滴荤腥都不沾的?那些真啥也不吃的,多半是叫啥来着?哦,古名钓鱼!"

张妈话音刚落,希望之星拿着两只白馍面无表情从旁边经过。陈敷憋笑到面部肌肉抖动,张妈一张老脸瞬间涨得通红,她怎么把这位主给忘了!希望之星被瞿老夫人留在泾县,待青城山院开课就去旁听,守孝三年虽不能科考,但要把守孝期变充电期,谁也阻挡不了读书人上进的步伐。

昨儿,瞿老夫人特意叮嘱张妈:"万不可给二郎煮食油腥,无论有何节庆皆不可在老宅张灯结彩,二郎在守父孝,绝不可给他未来留下任何可被攻讦的把柄!"

故而,陈家单给这位陈二郎开了一个小厨房,贺显金去看了菜式,早上是白菜、饭、咸菜萝卜干,中午是咸菜萝卜干、饭、豆腐,晚上伙食丰富些,咸菜萝卜干、饭、豆腐和白菜,属于既有白菜又有豆腐的饕餮盛宴。总而言之,希望之星的菜谱,基本属于白菜、豆腐、萝卜干的排列组合。三种蔬菜,创造无限可能,是真惨啊,和尚茹素都能吃点鸡蛋,喝点奶。

贺显金啧啧感叹，希望之星要这么吃满三年，进士是中了，人也形如难民了吧？到时候张榜游街，他能有力气上马？

陈敷叼着牙签，向后一靠，哂笑道："大哥死了，我娘将宝全压二郎，她也不想想大哥为啥死这么早？为磨大哥韧劲，让他十几岁三九天在瀑下习书，三伏天在烈日下写字，两榜进士考出来了，人的身子骨从根儿上也烂了！我那个亲娘，为了陈家，对自己后人也忒狠了！"

陈敷特别大声，好像故意说给希望之星听。贺显金眼见希望之星步子微微一滞，曦光自窗棂倾洒而下，他挺拔的背影藏在错落交叠的博物架后，无端露出几分落寞与寂寥。贺显金心下不忍，转头便推了陈敷一把。

陈敷嘟嘟囔囔："我哪说错！"

贺显金"啧"一声，低声道："人家刚丧父，您嘴上好歹积点德！"

陈敷还想还嘴，却见贺显金脸色一板："铺子马上开张，李师傅并几位小师傅今日先去作坊洒扫，我要去清账，您既无事，就到作坊帮忙去！"

陈敷两眼一瞪，贺显金眼睛瞪得比他还大："我记得您在小稻香还存了三缸梅子酒……"

陈敷陡然警觉："你要做甚！"

贺显金笑得深明大义："您若不去作坊帮忙，我不保证您的梅子酒能活到见您那天。"

陈敷气势一下子厌到地下。自上回贺显金给小稻香结了朱管事的赊账，小稻香那位少东家对贺显金好感度极高，每回只要他去，少东家便是鞍前马后地伺候得妥妥帖帖，极大程度地满足了陈敷旺盛的虚荣心。贺显金若去讨要他的存货，那少东家必是笑到眼睛都没了，然后乖乖双手奉上！

陈敷气得牙痒痒，看贺显金几口干完白粥又立刻转战菜包的利索样子，不由悲从中来，他娘身体是离开泾县了，但精神换了种形式留在了他身边……

贺显金名曰护送，实为押送，带陈敷去了作坊。开春，万物初生，在李三顺的带领下，作坊师傅正在择年前收回的稻草，先把蔫巴、枯黄的稻草择出来，再将饱满、淡黄的好草用铡刀斩成统一的长度。这一工序循环往复，不需要太精细，属于重体力活儿，李三顺把关重要环节，周二狗与郑家兄弟实际上手干。

贺显金把李三顺单独请到隔壁库房，打开几道锁，把李三顺领到最里面，地上铺着一沓肌理莹白、绵韧筋道的大纸。李三顺看看地上，再看看贺显金，结结巴巴道："这、这是八丈宣和六丈宣？"

贺显金点头："陈六老爷交出来的，想必是李老师傅还在时为陈家做的。"

"这、这有多少？"

贺显金面不改色："各一刀。"

她炕下还有两刀。她诈了陈六老爷八丈宣、六丈宣各两刀，还给陈家各一刀，应该不算太亏心？生意人要能藏事，特别是当东家的，心头要有成算，待手下人需真诚，但不需坦诚，该藏的要藏。一个没有秘密的东家，在手下眼里就像一只被拔了毛的鸡，随时把你给烤了。

贺显金不仅藏了，还藏了总数的一半。李三顺克制住扑过去的冲动，手指颤抖地摸过去，闭着眼一点一点地抚摸六丈宣，略带粗糙的纹理、筋骨分明的架构、温润微凉的手感……这么大的纸，稻草与檀树皮的纤维均匀铺开，厚薄一致，没有一个小洞，没有一处打结，每一寸纹理都彰显着泾县匠人最高超的手艺。

李三顺几乎热泪盈眶。大纸难做，每一个工序都面临成倍的挑战，对原料的选择，对晾晒工艺的要求，对捞纸技术的考验，其间所需人力、物力之配合，要求一间作坊心无旁骛，所有人数月不眠不休的心血全都化在这些纸上。

"做这样一张珍品，需要多久？多少个人？"贺显金的声音不由自主放轻。

李三顺的目光在纸上流连："十个人至十五个人，稻草泡水需一个月，煮锅需二十天，晾晒需十天，再次泡猕猴桃藤汁又需十天，捞纸是一鼓作气的事，三至五日可完成……"也就是说，做这么一刀纸，需要十个人全身心投入三个月左右？

贺显金沉声道："我给你半年，你什么也不用做，只需做六丈宣，待六丈宣做成，我们再挑战八丈宣，可以吗？"

李三顺以为自己没有解释清楚，忙道："不不——我们如果开始做六丈宣，其他的纸，比如卖得很好的夹贡和玉版，就无法继续制作，因为所需泡浆的韧度不一样，起货的时间就不……"

贺显金点点头："是的，这半年，你不用做其他纸，一门心思死磕六丈宣。"

"那店里生意怎么办？"李三顺感到不可思议，"年前不是刚把存货清空吗？只留了些不太好的竹纸？我们不赶紧做货跟上，开张后我们卖什么呀？"

卖你能把死人说活的口才吗？李三顺知道贺显金卖东西厉害，可前提是，她得有东西可卖啊！李三顺苦口婆心："贺掌柜，你或许没懂，咱们就这么几个人，作坊就这么大点，一旦投入制作六丈宣，压根无法……"

这也是这么些年他不敢尝试制作六丈宣的原因，诚然，他对自己没把握，可若他撒手专心攻克六丈宣，其他的纸怎么办？难道店铺开门一年，营业半年？别人来买纸，先告诉他，"劳您先等等，等我们先把六丈宣做出来，您需要什么我们再接着做？"

迟早关门大吉！李三顺抖了抖，那可不行！他还有四个孙子在家里嗷嗷待哺呢！贺显金冷静地点了点头，再语气坚定地确认："是，我懂，就是这个意思。店里卖什么，怎么卖交给我，您只需要做纸。您要信我，我有这个能力。"贺显金再笑了笑，开了个玩笑，"您放心，作坊垮不了，您那几个孙儿明年还有更大的金锁拿呢！"

这怎么可能？这丫头是王母娘娘啊？他不开工，她凭空变纸出来卖？若有这项技能，变纸会不会有点浪费？直接变银票子，不是更直截了当？李三顺原地怔愣，张了张嘴，半晌没说出话来。

贺显金将张着嘴的李三顺留在库房，又背着手去视察陈敷的工作情况，见便宜老爹一脸幽怨地提着竹帘给周二狗打下手，动作慢了还要被周二狗斥责："少东家！您眼神落在哪儿呢？盯着竹帘啊！"

陈敷这辈子都没这么无助过。他能盯着哪儿？这满作坊的男人全都打着赤膊，露出精壮又结实的肌肉,他好歹也算前读书人,非礼勿视的道理他还是懂的。可这里勿视,那里也勿视,他唯一能视的就是窗外自由的空气。陈敷快哭了,他娘都不敢强压他做事!

贺显金踱步到陈敷身边,低声道:"您若终日游手好闲,旁人怎么看陈记?谁敢再买陈记的纸?您放心,您十日里来作坊点两三日的卯,其余时间您自个儿安排。我给您留了一刀好纸,厚实得墨不透光,是写游记的好纸。"

陈敷嘤嘤嘤。有闺女真好,有好事,都记得爹,于是撸起袖子,把竹帘舞得虎虎生风。周二狗在旁挠挠耳朵,啥好纸?他们不是把好纸都兑出去了吗?是现做这刀吗?周二狗嘿嘿笑起来。那少东家够等了!

把胡萝卜拴在陈敷头上后,贺显金带着锁儿毫无负担地离开作坊前往铺子,董管事一早就来开了门,关门近半个月,铺子蒙尘,张妈拿着鸡毛掸子不到半个时辰就打理得干干净净,又风风火火地回老宅去了。贺显金摸着一尘不染的柜台,深刻理解了为啥大家都爱把事儿扔给张妈做。她就是那种一边唠叨,一边把事儿做得贼漂亮的阿姨啊!这谁不爱用啊!

贺显金花了一上午把去年的账目理清楚了,顺带清了库存,吃了张妈送过来的守孝专餐——两份春笋豆腐煲、一碟小小的黄金豆,再有一碗炖得稠稠的菜羹。这是张妈给开的小灶,豆类蛋白、蔬菜纤维和碳水被安排得明明白白。贺显金想起希望之星那可怜的白菜白馍套餐,想了想告诉锁儿:"等晚上回老宅,张妈给我开小灶的时候,给长房陈二郎也送一份过去。"

一只羊也是放,两只羊也是赶,就是个顺手的事儿。守孝也守,但不至于像苦行僧这么守。

"若是二郎君不要咋整?"锁儿问。

贺显金耸耸肩,那可真是迂腐刻板到没边了:"不要就算了,左右咱们问了。"

锁儿应了声是。刚过晌午,贺显金跷着二郎腿在店门口眯着眼睛晒太阳,今儿天气很好,光打在幌子上,幌子的影子被风吹动,正好投在贺显金眼皮子上。明明暗暗,隔着眼皮感知春风的世界。贺显金仰了下颌,舒舒服服偷得浮生半日闲。

这闲,没享受多久,被一阵尖厉声响打破。

"——在那儿!陈记在那儿!走啊!我们去讨个公道!"

贺显金蹙眉睁眼,迎着春光往外看。七八个头戴青帽、身着长衫的读书人气势汹汹地拐过墙角,浩浩荡荡往陈记纸铺走。贺显金眯眯眼,嗯,是熟人,都是"盲袋"的忠实拥趸。

贺显金垂眸轻声嘱咐锁儿:"去库房搬三四刀不好卖的纸出来。"

锁儿正如临大敌地看着外面,一时没反应过来:"咱要不把狗哥和几位郑大哥叫出来?"

"叫出来做甚?"贺显金头也不抬。

锁儿看看越来越近的读书人方阵,再看看风轻云淡的自家老板,结结巴巴:"他们、他们看上去有点凶,像来砸场子的……"

贺显金终于抬头,笑得人畜无害:"傻丫头,人家哪是来砸场子的呀。"

"人家分明是来送钱的呀,宝贝儿。"

第十四章 脸皮要厚 颠三倒四

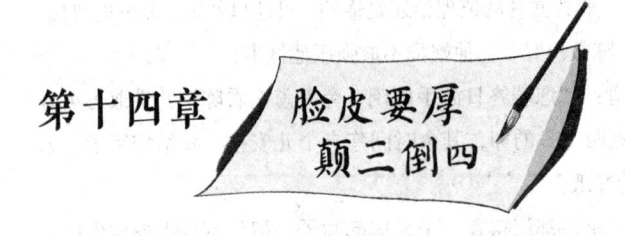

七八个半大伙子鼓着腮帮子，直愣愣地立在柜台前，贺显金一抬头，见打头的是个嘴唇子贼厚、脸上吊着两坨肉的书生，其后跟着五六个愤愤不平的读书人。陈记的好朋友张文博缩在后面，看神色颇为着急。

博儿一见贺显金便欲冲上来提醒，却被身边人一把扯住，扯着嗓子："博儿，你干啥！咱们来前说好的！"

张文博睁着大大的眼，说好啥了？山院刚开学，以孙顺为首的几个后进，约着要来寻陈记麻烦，说是买了几十个"盲袋"也没凑齐五色卡，笃定陈记那位美貌账房在骗人，"必要求一个公道！"

照他看，公道个屁啊！他一个买了一百来袋的人都没觉得受了骗，这群买十几个、几十个袋子的破落户嚷什么？没钱，玩什么集卡啊！人家卖的时候，也没承诺过，你买了就能集齐啊。那是六丈宣欸！这几年，到处都绝版的六丈宣啊！凭什么你买几个袋子，就能集齐六丈宣啊？

但是那些个花几百两银子买一刀六丈宣的人，想得通想不通？张文博不惯着这穷酸臭毛病，嗓子扯得比天高："说好什么了说！我一下学，就被人捆着带到这儿来！孙顺，我先说好啊，我没什么冤屈！玩集卡，不就玩个愿赌服输嘛！"张文博仰着脑袋，看向贺显金，"贺账房，您若要秋后算账，可别把我算进去！"

"贺掌柜。"锁儿贴心纠正，隐晦地炫耀，"咱年后，就升为陈记泾县铺子的大掌柜了。"

张文博"哎哟"一声，喜形于色："贺您高升！贺您高升！等会我叫人给您送两个攒盒作贺仪！"

贺显金笑意盈盈地作揖回礼。孙顺见张文博将兴师问罪歪成姐妹情深，不由急得头发都要竖起来了："张文博。你不讨公道就滚蛋，莫在此处混淆视听！"

怕极张文博那傻子脑子不清楚，再次模糊重点，孙顺双手一叉，直入主题，把一个厚厚的牛皮袋子"啪"一声丢到柜台上，气急败坏："贺掌柜，我们买这么多盲袋，就为了集你那五色卡，这都一个多月过去了，我找来找去、问来问去，硬是只凑齐四张色卡，最后一张怎么也找不到……"

贺显金垂眸，将袋子打开，抽出里面皱巴巴的四张色卡，笑着抬起头："其实四张色卡凑齐了，在换取色卡本身代表的纸张后，您也可兑换一张四丈宣——四丈宣已是不易，我们店里一刀四丈宣也要卖出一百两的高价呢。"

孙顺顿时被气得吹胡子瞪眼："我集卡不就是为了集齐五色，兑六丈宣吗？谁要什么四丈宣啊？我要四丈宣，我自己不会掏钱买吗？"

孙顺越想越气，辛辛苦苦集这么久的色卡，钱也花了，人情也欠了，结果最后一张是怎么凑也凑不齐。他那老爹给小妾生的儿子买地买田、买丫头买书，就因为那小娘生的考过了院试，成了秀才公。他呢？他就只是买了两张纸，被他那该死的老爹又是查账又是理钱，还把他在银号的存票给封了！全怪这狗娘养的账房！

他这卡越集越气愤，就特意在陈记掌家人回泾县过年时差人打听这长得还不错的"贺账房"是个什么来路，结果这不打听不知道，一打听就更气愤了！这诡计多端的小蹄子，果然是小娘养的！且还不是陈家的种！

"你个小娼妇！"孙顺气到口不择言，"你压根就没把色卡放全，骗得我们团团转！做生意的就是贱！为了钱什么都肯干！"

孙顺声音又粗又大，没一会儿陈记门口就围了好些周边做生意的看客。有看客了，孙顺更有干劲。孙顺转过身，双手抬起，煽动情绪："陈记骗钱！陈记退钱！"

他身后几个读书人抽空逮着看客便将"陈记骗钱"的具体事迹，跟个祥林嫂似的叽叽叽叽。锁儿有点着急，拦下这处，那处又翘起来，眼看孙顺声音越来越大，说得越来越难听，锁儿急得在门口跺脚，因对读书人天然的敬畏又不敢去捂孙顺的嘴，便一边跺脚一边哭。

"诸位！"贺显金气沉丹田，双手叉腰立在门槛上声音一度压过孙顺，八段锦不是白练的，这些时日好好练下来，贺显金的声音中气十足，"我陈记卖盲袋，一百二十文一袋，里面有夹贡、有玉版，有珊瑚笺，有桃花纸！大家都在泾县，都是干纸行的！你们评评理，这些是孬货不是！"

这些纸，倒都是好东西。看客里有人在点头。孙顺正欲开口骂娘，贺显金却一句话怼过去："您是读书人，我问您一句，'君之所以明者，兼听也；其所以暗者，偏听也'此言出自何处？"

孙顺一下子没反应过来。

"出自汉代王符潜夫论明暗！"贺显金大声道。幸好陈家老宅有个藏书屋，按照一百个时辰定律，当你做一件事做满一百个时辰，你怎么着也算精通。她便购置了笔墨纸砚，找了一摞书，挨着抄。

贺显金抬起下颌，高声道："兼听则明，偏听则暗，孙廪生话说透了，也该我们陈记说两句了，大家伙才能公正评判，是不是！"

锁儿带头大声回答："是！"

锁儿双手举起，带领大家啪啪鼓掌。人都从众，围观群众不明所以地跟着鼓掌。贺显金赞赏地点点头，做生意就是要这样，脸皮要厚！开门做生意，要笑迎四方来客。四方来客，那自然谦谦君子有，尖酸小人也有；大气不要折扣的有，斤斤计较非常会过日子的也有。做生意嘛，就是跟人打交道，人多了，里面就混着鬼。道理都懂，也存有心理预期，但当真遇到了，还是不由自主地捏紧了拳头。

贺显金深吸一口气，将捏紧的拳头缓缓松开，向围观看客娓娓解释："陈记卖'盲袋'白纸黑字写得明明白白，一百二十文您买的是袋子里的纸，集齐五张色卡得一张六丈宣只是一个彩头罢了！"贺显金踱步到人前，双手一摊，大声道："谁能保证自己一定能得到彩头？！"

彩头是啥？既是吉兆，又是比赛得胜后获得的奖赏，说白了，这彩头本来就不是每个人都能有的东西。要每个人都能有，那还叫什么彩头啊！这死胖子也太要强了，彩头没占到，还打上门来——这可要不得！

贺显金环环相扣，每个环节简明扼要，解释清楚，看客们想了想，不禁连连点头，看向孙顺的眼光里透露着不赞同。孙顺胸口顿生出一口浊气，愤怒得脸上的油都快淌下来了："你你你！"

"孙廪生！您也是读书人！无益世言休着口，当慎言啊！"贺显金开口截断，目光如炬地看向孙顺，"孙廪生说我陈记骗钱。我陈记立足泾县，三代踏实做纸已有近百年，您空口白牙就说陈记骗钱？就凭自己花了钱？未免太过武断！"

锁儿看贺显金的目光犹如看天神降临，她单方面宣布，这人间世，她第一喜欢自己掌柜！

孙顺眯着眼咬牙切齿："空口白牙？"

孙顺一把拽过柜台上的牛皮纸袋，抽出里面两张厚厚实实的桑皮纸狠狠甩在地上："腊月底，陈记在青城山院前摆摊卖盲袋，一共卖出八百袋，尽数被我山院书生买入！每张纸袋都有编号！我们十余人，一个人一个人地摸过去，一个纸袋一个纸袋地搜罗尽，没有！没有袋子里出现过月白色卡！你不是骗钱是什么？"

贺显金心里愣了愣。还真有人一个袋子一个袋子地搜？看来，基数还不够大。还有，这人也真是闲。

贺显金心头怔愣，面上却丝毫不显露，稳沉地弯腰捡起地上那张纸，眯了眯眼，侧眸问孙顺："您能保证每个袋子都找过了吗？"

孙顺眼珠子一转。他们这几个滁州府的倒数学生都包揽了快五百个袋子，其他府买袋子的也都是后进，后进惜后进，都是熟人，这又去掉两百多袋，后来他和淮安府那张傻子打擂台，出了高价求最后一张色卡，又挨个儿问过去，又去掉八十来袋。上上下下，左左右右，他们几个几乎摸遍了至少七百九十余个袋子。

没有，就是真的没有。孙顺梗着脖子："那自然！"

贺显金将那两张桑皮纸扣上，双手抱胸，整暇以待，笑盈盈地看向孙顺："孙廪生，您说谎。"

这对读书人是塌天的指控。孙顺还指望能两榜出仕，光宗耀祖呢！孙顺手指指向贺显金鼻子："你嘴上放干净些！"

贺显金拳头又硬了，这次深呼吸了两下，才将想把他头揪掉的冲动压下去："你嘴巴才要放干净点！"贺显金转头面向大众，高声道，"我记得，贵山院乔山长之子就在陈记买了盲袋，但你这纸上没写！"

孙顺脱口："不可能！他不可能买！"

贺显金笑了笑，歪头回忆："那日下着雪，乔公子看了陈记摆出的木牌后，嘀嘀咕咕说了些什么'天元式''计算得当'之类高深的话，随后便掏钱买了一个牛皮纸袋离开，我印象颇深。后来董管事告诉我，这是青城山院乔山长之长子，颇通算筹，且前年以解元头名通过乡试。"

听闻有人闹事，刚从库房急匆匆赶来的董管事，莫名被提到，眼神中透露着"你在说啥"的困惑。贺显金向董管事招招手："董叔，我没记错吧？"

董管事眼中困惑的光越发明媚，锁儿急得想捋袖子，几欲替叔上场。董管事脑子里过了过，忙点点头："是是是！这泾县谁不认识乔家公子呀？青年才俊，年少成名，他来买盲袋，着实是我陈家之幸！"

贺显金满意点头，又半侧身转向孙顺，勾唇浅笑："我看您这两张纸上，没写乔公子的名字。您既没说谎，那您到底是否问过乔公子？乔公子是没告诉您呢，还是乔公子袋子里也没有呢？"

孙顺嗫嚅厚唇，看向跟着他的几个倒数，倒数们默默躲开，假装看不见老大求救的目光。那可是解元乔徽欤！三年后即将冲击一甲进士的乔徽，怎么可能跟他们混在一起？！他们是吃了豹子胆，才敢去大刺刺地和乔徽勾肩搭背拉家常："欸！徽哥，你也买袋子了？你袋子里是啥啊？"

倒数们想到这个画面，不由自主地打了个寒战。气氛瞬间沉默了下来，隔了一会儿，人群里响起十分委屈的声音："好个乔徽！自己也买了，还嘲讽我！"

众人望过去，张文博双手握拳，悲愤交加，像个被无辜背叛的怨妇。孙顺突然想起什么，挺直腰杆，怒目圆瞪："是了是了！你说他买了，他就买了啊？我还说他没买呢！"

贺显金笑了笑，轻描淡写："那去请他来吧。"

孙顺脖子前倾，像只胖蛙，一声"啊"听起来像"呱呱呱"。贺显金抬了抬下颔："你我二人争论不休，看官们得闲的可当场好戏慢慢看，可好戏终究要落幕，始终要出个结果，还陈记一个清白。"

看客们继续点头。有过路的商贾人家，看着贺显金的目光透露些许欣赏，侧身问身旁人："这位小女子可是陈家的姑娘？"

身旁人是水西大街上的木匠店主，认得贺显金，这小姑娘老是想让他帮忙做算盘。

"是陈记纸铺新任管事，好像是陈三爷的女儿。"木匠加了一句，"但奇怪，这姑娘姓贺。"

路过商贾愣了愣，正想再打听，却听这小女子继续道："博儿，你既与乔公子相熟，便请他辛苦拿上袋子跑一趟吧？"

被点到名的张文博略显犹豫。他和乔徽的关系，基本就是乔徽嘲讽他、他当场被哽住，回家因为没及时想出反击的话而痛哭流涕……贺显金看出张文博的迟疑，轻声附耳道："劳您告诉乔公子，他若来，我就将这套天元式的解法告诉他，"着重强调，"必不忽悠。"

做生意，当真脸皮要厚。谁说一个事儿，不能忽悠两次？

"你说什么？"朝南的书房里，乔徽皱着眉头看面前气喘吁吁的张文博，"陈记请我去拆袋子？"

张文博喘口粗气，连连点头，重复道："对对对！贺账房，哦不，贺掌柜请你去陈记一趟。

孙顺伙同滁州府几个子弟去水西大街闹事，好多人在旁边……哎呀呀，贺掌柜真厉害……"

语无伦次、颠三倒四、不知所谓。乔徽翻个白眼。他昨晚刚把他爹正月十五布置下来的那道"致天下之民，聚天下之货，交易而退，各得其所"的命题经义写完，挑灯夜战，洋洋洒洒写满了两页纸，思想上前进一大步，精气神后退两大步。故而，晌午觉被张文博那傻蛋搅烂，乔徽顶着两只乌青眼，内心十分暴躁。

暴躁归暴躁。但博儿说啥来着？水西大街贺掌柜？乔徽沉了口气，站起身，递杯茶水给张文博："你且慢慢说。"

张文博仰头咕噜咕噜喝完，抹把嘴，"哎呀"一声："你就说，是不是买了陈记的盲袋吧！"

哪壶不开提哪壶。这么多话题，偏偏提奇耻大辱。

"就当我买了吧。"乔徽决定自己问，"孙顺因为没集齐五张色卡去找事？带了几个人去？空手去的，还是带了称手的东西？陈记除了贺掌柜，还有其他人在吗？"

一问一答，对博儿来说，就简单了很多："是是是！他那龟孙子输不起，集不齐五色卡觉得丢了面儿，就像贺掌柜说的，这东西就是个彩头，咱们玩集卡，玩的是啥？不就是玩集卡中未知的快乐嘛。他偏生上纲上线，非得要有回报。啧啧啧，归根结底还是不够有钱……"

博儿又开始碎碎念。乔徽默默地闭上眼，深换口气，低声斥道："说重点！"

张文博赶紧把理智拉回来："带了六个人，都是滁州府出身，平日就靠孙顺指头缝里落下来的油水过活。空手去的。除了贺掌柜，陈记还有个凶神恶煞的小丫头，一个头顶没几根毛的男秃子！"

还好有人，乔徽稍松了口气。那孙顺不是啥善男信女出身，家里开茶馆，听说里面好几个美貌的茶博士都是从青楼买出来的，什么生意都敢沾。乔徽突然想起什么，蹙眉问了句："贺掌柜请我拿着我买的袋子过去？"

张文博使劲点头。乔徽低着头，手指头蜷起，指节在楠木桌面上轻敲两下，沉默片刻，脑子里的线全都搭上了对线，想通后不由得轻笑了一声。

被气笑的。那小姑娘真是绝了，下一个套，坑两遍人啊！节俭到顶点，啥都不浪费！乔徽想起她在水西大街树下坑蒙陈六老爷的画面，那时候她才拿到六丈宣！这小姑娘先骗他买袋子，再算准了他不屑于打开那个袋子，相当于把最后一步棋交到他手里，这是给自己找寻诓骗六丈宣赢取时间吧！

咋的？当他是不要钱的当铺呢？！还带暂存的？

张文博眼见乔徽又是冷笑又是叩桌，这样子他熟，乔大解元发疯的前兆。张文博想了想赶紧加了句："贺掌柜说了，你要是去了，她就把那啥天元式的解法告诉你。"

乔徽手一松，下颌差点磕桌上。这小丫头！

张文博害怕乔徽不去，强忍住对乔徽这张贱嘴的恐惧："去吧去吧，小姑娘挺好的，脑子活络又聪明，也漂亮……"

乔徽蹲下身，在摞成半人高的文稿里翻找。张文博喋喋不休："这小姑娘最难得的是勇敢，孙顺那肥头大耳的，寻常男子都不愿意跟他别苗头，这姑娘却一点不怵！"

找到了。乔徽将牛皮袋子一把扯出。张文博见这人还蹲下躲事，便鼓足毕生勇气："你只许州官放火、不许百姓点灯一事咱们不提也罢。我答应以后做啥都带着你。你别偷偷摸摸地当学人精了。但你今天必须去为贺掌柜正名啊！"

乔徽拎着牛皮纸袋站起身来，面无表情地站起身来。学人精？怎么说呢，博儿吧，没有一顿打是白挨的。

"走啊！"乔徽扬了扬手里的牛皮袋子，低头见桌上另有两张密密麻麻写着算数的纸，心里勾起一抹笑，天元式的解法？他早就解出来了！

泾县不过是一座依乌溪顺流而建的小城，本身就不大，青城山院在乌溪支流东侧，陈记纸铺在乌溪支流西侧，故而这一条街就叫水西大街。乔徽脚下生风，刚过小桥便见对岸熙熙攘攘围了里三层外三层，路过的店肆铺子人都走空了，全围在陈记门口看热闹。

隔着人群，听到孙顺粗壮的声音："我打听过了，你娘是陈三爷屋里人，你就是个……谁知道你爹是谁？你爹若有名有姓，你咋会跟着你娘姓？"

乔徽从人群中挤进去。孙顺跷着二郎腿得意扬扬地昂着头在门口放屁："你说说，你娘跟着三爷以前，是干啥的啊？是青楼艳妓，还是船上唱姬？"有听不下去的看客回道："你这样说个小姑娘，嘴上太不积德！"

孙顺眼见乔徽没来，心里知道张文博那废物必定请不出来乔大公子，无所忌惮地朝着那仗义执言的看客"啐"一声："我不积德？她骗钱，她才不积德！个小娼妇养的，穿得个严严实实、朴朴素素的，骗男人钱的本事倒是学了个十成十。"

乔徽看向贺显金，小姑娘紧紧抵住双唇，脸色涨红，手半掩在袖中捏得紧紧的，许是忍不了了，抬脚往孙顺方向走去。乔徽快步走到中间，挡住了贺显金，将手上的牛皮纸袋抬到胸前，环视一圈，言简意赅："我买了一个袋子，因正月过年节，一直未曾打开，诸位父老乡亲仔细看看，这口子是不是封着的。"

前排的人探头看了看，点点头，往后传话："用糨糊封死的！口子上还有火漆呢！"

乔徽点点头，将牛皮纸袋递到贺显金面前："先帮我拿着。"

贺显金接过牛皮纸袋，正准备打开，却被乔徽拦了下来："你先等等。"

乔徽伸了伸胳膊肘，活动了一下颈脖和手腕，撩起长衫，一个大跨步走到孙顺面前，胳膊肘猛地发力，右手成拳，打出"咻"的风声。乔徽一拳头打在了孙顺左眼上，用了十成十的力！力度之大，角度之精准，姿势之标准！孙顺哀嚎一声，捂住左眼"哎哟哎哟"呻吟着蹲下身去。

贺显金愣住了，张文博也愣住了，围观群众也愣住了。乌溪旁，春天的风都停住了。乔徽收回拳头，动了动手腕，从贺显金手里拿回牛皮纸袋，行云流水地撕开，蹙眉从里面依次掏出几张竹纸，几张洒金熟宣，最后掏出了一张半臂长的透亮月白色卡条。

乔徽把纸张放回袋子，再把牛皮纸袋往怀里一揣，疾步走向张文博，将月白色卡塞到半张着嘴的博儿手里："色卡给你，你帮我做一个月的寝宿内务。累死了，我要回去睡觉了。"

第十五章　焚香沐浴 诸事合宜

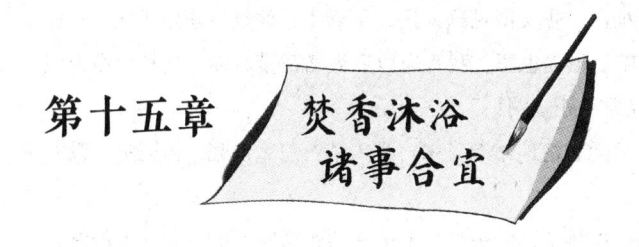

他走了他走了,他挥一挥衣袖,不带走一片云彩,只留下一张月白色卡。孙顺捂住泪水涟涟的左眼,眼眶处传来刺激的酸涩逐渐变得麻木,不由得惊恐尖叫:"啊啊啊!我瞎了!我瞎了!"

一边嚎叫,一边朝张文博处跌跌撞撞摸去。张文博赶紧把月白色卡往怀里一揣,迅速走位——就算你眼睛被打爆了,也休想抢走我的色卡!孙顺扑了个空,却如无头苍蝇般被几个马仔齐齐捂住嘴巴、摁住脑袋,一左一右架起,灰溜溜地往医馆去。

乌溪旁,春天的清风由东至西重新启程。围观的人群从乔大解元挥拳打人的震惊中醒转,先前为贺显金仗义执言的商户带头赞道:"能文能武,能文能武!乔大公子真是咱泾县的一位奇才!"

"是是是!你没注意乔解元挥拳的姿势十分优美吗?马步扎实,一看就是有些童子功在身上的。"

"那人也是欠揍!就算乔大解元不出手,我也是准备出手的!"

什么能文能武?什么姿势优美?又是什么马后炮?贺显金额头划过三条黑线。被揍的孙顺往西跑了,揍人的解元向东跑了,人群也渐渐安静下来。

贺显金轻咳一声,将目光重新聚焦回来,拱手作了个不太标准的揖,大声道:"承蒙诸位青睐,关门闭户前来我陈记壮声势。更谢伯伯的出手相助,小贺感激不尽,您若来陈记买纸,全按实价八成计算,余下两成算是小贺恳切的谢意。"再转向正前方,给这场闹剧定了性,"咱们泾县自古商事繁荣,南直隶更是锦绣昌盛,做生意遭人误解,也属常事。只是这青城山院的孙姓廪生言辞过激,辱我生母,污我继父,我为人子女者,必当与其积怨难消、不共戴天!"

贺显金三指朝天,郑重立誓:"从今往后,我陈记再不做与那孙廪生的一切生意,如有违背,我小贺天诛地灭!"

你只是买家,又不是我妈!人都辱到脸上了,刚刚贺显金拳头都在衣袖里捏紧了,若不是乔徽突然冲出来,贺显金必定一拳头挥到他脸上。这年头,孝道大过天,你当众嘲讽人家爹妈,人家打到你脸上都是轻的,就算告到衙门去,县老太爷也只能各打五十大板。大不了孙顺带点读书人光环,县老太爷责令她赔点钱罢了,到底也要顾及陈记的脸面。谁家没读书人?陈家的希望之星可比那孙顺有希望多了!

谁知乔徽冲出来了。贺显金微不可见地扫向东边,已看不到乔徽的背影,只剩下一座白砖砌成的拱形小桥。贺显金抿抿唇,转头看向听得目不转睛的张文博,收拾心情,笑道:"不过,经此闹剧,咱们陈记纸业第一届'盲袋'五色卡集拥者终于出炉——恭贺咱们青城山院的张文博廪生!"

气氛组王锁儿小朋友兴奋得双手过头,带领大家啪啪鼓掌。与己无关,看客们"啪"得非常不走心。贺显金提高音量,着重强调:"在使用五色卡兑换对应的纸张后,他还将获得一张由陈记出品的精制六丈宣!"

是真的六丈宣吗?!在陈记李老章师傅去世后,泾县大小不一的数十家纸业作坊,已有三四年的光景未曾有六丈宣出世了!前两年各家还有老货,在朝廷派人来收贡品时还能贡献一二,如今这一两年,各家的存货被消耗殆尽,朝廷已逐渐转向福建等地收买绝品纸张作贡品。泾县本身就靠纸业发家,此种形势对泾县冲击非常大,如今再闻六丈宣出世,看客们不由为之一振!

有看热闹的纸业小作坊掌门人高声发问:"陈记当真又做出六丈宣了吗?"

贺显金笑而不言,转向张文博:"张廪生,您要兑换六丈宣吗?"

张文博满面红光,恶狠狠地点头。是,集卡是为了快乐,但是如果有六丈宣,岂不是快乐翻倍?得到肯定回答,贺显金便仰头高声道:"陈记将于近日焚香沐浴,择佳期送六丈宣上门!"

张文博搓搓小手,表示十分期待。众人随声散去。

三日后,老黄历写"宜祭祀沐浴解除求医嫁娶立契",总而言之是诸事皆宜。鸡鸣之后,陈记陆续从店铺里窜出四个年轻精壮的小伙,统一着白麻布背心,露出古铜色的健硕肌肉,肩上扛着扁担,扁担连接一块二十米长的木板,木板上是一块崭新的竹帘,竹帘上蒙了一层洒金红纱,几根正红的绸缎子系成一个大大的红花结。

董管事今儿个特意起了个大早,拿猪油把头顶上几根幸存的残毛捋顺,穿上当年成亲时的红绸衫子,拿着一支唢呐,仰头站在陈记门口,鼓起腮帮子狠狠地吹了个长音。唢呐一出,百乐皆暗,紧跟着另两个健硕小伙敲鼓,整个水西大街热闹起来。商户们站在门口,探出个脑袋往陈记观望。

没一会儿,就见这一列红彤彤的队伍敲锣打鼓地往青城山院过去,为首的董管事站在门口大声道:"陈记敬请张文博廪生揭榜!"

身后六个大小伙儿气沉丹田,喊得个震天动地:"陈记敬请张文博廪生揭榜!"

山院刚下早修,没一会儿便密密麻麻地围了好些人在门口观望,张文博好奇地探了个头,便被人拱到了最前面!董管事笑着将唢呐往腰间一塞,双手给张文博递了根长长的杆子,恭请道:"请您揭榜!"

所有人皆目光灼灼地看着。虚荣心被满足到顶点的热意爬上张文博脸颊,激动的心,颤抖的手,他哆哆嗦嗦地将红绸缎捆成的活结挑开,露出一张光洁温润、纹理清晰的黄麻大纸。

围观诸人,均不约而同地"哇"出口。张文博因集卡成功带来的快乐、被陈记满满仪式感宠爱的骄傲,全都在此刻化成对这传承千百年的古老技艺由衷的震撼与心醉。

山院高台之上,乔山长手抚翘须,轻声道:"夏商殷周启业,商为人行立铜钱上,无之以为用,有之以为利,窥史可鉴,商盛时者朝盛国盛,商衰时者朝弱国弱,此为商之道初也……"

文章每每被人当面宣之于口,总有三分羞耻之意。听自己老爹背诵自己写的为商经义,乔徽默默别过眼。乔山长背了开头,单手遥遥指向门阶处激动得涨红一张脸的张文博,又想起最后一张色卡的来路,不由感叹道:"陈记现任掌柜,确实非常聪明啊。"

乔徽抿抿嘴。非常聪明吗?还行吧,姑且算她一般聪明吧。

不得不说,贺显金把六丈宣出世的气氛烘托得非常到位,在三五天的时间内,泾县的街头巷尾讨论的多是那场形式大于内容、主要以满足张文博虚荣心为目的的揭榜仪式。

陈记的来客也变多了,贺显金去隔壁布匹店定了三匹海青松江布,给店里的所有伙计都做了一套色调统一的衣裳,襟口处绣上"陈记"二字,还花了一两银子请对街扇子铺的画娘描了一个小而精致的纸卷小画,绣在"陈记"二字旁边,又请万能的张妈把每个人的名字都绣在旁边。锁儿有新衣服穿,非常兴奋,隔一会儿,她指着董管事袖口三道杠,再看看自己袖口空荡荡,疑惑提问:"为啥我们不一样?"

贺显金把算盘一放,循循善诱:"你月钱几何?"

锁儿老实回答:"一月半吊钱。"

贺显金看向董管事:"董叔,您月钱几何?"

董管事摸把脑门,谦逊地模糊重点:"不多不多,二三四五两银足可维持生计,赡养老人,操持家务。"

贺显金笑起来,摸了把锁头,笑道:"明白了吧?等你月钱也涨到五两银,你袖口上也有三道杠。"

锁儿恍然大悟,跟着去数店里所有伙计袖口上的杠杠:"李师傅有三道杠,二狗哥是两道,三狗哥和几个郑哥都是一道杠……只有我没有杠!"王三锁小朋友颓了三秒,跟着握紧双手,神色坚定,"但终有一天,我一定会有五条杠!"

贺显金打算盘的手闪了一下。很好,有梦想,谁都了不起。

来客多起来后,库房里的纸张又被销了一波,存货已然不多,甚至大部分都是便宜难用的竹纸,这些卖出去是打陈记的脸。对于这个问题,李三顺焦虑许久,掌柜的叫作坊师傅什么都不管,只管研究六丈宣和八丈宣的做法,这怎么能行?

六丈宣和八丈宣这种纸,一天两天是做不出来的。他们一日做不出六丈宣,就一日不开张了?存货被卖完后,他们又卖什么?先前他的顾虑被那小丫头的豪言壮语打消不少,这几天货卖得越好,他那股心焦再次涌上心头,焦虑得眉毛都要掉完了,只能趁响午用饭时,赶紧把贺显金拦住,必定要将自己的焦虑倾吐干净。他算是发现了,这小丫头身上有股力量,能非常好地抚平他,甚至抚平店铺和作坊里所有人的各式各样的焦躁。

他隔老远就见贺显金急匆匆地过来了,正欲开口,却听她利索交代:"李师傅,您赶紧去把衣裳换了,我们要出个门,您自己琢磨是带狗哥,还是带郑小哥。"她探头看了眼更漏,"隔半刻钟,咱们店门口会合。"说完,又急急匆匆跑了。

李三顺只能伸手抓了抓脑袋，带着周二狗上了门口等着的骡车，上车时贺显金已经在上面等着了，小丫头手里拿着本薄册子，正靠在车壁旁仔仔细细地翻看。李三顺正想开口，却见小丫头一抬头看了眼他们，撩开帘子招呼一声："董叔，人齐了，咱们走。"话音一落，便又低头看册子。

　　李三顺满腔的焦虑卡在嗓子眼。好烦，更焦虑了。

　　骡车晃晃晃，李三顺一边焦虑，一边忧愁，完美实现自我内耗，最后焦虑得睡着了。约莫大半个时辰，骡车急刹车，车一停，李三顺眼一睁，跟着贺显金迷迷糊糊下了车，一眼望去，荒郊野岭，不远处一个小村落，大约有二十几户人家。

　　李三顺挠挠脑壳："金姐儿，这哪儿啊？"

　　贺显金笑道："这是小曹村。"

　　李三顺恍然大悟点点头，然后问："小曹村是哪里？"

　　"走啊，我们先进去。"董管事拴好骡车过来，一边走一边跟李三顺解释，"小曹村离咱们泾县县城个把时辰的脚程，一个村子都是做纸的，但因要翻山又要涉水，他们的纸业生意不好做，现今是农闲时做纸，农忙时打麦……"

　　董管事来到一处小院儿，叩叩门闩，高声道："曹村长，我们当家的来了！"

　　没一会儿，一个老头儿慌里慌张地开门，看到陈记一行人，没有丝毫犹豫，先朝李三顺粗粗福礼："陈爷您好！"

　　李三顺赶紧躲开，蒲扇大的手把贺显金向前一推："这是我们作坊当家的，贺掌柜！"

　　老头儿见贺显金比麻秆还细，比灶上的发面还白，比自己孙女还矮一头，心里不太乐意，脸上就带了点出来，看向董管事："您说陈记当家人来，俺们一村子的人今天都没上坝上，全在家里等着，你带个小姑娘来？"老头儿手摆得像钟摆，"换个敲得定事的人来噢，俺这几天插秧忙得很！"

　　董管事手捋秃子头，正准备说话，却被贺显金拉到了身后。贺显金笑着回了个福，态度很谦逊："人不可貌相，我年纪虽小，却是泾县陈记实打实当家作主的人，是老夫人亲手盖过章的。"一边说，一边从怀里掏出一卷票子和一摞叠得整整齐齐的文书，"您看看，如若今天看得好，咱们一手付钱，一手摁印，银货两讫，非常清白。"

　　文书能造假，票子造不了。小曹村老头村长眯着眼睛看了看，披上衣裳赶紧开门，笑道："俺们庄户人不懂事咧，陈家的瞿夫人，俺们知道俺们知道！"

　　曹村长让出一条道，请客人先行，曹村依水而建，村落蜿蜒曲折，时不时有男人扛着一摞竹帘沿溪去。越往村落里走，随处可见山坳上晾晒风干的稻草穗儿，李三顺越看越不懂，撞了撞董管事："老董，这是？"

　　董管事脸上维持着标准的笑容，侧过头，嘴巴不动，光出声："咱们如今没人手做纸了不是？掌柜的说咱不做了，除几类精品纸业，其余纸张咱们均收购后转手卖出，咱们……"这话非常拗口，董管事想了很久，"咱们不生产纸，只是纸的搬运工。"

第十六章 双手捧杯 抬眸寻人

李三顺还想再问，□□□□□□□□□"别问了！金姐儿说话，你哪次听懂的？跟着做就完了，少不了你吃肉。"

董管事咬牙切齿地说完，□□□□□□□，双手交贴放在腹间，昂首挺胸地快步跟到贺显金身后，时不时地点点□□□□□□副非常忠诚又善解人意的样子。

李三顺气得挠头。当初从宣城调任□□□□他喝酒时是咋个得意扬扬说的？"三爷不管事，谁管？还不是我来管！我在泾县管两年，回去就升老总管，再等几年荣退养老，这整个陈家当伙计的，谁还能比我更体面？还有谁！"

现如今咧？李三顺抬头看，不知金姐儿说了什么，董管事立刻露出矜持又热情的微笑："对对对，咱们贺掌柜说得极是啊！"

李三顺深吸一口气。软骨头！没主见！马屁精！呸呸呸！泾县铮铮男儿，怎能如此屈膝折腰！李三顺倔强地扭头，以表不满。

一路往里走，走到捞纸作坊，曹老村长特意安排了八个经验老到的中年师傅，只着白裈子背心候在捞纸水槽旁。师傅们袒露胳膊胸膛，曹老村长偷觑贺显金，见贺显金未有半分羞赧和退却，心里放了心，高声征询："那咱们开干？"

贺显金点点头，做了个"请"的手势。带头的一声吆喝，师傅立刻分开水槽上下两侧，一面长方形的细竹帘铺在帘架上，左右两边用捏尺压好，八人同心协力将帘子放入水中摇晃几下，再提上来，一张薄薄的、均匀的滴水湿"纸"就贴在帘片之上。"纸"在帘片上稍稍停留片刻，带头男子再次一声吆喝，将上述动作又重复三遍，纸张的厚薄已非常合适，紧跟着便是冲边、回边、打边，再小心翼翼地将尚未成形的纸张叠放在一旁。

曹老村长弓着背，笑眯眼："还请诸位向西移步。"

西边是仓库，比起陈记暖砖铺就的库房，小曹村的库房显得不那么气派，甚至可以说是非常敷衍。黄泥糊墙，桑皮做顶，顶上再盖五层瓦片，库房内未做通风、保暖和防水处理，四面墙只糊了两层厚厚的黄皮纸充作隔离。许多做好的宣纸都跟不要钱似的摞在地上，最顶上和最底层的已经被洇染上泥土的颜色。

贺显金弯腰摸了一把，最上面受潮的那一层纸，手感和陈记出品的纸有明显不同——小曹村的带着潮气和生润，陈记的是干燥绵润。贺显金起身，双手抱胸环视一圈，神色冷冷的，未置一词。

曹老村长被这眼神看得发毛，低头扯了扯董管事的衣袖："你们小当家，是没看上俺们库房？"一张脸皱成一朵老菊花，十分为难，"俺们只是个小村子，一整个村也只有二十来户，百余来人。前年旌德山洪，俺们举村逃难到这儿，刚落脚没多久，这库房已是集全村之力修得全村最牢实的地方了。愣是没见到俺幺儿那茅草破屋，风吹都要倒……"

董管事笑眯眯先纠正："我们当家的。"

曹老村长："啊？"

"不是小当家，这就是我们正牌当家的。"董管事吐字清晰，态度鲜明。

至于后面的问题，董管事探头，认真打量贺显金的神色。神色如常，看不出喜怒。董管事经营多年，绝不轻易将猜测述之于口，便笑道："这我可不知道，等会儿咱们坐下来细谈的时候，要不您当面问问我们当家的？"

他要敢自己问，谁还求人啊！没看到你们陈记这小姑娘，不笑的时候，脸上像结了一层霜似的吗！曹老村长在心里骂了声娘，继续将人带往全村建得第二牢实的宗祠。

待陈记一行人依次落座，曹老村长坐到贺显金正对面，亲自给贺显金斟了一盏茶，搓搓手笑得眼睛看不见："贺当家，您看，这事能成不？"

贺显金双手捧杯，杯沿放得很低，语气却不卑不亢，抬眸道："李师傅，劳您说说看，这事儿能干吗？"又笑着介绍，"这是我们陈记的大师傅，李三顺李师傅，出身百年造纸世家，丈八、丈六的传人，如今我们陈记推出的六丈宣就是李师傅家做的。"

曹老村长看这精瘦老头的眼光陡然发亮。贺显金再笑着问李三顺："您觉得小曹村做纸还行吗？"

说起做纸，李三顺可就不困了："作坊伙计造纸的手上功夫看得过去，头遍水靠边，二遍水破心，头遍水要响，二遍水要平。这些做得不错，能粗粗判个合格。我一路过来，看你们搅拌、捞抄、压挤、晾晒，还算有点章法，没受潮的纸张也挺不错，摸起来绵润筋道。"

两家会晤，李三顺却不讲武德，不给戴高帽子，只讲大实话："唯独一点，是真埋汰！"

曹老村长默默低下头。

贺显金笑着鼓励："您只管说。"

李三顺喋喋不休："你们那库房，像个什么样子！咱就说像个什么样子？！墙上还是润的，手一摸黏糊糊，咱们做纸的靠的是一潭水没错，但成也萧何败也萧何，咱们依水而建，保存纸张的时候一定要注意通风干燥，这是童子功，做纸的都知道……"

曹老村长脸越涨越红。他为啥不修干燥通风的库房，是他不想吗？

贺显金低头喝了口曹老村长斟的茶，拍了拍膝盖，看差不多了，抬眸笑着打断了李三顺的唠叨，看向曹老村长，诚恳道："李师傅言之有理，说出了我们的心声啊。买货且要比三家，何况两家合作？既然我们家李师傅看出了诸多毛病，那您必得容我回去好好想一想。"又侧身，以曹老村长听得到的声音轻声问董管事，"咱们下一家是去哪儿？"

董管事毕恭毕敬答："去丁桥。"

贺显金点点头，从怀里摸了一个小银锭放在曹老村长面前，笑意真诚："今儿耽误您整村人插秧了，这算误工费与茶歇钱，您老安安心心待在村里，陈记有消息了，无论成与不成，必定立马着人告知您，您看可好？"

曹老村长一张脸涨得通红，从心底里想推掉这锭银子，却实在又需要给村里耽误工期的壮年一个交代，嗫嚅半晌终是接了。

告辞小曹村，贺显金留了周二狗驾骡车，把两名三条杠的高级管理人员都叫上了骡车。技术高工李三顺师傅忍了半天的焦虑，终于得到了释放，追着问过来问过去。

贺显金笑着，言简意赅地同李三顺解释：“您就专心做丈六、丈八，其余的纸张我们预备向其他不具备售卖能力的作坊购入，既解决周边小作坊的买卖问题，又解决陈家的货源问题，对周边的小作坊和陈记而言都是好事。”

这算是三手流通，一是刺激货币互通，二是刺激生产制品更加优良专业，三是刺激当地贸易兴盛。

这下，李三顺懂了。就是挂羊头卖狗肉，这怎么能行？人家来买纸不就是冲着陈记的招牌来的吗？若不是陈记生产的纸，那人家买什么劲儿？陈记又卖什么劲儿？这跟那些无本的倒爷有什么区别？他们手艺人不能干这事儿！

李三顺下意识反驳：“不能这么干！这么干，会砸牌子！”

贺显金已经习惯李三顺师傅遇到新概念，第一反应就是"不能这么干"了，有时候甚至都没听清，反正先投反对票就对了。这极有主见的中年男性啊，贺显金笑了笑，没说话。

董管事"啧"一声，语气极其不赞同：“你刚刚也说了人家纸张绵润筋道，手艺老到踏实，也看了人家作坊现场做的夹贡，你心里明明清楚，人家手艺不比咱们陈家的差！”

李三顺舌头被绊住。以子之矛，攻子之盾，真是百用百灵。

贺显金笑着补充：“我是泾县当家，我能不在意自己的招牌砸不砸？我们购入小曹村的纸张，必定是要经过陈记审核、把关、盖章，才能投放到我们自己的铺子里，如有必要，我甚至会派出一两个人到小曹村做指导和监工。如果在小曹村，我们发现了很好的做纸苗子，我们也可以擢升、提拔到陈记来，为我们所用……”

贺显金蘸着茶汤，在骡车上的小板桌画了个小圈，再画了个大圈，指着小圈：“这就是如今的陈记，依靠我们上上下下不到十个人做这个买卖。”又指向大圈，“这就是小曹村，我们不需要支付劳力、原料甚至场地费用，我们只需要挑好的买，小圈的人便可尽数从无尽的杂事中解脱出来。您难道一辈子只想做夹贡，不想做六丈宣了？”

前面的话李三顺似懂非懂，最后的问句震耳欲聋。李三顺挺直腰板，又迅速厌了，讷讷出言："想……"

贺显金笑着点了点头，单手将板桌上两个圈抹去，侧脸看向窗外。

李三顺也跟着贺显金的目光看向窗外，惊讶道：“这不是去丁桥的官道？”

贺显金摇摇头：“不去丁桥。”

刚刚不是说要货比三家，他们接着去丁桥看看吗？李三顺疑惑地看向董管事。董管事动动喉头：“不去丁桥了。我满城镇地找，只找到了小曹村这一家较为合适的作坊，其他小作坊要么太远，要么手艺太差，我们调教起来非常麻烦。”

那刚刚为何这么说？李三顺毫不掩饰的疑惑神色逗乐了贺显金。这老头儿，除了做纸，是真的一窍不通。贺显金笑道："做生意，哪有第一次去就成的啊？他们不得漫天要价？那时候，我们就处在劣势，又怎么能坐地还价？自然要先杀一杀对方的锐气，先找找他们哪儿不好，之后的价格才好谈嘛！"

"所以就是小曹村了？"李三顺愣愣发言。

贺显金笃定点头："就是小曹村了。"跟着便转头交代董管事，"等会在文书契约里写，由陈记支出三十两银子修缮仓库，把珊瑚笺、洒金、夹贡、桑皮这几项好货的单价，买入价扣一半，另几样销路不算太好的玉版、白泽等涨三成买入价。"

董管事低头记下，又问："那修缮库房的三十两银子，是让小曹村打借条，还是用货款冲抵？"

贺显金摆摆手："不让他还。"

董管事一愣。他们家夜叉，还能吃这个闷亏？贺显金继续道："再在文书上加一句，小曹村所出纸张除陈记外，不可再卖与他人，如有违背，视作陈记损失，由小曹村赔偿三百两银子为底，上不封顶。"

好狠的心，但非常赚钱！董管事学贺显金的样子，拿着芦管笔奋笔疾书，兴奋得头顶的几根秃毛随风飘动，又问："那咱们何时给小曹村准信合适？"

贺显金沉吟道："五日吧，三日太短，十日太长。太短则吊不起他们胃口，太长则容易把事情磨化掉。五日后我就不出面了，我今天唱了个红脸，就要劳烦董叔您唱个白脸，您邀上衙门的文书，同来小曹村把文书签了。"

有陈左娘与泾县现官定亲的关系在，衙门的人应该也不难请。贺显金又交代了几项，董管事连连点头，连声道："对对对，咱们贺掌柜说得极是。"

李三顺默默别过脸去，他是真看不上老董这副狗样子。

贺显金交代完毕，笑着同李三顺打趣："等董管事来找小曹村签文书时，您带着狗哥，先把他库房里能用的纸张收回家。等咱们库房彻彻底底不唱空城计了，我再请三五个人来辅助您做六丈宣，您看可好？"

李三顺立刻转头，笑得真挚："好好好，咱们贺掌柜安排得极是！"

隔了五日，董管事拿着新修的契约文书去小曹村，同去的还有从衙门请来的公证员，和前去看质量收购纸的周二狗。贺显金问李三顺咋不去，李三顺理直气壮："你个小丫头，撺掇着我唱了个大红脸，我可不好意思再去了！"

贺显金嘿嘿笑，竟然被这老头看出来了。下次把他当枪使，还得做得更隐蔽点。契约文书签订得很顺利，如贺显金所料，因为李三顺老头儿在人家祠堂一通点评，导致小曹村深觉只要能卖出纸去，有笔种地以外的额外收入就感天谢地了。故而文书都没念完，曹老村长就刷刷签署完毕，第二日，周二狗就拖着两车宣纸入了库。

契书约定，陈记保证每月向小曹村至少进货二百刀纸，工钱月结，当月所需产量如有变动，应提前三日告知，如有急货需要，在约定的购入价格的基础上浮三个点，这是对陈记的约束。同时也约定，小曹村出品纸张不能供往陈记以外的任何纸行，纸张如有品质问题，如数退换，一百刀纸里超过十张纸的退换，当月工钱直接抵扣十个点。这是对小曹村的约束。

双方都有权利，也有义务，乍一看很公平，实际上也很公平。

贺显金亲自拟的这份契书，除了灵活用李三顺老头儿成功把价格打下来，确保了自己进货的成本可控外，对于其他条款，她没有动一丝一毫的歪心眼，全然站在公平的立场，谁也占不了便宜，谁也不吃亏上当。做生意，讲的就是信义二字。那些不讲诚信的商家，或许能赚快钱，也或许足够幸运，一直没有翻车，但对不起自己良心。这种丧良心的商户，始终会遭报应的，不是不报，是时候未到。

陈敷在吃早餐时，见打完八段锦，穿一身尼姑装，还挽了个尼姑髻的闺女，颇为闹心，先给闺女夹了只素馅八宝灌汤包，再语重心长地开口："金姐儿，你刚刚走过来，我还以为是哪家的大蠊成了精，学会两条腿走路了。"

贺显金刚做完早操，正累着，气喘吁吁地喝了口枸杞杏仁露，没懂大蠊是什么，便以询问的目光投向张妈。张妈举起双手，做了个触须的动作，紧跟着又做了个地面爬行的动作，表情略显猥琐，动作极为写实。

噢，是蜚蠊啊，它又有个耳熟能详的名字——蟑螂，别称偷油婆，也叫小强。贺显金低头看了眼自己深咖色的小袄衣裳，再联想到，自己一个衣柜的咖色、灰色、麻色衣裳，确实有点像来自天南海北的蟑螂开会。她不禁挠挠头，忍不住为自己解释一句："这类颜色耐脏，就算不小心沾上脏东西，旁人也看不出来。"

陈敷一口包子差点没吞下去。艾娘是他见过最讲究的人，通常晨、午、暮一日要换三身衣裳，翠碧色的褙子就得配水头好的翡翠，绛红色的袄子最好配精细出挑的红绒花，艾娘最服穿月色的衣裳，戴上一套银首饰，就像院子里打了露水、娇嫩白净的花骨朵儿。

陈敷不无哀怨地看了眼大口吃素馅包子，吃到一半被哽住，又端起牛乳"咕噜噜"往下顺，顺完还发出一声舒服喟叹的女儿。除了这张脸，通身没有哪里像艾娘！

陈敷默默将夹过去的素馅八宝灌汤包夹了回来，一抬头见陈笺方神色如常地自外院进来，神色如常地朝他行礼后，照常坐在下首，揭开盖上存热的木盖子。陈敷探头一看，哟呵，不是白馍了，盖子下是和贺显金一样的素馅八宝灌汤包、牛乳、凉拌豆腐丝和米油鸡蛋羹。

陈敷笑道："二郎不吃白馍和白菜了？"

贺显金瞪了一眼陈敷。怎么那么喜欢挑事儿，人家吃个饭也不依不饶的。

陈敷转了头，装作没看见。陈笺方执筷的手顿了顿，低了低头。前几日，他的餐食就发生了变化。从白馍、白菜、萝卜干换成了色香味俱全的全素席，甚至还有蛋奶，他派小厮小山去问，打理老宅内务的张妈便诚惶诚恐地来告罪，说是贺掌柜如今也在守热孝，左右都要做，不如多做一份，又说读书费脑子，单吃馍和青菜萝卜，怕是人要出问题。

下人是不会擅自更换食谱的，多半是那位贺掌柜的意思。张妈又说，若是触了规矩，她立刻变过来就是，却被他鬼使神差地阻止了。祖母一向推崇苦行僧式的用功，常以"天将降大任于是人也"那套来激励他，自父亲死后，这般的激励越发多了，叫人如鲠在喉，却不能一吐为快。

如今至泾县，他方有终得一方自由天地之感。他不重口腹之欲，连吃数日的白馍白菜，也无甚抗拒，但当他吃上精心准备的素宴时，他却终于品出了几分活着的乐趣。倒不是为享乐，却是如何在规则范围内，努力叫自己舒服一点，这门学问叫人着迷。而那位贺掌柜，可谓炉火纯青。

陈笺方低头喝了口牛乳，再抬头时笑了笑："吃什么都改变不了儿对亡父的追思，想来亡父在天有灵也不愿见儿劳苦自损，叔父，您说是吧？"

陈敷还想再杠，却在桌下被贺显金踢了踢小腿，一抬头就对上了继女瞪圆的警告眼神，这才堪堪作罢。

贺显金算是看明白了，陈敷就是集最令人讨厌的特质于一身：作为男人，他偏宠妾室，还文不成武不就，还好吃懒做，一心想掏空自家老妈的钱包。此外，他还到处挑事儿，且有股不煽风点火不罢休的看热闹精神。

贺显金与陈笺方用完早餐，一道从正堂出来，陈笺方去青城山院，贺显金去水西大街，算作同路。分道扬镳前，贺显金情真意切地为恋爱脑挽尊："三爷便是这么个荒唐性子，这么些年了，大家听也听说了，看也看过了，老夫人骂也骂了，打也打了，狗尚且改不了吃屎……"陈敷又怎么可能改掉抬杠，贺显金自认为这个比喻打得非常精妙。

陈笺方手里提着竹篮，里面放了笔墨纸砚，听贺显金这般说，嘴角不自觉地向上勾："无碍，三叔在读书上也是受了磋磨的，听父亲说，三叔年少时被祖母狠狠责骂过，十几年间，渐渐变成了如今的模样。"

果然，不是每一个杠精都是天生的，贺显金洗耳恭听她爹的成长史。陈笺方看小姑娘侧着脸，把耳朵伸得老长，像头乖巧的驴，轻笑起来，语声轻缓，娓娓道来："三叔四岁启蒙，便可熟背《百家姓》《三字经》，那时候在十里八乡都是有些名气的，后来祖母便送三叔进了学堂，学堂每次考试，祖母都很关心，若三叔没考到第一，便会罚他跪祠堂和抄书，时常一罚就是一夜。"

陈笺方言行举止，有股贺显金从未在身边人中见过的气质，贺显金也不觉沉静了下来。陈笺方接着道："这惩罚，越罚越重，越罚越频繁，三叔的经义考试便越考越差，这书越念越不想念，家中常常是鸡飞狗跳，祖母要打，三叔要跑。之后，祖母又硬着头皮送三叔去考院试，估摸着是想试试运气，三叔当然考不上，祖母便放出话来，说'长子读书，二子经商，她还不如不要三子，两子足矣'。那天晚上，三叔喝得烂醉，把书全都烧了，把小时学过的纸谱也烧了，从此不再去学堂，整日在家中与街上……"

陈笺方低垂眼眸，似在琢磨一个合适的词语。贺显金适时解围："胡混。"

陈笺方看了眼显金，便笑了笑："也可这么说。"又言归正传，"祖母越表现出伤心的样子，三叔的行为便越发过分，后来成亲了，有些转了性，与三婶老老实实过了几年平静日子，再后来……"

陈笺方模糊道："再后来的事，你便也知道了。"再后来，就是遇到她娘，干柴遇烈火，纨绔遇真爱，一发不可收拾。贺显金点点头，表示理解。总的来说，这就是一头顺毛驴怎么被严厉母亲逼疯的故事。

在贺显金看来，陈敷是一个大智若愚之人，极为自我，是一众黑色里的白色，与其消耗自己，不如逼疯别人。贺显金扬了扬下颔，认可地点了点头，余光扫到陈笺方那张温润挺拔又内敛安静的脸，鬼使神差地问了一句："那你呢？"

在家族与长辈的重压下，你好像还没疯？

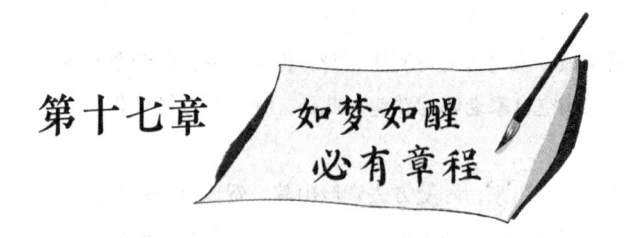

第十七章 如梦如醒 必有章程

陈笺方脚下一滞，堪堪停在陈家老宅的大门门槛前。商贾家的门槛不高，不过一寸有余，什么也拦不住。这世道就是这样，纵然家有宝塔夜明珠，坐拥城池半壁的商贾，都不准门槛高过三寸，只有官宦勋贵之家的门槛，才可以高得将平凡且低贱的人拦在上等人的白玉锦绣之外。

陈笺方低了头，脚轻轻踩在门槛上。老宅的门槛略有脱漆，红漆之下露出老朽的木纹。他思索良久，抬起头来，见小姑娘眸光纯良，清得像一汪山涧泉水，便勾起唇角笑了笑："我？"

说着便将目光转了出去，一脚踩过不高的门槛："小时，与我同在私塾的儿郎，读完《论语》就回去砍柴挑担；府学时，我的同窗一天两个白馍，早上半个干吞，中午一个夹咸菜，晚上半个泡在盐巴水里发胀，胃里胀满了盐水和白馍，晚上才不会被饿醒。"

陈笺方声音缥缈，如远山之外被风吹响的青松："而我呢？虽无绫罗加身，却衣料舒适干净，三餐两点，瓜果时蔬，我无需为银钱奔波，更不用为衣食担忧。"陈笺方笑着轻耸肩，"所有对我的期待，只有一件，读好书。"

所以，他无法想象，如果他如三叔一般读不好书会怎么样，这将颠覆他十七年来一日一日、一时一时、一刻一刻堆叠起来的认知。

二人并肩拐过老宅的街角。水西大街在右，青城山院在左，可陈笺方的话，分明还没说完。贺显金放慢脚步，等待他将后话道出，可等了半天，再没有言语传来。贺显金侧眸看过去，陈笺方低垂眼睑，长长翘翘的睫毛映在下眼睑的卧蚕上，棱角分明的侧颜配上直挺的鼻梁，有一丝叫人意外的文弱感。

嗯，就是文弱感，这玩意儿是天生的，是浸润在旧时光的书卷气中十数载，站在纵横交错的青砖大街上,头顶飞出一角瑞狮檐角的氛围;是读书人拎着一只泛白磨毛的布袋,布袋露出软毛笔小小红穗的点缀;是书生眼下长睫的暗影,更是大家族长房嫡孙肩上隐藏着的无法推卸的重担。

贺显金眨了眨眼,吞了口唾沫,不知作何感想,更不知该如何作答。十字路口,人潮喧嚣,朝食与朝饮占据半条长街,豆浆的香、水磨汤圆的甜、菜粥的清与油果子的热闹、糖油粑粑的腻气混杂出一股复杂的人间烟火气。贺显金被这人间烟火气猛地一击,如梦初醒,手慌乱地指了指西边:"我、我该去店里了。"

陈笺方朝贺显金轻轻颔首:"去吧,晚上见。"

说晚上见,晚上没见,因为贺显金加班。

周二狗从小曹村拖了两骡车的纸张回来,肌肉男胸大无脑又粗犷蛮干,从小曹村库房搬上车时,没有分门别类,从骡车上搬到陈记库房时,也没分门别类,两百多刀纸,就这么东一榔头西一棒槌地堆在库房里。

十文一张的玉版,旁边住着二十文一张的兰亭蚕纸;三十文一张的洒金四丈宣,旁边得意扬扬地躺着白送都不要的毛边,甚至,毛边还梭个角盖在四丈宣上。贺显金理解不了:"狗哥,您能不能稍稍按照价格,把纸理顺,靠近窗口与门口、易遭风的地方摆放稍稍物美价廉的纸张,靠里的、隐蔽又避光的地方摆放咱们店里值钱的纸……"

周二狗挠挠头,袖子快被突出的肌肉绷裂,嘿嘿笑道:"咱们以前就是这么放的。"

她当然记得以前就是这么放的,她上次来这库房,门锁得严严实实的,侧面还开着一扇窗呢!前些时日,既要与陈六老爷和那猪肉头缠斗,又要填上账面的欠债,实在分身乏术。如今稍有空闲,贺显金才感受到泾县作坊原先在陈六老爷的管辖下,如同一盘散沙,像极了一群闲散游兵,店肆作坊买卖进出皆无规章,全凭掌事的喜好安排,底下做纸的不管卖,卖纸的不懂做,算账的只管吞钱,管事的最坏,啥也不管。

一群人,各有特点。李三顺老师傅就不说了,遇到事情先否定,浑身上下嘴最硬,中老年男性有的毛病他都有,他还多了几分倔强和单纯。接着就是周二狗大哥,憨憨的肌肉男一枚,能指哪儿打哪儿,但放他自己提枪,估计能给自己脚来上一下。跟着周二狗的几个郑姓小哥,像周二狗的腿部挂件,没太大存在感。唯一能让贺显金切实感到并肩作战的就是头发没几根毛儿的董管事,还有一直企图在她嘴里炒盘菜的张妈。

王三锁小朋友,瘦胳膊瘦腿,不会写不会看,暂时不具备战斗力,能顺顺利利把瘦脸吃成胖瓜子,贺显金就阿弥陀佛,算上天垂怜了。这支队伍啊,全是问题噢。

临到太阳从西边沉下,天色微醺,贺显金将账册与当日清单结余整理妥当,放进柜台,正欲出门时,却见店肆后院的库房外还亮着灯。贺显金去看,库房里没点灯,只能借门廊的光见飞尘四扬。周二狗背上一刀纸,胳膊下还夹着一刀纸,手里拿着一本薄薄的册子,靠在窗棂旁,又不敢开窗,只能借窗棂缝隙透进来的那缕光眯着眼看。

贺显金探了个头:"狗哥,你在干啥呢?"

"我在对着册子摆纸呢，"周二狗被吓了个激灵，扬了扬手里的小册子，"你不是叫我按照价格高低摆放纸张吗？我这个脑子笨，只知道每种纸是啥，记不得每种纸的价格。今天一天摆了五次，好像都不太对，大家伙有事要干，我不能总占人时间耽误工期，就请李师傅帮忙写了下来，这下总不至于忘记。"

贺显金走进去，扫了眼那本册子，写得很简洁，"夹"代表"夹贡"，"毛"代表"毛边"。贺显金指着一条"鱼"模样的画问周二狗："这是啥？"

"鱼！"周二狗一笑，八颗牙白灿灿，"玉版！李师傅是咱这儿最能认字儿的人，可有些字他也不会写，就只有画画。"

果然。下面还有好多各式各样的画，比如代表珊瑚笺的"山"，代表澄心纸的"心"，代表月影纸的"月"。贺显金将册子还给周二狗，道了句："好好摆吧。"

便转头欲离开。张妈说今天晚上吃锅子，烧的辣豆豉汤锅，会放她最喜欢的炸豆腐泡儿和白萝卜片，还会蒸一锅野菜土豆锅巴饭，一早就叫她按时回家吃晚饭，听着就贼带劲儿。贺显金走到门口，听身后嘟嘟囔囔："这弯弯的是什么？弯弯的月亮。月、月是……"

贺显金脚步停在了门口："那是八文钱一张的月影纸。算了，我来帮你吧。"

这群人，通身的问题噢。但有一个共通之处，也是最大的好处，心地纯良、听话听劝，这已很难得了。

第二日用了早饭，贺显金低着头，拿脚尖踹老宅的门槛，踹到第一百二十八下时，那个文弱书生的身影出现在她视野里。贺显金抬起头，目光灼灼地看向陈笺方。

"还以为你一早就去铺子上了。"陈笺方一声轻笑，跨过门槛，放慢脚步，"昨天晚上，张妈嘟囔许久，说专为你做的辣豆豉锅，你却不在。"

"铺子有事，回来不得。"贺显金赶忙跟上，找虐般问一句，"好吃吧？"

陈笺方眸色含笑："好吃。三爷吃得痛不欲生，直说若张妈再做辣子，他就把小稻香的少东家请回家做饭，撬掉张妈的饭碗。"

贺显金笑起来，陈敷是最标准的徽州胃，咸鲜清淡，要吃本味。贺显金祖籍四川，除了和熊猫一样喜欢吃笋，还爱一口辣子。张妈口味不定，基本上她喜欢谁，口味就跟谁一样。张妈最近的心头爱是贺显金，桌子上的菜就多放茱萸、胡辣和朝天椒，把陈敷吃得叫苦连天，据说一天蹲八道茅房。

不过也没差，以前他也爱上茅房，不是在茅房，就是在去茅房的路上，也不知哪里来的这么多存货。贺显金伸伸胳膊，活动一下筋骨和手腕，装作漫不经心地抬了抬下颔。

陈笺方敏锐道："有事？"

贺显金瞬时打蛇顺棍上，笑得极为标准："也不是什么大事儿，就想问问，您近来可忙？"

陈笺方余光扫去，快到东西分界的拐角了，便刻意拖沓步调："不算很忙，青城山院的乔师本也是我旧师，我热孝在身，不便跟班习课，乔师将我安顿在单舍，习课时间较为随意。"

贺显金点点头，话就在喉咙口，有点不好意思说。拐角就在眼前了，陈笺方索性停下脚步，温声道:"可有急事?"

贺显金搓搓手:"是这样,铺子上的几位伙计没有开过蒙,只能认极为简单的几个字,稍稍复杂一些的字形便不知了。咱们陈记这个生意,较为特殊,做的是读书人的生意。若都是些个大老粗,这生意便也没法儿做,这店子便也没法管。"

贺显金昨天晚上,和周二狗一起盘纸到很晚,晚到陈敷气势汹汹地来铺子上接她,说是以为她"携款私逃了去"。她回去后,思索良久,做生意,必得有章程,无论掌柜的,还是小伙计,都必定要照章行事才得其法。

她手下的兵,连字都认不得,怎么照章行事?靠周二狗发达的肱二头肌,还是靠李三顺如教科书般标准的倔强?她思来想去,还是要教会伙计们认字。无论是为了以后铺子的发展也好,还是伙计们自身的职业前景也好,认字可比睁眼瞎值钱多了。

那么,问题来了,谁来教?她倒是能写会读,但不会教。书院先生不一定愿意收这几个五大三粗的老爷们儿,和一群垂髫小儿一起开蒙。退一万步说,就算先生愿意,垂髫小儿那群交了学费的爹妈,估计也要持反对意见。

贺显金一晚上都在琢磨这事儿,琢磨来琢磨去,总算是琢磨到考过乡试的陈二郎举人身上了。反正他戴孝无事,若愿意来教,一定是件极好的事!

贺显金见陈笺方半天没有回应,决定拿出杀手锏:"您放心,我们请夫子是有束脩的,我打听过了,陈家孙辈郎君,未成亲的一月不过二两银子,我们五个学生,我给您开一月三两银子,您只管把常用字教会,不需教得出口成章。"

陈笺方脸上的笑意越发明显。贺显金还在劝:"我们铺子上的伙计年纪虽大,但是不笨,实在不行,您想打就打,一日为师,终身为父,您一下多五个儿子,可谓是此生之福……"越说越离谱。

陈笺方做了个手势,请她打住:"我去。"

他笑起来:"我去可以,但不能教得太晚,我还要回老宅吃饭,错过辣豆豉汤锅,会心疼的。"

那擦肩而过的辣豆豉汤锅噢,贺显金脸上的表情很丰富,有一闪而过的惋惜,有追悔莫及的暗恨,有"今晚必须吃到它"的信誓旦旦。陈笺方被逗笑,大家都长着五官,怎么有些人就能一瞬间表达出这么多层意思?

贺显金清清嗓子,咳了一声,把辣豆豉汤锅抛之脑后,默念成年人不会在意这一顿两顿的辣豆豉汤锅,把话题拉回正事:"山院晌午要午休吗?"

陈笺方点点头:"正午时至未时半。"

贺显金沉吟片刻后:"那就晌午吧?晌午客少,大家伙也凑得齐。山院走到铺子不过半刻,您每日教个十来个字,我再给您备个小间,铺上棉絮,您来铺子一道吃了午饭,教了学,还能再睡会儿。"

不做生意,贺显金还能搞后勤。瞧她把希望之星的作息安排得多好,又能吃饭又能睡觉,还能利用午休赚个外快。陈笺方想了想,轻轻点了点头。

贺显金再琢磨起其他事儿来："还要拖几张桌子，笔墨备好，纸倒是管饱，要告诉张妈把你的饭送到铺子上来，再拿几床晒过的棉被和褥子……"

小姑娘絮絮叨叨，把陈笺方当备忘录刷。陈笺方低着头走路，没一会儿两人就走到了东西分界点，陈笺方笑着挥手，换了一句话："晌午见。"

"晌午见！"贺显金略带雀跃。

陈笺方目送贺显金转过街角，走进铺子后，才步履稳重地向山院走去。他不知道这小姑娘有没有发现一件事，按照她的安排，一旬十日，一日三餐，每一餐饭，他们都在一起吃。

贺显金说干就干，一进铺子就召集大伙儿在前厅开了个短会，按袖子杠数站位，技术人才与店铺高管并排站在金字塔顶端，周二狗一骑绝尘，率领四个腿部挂件站在金字塔中间。王三锁孤身一人位于金字塔底端，只能看到前面乌压压的后脑勺，看不见自家掌柜那张光风霁月的脸，非常哀怨，但无济于事。王三锁小朋友默默踮起脚，从一众腿部挂件肉贴肉的肱二头肌缝隙里，堪堪捕捉到自家掌柜的半只鼻子。

看不到脸，声音还是很清晰。贺显金高声宣布："从今日起，中午，大家伙儿多休息半个时辰！"

啪啪啪啪——掌声热烈，经久不息。

"那咱们就把这半个时辰充分利用起来！我特意请二郎君来教大家伙认字，一天认二十个字，第二天听写验收前一天的掌握情况，错一个字，晚上留下来多干半个时辰的工！连续三日都有错字，就扣工钱！扣十个铜板！"

掌声戛然而止。周二狗悲愤道："别的纸行，没这要求！"

贺显金面无表情："那你去官府告我！"

董管事"噗嗤"一声，笑出少女的娇俏。贺显金恨铁不成钢："咱们一屋子的人，满打满算，就董管事一个人能读会写。李师傅，您这么大个师傅，您不多学两个字，等您做出六丈宣，您该怎么写纸谱？怎么名留千古？"

李三顺瞬间被这个理由说服，挠了挠头，转身往里走，暂时退出抱怨的舞台。

贺显金继续说："三狗哥和郑家几个哥哥，年终时咱会搞一场纸谱知识大比武，比武结果直接和您袖子口的杠杠挂钩，考上了就加一条杠杠，没考上就减一条杠杠，比武既有手上实操做纸，又有书面答题，你们确定不来学字儿？"

杠杠就是银子，银子就是幸福生活。郑家三个和周家小狗默了默，对视一眼，利索地转身向里走。金字塔还剩董管事、周二狗和锁儿。

董管事事不关己高高挂起，笑眯眯地捧场："金姐儿真厉害，竟请得动二郎君，中午我出私房给您与二郎君加个菜，算是接风。"

锁儿高高举起手："我！我！我一天能学三十个字！"

被卷到的周二狗愤愤，风气就是被这么带坏的！贺显金笑盈盈地看向周二狗，双手抱胸，语重心长："狗哥，您扪心自问，我让您学字儿，是为你好，还是害你？"

当然是为他们好，寻常的东家，谁还会给伙计们请个举人爷，专司教书啊？周二狗心里都明白。可他更明白，他也许、应该、可能、大概是最笨那个……

周二狗想了想，从怀里掏出半吊钱放到柜台上，再跟随大部队向作坊走去，脚步沉重，背影寂寥。

贺显金笑道："您这是干啥！"

周二狗朝后挥挥手："先存着，抵扣我的错字！"

未到午时，贺显金站在门口等，高高挂着的陈记招牌就在她的脑顶门上随风飘摇，没一会儿，陈笺方如期而至，不急不缓地从白拱桥上行至踏来，照旧一卷旧书袋，如清风明月的气息。贺显金怕读书人不习惯与下劳力的力工师傅一起吃饭，便特意后院单放了一扇小巧的木头屏风。

陈笺方笑了笑："是怕我吃相难看，吓到诸位兄弟？"

贺显金被哽得面容扭曲："主要是怕我吃饭途中，控制不住地唠叨训话……"

被这么一打岔，屏风也撤了，铺子里七八人就这么围坐圆桌吃晌午饭，先头大家伙都还顾忌陈笺方希望之星的身份，用餐时十分文雅拘束。哪知不到十筷子，周二狗率先原形毕露，端着碗，泡上酸菜豆腐肉片汤，汤汤水水和饭呼呼啦啦干掉一大海碗。

董管事快要吓傻，余光瞥了眼希望之星身边坐着的自家掌柜，心里另一半也凉了。自家掌柜埋头苦吃，动作不难看，但频率极快，眼里除了菜，就是饭，动作利落，吃相干脆。别人是一山不容二虎，她老人家是两眼只看饭菜。

董管事转念又想，铺子上吃饭就是这样的，还开门做着生意呢，谁能正正经经坐下，舒舒坦坦地围炉煮茶，一颗米嚼十来下？特别是他们这儿，就只有掌柜的和小锁儿两个姑娘，其余全是做苦力的师傅，砍草、捞纸、搅水都要一兜子傻力气。

在力工堆儿里打混，什么淑气文雅温柔，全都不顶用，要镇住这群下劳力的，聪明是一方面，钱给够也是一方面，最要紧的是在日常相处中投不投缘、打不打得拢堆。若投了脾性，一月给一两银子也干，若是格格不入，一月给八两银子也不好使。可想而知，能够让青壮汉子彻底服气的金姐儿，除却聪明，除却大气，除却干脆利索，还有些什么？

董管事觑了眼陈笺方，不觉一怔愣，这位陈家赫赫有名的举人公子，好像、好像正默默加快吃饭的速度？

饭后，每人斟一壶浓茶，休息片刻，言归正传。贺显金特意在后院收拾了一间干净屋子出来，整整齐齐摆放六张方桌，上面笔墨纸砚俱全，甚至还在窗棂边摆了一只白釉瓷花壶，里面斜插了几枝翠绿的竹叶。本该插花，但贺显金私以为陈笺方气质像竹。

陈笺方用《千字文》开蒙，贺显金本以为他会用更简单的《三字经》或是《蒙书》，陈笺方摇摇头："千字文更实用。"

也是，他们学字，不是去考试的，是日常运用的，千字文更贴合生活。这么大的人了，也不是全然睁眼瞎，再从"一二三木头人"教起，又费时费力，又无甚效果。

贺显金把这项目定位为文盲进阶班，第一天教授的是"天地玄黄，宇宙洪荒，日月盈昃，辰宿列张"十六个大字。贺显金坐在最后一排，深以为陈笺方授课十分有一套，直接拿白话开干，比如"天，天老爷的天"，"地，种田的地"，"辰，天上的玩意儿的总称"，通俗得让贺显金有种她上去也能讲的错觉。

陈笺方写字时，贺显金呼吸都变轻了，陈笺方要求每人一个字练五十遍："不求写得多好，只需会写能认即可。"

堂下一片哀嚎。周二狗还没学精，继续出头："一个字五十遍！十六个字就是……"卡壳了，算数阻挡了他抱怨的步伐。

贺显金羞愧地别过脸去，这支队伍，一群文盲，数学还差，真是丢人现眼！

第二日交作业，每人十六张毛边纸叠在一起交上来，大家伙都写得歪歪扭扭，前一个字还在地上，后一个字就歪到天上去了。

贺显金拿着作业，蹙眉浏览。突然一下福至心灵，抓起毛边纸往李三顺处去："李师傅！"

李三顺被吓一跳。贺显金眼睛亮得像银子在发光："你说，我们找一家印刷作坊，不印别的，就在这些毛边纸上，印上红色的、四四方方的、帮助大家练字时，横排、竖排对整齐的田字格，会不会有人买？"

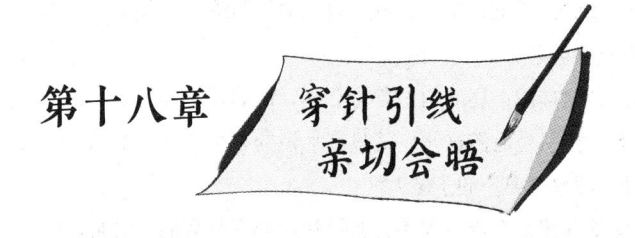

第十八章 穿针引线 亲切会晤

因李三顺老头儿贫瘠的想象力，他一时无法在脑海中准确描绘出田字格的样子，而陈笺方已拎着布袋于上首就座。陈笺方放置砚台那"砰"的一声，就相当于上课铃响了。自封为班长的贺显金只能按捺住内心的激动，兜着满脑子赚钱的念头，心不在焉地度过了第二堂课。

陈笺方在上首，语声温润地念"寒来暑往，秋收冬藏"，贺显金在下面，摇头晃脑地跟"钱来数往，东躲西藏"。小姑娘脆生生的声音隐藏在大部队里，却被陈笺方一下子抓住。什么东躲西藏，陈笺方借看书册，低眸遮笑。不知所谓，狗屁不通。

第二堂课最后，陈笺方以听写的方式验收了昨日的成效，待看过卷子后，陈举子非常稳重地告知大家，他决定改变教学方式："贪多嚼不烂，咱们先一天学八个字，而后视情况而定。"

贺显金接过卷子看了看。有两三张卷子，十六个字全错，且错得很离谱，"天"字都错，写成了"兲"，看都不用看，一准是周二狗的杰作。贺显金快被周二狗和那几个腿部挂件气得兲寿了。体育生的文化课，真的气死人！

其中答得最好的，竟然是旁听生锁儿小朋友的卷子，十六个字写对十五个，除了"盈"

字多写了一点，其他的字一笔一画书写整齐到位，虽无笔锋，但横平竖直，字体结构和谐，是个可造之才啊！

感恩锁儿的存在，让这支队伍，在希望之星面前，看上去不那么丢脸。贺显金激动地摸摸锁头，再把锁儿的卷子往周二狗面前一摆，痛心疾首："不怕不识货，就怕货比货。"

周二狗脸皮比城墙厚："人比人，气死人，命比命，气生病。"

贺显金面无表情："人活一张脸，树活一张皮。"

周二狗躺平任嘲，反劝贺显金："树大作根，气大伤身。"

学习的时候，怎么不见你反应这么快！跟老板抬杠民间歇后语的时候，你倒是第一名了！

体育生们功课烂归烂，术业有专攻，手上过的老本行还是业内顶尖的，聚在一起，听了贺显金的描述，再看贺显金拿出芦管笔在纸上歪歪斜斜地连画好几个格子，连连点头，表示懂了。

周二狗总结："是做给刚启蒙的学生练字的。正儿八经考了秀才、举人的读书人也用不上这玩意儿，人家手上自带标尺，每个字儿的大小、间距都是有数的，人随手写的，比你特意拿戒尺比照画出来的还规矩。"

贺显金琢磨了下，想起陈笺方在白纸上随手那几笔字。确实，一行字水平、垂直都在一条线上，他也不需要借助田字格里的虚线框，为字体结构布局。

贺显金点点头。李三顺理解后，思索道："那纸张可用四尺宣，过了明矾的熟宣，夹连宣最好，纸张硬脆，不洇墨。因只是为描红练字所制，对纸张表现墨笔浓淡干湿的要求不高，便将数十张合订为一册，翻开后即可书写，且不用担心墨水洇到下一张纸上。"

李三顺老头儿直接将田字、米字格描红纸，畅想为可装订的描红本，贺显金听得连连点头，是是是！是这个道理！

"咱南直隶学风盛行，每年开蒙启学的小儿不计其数！练字可是大事！若能将描红纸推行开来，这一项便可作为咱们陈记经久不衰的一门长线生意！"贺显金颇为雀跃。

南直隶一年多少读书人？单青城山院就有三四百人，整个宣州府呢？整个淮安府呢？整个直隶呢？便可知读书人必然众多。咱就按照陈家长房那位清瘦铄然的举人公为例，他来开蒙，一天教授十六个字，一个字要求写五十遍，那就是几百字呢！一张四尺的纸，若写大字，便只能容纳六七十个字，若布置六百字的作业，那么一天就需要十张描红纸。

那些专心读书，期盼科举明志的学子，需求只会多，不会少。这纸，能卖！

被作坊升腾的水汽一蒸，李三顺也听得心热掌热。说干就干，卖纸的前提，是他们做得出来。四尺的夹连熟宣好说，任务给小曹村，周二狗亲自坐镇，守着做了三天，用库房里的生宣，拿羊毛刷刷二分明矾、三分明胶、五分白及熬成的水矾三遍，自然风干成了熟宣。

硬、脆、厚，不洇墨的熟宣到手，李三顺师傅亲自去找了一家印刷作坊。这印刷作坊，原做的买卖不太见得光，尽印你侬我侬、卿卿我我的言情话本子。如今宫中圣人愈发偏向自持守成的儒家之道，对于这些离经叛道、蛊惑人心的"艳书"自然要杀之而后快。

印刷作坊一连四五个月都没生意做，如今李三顺老师傅抱着熟宣找上门来，那掌柜的还没听清李三顺说了啥，便泪眼婆娑地连连点头："做做做，我们除了杀人放火、拦路抢劫、绑架勒索、仙人跳、扎火囤、美人局不做，其余啥都做。"

看得出来这老板，是真挺难的，在没有生意的贫困时光，他估计把世上最赚钱的行当都琢磨了一圈。如今，雕版和活字印刷已经普及，贺显金简明扼要地阐述了方向，再拿出一张用红墨水按比例勾勒描画出田字格的四尺宣，要求照章打样。

老板拿着样品琢磨片刻，摸出刻刀和好几个木头块，手上功夫飞起，木头块瞬间变成了凸纹板，再比对着样品摆出形状，抹好红染料，放了张四尺宣，将把手往下一摁。老板把四尺宣取出，递给贺显金检查："是不是这个样子？"

华夏工匠的智慧是无穷的，贺显金寥寥数语，只拿出草稿，人家便可以一比一复制，贺显金赞叹的神色成功逗乐印刷作坊老板。老板骄傲地表示："你这个压根就不是啥难事！我们生意最好的时候，一晚上刻了三部话本！"

一晚上印三本书，高产似母猪！老板低声炫耀："咱不说多了，泾县哪家哪户的小姐夫人床底下不压一本咱们家印的话本？什么《穿越人潮相中你》《美妾的诱惑》《那书生真俊》，都是咱的杰作。"

贺显金抹了把额头，失敬失敬，她有眼不识金镶玉，不知这竟是泾县最大的文娱风口。老板什么生意都做，换一个角度，证明了他业务能力过硬。但在贺显金的再三要求下，老板发誓，在印刷陈记描红本时，就算风头过去、形势放缓，他也绝不会一台机子印话本，一台机子印描红作业本——这得多分裂啊！

要让开蒙学生的家长知道他们家儿子的描红本旁边，曾是这些市井话本，贺显金怕孩他娘会气得一口气提不上来。这个风险必须规避。

印刷作坊动作极快，一个晚上就印刷装订了二十来本四尺田字格描红本。货有了，怎么卖？陈记各抒己见，在后院开展头脑风暴。贺显金主要负责头脑，其他人负责风暴。

李三顺为人保守："就放在店里慢慢卖，人来人往，咱做的是口碑，东西好，总会出头。"

董管事"利"字当先："不妥不妥，咱们这一出投了将近一百两银子，若是慢慢来，几时可回本？您千万记得，小曹村是月结现银。"

然后两个人又疯又暴地怼了起来，周二狗埋着头不说话，贺显金走过去一看，这厮还在抄作业。张妈端着碗，嘴里嘟嚷着"卖纸不卖纸，东西总要吃"，手从贺显金胳肢窝伸到嘴边。

"啊——这橘子可甜了。"贺显金面无表情地一口吞下橘子。

得吃。不吃的话，她怕张妈当众撅她嘴。

贺显金双手抱胸，一边嚼橘子，一边注视着面前这摞得半人高的描红本，脑子里千帆过尽，万般思绪，好似抓住了些什么。

"直接去书院吧。"

陈笺方手里照例提着泛白布袋。天快黑了，他在墙角拐角处，等了好半天的人，没等到，走来陈记,见店肆和后院的灯都大亮着,便知道这一屋子的人又在"留堂"。一进来,果不其然,所有人都愁眉苦脸地坐着。

那个小姑娘双手抱胸,看面前的描红本,如看一座还未炸开的金山。陈笺方清清嗓子:"既是读书人需要,为什么不直接去书院做买卖?读书人要买,陈记要卖,一拍即合。"

贺显金撇撇嘴,不直接杀到学堂,是他们不喜欢吗?上次在青城山院门口摆摊卖"盲袋",不就被人指摘,"设局骗学生钱"吗。后来又出了孙顺一事,虽然他们无甚过失,却也不敢明晃晃地再去触人霉头啊。

陈笺方语声平淡:"若是需人引荐,青城山院的山长是我恩师,明日我可为贺掌柜在山长前穿针引线一二。"

贺显金踟蹰地看了眼陈笺方温润挺拔的身姿,在心里啐了自己一口,她怎么能用这种龌龊的糟粕污染清澈的希望之星。希望之星穿针引线,必定是高山流水,阳春白雪,搞不好再整点曲水流觞,要一要飞花令,贺一贺祝酒辞,搞一搞当筵歌诗。为此,贺显金很是忧虑,她这个文化水平,很大可能,陪不好前任探花郎。

故而,贺显金半夜三更爬起来,点了四盏蜡烛,特从老宅藏书楼里翻出几本《乐府诗集》《玉台新咏》《花间集》,准备恶补古诗词文学,必要让前任探花郎、泾县双姝之一的乔山长和歌应曲。

哪知,她越看越困,恨不能头悬梁锥刺股,本想把张妈做的清凉膏摸出来提神,却从布兜里摸出前几日印刷作坊老板塞的那本《那书生真俊》,一打开便如饥似渴地看了起来,看精神之后,顺道把屋子洒扫一遍,再把蜡烛的灯芯剪短,还对了上个月的账册。

日出东方,天亮了。一晚上,啥都干了,除了学习。

贺显金泪流满面,果然除了学习,干啥都很有趣呢!

次日,既无酒桌,又无大腿,贺显金顶着两眼乌青,跟着陈笺方一路畅通无阻地走进青城山院,山院门小小的,只用两大块原石搭了个正门,十分节省原料,一进去却很有些别有洞天的意味,比贺显金想象的要宽阔许多。

两排笔直的柏树迎宾,中间铺满石子儿,麻布青衫的书生步履匆匆,也有蓄须束发的中年人背着手,嘴里振振有词,不知在念什么。教舍与寝舍南北而居,舍房青瓦朱漆,糊墙的是白泥与红瓦,看起来非常古朴自然。贺显金眼尖,看到那青瓦朱漆间还藏了一块铺着黄尘的空地,还挺大,像个小羽毛球场,上面立着几个小小的门一样的拱形物。

贺显金问陈笺方:"这是什么呀?"

陈笺方笑了笑:"捶丸。乔师向来主张君子六艺,不仅诗书经义,还要骑射覆辙,便在山院中辟出一块空地供学生活动。"陈笺方向东遥指,"那是黄兖山,每月初五、十五及二十五,乔师带学生前往黄兖山踏青,最早抵达峰顶者奖彩头,或是一枚古砚,或是一本古书,或是一次月度免考。"

贺显金听得连连点头,极为认同乔山长的教育理念。君子六艺,礼、乐、射、御、书、数,本来射箭、御马也在其中,但皓首穷经,很多读书人自己都养不起,更何况养马?加之科举又不考这几门杂科,直接导致文武的泾渭更加分明。

贺显金想起乔山长之子乔大解元当日一记挥拳很是狠辣爽利,有点鲁提辖拳打镇关西的感觉,反正不像是手无缚鸡之力的读书人,便笑言:"怪不得呢,乔山长的公子便很有文武双全的样子。"

陈笺方对好友当街怒打向陈记出言不逊的书生一事有所耳闻,心知贺显金暗指此事,便笑起来:"乔徽素日晨时练剑,暮时舞刀。他姑姑嫁在京师,丈夫是赫赫有名的宁远侯,年轻时在福建平倭,如今功成身退,他那把圆月刀便是姑父宁远侯所赠。"

贺显金笑问:"那他还考科举?"

"他爹赌他考不上进士。"陈笺方笑意更盛,"他不服气,便说他去考,考上他也不当官,就图个乐儿。"陈笺方看向这满壁松柏苍绿,有些感慨。

贺显金看了陈笺方一眼,少年郎笑脸下,有自己都未察觉的羡意,是羡慕乔徽家世显赫?还是羡慕乔徽行事恣意?或许都有,无端的,贺显金心里陡然软了一下。

贺显金与陈笺方一路向东,约莫半刻钟,陈笺方在一处低矮茅草屋前停下,轻叩三声木门,里间传来一把低沉稳健的声音:"二郎,进来吧。"

推门看见书桌,未置屏风,也不顾忌书桌不对门的风水。

"乔师安好。"陈笺方介绍贺显金,"这就是学生同您说的,陈记泾县当家掌柜,贺掌柜。"

贺显金拱拱手:"山长安好。"

乔放之站起身,也同贺显金拱手:"贺掌柜,久仰久仰!"又亲手为她斟了茶,作了个请的手势,邀贺显金与陈笺方坐下,"上回,贺掌柜在山院门口卖盲袋,我有所耳闻,一直想找机会请您喝茶。"

贺显金没想到士大夫竟会对她行平辈之礼,面色间更为客气,双手接过茶盅,躬身连道:"不敢不敢!借贵地卖纸,原应与您提前告禀。小儿实在失礼!"

乔放之不在意地挥挥手:"不拘繁文缛节,大门之内是山院,大门之外是长街,长街摆摊,该给官府租子,与我山院关系不大。老朽说请你吃茶,是敬你心思巧妙、设计妥帖。"想起长子那张被算计的月白色卡,不禁笑意更盛,"犬子近日提起陈记,尽是一片赞誉啊。"

——咬牙切齿地赞"机关算尽,不择手段"。

"说陈记坦荡做事,是商贾典范。"

——痛心疾首地忧"如今世风日下,商贾汲汲营营"。

"更以为贺掌柜实乃女中豪杰,行事做人颇有章程规矩。"

——悲愤交加地恨"她是乱拳打死老师傅,我是终日为雁被雀儿啄"。

能让长子吃闷亏的,必是个人物。乔放之混淆完黑白,便乐呵呵地看向贺显金。这姑娘真棒,既让长子尝到了世间险恶,还让他心甘情愿一记狠拳打得那孙顺如今都还没来上学。真是英雄出少女啊!

贺显金被表扬得如坐针毡,她怎么这么不相信,乔徽对她评价会这么高呢?贺显金一边"嘿嘿嘿"讪笑,一边啜了口茶,嗯,福建出的武夷红茶,真是好茶。

乔放之放下茶盅,手随意摆放在四方桌上,言归正传:"二郎说,陈记为学生专做了一种纸,能够辅助学生习字练字。今日您过来,恐怕也是为了此事吧?"

贺显金从怀中摸出一卷田字描红本,双手奉上:"做工粗糙,您看个大概。"

乔放之打开看,一看就懂,描红规定了写字位置,格子里的四条斜线帮助学生确定字体结构,确实是开蒙写字的好物。不过……

乔放之掩住描红本,笑了笑:"您东西是好东西,构思也巧,唯独一点。咱们这儿不合适用。"

陈笺方起身为恩师斟茶。乔放之抬眸看陈笺方,语声轻松:"二郎你先别急。"

陈笺方抿抿唇,长睫微动。

乔放之继续解释:"你这个本子,适合初开蒙的童生。童生们刚拿笔,正是练大字的时候,写字的手感还没到位。青城山院的学生或秀才或举人,读书写字均有一定年岁,着墨压根无需这几根线帮忙。"

陈笺方轻声道:"学生记得,咱们山院每年都会从各小路、村落招收刚开蒙的儒童……"

乔放之敲了敲陈笺方的脑门:"你这孩子!"又同贺显金细说,"二郎没说错。山院每年会从南直隶及周边府州招收一批刚刚开蒙的儒童,名额不多,一年不足十人,可这些儒童均家贫无财,实在无力负担陈记出品的纸张。"

家里有钱的,只会请先生开私塾启蒙,不会送到山院学堂来吃大锅饭。只有博儿孙顺之类,在家里已经启蒙,想冲击院试考秀才时,才会送到与学府、官府关系良好的山院来吃题。青城山院每年招收的贫家儒童,都是年岁极小,天赋极高,很有希望冲击两榜的人才,家里供养不起,山院接收,结一门雪中送炭的情谊,甚至若这群儒童破五关斩六将,一路高中,山院一直供养。

这些情况,贺显金昨日便听陈笺方详细介绍了。而她年前在山院门口卖盲袋时,也曾撞见过一个对陈记纸张充满渴望,却只能仓皇离开的幼小童生。贺显金胸有成竹地笑了笑,目光如炬:"这些本子,陈记免费赠予青城山院的贫困童生使用,直到他们有能力自行支付。对此,陈记只有一个请求。"

乔放之放下手中的茶杯,有些意外:"您说。"

贺显金笑了笑,清淡上挑的眉眼陡然变得浓烈生动:"青城山院每月月考后,请将这群儒童用陈记描红本习字的卷子,张贴在山院大门外。"

贺显金话音一落,乔放之明显微愣,思索片刻后,看贺显金的目光多了三分审视,身形向后微靠,后背却未完全靠在椅背上,双手抱胸,眼神微垂,似是在深思。这个动作,有防备之意,有防备很正常,毕竟是清流读书人,害怕贺显金这个生意人打着青城山院的名头做糟烂事。

一两本描红谁买不起?青城山院既供得起这群儒童,就不怕多出几张描红纸,就怕答应了陈记这个请求,反被陈记打蛇顺棍上,以后想甩都甩不掉。嗯,好像把贺显金看穿了呢!

贺显金再喝一口武夷红茶,口味微苦,随后回甘,口感醇厚清雅,这样好的茶叶多半是从福建特意运来的。南直隶离福建可不近，泾县只是宣城辖下的小县城，单靠宣纸和这座青城山院扬名，其他并不灵光，基本没有徽闽商贾互通。这样好的茶叶，多半是希望之星口中乔家那位平定倭乱、盘踞福建的宁远侯漕运专送来的。

宗族姻亲太重要了，如同一棵小树拔地而起，百年经营，主干根深粗壮，分枝繁叶纷乱复杂，各自向四方延伸，慢慢织就绿云盖顶、倾覆庇荫之势。除非主干虫蛀中空，或被磅礴巨力外击，这棵树便可永永远远、长长久久屹立不倒，从枯叶落黄中汲取养分，愈发茁壮。

这大概就是瞿老夫人想要的家族。那么她贺显金，在这个家族中，将会逐渐扮演起何种角色？是反哺主干的泥壤，还是借势慢慢抽出新芽的旁枝？

"老师……"陈笺方轻声唤道，打破了安静的局面。

贺显金发觉自己思绪飘远了，垂眸再喝了口茶汤，决定主动出击，拒绝被动等待，语态诚恳，直捣黄龙："您在担心，书院与陈记会就此牵扯不清，挂上关联吧？"

乔放之笑了笑："商为民用，民取商需，区区小事，何足挂齿。"

不是为了保护山院的声誉？那是为何？贺显金静待乔放之后言。

"老夫担心，那群儒童，是否愿意？"

窗棂外响起"咚咚咚"三下钟声，学生们随之收拾布袋，上午下学了。乔放之眸光从窗棂外收回，收敛嘴角常挂的笑意："我山院儒童，或因家贫，或因失怙，皆身世可怜，却有宋濂之志，匡衡之韧，假以时日，不敢说尽数皆中两榜，却也有可能翰林储相。"乔放之语气淡淡，气势却从话梢语末处泄露。

陈笺方下意识看向贺显金。还好，小姑娘没被吓到。一次登科、殿试钦点探花郎、两次入朝为官的山院之长，怎可能只是一个乐呵呵、笑嘻嘻的退休人士？他是为了保护那些小朋友的声誉！贺显金神色也肃然起来。

乔放之继而道："这群儒童，如今尚在微时，若今后发达，陈记会不会挟恩以报？读书入仕者须珍重羽毛，送纸之恩可大可小。他们是否愿意为一册描红本，从此背上人情债？这些思量虽琐碎，却是当夫子，应当为他们想到的。贺掌柜，你说，老夫是否多虑？"

贺显金大愣，这些她确实没想到。如今细想想，乔山长说得很有道理。读书人的事，再小都大，一张纸、一块墨，甚至一片饼，都是恩情。是恩情就不能不报，否则就是德行有亏，易遭人诟病。贺显金刚刚的提议，从根儿上，就是对这群贫穷学生不尊重。你用我的纸，你就得贴出来，你就得让大家伙看见，你用了我的纸。

乔放之隐晦又委婉地提醒，叫贺显金面上发红。贺显金嗫嚅，欲开口，却被窗外懒懒散散的声音打断："挑两个写字不错的童生，描红抵工吧。"

贺显金转过头。乔大解元斜背布袋，眯着眼，嘴里叼了个馒头，一看就是还没睡醒。人家都下学了，这位乔大公子哥儿才刚睡醒，偏偏他是解元。上天实在不公。

贺显金抿抿唇，脑子里过了一遍乔徽的话，他说什么？抵工？如果儒童付出劳动，再得到收获，陈记便不存在挟恩图报了，不论施舍或是赠送，这些纸可都是靠儒童们自己挣回来的。

贺显金脑子转得飞快，急速开口："是！可以这样干！如果儒童们愿意，可以为陈记书写小四书作为报酬，并同意陈记将他们所写的开蒙四书，作为描红模板，印刷在描红本的每行第一格！"

从田字格彻底变成描红本。不对！空白田字格也可以卖啊，他们还多加了一个售卖品类！贺显金跃跃欲试，连声道："作为补偿，陈记许诺包圆青城山院家贫儒生们一路高中的纸张，力货两讫，绝不存在一丝挟恩图报的可能。"

这个小姑娘真是脑子转得飞快，乔放之目瞪口呆。

贺显金急切发问："如此，您看成吗？"

乔放之回过神来，笑言："这个交换，好似掌柜的吃亏啊。"

商贾嘛，不占便宜就是亏。这可比一开始的提议，弱势多了。贺显金笑着摇摇头："不亏不亏。只要您准许我们在本子上加印一句话，我们就完全不吃亏。"

"一句话？"乔放之重复。

贺显金笑眯眯地点点头，确认："一句话。"

乔放之见这小姑娘迅速找回场子，一副胸有成竹、老神在在的样子，便不由自主地看向乔徽。乔徽回敬老爹一个大大的呵欠，含义丰富："一早同您说了，陈记这位新掌柜脑子灵得很，满头都是赚钱。你说她奸吧，人也受教听劝，不想占别人便宜；你说她不奸吧，她偏偏什么好处又都得尽了。"

乔放之觉得自己疯了，竟然从儿子一个平平无奇的呵欠里，解读出这么多字。

此事敲定后，贺显金放松许多，与乔放之你来我往又探讨了一番，多是围绕"商道""民道"来谈，乔放之是理论学说派，书本经验丰富，引经据典，从范蠡到沈万三，从漕运盐道到酒酿赋税，侃侃而谈，一听便知他对商道绝无轻视之意，相反，还颇有几分看重与看好。

在如此时代，非常难得。身为正经八股出仕的读书人，不辱商贾已是大善。贺显金商贾出身，自小耳濡目染，如今又有几手实践经验，属于理论学说派加实战体验派，言语间又时时捧着乔放之，二人一唱一和，聊得十分投契。

一个问："商贾赚钱，究竟为何？"

自然不能答赚钱是为了白玉为堂金作马，对于这种哲学问题，贺显金决定以空对空："往大来说，为苍生大众。"

乔放之笑："那你往小了说。"

这个问题，其实换种问法，就是"为什么要发展商业"。在重农抑商的时代，这个问题十分超前。贺显金也笑："为给伙计发月例，为给官衙交房租，为给朝廷交赋税，为有钱购买其他行业、其他商号的货物，为不断投入成本、将自家货品做得更好……"

乔放之眯着眼听，隔了一会儿方点点头。不知不觉便过了吃晌午的时间，乔放之意犹未尽地放贺显金去吃饭："乔徽，你和二郎带贺掌柜去用饭，老夫还要再想想。"

陈笈方怔愣。一出门，陈笈方与乔徽温声耳语："饭堂多是读书人，贺掌柜是女流，唯恐不便？"

乔徽笑道："无妨！女流就不吃饭了？今日贺掌柜来谈生意，只是客人罢了，二郎，你未免保护太过！"

乔徽语带促狭，陈笺方"轰"的一声热气上头，急忙转头看贺显金，却见小姑娘正埋着头，步子跨得极大地快速向东去，见他们没跟上，便转头大声招呼："愣着干吗？回去也没饭了。事儿还多咧！早吃完早干活！"

陈笺方弯起唇角，上头的热气尽数褪去。保护？保护什么？这姑娘眼里除了活儿和赚银子，压根就没别的事儿啊。

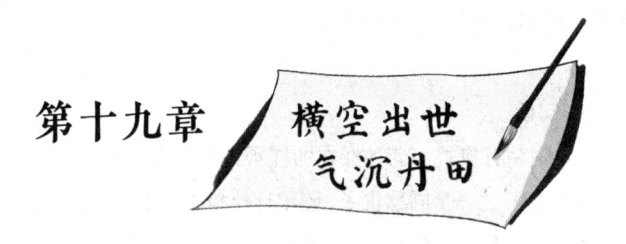

第十九章 横空出世 气沉丹田

十日后，陈记出品的描红字帖正式上市。

青城山院，小童杜君宁怯生生地拿出才到手的描红字帖，一翻开，便见自己的字儿被印在了每一行田字格的正中间，不觉赧然而自豪。再闭着眼，用指腹小心翼翼地触摸纸张，感知到宣纸柔韧的触感，不由激动得红了眼眶。

一传十，十传百，陈记新出的描红本终于传到了乔放之的手上，他打开一看，扉页印着一句话："陈记出品——青城山院的选择。"

"青城山院的选择"，这七个字被放大，放大，再放大。乔放之脑门落下一滴汗，这位贺掌柜，还真是不遗余力地要把陈记和青城山院死死捆绑起来呢！

描红本一出世，许多家有开蒙小学生的人家蜂拥而至，多是母亲带着儿子，二十出头的妇人牵着四五岁的小瓜皮头，后面跟着婆子丫鬟，四五个人浩浩荡荡，就为给家里小祖宗买描红本。有些妇人就冲着青城山院的名头去，拿着描红本，要贺显金拿个准话："掌柜的，您家这本子，确是青城山院专用？"

贺显金笑道："瞧您说的，陈记在泾县起家快三代人了，乡里乡亲的，还能骗您不成？"随手翻开一本，指着头行头排的印字，笑眯眯道，"这字儿还是青城山院新进的童生写的呢！"

妇人凑过来看，有些激动："青城山院也收童生？我原以为只有可冲击院试的准秀才公才能进去念书！"

"自是真的。"贺显金笑着点头，垂眸看了眼妇人身边懵懵懂懂的瓜皮头，不禁笑得真挚，"青城山院招收的小童皆由乔山长亲自掌眼，择优录取，天赋才学极为顶尖，方可提前入读青城山院。"

懵懵懂懂的瓜皮头，啥也没听懂，眨巴眨巴眼，跟条小狗似的，冲着贺显金咧嘴笑，露出灿烂的笑脸。贺显金克制住捏他小脸蛋子的冲动，心里赞了句小狗蛋子真可爱，扭头就不讲武德地给他妈洗脑："小公子用了青城山院认定的描红本，说不准也能被提前招录，从此好风凭借力，送他上青云，成为咱们泾县头一份的状元公！"

想了想，又加了一句："小公子四五岁了吧？"

妇人忙点头："四岁半了！月前延请了村头李秀才刚开蒙！"

贺显金高深地点点头："年纪不小了，人家乔山长的公子考中解元时，也不过十五岁。留给小公子的时间不多了！"

妇人被贺显金不负责任的忽悠砸晕，一低头好像看到了自家瓜皮头顶大红花、腰缠金围腰，鲜衣怒马衣锦还乡的样子，再听贺显金语，紧迫感油然而生，一咬牙一跺脚，手往柜台上一拍："买！给我上一百册描红本！"

再转头看向小瓜皮蛋子："咱每天写三百个大字，听到没！"

华夏上下五千年，鸡娃之心永不变。这话小瓜皮听懂了，小嘴向下一撇，瞬间崩溃大哭。贺显金一脸慈爱，一边打算盘，一边哄小瓜皮蛋子："哎哟哟，小可怜见的，等再大些，来姨姨家里买大纸噢！到时候学经论讲义呀，一篇文章是好几千字呢——姨姨家的纸都给小公子留着咧！"

小瓜皮哭得更大声了。周二狗正从作坊出来摆货，听了一耳朵自家掌柜的恶趣味，向后默默退了一步。吓人咧！掌柜的，这样吓小孩，是要遭报应的啊！

也有不是拖儿带崽来买描红本的，比如，什么热闹都凑、兜里银子在抖，大名鼎鼎的张文博，也下了一百本描红的单。

贺显金无法理解，再三提醒他："这是给小童练字的。"

博儿淡然点头："我知道。"

贺显金再道："你已经在青城山院求学了，不需要沾山院的书气。"

博儿淡定得如老僧入定："我晓得。"

贺显金失笑："那你买来干啥！"

博儿斜睨贺显金一眼："我乐意，我愿意，我有钱。"

贺显金不知道怎么说，于是狠狠地宰了博儿一笔，顺带给他力推了当初孙顺来找碴，她让锁儿拿出来放在铺子里却一直卖不出去的三四刀纸，张文博乐呵呵地照单全收。

等陈笺方下学，贺显金一边吃红枣玛瑙糕，一边把这奇事说给陈笺方听。哪知陈笺方抿唇笑起来，清咳两声后，告诉贺显金别在意："当初他赢下的那张六丈宣，有人想花二十两买入，他一直怕你亏本，这是支持陈记来了。"

自上次六丈宣出世，许多人来陈记询问，贺显金一律婉拒，只推说静待下一次陈记放出"盲袋"。谁都能买到的东西，还算好东西吗？货物的珍贵是要造势的，谁来造势？还不是卖东西的人。对于亲爱的博儿的忧虑，贺显金表示很感动，同时很气愤——天王老子亏本，她都不会亏！

描红本的销路比预想的好，趁开春，各个学堂、私塾开学，基本上一天能卖三四百本，贺显金又给小曹村下了三千本的订单，吃完张妈做的爱心晚餐，饭后遛弯去一趟印刷作坊，鼓励鼓励连夜赶工赶得鼻歪眼斜的老板。

印刷作坊老板姓尚，白胖胖，矮墩墩，像根矮桩子。如他所姓，为人非常上道。每次贺显金去，就给贺显金塞两本先头印刷的古早言情狗血小说。这老板也聪明，塞小说只塞上部，留着中部和下部等着贺显金去要。

贺显金追更追得抓耳挠腮去要下半部时，尚老板便顺势哭诉："印不完，根本印不完！昨天通宵达旦印了五百本！今天又送五百本来！您看看——"

尚老板伸出手来，一双胖爪子被墨染得跟坨炭似的，委屈巴巴："老夫以前保养得可好了，每天还偷偷敷内子的薏仁水！现在，您看看！您自己看看！"

贺显金背着手笑眯眯："没生意您急，有生意您也急。如今开春，私塾、书院刚过完年节，正开门大吉，收了不少刚启蒙的小童。等过小半年，小童们慢慢入门，不需要描红画字，咱手上生意也就没这么满了，您又该伸出手问小儿我——您看您看！没生意做了呢，我的手都被饿瘦了！"

尚老板仰着头哈哈笑起来，他是真喜欢这小姑娘，随时随地一张笑脸乐呵呵，不急也不缓，再大事儿放她手上，也能轻飘飘地过。前头赶工时，他一个伙计手被铡刀刮了，右手硬生生被刮掉一大块肉，血淌到印刷刻版上，满作坊都被吓得不知所措，既被满眼的红血吓蒙，又怕这伙计断了右手，丧了养家糊口的出路。

就这小姑娘，镇定自若又麻利干脆地撕开袖口，把衣裳搓成绳，先把这伙计右手死死缠起来，再拿上银两，吩咐两个伙计一人抬手、一人抬脚，飞奔去善药堂。处理完后，紧赶慢赶去这伙计家，当即放下十两银子，对那伙计的老母和妻子孩子说了几句话："你们放心，你们当家的是在上工时伤的，一百两银子也治，五百两银子也治，只要大夫说需要什么，陈记就给什么。若右手真保不住，陈记也会聘他，挑柴担水、打杂烧火，他能干啥，陈记就聘他干啥，保他终生都有活儿干。"

寥寥数语，却像喂了一大颗定心丸到这群惶恐不安的女人嘴里。阿弥陀佛，那伙计万幸手上没事，吃了药养几天就能出工，算是桩小事故。

可谁不称赞，陈记这事儿办得妥善，办得熨帖啊！后来那伙计还旁敲侧击地来问他，能不能想想办法把他塞到陈记做活儿？莫名其妙被挖墙脚的尚老板却一点不气，别说伙计，他自己都想把自己塞到陈记去！

当什么老板！担惊受怕的，求爹爹告奶奶找生意，找不到生意就发不出工钱，继续求爹爹告奶奶。简直是个死循环。

跟着陈记干，可不一样了。他老尚这半辈子，就风光过两次，一次是儿子考上秀才公，他拿着真金白银帮儿子在县衙捐了个胥吏做事，说出去也是官家的名头，够有面儿；第二次就是现在了，天天做不完的活儿，赚不完的钱，压根不需要他操心生意儿来，生意自己飞到碗里来。

等等？他的儿子？老尚摸摸自己的肥肚子，眯着眼看了看陈记这个小姑娘。

肤白发黑，唇红齿白，最乖的就是那双眼睛，不算很大却很漂亮，眼角微微上挑，两层眼皮子窄窄，却很深，眼神亮得很，一看主意就大。他没法儿把自己塞进去，但……

老尚嘿嘿笑起来，拍拍肚子，像拍西瓜，漫不经心地问："老夫听说，陈三爷待贺掌柜很是不错，如亲父亲女？"

贺显金正拿着本刚印出来的描红本看，对着光，因纸张厚实，压根看不透，遂满意地点点头，听尚老板问话，笑着颔首："三爷对我没话说，否则偌大个泾县作坊，也不至于小儿当家。"

老尚再眯眯眼，老神感怀："三爷是个敞亮人，很有成算，也聪明，老夫一直想和他喝壶酒。"

有成算？也聪明？陈敷吗？

贺显金眼神怪异地看向尚老板，愣愣道："那我帮您约一场？"

尚老板笑着摆手："不劳烦贺掌柜，下回老夫自己约。"

贺显金挠挠头，甚是莫名其妙。刚出门，一摸随身的深绛色布袋子，里面两本薄薄的书，又嘿嘿嘿地高兴起来。尚老板人真好，自个儿都忙得脚不沾地了，还记得给她送精神食粮呢！

遛弯回铺子，天黑黢黢的，东北边一钩弯月，零星星辰，贺显金驻足欣赏阵天际美景后，方抬脚进店。如今客流多起来，贺显金招呼周二狗和几只腿部挂件把店铺摆出来的斗柜与纸张都归纳归纳，好给客人腾地方。

周二狗肩扛斗柜，撑起腰，看门口一个黑影鬼鬼祟祟探出头，不由怒喝一声："谁在那儿！"

周二狗气沉丹田，一声怒吼，铁山都得震一震。贺显金抬眸，墙上黑影一抖，随即从拐角瑟缩着走出一个弓背含胸的妇人。

妇人衣着朴素，不，已经不能算作朴素了，是贫寒。二月倒春寒，这妇人穿着麻布夹衫，肩头和袖口都打着与衣裳同色的补丁，约莫是头一回来纸行这种地方，整个人恨不能缩成弓背河虾，却努力挺直脊背："恁是陈记不？俺、俺找贺、贺掌柜……"

贺显金探头看去，妇人身后还跟着个七八岁的小童，她右手紧紧牵着小童，努力挺直的脊背是作为母亲给稚儿最后的尊严。周二狗一愣，深恨自己不是人，没事吓唬孤儿寡母作甚？属于半夜回想，都会坐起来扇自己一个耳光的地步。

贺显金不赞同地看了周二狗一眼，笑着高声应声"是欸"，双手在腰间的围兜利落擦了擦，笑意盈盈地迎上去："是陈记纸行，您先坐！"

店铺里收拾出来块空地，正好摆放四方桌与四张梨花木杌凳，凳子旁摆了一盆郁郁葱葱的翠竹，一张三脚高几，高几上的花斛是亮白釉双耳贯瓶，里面插着几株亮黄色的迎春花，算是店里正儿八经的待客区。妇人局促地随锁儿往里走，看这桌子凳子，再看那竹子瓷器，瞬时不敢坐下，只紧紧牵着小儿，靠在椅背后站着。

贺显金与她站在一处，自然地为其斟了壶茶，双手递过去："夜深了，怕您不好睡，没煮浓茶，只撒了几片茶叶，放了点蜂蜜，您尝尝看，喝得惯吗？"

妇人肩头有鲜红的染料，再看袖口，更是青色、黑色、靛色混合，束裙下的裤边还湿着，多半是从染坊下了工直接过来的。

贺显金怕她没吃晚饭，冲点蜂蜜水，好歹能垫一垫。妇人下意识摆手："不、不了！"

贺显金不强劝，笑着将茶盅放到桌子上："您是来买纸？还是找人？"

说到正事，妇人把身后的小童一把扯出来，嘴角抿得紧紧的，一边把小童往前推，一边结结巴巴说："俺、俺们，是来给陈记掌柜道谢的……"

贺显金一愣。妇人连忙道："俺儿在青城山院念、念书。昨天拿了一本看上去就贼拉贵的纸本子回来，我以为是他偷的，狠狠地抽了他一顿……后来他说是为陈记纸行写、写啥开蒙模板，纸行给他发的报酬……"

"小揪儿不懂，俺们懂。小揪儿的字儿丑，不值钱；陈记的纸好，值老钱。这是陈记在做善事咧，"妇人戳了把小童的后背肉，低声提醒，"给掌柜的道谢！"

被妇人推到人前的小童低着头，双手背在身后，耳朵尖都是红的，嘴上嗫嚅："君宁谢谢掌柜……"

说着便撩起衫子，拱起双手，朝贺显金深深地鞠了三个躬，动作快得很，贺显金避都避不开。贺显金不禁哑然，她只是当作生意在做，当作业绩在刷，满脑子都是借此机会，要把陈记和青城山院的关系扣在一起。若说真君子，当属乔山长，真正慈悲有大善之人，也是乔山长，他真正站在弱者的立场思考问题，真正愿意以弱者的自由为边界。

而她……贺显金苦笑，她只是一个生意人，实在当不起这三个鞠躬。贺显金掩饰似的将一丝不苟的鬓发挽到耳后，赶忙将小童子扶起，有种冒领奖赏的窘迫："您实在多礼，不过一本描红，怎当得起小童生的福礼致谢？若当真要谢，去谢乔山长吧，是山长准允陈记将'青城山院'四个大字印在本子上，才有了童生们如今的描红本……"

妇人一愣，随即坚定地摇头："不不不——乔山长是善人，您也是善人！出了真金白银的人，怎么不是善人了？"

非常朴素的善恶观，贺显金不知如何作答。

妇人笑了，十分感慨："别的不说，这还是小揪儿头一回用这么好的纸写字，普通的纸已经很贵了，十张八文钱，还得凑够一百张才卖！青城山院给娃饭吃，给衣穿，也配写东西的家伙，可练字写字哪有定数嘎？墨水儿还能兑稀点，笔岔毛儿了也能将就将就，就这纸没办法。小揪儿就去沙土上练，拿树杈子当笔，练完一地，把沙秃噜平整再练……"

妇人蹲着比了个手势："就那么蹲着，屁股沟子翘起来，这么小的娃娃头，墩子上的肉都硬了，每天趴在俺腿上，让俺给他屁股沟子揉散结……"娘亲说话不文雅，被暴露屁股沟子梆硬的杜君宁，面红耳赤地扯扯老娘衣袖，示意其务必注意影响。妇人扭头抹了把眼角，又迅速转了回来，抽抽鼻头，"真得谢恁！真得谢谢恁！"

贺显金心间好像有张厚厚的石壁，被蛰虫般的无措与仓皇，一点点啃噬。她轻轻叹了一口气，拿起桌上那盏蜂蜜水，还好，还温热着，随即异常执拗地递到妇人手上："您的谢，我受了——您还没吃饭吧？您先喝点甜的，肚子舒服些，哪日白天，我再请您正经喝杯茶。"

贺显金还想继续说，却见拐角处出现一个清瘦颀长的身影。

"又在赶工？"来人是陈笺方，多半见陈记铺子上灯还亮着，便进来问一嘴。

贺显金答："快打烊了。青城山院的小师弟到铺子上来认认门。"

杜君宁一听陈笺方的声音，猛地抬头，小小的眼睛大大的崇拜，怯生生道："您是陈举子吗？"

陈笺方眼神落在小萝卜头身上，舒朗笑道："是我。"又问，"可是宫甲班的师弟？"

杜君宁连忙点头。陈笺方笑得和蔼："我记得今日宫甲班学的是《开蒙六记》？夫子特布置下好几篇抄默，小师弟课业做完了吗？夫子好像同我说，明日会抽查？"

杜君宁面色一变，惨叫一声，当即拉住老娘的手，匆匆忙忙地给贺显金和陈笺方行了礼，便捂住梆硬的屁股墩往外冲。贺显金笑起来，这小狗屁蛋子，作业都没做完就来致谢噢？真是不务正业欸！

陈笺方也笑了笑，颇有些天朗气清的意味，朝贺显金轻声道："走吧，天儿太晚了，小心三叔又来捉人。"

每次加班，陈敷来捉人时，就是贺显金最丢脸的时刻。赫赫有名的贺掌柜，被便宜爹拎着脖子骂，活像只没啄到米粒的小鸡崽，非常不利于贺显金在铺子上威信的树立。贺显金便把柜台收拾收拾，又叮嘱了周二狗两句，便从门口拎了个灯笼跟在陈笺方身后打卡下班。

谁知脚刚跨出门槛，天际处便淅淅沥沥地落起了小雨。贺显金预备回去拿伞，陈笺方从门后取出一把青布油纸伞，抬起下颌，清清淡淡示意："走吧，不过百十米路，几步就到了。"

贺显金想了想是这个道理，两把伞，还得拿两个灯笼，累得慌，便弯着腰，钻到陈笺方的伞下。春雨不重，雨滴如落英砸在油纸之上，散出清脆又响亮的声音。伞下二人，并肩而行，却相隔甚远，贺显金低头看了看陈笺方距离自己两个拳头宽的胳膊，不由默了默，和女子同打一把伞，对于未来的士大夫，想必很是煎熬吧？贺显金默默向外靠了一步。

"他们是来道谢的？"陈笺方开口，声音比春雨更温润。

贺显金点点头，一声苦笑："我实在受之有愧。"

陈笺方了解内情，一瞬之间便明白了贺显金的意思，低垂眼眸，隔了一会儿方道："无论如何，你确实做了好事，他也该谢一谢。"

陈笺方顿了顿，语气怅然："杜家确实困难，杜君宁的父亲原是青城山院考出去的秀才，本是乡试的种子，却因一场风寒丢了性命，留下孤儿寡母在世上讨生活，杜家宗族吞了他们的祭田，又收了杜秀才留下来的房舍，杜家婶子娘家离得远，又顾念杜君宁要在山院读书，便硬撑着一口气留在了泾县，日子很是艰难。其实今日，你可以送一些纸给他们……"

贺显金头摇得像拨浪鼓："不可送！不可送！"

想起杜君宁他娘肩上的染料印子，右手指腹的厚茧子，贺显金轻声道："她是个极为要强的女子，宁肯去染坊和男人争饭吃，又怎会接受旁人无端的馈赠？"

陈笺方唇角抿了抿，低了低头，不知在想什么。雨好像下得渐大了，贺显金埋下头，将目光探出伞下，看见一串一串沿着伞檐往下砸的雨珠。

她好像终于有了些实感，先前，无论是想办法离开孙氏的辖制，还是在泾县卖纸做纸，她似乎都只是游离在外，观察着这一切。今晚，杜家婶子朴素的感谢，小童儿三个踏实的鞠躬，却让她陡然生出确是画中人之感。

从铺子到老宅的路不长，但陈笺方刻意走得很慢，贺显金也未曾察觉，甚至伸出手去，轻轻触碰了伞檐处滴落的雨水。灯笼的光，氤氲在路面不大的水潭上，晃动着，将自己折射成天上的月。贺显金轻轻叹了一口气。

陈笺方侧眸："怎的了？"

贺显金怅然道："下雨，我们有伞。"

但，他们没有。杜君宁没有，被两个哥哥打得腿肿面红的王三锁没有，曾经那个身份尴尬，被扔在后宅院里的贺显金，也没有。

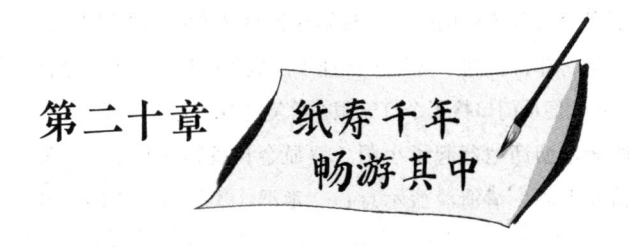

第二十章 纸寿千年 畅游其中

是夜。春天的夜，雨水摸黑而来，夜愈深，雨珠在青瓦灰墙上跳跃愈欢快。陈家老宅，最里进的院子种着一棵经年的樱桃树，深绿蜷曲的叶子包裹着弱小的白花骨朵，枝叶繁茂的残影映照在窗棂油布纸上。

四方桌上点亮一盏油灯，灯影的焰尖跳动，陈笺方手一抖，墨水砸在他最喜欢的云母净皮熟宣上，润墨如雨滴砸落泥泞，墨迹一层一层铺叠而去。陈笺方望着那滴墨水，发愣出神，轻轻一闭眼，黑暗中却浮现出今夜青石小巷中少女清冷明晰的眉眼，与轻摊开在油纸伞下那只细长瘦削的手。

陈笺方将未习完的功课轻轻卷起，沉默一阵，终是蘸墨下笔，将眼前无法抹去的画面落在纸上。纸寿千年，而人的记忆短暂且易变。

三月的泾县，是陈记的泾县。描红本风靡一时，基本上凡是家有开蒙小童的，必备陈记与青城山院联名描红本；凡是人来客往，送礼送情，笔墨纸砚里总会放一本陈记描红本。故而，贺显金采用记单式排单，先接大单再顾散单，并紧急对锁儿和董管事开展销售话术集训。

"若有人来买五十个描红本，但此时店里单子排满，抽不出来，咱们怎么说？"

锁儿积极举手："不好意思客官，咱们现在没有，要不您再等等？"

董管事想了想，觉得锁儿面面俱到，捋了捋头顶三根毛，表示赞成。贺显金摇摇食指，连连摇头:"不不不,你们要说:不好意思亲,仓库会按照订单顺序发货,早拍早发出噢。"

董管事把头顶的毛顺到另一边,在小本子上勤恳记下:顾左右而言他,反正不给明确时间。

贺显金再问:"那如果顾客十天前就定了一百本描红,但咱们一直没有交货怎么办?"

这题董管事抢答:"老夫建议先诚恳致歉,继而催促库房,尽早妥善交货。咱们是百年老店,切不可忽悠欺瞒,否则是自砸招牌。"

贺显金把食指摇成钟摆:"不不不。咱们应当立刻向顾客建议退回全款,并提出补偿,补偿嘛,一般来个二十文、五十文则可。"

董管事恍然大悟。他们又不缺生意,没必要每一单业务都抓住。再说,一般人听到全额退还,还有相应补偿,等待货品的怒火早就消退干净了,下回指不定还想着来陈记买纸。单子丢了,回头客却没丢,不过用几十文钱,就维系住了一个顾客,这可是最划算的生意。董管事听得醍醐灌顶,深以为然地在小本本上记下:围魏救赵,干大事不惜小费者也。

贺显金又传授了一些"嗯嗯嗯,您的需求小儿都了解,小儿必定立刻催促"、"理解您着急的心情,您交付全款后,小儿帮您备注优先"、"是是是,咱们是预售制,预售制就是您先下单子付款,咱们出凭证,起等十天出货"等缺德话术。

陈记描红本一本难求,许多人透过与之相熟的人来陈记加塞。陈左娘特来过一趟,面色通红,语气支支吾吾:"就想问一问咱们店里可还有描红本的货?县衙新招了一批胥吏,文书上倒是通,字儿却还要再练一练。"

县衙的生意!贺显金脊背一挺,这可不敢松懈:"县衙要买描红本?"

陈左娘温婉低头,手轻轻将散落在耳畔的几根发丝别到耳后,声音又柔又轻:"倒也不是买,只想问问看,咱们家里有无作废的瑕疵品。这些做得不好的货卖不了,又占地方,倒不如都送到县衙去,总也是条路子。"

送到县太爷门下的,怎么可能是瑕疵品,这摆明了是县衙想免费征收陈记描红本嘛。描红本一本五十文,六品衙门如今月俸不过七石半的粮,换算成白银,一月收入不过七两五钱银子,一百本描红本就是五千文,这就划去五两银子了,钱也不少了,一个县衙里外就这么多进项,增加一处出项,就是在放大成本,压缩自我得利。伸手向商家要,多方便,啥也不用出,还送货上门呢。

贺显金对这则"潜规则"认账,只是好奇这事儿怎么由陈左娘说出口,先吩咐周二狗晚上趁夜黑挑两挑子送到县衙去,再笑着问陈左娘:"是七叔祖托你来带这话吗?"

陈左娘头往衣领口一埋,脸红如飞霞,嘴上嗫嚅:"倒、倒也不是。"

身边的丫鬟快人快语,笑盈盈地揭秘:"您忘了咱们的大姑爷是泾县县丞崔大人啦?"

前头上元节看灯时,陈右说过一嘴,贺显金想起来了,便笑问:"咱们这位崔县丞几时来提的亲呀?怎的不见七叔祖邀我们去吃酒观礼去?这场酒可不能省咧!"

陈左娘脸色白了白,先斥身边的丫鬟:"绿枝,你也太无规矩了,嘴上话不过脑!"又同贺显金解释:"还没来提亲,只是他说了一嘴,我听了,便记在心头了,若是有作废的本子咱就送,若是没有也不强求,左右官府归官府,陈家归陈家,他们总不能吃白食。"

还没提亲？贺显金有些意外。上次听陈右娘说，这门亲事，还是希望之星他爹走马上任成都知府时定下的呢。这一晃都过去几年了？她记得陈左娘还比她大两岁。

陈左娘从袖中取出绢帕，掩饰般擦了擦嘴角，没看贺显金眼睛，语声依旧温柔："金姐儿，描红本的事情，你费心些，我便先走了，给你带了些绿豆糕，你忙起来好歹吃一个，垫垫肚子。"

相当于，陈左娘用自己的脸面和陈家的付出，讨好一直没来提亲的"崔大人"。贺显金看了看桌子上的绿豆糕，再看看左娘柔和到极点的背影，心里有些想骂人。

陈左娘刚走，张文博又来了，是来帮他爹茶庄上的管事走后门的，在贺显金柜台下面硬薅出五本描红本，表情十分得意："我如今在我爹面前可有面儿了，他都搞不到的东西，我竟然能搞到，前有六丈宣，后有描红本。等季末考评成绩出来，我爹的戒尺必定手下留情！"

真是卑微的愿望，咱就不能奋发图强，争取不挨这顿打吗？贺显金笑着给他斟了杯茶，又上了两碟张妈做的白玉芙蓉糕。自从店铺里待客区拾掇好，张文博最喜欢坐这儿，店里忙时，他就靠在摇摇椅上名曰看书，实为补眠；店里不忙时，就同贺显金或董管事或锁儿闲聊打屁。

张文博说："店里纸香安神，睡得，哦不，书读得比其他地方好些。"

贺显金眼珠子一动，脑子里过了一长串想法。既然描红本都能当硬通货用了，贺显金想了想，熬更守夜地守住尚老板，生抠出三百本描红册，让周二狗往青城山院送去。乔山长人情往来，必定比博儿多啊！

隔天，从青城山院送来一本折成三叠的小折子，贺显金打开来看，原是乔山长亲作的文章《商道浩荡行者至论》，洋洋洒洒快四千字，贺显金脑袋抠大也有些看不明白。那文章折册下还单起一行，落了字："山院珠玑楼藏书一千八百余册，皆期贺当家闲时面述。"

文章折册里压着一张"青城山院乙字"书封，是邀请她可去山院的藏书阁看书的意思！陈家当然也有书，藏书阁就在里进院子，旁边就是陈家的宗族祠堂，陈家藏书阁里面书不多，都是什么《纸谱》《天工开物》《开蒙六学》等大路货，专业性不强，多样性也不大，顶天不过五六十本，不过，在民间已算是很丰富的藏书了。

尚老板那儿书倒是多，可营养成分还是单一了点。贺显金拿着这张条子，心里有些激动。有些事的原相原貌还得从书中去找，比如地理交通，比如风土人情，比如一些基础制度，运输、银制、官制、科举制等，这些内容，通过陈敷也好，店里人也好，日常的交流，是没办法窥探全貌的，而乔放之给了她通往新世界的钥匙。

贺显金特意将"青城山院乙字"书封送到裱装铺子去，糊了两层，还特意封了边，做了漆木卷筒，很是珍重。乔山长亲作的那册《商道浩荡行者至论》，贺显金挑灯夜读也没看完，基本上，算是读读睡睡睡睡读读，根本扛不过前三列。

生僻字不多，但凑在一起，贺显金连猜带蒙也想象不出个大概，许是引经据典过多，一个字都包含许多层意思，或许是人名，或许是地名，或许是特定代指某一个东西。比如一个小小的"诚"字，可表示"果真"，也可表示"诚恳"，还可表示"如果"，最没武德的，就有个男配角的名字叫作"诚"。

索性翻到最后一页，落款是宝元。乔宝元？乔山长叫乔宝元？贺显金表情有些怪异，如同吞了只蟑螂。"宝元"这名听起来好像跟乔山长那副仙风道骨的模样，不太搭啊，颇像仙子下凡，卖起了糖炒栗子。

贺显金默默将卷宗收起来，准备去青城山院时一并带过去。

晌午时分，陈笺方教完扫盲班，喉咙干，站在柜台前喝了口小丫鬟提前凉好的茶水，正好一抬头便见贺显金垂着头，正拿脚踢店子门口的门槛，像头正犯蹶子的驴，脾性也像。

"怎么了？"陈笺方赶紧将茶水咽下，不自觉笑起来，将教本放进布袋，站到青瓦灰墙下。

贺显金扬了扬手里的卷筒："乔山长给了张乙字书封，告诉我能去藏书阁借书，可请您带我去？"

陈笺方略诧异。青城山院的书封分为乙丙丁三等，没有甲等。皆因乔师称天字一号才称甲等，他是人杰，最高定个乙等即可，故而青城山院的书封最高即为乙等。

也就是说，乔师把书院最高权限开给了贺显金。不过也是，乔师素来不讲求性别、门第、宗族之别，开山十余年，桃李遍天下，信奉的心学几乎主导南直隶官场，自青城山院学成的学生，考上两榜进士不过寻常，考到二甲前十名的，几乎每一届春闱都有一两个，目前最高做到六部侍郎，假以时日，入阁拜相也只是机遇问题。

其中许多都是寒门学子，贺显金身世微弱，处境尴尬，乔师怜惜抬爱，也并非奇事。陈笺方颔首，微微侧身让出一条道，示意贺显金先行，随后跟上，笑道："乔师偏颇，我的书封是丙等，你却是乙等。"

贺显金笑起来："是吗？许是因我不用参加科举吧！总不能给你开了个乙等，给其他学生开丙等吧。咱们赛道不一样！"

少女神态坦荡，一个字一个字跟打弹弓似的往外冲，似乎无论她说什么都真心实意又令人信服。陈笺方不由失笑，不急不缓地跟在贺显金身后，保持着和贺显金一样的脚步节奏，却十分有分寸，距离不近不远，正好三步。

刚进青城山院，便有学生急急忙忙来寻陈笺方："商乙班的夫子晌午吃多了酒，正抱着恭桶大吐呢。山长请您去顶一顶！"

钟声敲了三下，该上课了。陈笺方看了眼贺显金，贺显金很理解，赶紧朝他摆摆手："快去吧！上课了夫子没在，学生们恐怕变成没如来佛镇压的孙猴子！"

陈笺方又被轻易逗笑，先轻声嘱咐贺显金："一直向西走，拐过一片柏树林，再走百来步，便可见一座三层草屋，到了便将书封拿给守门人看。第一楼是经义，第二楼是史书，第三楼是子集与各色杂书，你可直接上三楼。"

贺显金连连点头，表示绝不拖他后腿。交代清楚，陈笺方一边同来人了解情况，一边步履匆匆往书馆赶："上一课讲到哪里了？《楚辞》和《诗文评》？屈原可讲了？"

贺显金照着陈笺方的话往前走，亮了书封，倒让守门人惊了一惊，细细盘查了贺显金的来由，又认真扫了她一眼，这确实不是山院里的学生，便又问了句："你是姑娘吧？"

一个"吧"字，彻底摧毁贺显金对自己相貌的自信。这位守门人，怀疑她是个男的？贺显金低头看了看身上屎壳郎色的夹袄。衣裳颜色虽然丑了点，但至少看得出来，这是一条裙子吧？

"乔叔，让她进去吧。"声音明显憋笑。

贺显金一扭头，就见乔徽双手插兜，斜靠在门廊处，面部明显因憋笑而抽搐："她确是乙等，我爹亲手签的。我做证。"

贺显金念及乔徽那记老拳，先道谢："一直未正经同您说声谢，"又想到自己算计乔徽的那只盲袋，再致歉，"您那只盲袋……"

乔徽把头扭过去了，一副"被算计丢脸的事，就先别提了好吧"的神态，贺显金笑着住口，转口道："总之，也谢您给了六丈宣重见天日的机会！"

乔徽这才重新把头转回来。贺显金笑得真挚，颇有些一笑泯恩仇的意味。守门人放贺显金进去，贺显金提步往二楼去。二楼是史书，乔徽欣赏地点点头："以史明鉴，以史明智，不错的选择。"

然后就看到贺显金连抽几本书，《说文解字》《字汇》《集韵》。乔徽心想，他高估这姑娘了，以为看《资治通鉴》呢，结果人还在认字阶段。

草屋布置得十分有野趣，一层楼几十个木架子并列，四周摆放几张四方桌和机凳，窗外挂着一排竹篱笆栏，栏子里好似随手塞了几把泥，再从山上挖了几簇野草充作装饰。贺显金选了一个靠近窗棂的位置坐下，掏出芦管笔、小砚台与裁装到位的"草稿本"，打开乔山长亲笔所作的卷宗，一个字一个字对照着翻看《说文解字》挨个儿释意。

乔徽选了一张与贺显金相邻的桌子，待看清贺显金掏出的卷宗名字后，微微一愣。他爹让贺显金批正他的经义卷子？

一下午，二人无话，贺显金做文言文翻译题极为专注，乔徽半晌找不到说话的由头，便索性挑了本书，一会儿倒也认真真真地看下去了。这篇经义洋洋洒洒四千余字，经对照释义，更是浩浩荡荡几大篇。贺显金握着芦管笔，埋头刷刷写，隔了一会儿将释义出的整段话通读一遍，芦管笔头点在额角做思考状，又埋头批注了一大段话。一炷香燃尽，贺显金起身从茶壶里倒了一杯热水，提起水壶问乔徽："您要喝点水吗？"

乔徽正口渴，眼睛黏在书上，便伸了个青釉茶盏过去。贺显金低头一看，茶盏里漂着枸杞、红枣、薏仁和莲子，既美白又湿润还清热，养生三件套齐活儿了。再看乔徽刀削似锋利的下颌，宽阔舒朗的额头，不由被这猛男反差萌逗笑："您要不要还加点冰糖？冰糖清热润肺，也是个好东西。"

乔徽眼睛这才从书上离开。他就不爱喝茶怎么了？跟喝药有什么区别？偏生文人奉行喝茶，谁喝茶谁是文雅人，有些学生为合群，早上一杯浓茶，中午一杯浓茶，晚上一杯浓茶，提没提神先不说，他深觉此人快被浓茶腌入味了。

他偏不。他想喝啥就喝啥，谁也别管。乔徽面不改色心不跳，一笑露出白生生的牙："那敢情好，您尽可放！我就爱喝口甜的！"

贺显金哈哈笑起来，单手拎茶壶给他冲了半盏热水，递到乔徽面前："那我记着，下回给您带上。"

乔徽总算找到说话的由头，一边翻书，一边故作漫不经心地开口："那个描红本……"

贺显金抬头看他。乔徽清清嗓门："你那个描红本，考虑用更便宜的竹纸吗？其实很多书生练字，并不拘于用什么纸，用什么墨。能有一张纸写字，对他们而言，就是万万幸。像博儿一样不知疾苦的乡绅少爷，在读书人里自然占多数，可也有许多出身贫寒的小户子弟，他们自起跑，就输了很长一截。"乔徽不看书，便恭恭敬敬地把书合上，又自嘲似的笑一笑，"这个建议由我说出口，或许属实讽刺。"

出身清流名门，清贵世家，他自然无经济之烦恼，他没有这些烦恼，不代表他不知道。青城山院的书生有乔家庇护，真正有才学之人，自然无需为经济生活担忧。但那些青城山院看不到的地方呢？如果学习只能是有钱人的游戏，那么，寒门之子还能通过什么方式走出来？乔徽承认，就像他不爱喝茶爱喝甜水，他向来反骨另类。但，他好像在眼前这位贺掌柜身上，看到了同样的反骨和隐藏在市侩里的那腔孤勇。

贺显金神情变得严肃。乔徽却一仰头，双手背在脑后，表情恢复往日的漫不经心和意气风发："我只是希望那些人能和我站在同一条起跑线上出发，公公正正地比一场罢了！吾之戏言，仅作参考，仅作参考啊！"

贺显金表情松动。窗外的杂草被风吹动，贺显金的鼻尖轻嗅，不由蹙眉，她怎么闻到了若有若无的梅子酒味？

风也将贺显金案头的卷宗吹动。乔徽挑眉远看，隐约看到这姑娘写了长长一段批注："笔者大善，达则兼济天下，不那么达，则能济几个是几个，此为商道。"

陆陆续续有学生进来茅屋，看到贺显金，反应大抵相似，先是一愣，接着脸皮一红，顺势拿书挡住脸，作出一副正气凛然且生人勿近的样子。知道的，晓得她是在山院的藏书阁，不知道的，还以为她落进男学生的盘丝洞了。

钟声再响三下，茅屋藏书里的人越来越多，饶是贺显金脸皮够厚、见识够广，也略微抵挡不住男学生们若有若无的目光，再低头看看卷宗，四千多字的经义，也得给点学习时间吧？左右有书封，无事就能来，贺显金索性阖上卷宗，预备走了。

乔徽看了眼被重新郑重装裱的卷宗，心头大为熨帖，压低声音道："你看的什么？"

四周都静静的，贺显金也放轻声音："山长给我的指点。"

乔徽掩饰住嘴角的笑意："那你觉得写得怎么样？"

贺显金大窘，这很难评啊。乔山长可是探花郎，她算个什么屎壳郎？

乔徽轻咳一声，蹙眉正经道："有一说一即可，不骄方能师人之长，而自成其学……"

贺显金本已站起身来，却被乔徽喊住，又听他噼里啪啦说一通，周遭男学生的目光像交缠的蛛网，企图网住她这只屎壳郎。贺显金本来准备草草戴个高帽就赶紧跑，低头看了眼这折成三叠的卷宗。乔山长写了那么多字,甚至还特意送到她手上,让她看看,若她随意奉承,岂非辜负山长一片心意?

贺显金想了想,还是决定遵从内心,低声道:"文章很好,文采华丽,用字精准,结构清晰,却有一点……"

贺显金顿了顿,乔徽"嗯?"了一声。

贺显金笑起来,眸光明媚坦诚,笑意抵达眼底:"既是议商,那么说一千道一万,其实就是钱的事儿。文章里,好似对'银子'的概念略有局限。"

说白了,这篇文章写得很好,引经据典、字字珠玑,将商道从古至今的延展解释得非常清晰,但这就是篇纯理论文章,只通天线,不接地气,从实践而言,没什么大的指导意义。特别是对于贺显金这种,手上过生意,实打实赚过银子的真家子来说,这篇文章的观赏性大于实用性。相当于你告诉她一道好菜是什么时候出现的、历经几朝流传、有多少人为这道菜吟诗作赋,你就是没告诉她,这道菜应该怎么炒。归根结底,根源在于,写文章者对钱没什么概念。

这也是上位者,或是读书人的通病。文章里清清楚楚写了,一贯钱能买几刀纸,能买一方砚台,能买数本古籍,却不清楚一贯钱能买三石米、十几壶豆油,半扇猪还能附赠一对腰子和一盆血。商,不仅仅是上层人的商,也是下里巴人的商。一篇论"商"的文章,应该把两极都考虑进去才对。

贺显金点到即止,却觉自己僭越,同乔徽笑了笑:"小儿愚见,不足挂齿!"一边说一边收拾东西,又抽了两本书,凭借书封顺利借出。

姑娘的背影纤细挺拔,完全配得上那张明朗漂亮的脸。待背影完全消失时,盘丝洞男学生,齐齐长呼一口气。乔徽紧抿嘴角,脑中细细思索贺显金话意。

有好事者终于探头问乔徽:"乔大解元,这姑娘衣衫虽不出彩,相貌却是顶尖,是哪家的姑娘?怎么到咱们山院看书来着?是你表妹?堂妹?表姐?堂姐?表姨?小姨?"

快把年轻女眷的亲属关系猜完了。乔徽收回目光,挑眉,言简意赅道:"是你姑奶奶。"

贺显金出山院,西边的天燃起火烧云,霞光万丈,店子里,两个读书人打扮的中年男子正拿着描红本与董管事细问:"这格子,像是用红墨印的?墨水晕上去,两种颜色岂不是染在一起了?"

董管事笑眯眯地解释:"您尽可放心,这红墨是精挑细选过的,干了便干了,就算泼一盆水上去也晕不了。"

中年人对视一眼,笑起来:"只知陈记造纸工艺精巧,不知印刷、印染也有所涉猎?"

董管事笑道:"您过奖!术业有专攻,印刷一项,自有其他……"

"董管事!"贺显金将布袋子在柜台下放好后,高声打断董管事的后话,三步并作两步走,走到二人身侧,笑着把董管事支开,"李师傅好似一直在寻您,您要不进去看看?"

董管事一愣,见贺显金神容,随即立刻称是,抬步往后院作坊走去。贺显金接手,目光微不可见地扫视两个中年人。麻青色直缀长衫,松江府的布料,不甚名贵,确实是读书人常穿的,脚下皆蹬一双宽口青布鞋,鞋面很新,与直缀长衫像是同一匹布上裁下来的。

这一身是新行头。贺显金收回目光,笑盈盈地顺着董管事的话往下介绍:"您若是担心这描红本纸张和用墨会晕染,便一定将心放回肚子里去。咱们这册描红本一天七八百本地向外卖,若是不好,早就被人打上门了!"

贺显金将描红本翻开,让二人摸材质:"您摸摸这纸,用的是什么材质,我就不过多赘述了,大家伙都是懂行的,若不是好东西,我们怎么敢八张四尺宣裁断缝成描红本,卖出五十文的价?"

二人顺着贺显金的话,上手摸。其中一个连连点头:"夹连熟宣适合做描红本,韧劲大,又厚……"另一个忙胳膊肘撞过去。

贺显金如未耳闻,低头整理斗柜上摆放的纸张。二人又问了半天,多半是些技术上的问题,比如多久能做出一百本描红本,是在泾县找的印刷作坊吗,裁剪装订一本描红本需要多少时间、多少人手。贺显金皆顾左右而言他,看似啥都答了,实则没一句干货——"这个时间并不固定,若有空就多做一些,没空就少做一些。"

"泾县的印刷作坊还不错,隔壁淮安府的印刷作坊也有些真东西。"

"这个也无定数,有时三五天,有时六七天,有时需两三人,有时一个人也可。"

两个人磨磨蹭蹭地在店里东看看西看看,最后一人买了一本描红本走。锁儿向来不背后出人言语,很是个坦荡直白的小姑娘,也被那二人气得脸色涨红:"逗人玩吗?绕着掌柜的陪了一下午,问了八百个问题,结果就买了两个本子!"

贺显金心里有数,那两人一走就派周二狗紧随其后盯梢。过了一阵,周二狗回来,便也气得一佛升天、二佛出窍:"我跟着那两人,拐了三条街,两个街角,你猜他最后进了哪儿?"

"其他的纸行。"贺显金搬了账册,一边打算盘算账,一边漫不经心地回周二狗的话,"让我猜猜,是福顺纸行,还是宋记纸行?我猜是宋记,他们家和我们家一向不对付,如今我们描红本卖得如日中天,他们家又怎么舍得不来分一杯羹?"

周二狗往地上狠狠"啐"一口,恶狠狠道:"不要脸的东西!竟来打探消息!"

贺显金未抬眸,语气平静:"随地吐口水,罚十文钱。狗爷,你在店里存的那半吊钱,早因你写错字扣完了,如今加上这十文,你还倒欠店里十八文。我给您抹个零,算您倒欠店里二十文得了。"

周二狗悲愤,不仅悲愤,还委屈。他就一粗人,千辛万苦学写字不算,还不准他吐口水!那他怎么粗暴地表示愤怒?写首诗谴责宋记?周二狗怒目而视,贺显金丝毫不为所动,噼里啪啦打算盘,隔了一会儿,周二狗默默拿出帕子,蹲下身把地上擦干净。

李三顺默默把头别过去。没骨气的东西!看他多有记性,第一次因为吐口水被罚钱以后,就再也不在店里吐口水了呢!董管事一拍大腿,"哎哟"一声,恍然大悟:"怪不得那两个一进来就问东问西,什么都想知道!就差直接问咱们这东西怎么做的,本钱几何,销量几何……"

董管事向来以将近退休的标准要求自己,不主动惹事,对人对事皆平和宽容,如今却气狠了,头顶三根毛都立起来了:"不要脸!真是不要脸!他们是不是想学做我们的描红本?"董管事怒目圆瞪,压力给到贺显金,"金姐儿,我们岂能坐以待毙!"

贺显金还在算账。如今她彻底整顿了泾县铺子上的收支,用的就是当初震慑住瞿老夫人的四角账,收支借贷完全分开,且每日做流水,做到现银日结,逢五十即为整,一旦卖出五十两银子便打包存入公账中,基本不再拿出来使用。

董管事是经年的老伙计,就像教他算盘一样,这种收账记账方式,贺显金教了两遍,董管事自己做了三天,便已彻底上手,一本账簿做得规范又好打理。

贺显金没费多少工夫,便将年前年后的收支算了总数。两三个月的时间,借"盲袋"与描红本,陈记狠赚了好几笔,如今的纯收入在六百两上下,除却小曹村与尚老板下一次的结余,账面上还能剩三百余两的现银。

贺显金长长舒了一口气,笑了笑:"咋办?咱们没办法。描红本这种东西,不似六丈宣、八丈宣,手上有就有,没有就没有。描红本技术不复杂,找好印刷作坊,做起来非常简单,宋记若有心,最多十天,就能推一批描红本上市售卖。"

这个闷亏,不吃也得吃。董管事气得喉咙吹哨:"那就随他们乱搞?!"

贺显金笑着摇摇头:"那自然不行。他要出阴招,咱们就搞阳谋,干死他。"

果然如贺显金所料,不到十日,宋记纸行就推出了依样画葫芦的描红本,同样的田字格,同样的四尺宣,裁断缝订在一起,同样八张四尺宣凑成一本描红本,唯一不同的是,宋记卖四十五文,比陈记家的少五文。

董管事自告奋勇地换了身平日决计不穿的绛红色直裰衲衣,前面系上两根豆绿色的带子,看起来是个很鲜艳精神的成熟番茄,还自带两根藤。

"他们决计认不出我来。"董管事如是说道。

贺显金迟疑着点点头,认肯定是认不出,但应该从此就记住了,并且再难忘怀。锁儿愣愣地问出了贺显金含在喉咙的疑问:"董爷,您这身衣裳,是平日就备下的吗?"否则怎么会出现得这么及时又合身?

老头子脸色一变,贺显金一口笑闷在胸口。糟糕,好像发现董管事特殊的爱好了!

宋记离得不远,加之董管事憋着一口差点泄密的气,脚步如飞,贺显金感觉自己低头翻一翻《说文解字》的工夫,译了两个字,再一抬头,番茄,哦不,董管事就回来了。

贺显金拿在手里看了看,又摸了摸纸张,肯定道:"这纸,用得比我们好。"

陈记用的夹连熟宣,算是中档偏下的纸,单卖的话,一刀大概在四百文的价格,一张纸算来四文钱,加上尚老板与小曹村的工费,陈记描红本的成本在四十文上下,利润则在十文出头,比起如丈宣、洒金或桃花笺之类的高档纸,单笔利润非常低,做的是走量的生意。宋记用了更好的纸,抬高了成本,却压低了总价,算是变相地通过压低盈利来争抢市场。

同类产品的后来者出现时,第一反应基本是打价格战,通过压缩自我空间,来挤压对手生存空间,实现恶意竞争。和贺显金一开始预料的,基本一致。

贺显金将宋记的描红本阖上，漫不经心地扔在柜台上，又重新翻开《说文解字》，争取今天将那卷卷宗的最后一段译出来。

董管事紧张问："如何？"

贺显金一边对《说文解字》，一边回答董管事："两条路，一是不动声色地等待，宋记一本册子的利润绝对不会超过五文钱，我们有小曹村托底，除了描红本，还能有其他利润高的进项拉低扯矮，他们就算加班加点，甚至聘请零工，也会被这区区五文的利润缠住脚步。他们干到后面，就会发现得不偿失，自然会开始转向，咱们继续稳如泰山，可谓不战而屈人之兵。"

打价格战，除非家大业大，名下有其他能够弥补利润的产业，否则根本打不长，打到最后多半是个"死"字，跟他耗着，就能把他耗死。董管事一听就明白了，蹙眉道："可若是宋记借势做其他生意呢？谁到纸行来，也不会只为了买两本描红啊！"

不愧是经年的老家儿。贺显金赞赏地看了董管事一眼，真是个经验丰富的番茄！董管事继续道："是啊，泾县就做这个的，南直隶其他府县慕名来买纸——慕谁的名？就怕宋记借这股势把名气做大了！咱们现如今倒是和福荣记、宋记三足鼎立，万一宋记成了气候，到时候提起宣城府泾县，皆知宋记不知陈记，咱们日子才难过！"

贺显金始终挂着笑，看不出半分惊慌。董管事想起前几日贺显金说的那番话，"他们要出阴招，咱们就搞阳谋，必要干死他们"，心慢慢定了下来，后背的汗也渐渐退去，好像在贺显金笃定话语的影响下，从心底里觉出这事儿压根就不是啥大事儿，总能有个解决的办法。他突然意识到，眼前这个年轻的小姑娘自来泾县，无论面对什么状况，从来没有抱怨过，一个字都没有。

这说起来容易，做起来却很难。是人就有情绪，有情绪就会宣之于口，宣之于口的话，多半就是抱怨。而这个小姑娘，面对陈六老爷搞出的一堆烂摊子，就一个字"干"，面对泾县的单薄财务，也就一个字"干"，面对坏脾气犟得像头牛的李三顺、冲动又一根筋的周二狗、游手好闲屁事不管的陈敷，她能全都拧起来，拧成一股绳，她负责掌舵，这群人自发地使劲儿。有金姐儿在，好像就很心安。董管事捋了捋头顶三根毛，笑起来："那咱们选第二条路？"

贺显金笑着笃定地点点头："自然是选第二条路。"

锁儿侍立一旁，看看董管事，再看看掌柜的，暗自给自己鼓劲儿，一定要干掉张妈，争当这店子里第三聪明人。

三月日头春光媚，过了上巳，踏青扫墓后，正月后未开工的书馆也陆陆续续开始洒扫敬文庙了。如青城山院这样云集了冲击院试与乡试的种子选手的书院，多在正月底开门读书，泾县所辖的三十二都里的蒙馆与家学，夫子崇旧仪，又懒散，多在三月初结束年休，开门读书。

秦广生，就是泾县辖内云岭镇上一家蒙馆的山长，他将开学时间定在了三月初四，正好是上巳节的后一天。清晨鸡刚叫，秦广生便睡眼惺忪地一边揉揉昨日爬山累得腰酸背痛的身体，一边趿着布鞋去开蒙馆的门锁。没一会儿，三十来个精神抖擞的垂髫童儿，从大门口的石板小路鱼贯而入。

"秦夫子好!"

"周子纯好!"

"秦夫子好!"

"钱小五好!"

"秦夫子好!"

"尚……"秦广生眼睛瞪大,瞌睡虫被敲醒,目瞪口呆,"尚老板?"

"秦夫子好呀!"尚老板胖乎乎的身影后,窜出一个灵活纤细的身影,是个穿着酱菜色短单袄、套了件青白短褶裙的姑娘。这姑娘脸上堆着笑,这笑抵达眼底,冲淡了眉眼间清冷的气息,看上去很是亲切。

尚老板乐呵呵地拱拱手作揖,先介绍秦广生:"这是咱们云岭蒙馆的山长兼任夫子,昭德四年的廪生,如今云岭镇上镇下十八个村,愿意读书的孩儿多半在此处开蒙。"再简短介绍贺显金,"这位是宣州府陈记纸业在泾县作坊的话事人,贺老板。"

再同秦广生作揖:"今日不告而来,实属叨扰,确有要事,也是好事,您若得闲,可否一叙?"

秦广生虽丈二和尚摸不着头脑,却先侧身朝内,高喊一声:"文娘!文娘!先带着小崽儿们背书,背《学而》篇,谁背不上,打了再说!"

再让开门,邀二人进屋,态度很是热情,一边带路,一边连声道:"吃什么酒馆!我说是你老尚钱多!文娘!文娘!中午加菜!加一碟云岭方片糕,再让王婆去市集杀条草鱼蛋子!鱼头剁下来,浇上茱萸、天椒和葱段、蒜头!"

许是瞌睡虫彻底跑了,秦广生越说越兴奋,又喊道:"文娘文娘!你再去打两壶好酒,我今日要跟老尚不醉不归!"

"文娘"终于现身。一个三十来岁的瘦削妇人腰上缠着围兜,一手拿菜刀,一手拿《论语》,极为彪悍地从木廊中窜出:"文什么文!娘什么娘!一大八白道'文娘'!老娘又管学生又管你,真是祖上八辈子埋错了坟!"待看清来人,文娘语气一下子变了,"原是尚老板来了!妾身即刻安排!"

变化之快,连滚带爬追不上。这两口子,为啥对尚老板这么热情?明明一个是院试考了第一等的廪生,一个是印刷作坊的老板,八竿子打不着的关系。

贺显金笑呵呵地跟在尚老板身后,进了正堂,坐在尚老板下首。秦广生亲自躬身给尚老板和贺显金斟茶倒水,一阵寒暄后,秦广生拂了拂宽袖,言归正传:"您有急事,提前修书一封送到蒙馆来即可,何必单跑一趟?"

再看尚老板旁边坐着的那位一直笑盈盈的贺老板,又笑:"贺老板,久仰大名!您新出的描红本,许多家里有读书郎的乡亲都来问过。原以为是个运筹帷幄的后生,却不知原是位年纪轻轻的女巾帼。"

尚老板顺势接话:"便是为此事来的!"

尚老板一顿,把话头自然地递给贺显金。贺显金笑道:"您客气,您见多识广,既听说陈记新出的描红本,便定知这描红本极为适合开蒙学童,也不知秦夫子可有兴趣为蒙馆中的学童儿推上一推?让这群小崽儿用上一用?"

秦广生不由苦笑:"您未免太看得起我们了,云岭镇小,读书郎虽多,可也只是因吹了南直隶颇盛的学风罢了,许多人家是砸锅卖铁供小儿上课读书。您这描红本,是青城山院那群骄子用的,咱这小地方,小童儿们家里就算有这个心,兜里也没揣这点钱啊。"

说话行事,倒没有读书人的酸腐气。贺显金心里思忖着,不由笑起来:"十文钱八张纸,难道也用不起?"

秦广生愕然,不由看向尚老板:"您莫诳我!"

贺显金从身侧的布兜里掏出两本描红册,双手递到秦广生手里:"左边那册是陈记先推出的描红本,五十文一本,用的夹连熟宣;右边这册,是小儿同您推荐的十文钱的描红本,用的是竹纸。因竹纸易洇墨,小儿特意未将描红纸装订成册,只作散卖,十文八张纸,一刀纸则卖一百一十文,每张纸中可习写的大字与夹连熟宣数量相同。"

秦广生目瞪口呆地摸上去。从纸张的品质来说,自然是夹连熟宣更好,这是常识,就算人不识货,那钱也识货啊!可十文钱,就能买到描红册?秦广生表情有些激动,就算是单买品质较差的竹纸,也要一张纸一文钱的价格,更何况,这还是印了格子的描红册。他是读书人,教书也教了快六七年头,陈记那描红本一出来,他就知道是个好东西,十分适合小儿练字,可这玩意儿,不是他们该用的啊!

秦广生有些激动:"您可当真?!"

"自是真的。"贺显金从兜里再掏出一张纸,递给秦广生,"且陈记还有一项规定——但凡用过陈记描红纸的,只要考上秀才公,无论在陈记买了多少本描红册,陈记都原数退还买金。"

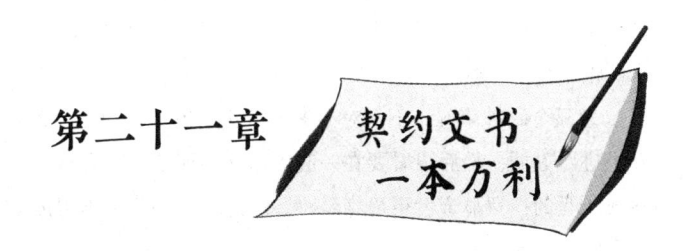

第二十一章　契约文书 一本万利

晌午,果然加了菜,一盘草鱼蛋子,鱼脑壳砍下来,连着鳃边的鱼脸肉,铺上满满一层茱萸、紫苏和剁椒,上大锅大火蒸熟,端下来后放上两枝绿麻椒和小葱段,拿热油一淋,香得人鼻子都要丢掉。鱼脑壳是主角,草鱼蛋子身上的肉是配角,被文娘片得薄薄的,扔到骨头熬成的鱼汤里,出锅时溅上两勺辣子油,吃完鱼肉再烫点红薯粉、萝卜和香椿叶子吃,极大程度地慰藉了贺显金无辣不欢的四川胃。

贺显金吃饱,尚老板喝足,秦广生夫妇陪着干了两大壶青梅酒,据说一壶就是一斤,文娘略显担忧:"你喝得烂醉,蒙生们下午……"

秦广生手一挥,扬起脸,半眯眼:"让他们自修!默《雍也》篇,默不到的,先打再说!"棍棒教育的忠实拥趸,您这蒙馆,还不如改名"先打再说"。贺显金喝口茶汤,自觉坐到小孩那桌。

过了响午,秦广生将二人送上骡车,双手扒在车沿上,下巴搁在手背上,歪着脑袋眨巴眼睛:"那咱们就说好啰!每个月我们蒙馆买三十刀描红竹纸,劳烦贺掌柜的每月初一送到官驿门口,我自派人去接噢!"

"是是是!说好了说好了!"贺显金连忙点头,又扬了扬手上的契书,"口说无凭,咱们契书在手,您就放心吧!"

秦广生兴奋地重重点头,一巴掌清脆地拍在骡子屁股:"驾!走啰!"

骡子受惊,尥个蹶子,贺显金随之身形一晃,赶忙抓住车辕。秀才公喝了酒,咋也跟凡人一样亢奋啊!

骡车摇摇晃晃地向相邻的桃花潭镇驶去,尚老板本是一副迷迷瞪瞪的样子,一上车眼神立刻清明,接过契书扫了一遍再还给贺显金,笑道:"陈记尚且愿意出便宜纸让利,我尚某人是不是也应压一压本钱,支持小贺老板呀?"

贺显金笑道:"没必要压您的本钱!"

这做的是抄底生意,陈记有小曹村托底,拉高扯矮都负担得起,尚老板摊子铺得不大,比起陈记,底气不足。贺显金衷心感谢:"您门路广,帮着陈记走关系,已是帮了大忙了,何必在经济成本上再做纠缠?"见尚老板还要开口说话,索性转了话头,"您和秦夫子的关系,倒是比小儿预料中更亲近呢!"

尚老板笑起来,弯腰压声:"秦夫子,说起来,小贺当家也熟悉。"

她咋熟?贺显金愕然。尚老板手指了指贺显金身旁的布袋,布袋边缘露出贺显金挑灯苦读的那本《那书生真俊》,尚老板笑眯眯:"这本子,就是秦夫子所作。当初他考院试时缺十来两置衣、买纸墨的盘缠,找上我来,我能咋办?我们就约定,我给付全书费,待他考完院试,再将全书文稿给我,印刷售卖所得,我八成,他两成,如此,他才将院试拉拉杂杂所需的十来两银子给凑齐整。"

贺显金眼神飘忽,不由对秦夫子肃然起敬。男女主因误会错过十八回,男主跳崖七回,女主逃跑五回,最后眼看要在一起了,女主死了,男主从悬崖失足落下的闹心话本,竟然是秦夫子写的!贺显金看得极度暴躁,一边骂,一边舍不得放下。秀才公的精神世界,怎么这么爱好虐人呀!

托了尚老板的福,一层关系连着一层关系,一个人介绍另一个人,十来天的工夫,贺显金带着锁儿和周二狗,跟着尚老板连跑了六七个镇,签下十来个蒙馆和四五个私塾,基本将泾县及周边村镇的蒙馆私塾全线拿下,定金都收了将近二十两,定下一个月六百刀描红竹纸。陈记库房现有竹纸,还有三千余刀,皆是陈六老爷和朱管事为了库房账面上数字好看,做出来充数的货。这批货,还能扛近半年的单子,给了小曹村极大的余地。

尚老板带着贺显金跑得意犹未尽，还想把业务拓展到隔壁的太平府去："过了这条弋江，对面就是太平府芜湖县，那里学风昌盛，纸业又不发达，其中，两个蒙馆的馆长和秦秀才是同科，咱们何不乘胜追击，一网打尽！"

还一网打尽。贺显金失笑："贪多嚼不烂！咱们多大个肚就喝多大碗醋，别眼睛大肚子小，手上接满单子，到时候却拿不出货。"贺显金望了一眼涓涓东流的弋江，颇为感慨道，"等咱们整理了泾县，整合了现有的人手和原料，什么芜湖县、太平府、南直隶，咱们的生意还有得做呢！"

小姑娘站在宽广河面旁，身后是葱茏交叠的山峦与晴朗澄澈的天空，说出的话不可谓不震撼，其中的志向不可谓不远大。尚老板在心里摇摇头，他那儿子配贺老板，就像蛤蟆配白鹤、蚱蜢配孔雀、武大郎配七仙女，纯属高攀！

尚老板想了想，旧事重提，但此次语气颇为坚定："小贺掌柜，老夫愿让利一个点，以此承接陈记从此以后的所有印刷业务。"

贺显金一愣。尚老板笑起来："照小老儿看，小贺老板这摊子只会越来越大，用生不如用熟，我们作坊如今虽只有三四台印机，却在整个泾县，谦逊点说，我们作坊不算第一，也算第二。且这是家传生意。若是业务需要，小老儿做主再买印机，再聘人手也十分便利。"

贺显金略有迟疑。泾县印刷业其实并不发达，全部承包给尚老板，一旦他交不出东西，陈记将非常被动。尚老板将贺显金的迟疑看在眼里，肥肥的脸上，透露出与之不匹配的狡黠，反问贺显金："您如今能吞掉泾县纸业吗？"

贺显金摇头："自是不能，福荣纸行和宋记虽暂时赶不上陈记，但皆紧追不舍……"

尚老板笑起来，两坨面颊肉顶起精明眼："但尚某人我，能将印刷行吃完。"

贺显金挑眉。尚老板笑道："如若陈记把印刷业务全权交予尚记，小老儿便舍了身家老本，将泾县吃得下的印刷行尽数吃下！"

意思是，只要陈记同意，尚记将不计成本地扩张版图，换个说法，尚记将风险担在了自己身上。一旦陈记的业务有任何风险，尚记将血本无归。

贺显金仍有迟疑。尚老板最后甩出重磅炸弹，笑得十分狡猾："小贺掌柜，你多聪明呀，你自己想想看，这是不是另一种垄断描红本业务的办法？"

贺显金怔愣之后，陡然醒转，描红本，除了需要纸还需要啥？是不是印刷？陈记如今能力不够，垄断不了纸行的生意，但如果换一种思路，他们把印刷业务垄断了，那谁还有办法大规模制作描红本啊。

贺显金面上稳重如山，眉梢眼角抬都没抬一下，让尚老板心里大赞。但贺显金内心却汹涌澎湃！

贺显金沉吟半晌，再抬头时，笑着同尚老板果断道："那就签吧，等回泾县后，我们去小稻香商议细则，我把三爷珍藏的梅子酒搬出来，陪您好好喝一场！"

尚老板心里长舒一口气，笑得眼睛眯成一条缝，叹了一声，连连摆手："我们还是喝枸杞银耳汤吧！你是小姑娘，一盏茶汤走天下，尚某人一把老骨头被你推到阵前，十天喝了十一场，实在喝不动了！"

贺显金抿嘴笑起来。骡车赶不快，骡子连奔十来天，累得后蹄子都快瞪不动了，堪堪卡在宵禁前夕进入泾县城池。骡子累，贺显金也累，将尚老板送到作坊后便回老宅，一走下骡车便觉腰酸背痛。

一下车，就见张妈从门口的矮杌凳上"腾"地站起来，一手帮锁儿拿东西，一手帮周二狗推箱子，嘴上也没闲着，声音直冲天灵盖："不是说五六天就回来吗！怎的一去去了十天？要我说，就该让董管事去，小姑娘家家跟着个别家的大爷四处走叫什么事？再不然，也得把我给带上才好，我是守寡的婆子，跟在一路倒没人敢说什么闲话……"絮絮叨叨，还以为是董管事在念经。

贺显金自动翻译张妈的话：我想你了。

贺显金笑着往里走。穿过影壁，里间热气腾腾的，张妈特意备了贺显金爱吃的辣豆腐油锅来接风洗尘，家里人都没吃饭，一直等着贺显金。陈敷斜靠在太师椅上，希望之星倒是一如既往地脊背挺直，十分端正。

贺显金大声招呼："三爷！"

陈敷大声回应："金姐儿！"

陈笺方低头掩住笑意，这不知道的，还以为是她西天取经，历经九九八十一难艰难而归。陈家向来没有"食不言寝不语"的规矩，陈敷笑着问贺显金一路过去的趣事。

贺显金神情夸张，好像这一路专为游山玩水而去："云岭镇上的桃片和鱼好吃。官田湖区的桥有点意思，有座狮子桥，上面立着十八只小狮子，雕工绝佳，活灵活现。后来当地人告诉我，因这河名为虎澜河，暗流涌动，水势颇险，先前修了好几座桥，在汛期都被河水冲垮了。后来，便请了文殊菩萨的坐骑狮子来做镇兽……"

陈敷给贺显金夹了一块枞树菇，好奇地问："那当真有用？"

贺显金不喜欢吃菌菇，把枞树菇藏到饭碗最下方，先吃辣豆腐和茼蒿菜，笑道："有用！当真就没发生过险情了！然而我以为，前面的桥垮，全因用的料不好，工人不专心，后来这座狮子桥，是泾县官田湖区的名臣蔡悬出资主持修建的，下面人不敢糊弄，用料坚固、工人认真，这桥才没塌！至于什么文殊菩萨、狮虎相争，不过是当地主官为吸引游人搞的噱头哇！"

陈敷赶紧"嘘"一声："宁可信其有，不可信其无！"又赶紧拿筷子敲一敲木头桌面，"三清道长，无量天尊，小儿无知，口说大话，千万勿怪！"

贺显金很想提醒他，文殊菩萨是佛家的，三清道长是道家的，你咋用前朝的剑斩今朝的官儿？陈敷又给贺显金夹了一块枞树菇，提醒她："得吃！吃素本就选择少，若还挑食，这三年就别过了！"

贺显金默默把藏在饭里的另一块蘑菇翻出来，陈笺方低着头，静静地听，嘴角一直噙着笑。陈敷面色和煦地关怀完继女，余光扫到陈笺方，登时吹胡子瞪眼睛。明明张妈一早就把这崽子的饭备好了，偏生他今日回来得十分晚，张妈准备的饭菜全冷了，就只能大家一起吃晚饭了。

这厮,是不是特意等着和金姐儿抢食吃?特意给金姐儿买的枞树菇呢!这东西就只有三月和九月有,专门请小稻香找人帮忙进山挖的。

陈敷冷哼一声。陈笺方余光扫了眼自家三叔,心头颇有些莫名,又听一声冷哼,夹菜的手便抖了抖。既然贺姑娘不爱吃菌菇,陈笺方转手给自己夹起枞树菇。

这崽子是不是想故意气死他?一顿饭,陈敷吃得千疮百孔,既怜惜死在陈笺方嘴下的枞树菇,又暗恨金姐儿不识货,吃完了便心力交瘁地嚷着进屋休息了。

贺显金预备帮张妈收拾碗筷,张妈妈不耐烦:"去去去,你洗了我还得洗一遍。水给你放好了,干净衣裳也收拾好了,先去把一身尘气洗干净。"

该说不说,张妈照顾人是专业的,手脚麻利,做事干净,除了喜欢一边骂一边做,可谓完美。贺显金舒舒服服泡完澡,拿柳枝和牙粉认认真真漱了口,换了身干净的深绿色短袄和同色褶裙,再踩双暖和舒服的棉鞋,锁儿磨了墨,又铺开一张四尺的洒金堂纸,贺显金握着软毫,却不知从何下笔。

毕竟是长期契书,跟与蒙馆、私塾签的买卖合同不一样,也和小曹村签订的垄断合同不一样,和尚记印刷行签的这个契书,东西有点多。和私塾、蒙馆是买卖关系,银货两讫即可,和小曹村是外包关系,陈记是绝对甲方,而和尚老板是同盟,文书里一旦措辞不到位,后患无穷。

贺显金当然相信尚老板的人品,但她更相信金钱和时间的力量。亲兄弟合伙做生意,尚且可能争得个天昏地暗,何况她和尚老板?贺显金琢磨片刻后,收拾东西便往陈家藏书阁去。就算陈家的藏书不多,也总比自己一个人闭门造车要好,若在陈家实在找不到有用的参考文献,明日一早还能去青城山院临时抱佛脚。

陈家藏书阁旁有棵樱桃树,如今花开花谢,只留下蔫黄的花瓣。樱花好看,浓淡相宜又粉嫩清雅,贺显金一直对这类花很有好感,不无遗憾地嘟囔一句:"花期也太短了吧。"

"是你走得太久了。"游廊外,一人着素衣长衫,手提灯笼,缓步而来。

贺显金转过头去,见陈笺方步履平缓,已换下白日进学的长衫素衣,穿了一件看上去就很舒服暖和的绸袄,外披了件米黄直领罩衫。贺显金眼神落在他罩衫襟口处的盘扣上,请错客了,盘扣扣反了。莫不是有什么急事?

贺显金心头思忖,面上笑起来:"确实比预料中的时间要长些,原预备走五个镇,五六天就能回来,谁知到了云岭镇,秦夫子给了名帖介绍榔桥镇汪夫子,汪夫子又给了名帖去桃花潭镇找刘夫子,一个牵扯一个,这不日子就长了吗?"贺显金边说,边让出一条道,"这么晚了,到哪儿去呢?"

陈笺方沉稳开口:"去藏书阁,明日要考文章,今晚先去翻一翻《四书集注》。"又是个临时抱佛脚的!贺显金笑起来。

陈笺方再问:"贺姑娘也去藏书阁?"

贺显金笑着点头:"契约文书有些措辞不灵光,想再琢磨琢磨。"

陈笺方脸上始终挂着和煦的笑，迈步朝前走："契约文书？"

贺显金便将尚老板那一通神操作说了出来，陈笺方怔愣之后，语气十分感慨："故事半古之人，功必倍之，惟此时为然。找准方式方法，便可敢为人先、一本万利……"

贺显金笑起来："我们做生意的，做的就是个脑子。我不信陈记的纸和宋记的纸能有什么天差地别，做生意做到最后，拼的是谁脑子活、消息灵、胆子大，谁就赚钱。"

想起士大夫对商道的轻视，一来是商道兴盛，不可避免地会压缩农耕劳力，将对农林粮草等立国之本造成冲击。二来嘛，看传世故事就能看出，世人皆推崇"寒窗苦读十余载，一朝鱼跃龙门"的刻苦，不太赞同是"偏门左道"就轻易赚得铜臭银子的故事。归根结底，人们更看重"努力""勤奋"之类的后天美德，而非"聪慧""投机"之类的先天特质，若说到先天聪慧，总会跟上"伤仲永"一类叫人惋惜的结局。

二人一时无话，陈笺方将灯笼往上提了提，光正好照在二人身前的路上，没多时，二人便到了藏书阁，里间点了三盏罩着琉璃灯罩的油灯。灯光昏黄，不甚明亮，贺显金夜盲，扶着摆书的木架，眯着眼小心翼翼地凑拢看书封上的字。

小姑娘鼻尖都快挨上书皮了，陈笺方将灯笼尽力抬高，贺显金这才隐隐约约看得见几个字，在书架上抽了两本书，转头看见陈笺方手上空空如也。

陈笺方低声解释："我忘记了，我们家藏书阁里没有《四书集注》。"

贺显金看了眼这一个书架子就能放完的寥寥数十本书，这才多少本书？这都记不住，怎么考上举人的？嘿嘿，还希望之星呢！贺显金不由暗自下结论，看来希望之星一定背后十分勤奋，才能看上去毫不费力！

陈笺方自然听不见贺显金内心腹诽，尽职尽责地充当灯架子，跟在贺显金身后出了藏书阁，向外两步后，突然扬起头，指了指头顶不远处的深绿樱叶丛："快看，树顶上还有一两朵开得正艳的樱桃花。"

贺显金眯着眼，啥也看不到，陈笺方将灯笼高举过头顶，贺显金一下子眼前就亮起来，跟随他的目光看过去，两朵粉白剔透的小花儿藏在郁郁葱葱的树叶丛中，便笃定道："这两朵是等着我回来呢。"

陈笺方比先前笑得开怀："六月樱桃树也会结果，若你还要出门，我请张妈专为你攒一小盒冻在井口。"

贺显金想了想，笑道："直到年底都不出去了，贪多嚼不烂，咱们县城的生意都做不完，再远也没这个本事了！"

年底还要出去收料子，且一年出去跑两回，已经很痛快了。贺显金无比感恩陈家瞿老夫人的开明，陈敷的支持，铺子里伙计们立得起顶得住，尚老板十天二十场酒地舍命陪君子。但凡少了一样，她都没办法离开铺子半步。

贺显金抿了抿唇，未曾注意到，陈笺方听到答案后默默松了口长气。一连三日，他去铺子上讲课，都没见到贺显金，旁敲侧击问张妈，张妈只说贺显金出门做生意了，又问董管事，董管事目光如炬，直接笑眯眯地反问他："做掌柜的，出趟门办点差事实在常有，您找金姐儿可有急事？"

他是长房独子，她是三房的人；他在读书，她在管铺子；他以后要科举入仕，她以后却不知落在何处。他们如今唯一的交集，就是同住在一处宅子里，除此以外再无交点，他没什么立场对贺显金的去向刨根问底。陈笺方感到董管事头顶那三根毛都仿佛对他产生了怀疑，随口敷衍两句后，再不敢在董管事面前问起此事。

最后，还是三叔陈敷当了筛子。一日吃早餐，陈敷十分落拓地喝着燕窝粥，意兴阑珊，又担忧道："也不知金崽吃得好不好？好多镇上可没驿站的，也不知他们够不够聪明，索性短租个庄头好好休息……"

他才知，原来贺显金跟着水西大街东口的那位印刷行尚老板，跑遍泾县周边的镇上卖描红本去了，他终于松了一口气。他原以为，祖母将显金召回了宜州。

陈笺方借着黑暗，目光在贺显金面上转了一圈，少女的精神仍旧很饱满，可明显有哪里不一样了，开阔，放松，更明朗了。

陈笺方在黑暗中，勾起唇角，小声道："读万卷书不如行万里路，下回贺姑娘出远门，可多带一些人……"

贺显金大剌剌点头："我正有此意！下回出门，我要将李师傅、张妈都带上！还有三爷——他有只狗鼻子，找好吃的最厉害了！"

陈笺方心下无语，他竟输给了三叔，因为一只鼻子。陈笺方默默将灯笼提得高高的，含着笑，一路无话，将少女送到她逼仄狭小的门廊前。

第二日清早，贺显金睡了个大懒觉，总算将一连几日赶路的疲乏睡过去，刚迷迷瞪瞪坐起身来，便听张妈扯着嗓子在外间叫道："这是谁呀！怎的把书放在门廊口啊！也不怕半夜下雨！"

贺显金揉揉眼睛，张妈絮絮叨叨推门而入。贺显金接过张妈手上那本厚厚的书，书封上写着"大魏律会卷"几个大字。书里夹着东西，贺显金翻开，里面夹着一朵粉白剔透又瘦削明净的樱花干花。

这一页，正好在说些什么"凡买卖诸物两不和及贩鬻之徒，或买卖公平公正而在旁高下竞价，以相惑乱而取利者，笞四十"，是律法中关于商道的规定。写契书最好的参考，不就是律法吗？

贺显金将那朵干花拿了出来，放在鼻尖轻轻嗅了嗅，还有股淡淡的炭味，是昨晚用炭火高温烤制，新做成的吧？贺显金拿着那朵干花，神色间有些无措地看向张妈。

张妈蹙眉问道："咋的了？"

贺显金愣了愣，方迷迷糊糊开口："送姑娘花儿是什么意思呀？"不会是她想的那个意思吧？

张妈愣了愣，探过头看了贺显金手里的干花，了然笑道："噢，二郎做的干花！说是山院布置的课业，咱院子里的人都有，送了我一朵迎春花，送了锁儿一朵小小的桃花，连三爷和李师傅、周师傅几人都有。"

小小的樱花，静静地躺在贺显金骨节分明的手掌心中。贺显金略有怔忡，隔了一会儿，方舒口气，笑出来。还好还好，这要是真牵扯进去，瞿老夫人恐怕能把她嚼碎，和水吞了！贺显金把手中的干花重新夹回《大魏律会卷》，将这朵瘦削剔透的樱花当作日日伴在左右的书签吧。

干花有用，《大魏律会卷》这本大部头更有用。贺显金特意将其中涉及商贾的律法拿软毫誊抄下来，照着律法规定，草拟了一份两方协议，粗粗二十八项，笼统地规定了陈记、尚记各自的权利义务，其下又写了六十七小项阐述具体内容，主要是对双方进行约束，比如，陈记纸行所需印刷业务应全部交由尚记印刷行制作，以市场价格收费；再比如，尚记印刷行应在几年几月拓展有几台印机，可承接多少业务，并承诺在几年内不承接除陈记纸行以外纸行的印刷业务。

贺显金洋洋洒洒将契书草拟下来，读第一遍觉得面面俱到，自己没去学法真是法律界的重大损失，第二遍再看，觉得哪儿哪儿都有问题，自己没去学法，真是贺显金后退一小步，司法事业前进一大步。

最后，贺显金拿着打满补丁的契书去尚记印刷行。尚老板将契书拿得老远，眯着眼装模作样地看了片刻，便拿起笔"刷刷刷"签下自己大名，又从一堆木楔子模具下翻出覆了一层灰的印章摁在结尾。

"您仔细看了吗？"贺显金哭笑不得。

尚老板笑眯眯反问："小贺掌柜可会坑骗小老儿？"

贺显金失笑："那可说不准。"

尚老板笑起来，手拍在鼓鼓的肚子上，语气豁达："这人与人间，坑骗一次尚且可勉强交往，坑骗二次便要起戒备之心，坑骗三次便可挥刀斩往来、再不复从前。付出点代价，认清一个人，说起来，是小老儿赚了。"

归根结底，契约精神还是在考验人性。契书写得再天花乱坠、面面俱到，若官府衙门不给力，谁去强制履行赔偿义务？难道要苦主自己去？那这和没有契书又有何区别？

贺显金若有所思地点点头，回铺子上便提笔在乔山长那份《商道浩荡行者至论》心得批注上又加了一段："商利于民，若有负欠钱债等事，只许于所在官司陈告，提问发落。"

想了想，到底是拿上这满满当当的折纸又亲去了一趟青城山院。在出泾县之前，贺显金本着做作业的心态看策论、写批注，后来，一字一句翻下来，竟觉得这篇卷宗读起来还蛮有意思的，贺显金索性用软毫笔整理誊抄一份，认真装裱，打眼望过去很像那么回事。

"这是你写的？"乔放之双手背在身后，微微弯腰，翻阅贺显金呈递上来的批注心得，颇为惊讶。这得有四五千字吧？行文架构极有条理，其中，有针对宝元所写内容，提出的另类见解也有从宝元原稿发散开的一些畅想与建议，还有些明显是针对实际生活、买卖中存有的问题而想出的解决办法。

乔放之大惊，若非小贺掌柜亲手递给他，他绝对不相信这篇文章出自一位小姑娘之手！文字严谨、架构鲜明、论点突出，且有实例支撑，单从内容来看，这篇文章就算放到院试，甚至乡试考场上去，都能被点上。就算点不到第一等，却绝不会落第！

当然，肯定还存有许多问题，比如文章略显单薄，虽有实例支撑，但无典故出处；比如对现行法规略有生疏，有些一看便是笔者本人的猜想；再比如……

乔放之蹙眉头，将这三四页的稿子翻来覆去又看一遍，语气恨铁不成钢："怎么那么多错字？字儿也写得不好，软趴趴的，跟一群要死的河虾似的！没有一点风骨气度？"又问贺显金，"你二哥帮你看过没？"

贺显金正被训得一张脸涨得通红，被猛地这么一问，不由迟疑，什么二哥？

乔放之加重语气："二郎！笺方！"

贺显金方恍然大悟，原是从陈敷那里论的关系！贺显金忙摇摇头："倒是没有，二郎课业繁重，且这只是小儿拙见，厚颜呈递与您，只是因您递与小儿阅学的那篇策论实在叫人感触良多，小儿此文尚且不成气候，便未去叨扰二郎君……"

这就是篇读书笔记，交上来表明咱还算用功刻苦，学习习惯良好，是个五好拖油瓶。谁知道乔山长还真看了，不仅看了，还当着她面看完了！如同立处极刑！

见小姑娘脸红愧疚，乔放之默了默，长长的胡须扫了扫桌面，便将贺显金的课后作业收回到身后木抽屉里，神情淡淡地给个台阶下："这些问题，下次注意。"

下次注意？还有下次？贺显金的崩溃，在沉默中被缓慢消化。

乔放之将原稿卷宗与贺显金所作批注收好后，问起贺显金另一件事："听说陈记和几个镇上的私塾蒙馆签了描红本的长期契约？"

她这才回来一天，消息向来比脚程快。

和乔山长没什么好瞒的，贺显金点头："私塾蒙馆，初开蒙的小童较多，描红本比较适合他们。开蒙的小童并非人人家中富甲一方，故而陈记特意压低了成本，使用制作工艺更粗糙、制作周期更短的竹纸做散装描红本……"

又主动汇报："描红竹纸卖价是一百一十文一刀，若小童考取了秀才公，便将购买描红纸的钱财如数退还，利润虽不大，却走的是量，就出去这么十来天的工夫，就定出了六百余刀的货，算下来利润在……"

乔放之忙抬手止住了贺显金后话。乔放之先下定论，手撑在椅背上，沉吟半晌后，语声沉凝："读书这回事，本应众民皆习。往上追溯，战国秦皇起至魏晋两朝，认字读书者皆出身高门显贵，更毋提出仕入仕。至隋方有科举，慢慢发展，方有如今盛景，饶是如此，亦有许多身不由己者，因种种缘由，无法读书、认字、明理。"

乔放之轻轻一叹："单单笔、墨、纸、砚这四项，对农耕为生的小家庭而言，便是巨额负担，更不提学堂束脩、赶考盘缠。老夫潜心启学数十载，原怀有广纳天下之士、普济众生之理的心胸，却慢慢发现，人从书里乖，书却从钱里来。"乔放之笑了笑，好似自言自语，声如蚊蚋，"单单描红纸张的价格降下来，世道不变、观念不变、规则不变，做这些又有什么用？又有谁会在乎呢？"

贺显金低了低头，她突然想知道乔山长为何两度入仕又请辞，可当抬眼看到乔山长落寞感慨的神色时，她好像猜到什么，却又好像什么也没明白。

乔放之徐徐道来："从为何学，学什么，学以所用，学制为何，甚至考制如何，你想到哪儿写到哪儿，不过是咱们二人关上门读书，无需在意是否能够实现，也无需在意这样的文章在科考的评分会不会高，你只需要将你最真实的想法论述出来即可。"乔放之怕贺显金畏难，犹豫之下，还是再加了一句话，"刚才那篇文章虽写得像狗屎，但也算有形有神，并非毫无可取之处。"

贺显金眼神一亮，随即像喝了一碗热鸡汤似的，坚定点头。学术垃圾贺显金，重新披甲出征！乔放之又叮嘱了几句，打压中夹杂了一星半点的鼓励，便将贺显金放到茅草书屋借书，补充弹药去了。

乔师布置的《论学》文章没说什么时候交，贺显金就先暂时把这件事放在每天晚上泡脚之后再想，当务之急是协助尚老板完成统一泾县印刷行业的宏图大业。这项宏图大业，总共涉及六间小作坊，其中两间还是上阵父子兵，打虎亲兄弟，换句话说，整间作坊只有两个人、一台印机，规模之小，丝毫不具竞争力。

尚老板的收购并购计划，进行得十分顺利。对于生产力较强的印刷作坊，尚老板借鉴了贺显金对小曹村的做法，直接搞成甲乙方外包，用工作量砸人，对那两间规模较小的作坊，尚老板直接用钱砸人，涨价两倍买下对方的印机，让伙计们直接来尚记工作，基本算是散尽家财了。

贺显金见状，直接向尚记追订了一千刀的描红订单，并立刻付了七成的款项，极大程度缓解了尚老板的资金危机。这一切完成得非常快，快到许多人压根没有反应过来。

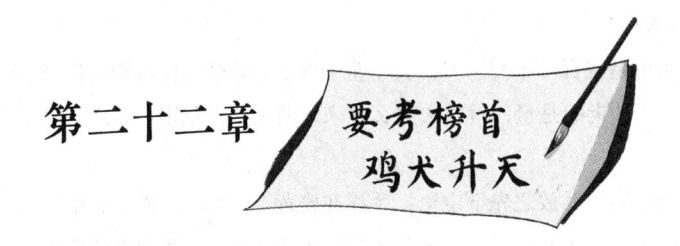

第二十二章　要考榜首　鸡犬升天

泾县水西大街东南角，宋记纸行的少东家宋白喜，正一嘴燎泡地用算筹算账目，二十根棍子摆弄来摆弄去，也没为宋记摆弄出超过二十两的盈余。

管事急匆匆地跑进来，张皇道："城南作坊说没办法印刷描红本了！"

宋白喜正低头专心摆弄算筹，听闻管事此言，囫囵点点头，却始终算不清楚——宋白喜算来算去，账本上的流水数目都挺好看的，但盈利与成本却是持平，意思就是没赚钱。他脑子里塞满事，耳朵边就像吹过一阵疾风，隔了半晌，这阵风才真正吹进耳朵里去。宋白喜停了手上的算筹，抬起头："城西的印刷作坊王老板呢？"

管事连连摆头，语声仓皇："城西的王老板、椰桥镇的崔老板、桥上村的周老板……全都做不了了！王老板与崔老板和尚记印刷行签了契约，如今工单排得满满当当，无暇顾及我们这一两百本的小单，周老板如今关了印刷行，回村买田置地，做田舍翁去了！"

宋白喜手上一抖："加钱！给王老板和崔老板加钱！一个本子加三文！"

再多，就是亏了。不过这个时候，亏了也得做！不做是大亏，做了是小亏，就看哪种方式亏得更少罢了！

管事哭丧着脸摇头："加钱也不做啊！我擅自将工钱加了四文，甚至说出若做得好，下一批货直接加五文的承诺，都不做。崔老板还嗤笑我……"管事深吸一口气，学那混账的语气，"你们宋记抠抠搜搜，十天做三百本，你猜猜从尚老板手指头缝里流出来的数是多少？十来天好几百刀纸呢！"

宋白喜一听这数量，脱口而出："怎么这么多！"

刚才只说没有印刷行帮宋记印田字格，管事脸上尚且还挂着一抹苦笑，如今说起陈记纸行干的大事，管事脸上面如灰土，半点斗志都没了："泾县九镇有八镇的蒙馆私塾都与陈记签了长期订购描红本的协议，前两日，陈记那位小贺掌柜拿着青城山院的乙字牌随意出入，被有心人看在眼里，咱们县城本地的学堂私塾也都主动找上了陈记要买描红本。"

管事再加了一句："陈记如今不卖高价描红本，只卖一刀一百一十文的零散竹纸描红纸，咱们店许多买描红本的客人也都在动摇……"

左不过是给刚开蒙的童儿练字描红，四十五文八张纸的精致描红本，还是一百一十文一百张纸的略有粗糙的描红纸，那些真正家底丰厚的当然不在乎，可还需计算着买纸的家庭，会选哪家，简直闭上眼睛都能想出来！

宋白喜抿抿嘴唇，脸色一下子变得煞白煞白的。他刚投了三千刀纸进去，刚把三千刀珊瑚桃笺裁剪成四四方方的描红本尺寸。若是没人接宋记的业务，若是没人买宋记的描红本，这些纸就只能被送到茅房当茅厕纸！当茅厕纸，可能都嫌小！

宋白喜张了张嘴，脑子里嗡嗡作响："我们库里的竹纸还有多少？"

管事神情慌张，什么时候了，还要跟在陈记屁股后面办事啊？

"少东家！"管事高声道。

宋白喜连连摆手，示意他别说了："要不咱们把库里的竹纸全都清理出来？有多少做多少！她卖一百多文，我们就卖不到一百文！都是同样的东西，哪个会不想要更便宜的？"

这怎么行？同样的办法，第一次用是天才，第二次用是庸才，第三次用就是蠢材了。再压利润，他们宋记还活得下去吗？岂不是贴钱赚吆喝？老管事急得脚趾都抓起来了！

自老东家过世后，这几间铺子就名正言顺地给了唯一的儿子，谁知少东家年纪太轻、脸皮太薄，醉心游山玩水和吃喝玩乐，很长一段时间，铺子上的生意一落千丈，维持住现状全靠先前老东家打下的底子。上回照抄陈记描红本的主意，也是他出的，虽不地道，但好歹叫铺子上的生意起死回生了一遭，还顺道清了一波库房的存纸，本想着薄利多销，慢慢把陈记挤出描红本生意，谁知如今又闹了这一出！

这可如何是好！管事双目通红地看着心急如焚的少东家，心一横、牙一咬。这法子贱是贱了点，可大敌当前也顾不得这么多了，若是要遭报应，就叫他来顶！左右少东家是纯良一张白纸，缺德事都叫他们这些伙计去做得了！

宋管事深深看了眼宋白喜，咬牙切齿道："少东家，陈记要玩这手，咱们家也不是孬种，陪她玩！咱斗不过陈家那妖婆，还斗不过这年纪轻轻的小贱蹄子了？这群女人，别的本事没有，旁门左道的偏方捞得倒是厉害！说到底，娘们儿能做出个什么大事！"

宋管事甩下这么一番话，又急匆匆地往外走。宋白喜愣乎乎地听，正准备拦，却拦不住。

又隔三日，贺显金自青城山院借书回来，在山院门口遇到希望之星，贺显金笑着同陈笺方颔首致意："怎的这么早就下学了？"

陈笺方往山院里看了眼，抿了抿唇没说话。孙顺昨日回山院了，据说左边眼眶仍有肿胀，眼珠子倒是无碍，若是有碍，恐怕就算是宝元，此事也无法善了。饶是如此，乔师也带着宝元去了趟滁州府，在孙顺父亲的茶楼里喝了两盏兰草香，此事才算揭过。

孙顺不敢动宝元，可不代表他不敢把账算在贺显金头上。这些话，陈笺方却不准备同贺显金说，只笑道："过几日县衙征用山院的地盘考院试，这几天下学都早，要为县里腾地方。"

贺显金"哦"了一声，提了布袋，迈步朝前走。陈笺方看了眼沉甸甸的布袋，里面显出好几本厚厚的大部头，便开口："重吗？要不给我提？"

贺显金特意把布袋子拎起，胳膊使劲，一小坨肌肉隐藏在屎壳郎色衣袄下，连连摇头："这点东西，也能叫沉？我早上练完八段锦，还要跟着董管事打一套打虎拳！"

原是上山打虎的女武松，失敬失敬，算他多嘴。

贺显金又说起乔山长布置下来的小论文："翻来翻去，史上论学的书和文章都多，先是将思维上的飞跃归功于鬼神：思之思之，又重思之，思之而不通，鬼神将通之；紧跟着又吹捧千功万刻骨：去尽皮方见肉，去尽肉方见骨，终骨方见髓，反正就跟人自身聪明不聪明没关系呗……"

贺显金一路絮絮叨叨说，话还没说完，刚拐过弯，便听铺子门口熙熙攘攘的人声："退钱退钱——"

"不用贱妾之女做的纸！"

"用了贱妾之女经手的贱纸，谁都考不上科举！啊呸！"

贺显金脸色一凛，止住了话头，脚下步履生风，见铺子门口围了七八个书生打扮的男人，正举着"退钱""退款"的木牌在大放厥词。李三顺带着周二狗和几个郑家腿部挂件，气得满面通红，双手抱胸站在门口挡路。董管事把锁儿挡在身后，一脸严肃地立于柜台之后。

大家都挺冷静的，贺显金放下心来。这种聚众闹事，最怕的就是矛盾被激发，惹事不怕，就怕自己人出血。

等等，贺显金微微眯了眼，定睛一看。铺子前举牌子闹事的男人堆里，还蹲着一个身影，原是亲爱的博儿。博儿正上蹿下跳地摆手斥责:"纸就是纸!纸没办法选自己出身,人难道就可以了吗?我们青城山院几位小童生就是用的陈记的描红本,课业好得很!小君宁上月月考,上上月月考,都是榜首!"

"这家掌柜,我认识!再没有人比她更聪明了!来来来!大家跟我一起喊!用了聪明人的纸,考榜首!用了聪明人的纸,考榜首!"

贺显金表情十分精彩,一下因那群混混无赖而满脸通红,一下又因博儿的全力相护而满怀欣慰。贺显金愣在原地,陈笺方看小姑娘呆呆的背影,再看看店子前那一排牛高马大的男人,心头顿生起一股无名火。

他好像能理解乔徽当初挥拳打人的心态。贺显金做错了什么?她什么也没有做错。她只是兢兢业业地做生意,从不缺斤少两,不滥竽充数,不以次充好,偏偏每每有人想要攻讦陈记时,首当其冲,便是拿她的身世做文章。

陈笺方将书院的布袋紧紧拎在手上,跨步向前,正欲开口,却听身旁的小姑娘高声道:"给他们退款!"贺显金三步并作两步走,走到门口,示意李三顺带着周二狗并几只腿部挂件先进去,周二狗颇为担忧,挂了眼门外。

贺显金安抚似的拍了拍门板,本是笑着,一转头却面无表情道:"诸位不就是退个描红本的银子吗?统共五十文钱的事儿,还专做了木牌子、邀了亲友弟兄来助阵……"

贺显金勾勾嘴唇,扯出一抹笑:"未免为虱子烧了旧棉袄——小题大做了吧!"

"你甭歪曲事实!"为首的中年人穿着一身直裰长衫,手快戳到贺显金鼻尖,"你就说!你是不是小娘生的!你娘是不是陈三爷的小妾!你是不是随了你娘的姓!"

贺显金的后槽牙咬得紧紧的,目不转睛地盯住这中年人,看着很眼熟。贺显金与董管事对视一眼,董管事朝她微微颔首,贺显金便知道自己的猜测没有错。

中年人被盯得发毛,手指头往后一缩,声音尖厉又虚张声势:"你一副要吃人的样子作甚!本就是这个道理啊!在陈记买纸的都是读书人,哪个读书人愿意买贱妾生的做的纸啊!呸!也不嫌脏!"

其余跟来的读书人打扮的人皆作附和。博儿急得挠后脑勺:"你你你——你胡说什么!买个纸,是不是要将别人八辈祖宗挖出来啊!"

中年书生极为倨傲地仰着头掉书袋:"如今圣人推崇理学,便可知宗族礼法不可乱也!你我皆为读书人,自知笔墨纸砚如何珍贵。这般珍贵之物,你我是否能接受出自一个父族不详的贱妾手中?!"

这倒是真的。万般皆下品,唯有读书高。这一人得道,鸡犬升天,连带着写东西的笔墨纸砚都变得风雅神圣,而贺显金的出身确实有些尴尬。

陈笺方向前踏一步,在贺显金意料之外开了口:"你只知圣人推崇理学,礼乐崩坏,你却不知圣人乃先皇第四子,当今太后乃先皇静妃,若如你所言,治下如今这海清河晏、盛世光年的圣人也是你口中的'庶出',你又意当如何?"

贺显金有些着急,走科举仕途的,当爱惜羽毛,不掺和进市井杂事,是第一准则。乔徽胆敢当街挥拳，不过是依仗出身清贵世家，他爹是大魏李刚。而希望之星有啥？唯一的倚仗，前段时间也被埋进了土里。

贺显金伸手，企图拦住希望之星，却见陈笺方意味不明地笑了笑，双手向东拱手作揖，姿态恭顺温驯，说出的话隐晦且充满威胁："您且说说，您姓甚名何？我虽不才，却也是正经过了乡试的举子，承朝廷免役、去税等恩德良多，您既瞧朝廷不起，那我等必定将你告到知府台前，与你好好分辩一二。"

为首中年人大惊失色，宫闱秘辛，他如何知道？怕是整个泾县都不知道当今圣人是皇几子，生母是什么位分吧？陈笺方此话一出，铺子门廊前众人哗然！

哗然的点，有些不同——这是举人老爷，且是面目俊朗、年轻挺拔的举人老爷！瞧瞧这挺直的脊背、如星辰的眼眸、如刀锋的眉目。活的举人老爷不好见，就算有青城山院，泾县满打满算也不过十来个举人，更何况山院里的都是些高岭之花，寻常不出山门，如这般站在大街上自曝身份，在相貌上又极为优越的举人公，可真是太少见了！物以稀为贵，何况这稀有叠加了漂亮这一优势，一时间围观群众都不太敢随声附和、感性吃瓜了。

也有胆子大点的围观女群众，心怀他意地扯着嗓门嚷："您是举人老爷吗？那且先问问您姓谁名何呀！"

陈笺方朝问方拱拱手："本人陈记纸行长房行二。"

"原来你就是陈二郎呀！"发问的少女咯咯笑起来，当即坚定地站在陈记立场，同仇敌忾地指责起中年人，"你莫不是见陈家出了个年纪轻轻的举人老爷，而你一把年纪还是个童生，心怀妒忌才搞了今天这一出吧！"

贺显金见这少女一张俏脸绯红，怀里揣着一条麻姑献寿的丝帕，穿着一件松江直梭布织成的袄子，袄子拿豆绿色的绸子滚边，头上簪了支虫草花缠丝金钗，一看便知是家里不缺钱的娇主儿。贺显金略别过眼去。

中年人脸色铁青，目光向东南角探了探，却见那东南角早已无人，便只能站在原处进退两难，终是开口挽回几分场子："不过是诡辩狡辩！反正陈记纸行的东西，我是不买了！谁爱买谁买！付的银子全都进了这贱妾的腰包！咱们寒窗苦读数十载，却成为礼乐崩坏的始作俑者，我倒要看看大家心里是安，还是不安！"便欲拂袖而去。

"您留步！"贺显金高声道，神情认真，"您若觉得用陈记的纸硌硬，我做主，给您尽数退款。"

中年人冷笑一声，眼珠子滴溜一转："那便也倒好！十本描红册，另有三刀珊瑚桃笺！我都要退！"

中年人站在门口等银子，贺显金低头拨弄算盘，抬头笑道："共计九两半钱银子。"又摊开手伸到中年人面前，"我退款，您退货，您要退的纸张呢？"

中年人一愣，随即道："自、自是在家！谁拿着几张纸四处跑！"

贺显金笑着点头，一副了然的样子："狗爷！"

周二狗面沉如水，跨步向前，双手抱胸，肱二头肌异常明显。

"劳您陪这位爷前去府上取一取用剩的纸张。"贺显金笑着环视一圈,"难得大家伙都在,也算有个见证。"

"岂有此理!"中年人一听要跟着回家,再看此人膀大腰圆、面黑眼黑,不由心头慌乱,高声道,"纸已经用完了,你叫我去找,我如何能找到?!"

贺显金笑意越深:"用完了?"顿了顿,给围观群众一个反应时间。

"用完了,您来退什么呀?只退钱,不退货呀?"贺显金笑得人畜无害,"您这主意还打得妙咧!东西用干净后,再做两张木牌子,集结几个听话的同窗去店家门口闹,闹一会儿便能得了赔的银子。这不就是嘴上抹白面——白吃白喝吗!"

周二狗在心里,默记自家掌柜这超水平发挥的歇后语。平时要做好积累,关键时刻才能灵活运用。读书人一张脸涨得通红,指着贺显金:"你你你——"

"你"半天也没"你"出个名堂。贺显金干脆不理他了,目光落在其他闹事的读书人身上:"你们呢?需要我们狗爷跟着上门一趟,把陈记出品的纸拿回来退现银吗?"

贺显金看到谁,谁就往后退一步,谁真买过陈记的纸啊?他们就是城东头那群为了不下田、借读书之名好吃好喝赖在家里受供奉的老童生。这回来出头,不过是因为宋记找上门来,请他们出山来演这么一场戏!宋记实在给得太多了。

为首那读书人面容扭曲,深感后悔。早知如此,宋记就是给八锭白银,他也不接这糟烂活儿了,平白讨了一顿骂!

"哼!你作践读书人,是会遭报应的!"老童生丢下这么句话,逃也似的走了。

围观群众,特别是女群众,三三两两地咬起耳朵说私房话,眼神倒都不约而同地落在陈笺方身上,赤裸裸的,好似几把钩子,企图将包裹得严丝合缝的希望之星剥干净。陈笺方低了头,默默向后退了一步。

贺显金在心里撇撇嘴。她被人身攻击,希望之星却因卖相颇好,寥寥几句,便赢得一众芳心,怎么这么不公平呀!的确,长得好看又会念书的男孩子,到哪儿都是抢手货。

老书生读书读得不咋样,讹人也不咋样,吵架更是颠三倒四,没有形成逻辑闭环,只是有一个优点,跑得飞快,生怕贺显金派出那几个膀大腰圆的镇宅神兽去家里搜刮丢脸,趁着领头羊逃了,另几个老赖皮一溜烟跑得不知去向了。围观群众也渐渐散了。

为答谢亲爱的博儿仗义执言之情,贺显金邀博儿晚上去老宅吃顿便饭,本是礼貌寒暄,谁知博儿脆生生答应下来,往老宅走的路比贺显金还熟。

您这么自来熟,真的好吗?一路进陈家老宅,张妈特来问菜谱:"三爷听说金姐儿的好友来家里,说晚上必定回来吃。张公子可有忌口的?"

博儿赶忙摇头,十分乖巧:"您做什么,我就吃什么!"

张妈眼神一亮:"蹄髈也吃?肠头也吃?猪皮冻也吃?鸡杂也吃?鸡皮也吃?百叶肚也吃?辣的?酸辣的?酸菜的?泡椒的?爆炒的?炭烤的?辣炖的?油炸的?"

贺显金好像摸到了张妈的真实口味了,怎么说呢,比较川。大荤大腥,大油大盐,听一听都少活五六岁。

博儿想了想，认真地点了点头："都吃的，没有忌口。"

贺显金肉眼可见地看到张妈不仅眼神亮了，拳头也握紧了，一副要大干特干的战斗姿态。好吧，每天想着法儿做她和希望之星两个热孝的清淡素餐，真是受委屈了。

陈敷果如他所说，临到晚饭便步履匆匆回来，手上拿着几盒马蹄糕、白糖发糕和黄鱼糕，据说是泾县丁桥的特产。一月三十天，陈敷起码二十五天都在外面跑，今日去个庙里烧香，明日去趟溪边垂钓，后日再约上泾县同为二世祖的小纨绔吃吃酒听听曲，不到四十岁就过上了退休生活，日子十分逍遥。陈敷的岁月静好，全靠贺显金负重前行。

因糕点里加了猪油和鱼肉，贺显金和陈笺方都吃不了，三十来个糕点，全进了陈敷与张文博的肚子。陈敷十分喜欢张文博，还开了一壶梅子酒与君对酌，喝得微醺，脸颊上头，便乐呵呵地指着张文博："你这个读书人，我倒是很喜欢……不迂腐！便变通！见人三分笑！"

再看张文博上半身的软缎袄子，下半身的细绫裤子，坠在腰间的玉佩又大又透，便笑得更开怀了："还有钱！"

陈敷愣了一愣，突然身子前倾，笑得十分真诚："简直就是我挑女婿的不二人选！"

陈笺方夹菜的手一抖。张文博酒都被吓醒了，连连向后摆手，心里甚是害怕。哪个少男不怀春，但也得是春啊！他可是看过贺老板面无表情甩掉周二狗半吊钱的样子。他还见过贺老板骂人，就在刚刚，不带脏字，但骂得可脏了，就差没指着人鼻子说人吃白食了，做生意的样子总让他想起他爹，他是怀春，不是怀爹啊！

贺显金一抬眸，眉目一斜，目光瞥向陈敷。陈敷的酒意瞬时散了一半，拿起杯子假啜一口，心里倒是十分嘀咕：艾娘那么温柔恬淡的人，怎么能生出这么厉害的闺女……

一顿酒喝到临近宵禁，贺显金是主家，陈笺方是熟人，二人并肩将博儿亲自送到陈家老宅门口，又再三叮嘱家丁送回山院里去。贺显金在门廊站了站，将脸上的热气吹散后才转头回房间。

陈笺方仔细端详，未曾从少女的言行与背影里察出落寞与心事，却仍旧不放心，压低声音轻声道："下午那些人的话，你不要在意。"

贺显金满脑子官司，听陈笺方这么说，先是愣了愣，片刻后方知他意思，便笑起来："我才不在意呢。一群老蠹虫受人所托、忠人之事，只是些商战上的小手段，我还不至于真气。"

陈笺方怔松片刻，方道："莫思身外无穷事，且尽生前有限杯。贺姑娘舒朗开阔，不拘小节，叫我十分钦佩。"

能得他一句"钦佩"，叫贺显金有些受宠若惊。贺显金一抬眸，却见这抢手货郎君目光如辰似星，却突兀地想起夹在《大魏律会卷》书中的那枝樱花，忙将目光移开，轻咳一声，走进抄手回廊。陈笺方沉默地跟在身后。有一瞬间，贺显金有些后悔，为啥她要做体恤下属的老板，让锁儿提前回去休息？但凡有人在旁，两个人的气氛也不至于如此尴尬。

打破尴尬的最好办法，就是没话找话。贺显金想起乔山长布置的阶段性作业，便随口道："让我写一篇《论学》，不拘形式、不拘内容、不拘好与不好，就写我怎么看待这玩意儿。"

听到贺显金用"这玩意儿"代指读书，陈笺方不免失笑，声音照旧压得很低，像是怕吵醒老宅里睡着的家丁："论学，这题太大，写文章的话，需找准切口入题。"

贺显金也是这么想的，点点头："我预备从'学'与'行'来入手。"

"知行合一，主张求理于吾心，十分典型的心学理念。"陈笺方点点头，说起做文章，他可就不困了，"可惜如今，国子监受内阁影响颇深，我离开时，无论翰林也好，内阁也好，太学也好，皆信奉朱夫子的'先知后行'。"

归根结底，是心学和理学的争议。贺显金笑问："我看乔山长，也是心学流派。"十分任性，且顺其自然。

陈笺方轻笑颔首："乔师，十分不惯'徒悬空口耳讲说'。"也就是反对先学了再干的理论。

贺显金再问："你呢？姓理还是姓心？"

陈笺方深深地看了显金一眼，隔了半响才轻轻摇头："主考官姓理，我就姓理；主考官姓心，我就姓心，我不过小小举人耳，尚没有站队选边的自由。"

倒没想过陈笺方会这么说，贺显金怔愣。陈笺方手背于身后，气质稳沉得像灌铅的鼓，就算丢进水里，无论浪高淘低，他也决计不会轻浮地漂于水面。

"如有空闲时间，我们可同去茅草书屋，家中藏书太少，几乎没有大用处。"陈笺方轻声出言，"乔师在带你读书，就算放在山院，也是十分值得珍惜的机会。"

贺显金当然知道，虽不知乔山长为何这么看得起她，但有名士大儒带着读书写文章，就算她没资格参加科考，对她而言，也是段很好的回忆和成长的机会。贺显金赶紧点头："若您不嫌我驽钝，我自是非常愿意的。"

少女"驽钝"两个字带了鼻音，确有种钝感的可爱。陈笺方不自觉地勾起嘴角："那明日下午？"

贺显金摇头："铺子上有事。"

"后日下午？"贺显金再摇头。

"三日后？"贺显金想了想，仍旧摇头。

陈笺方再问："近日，铺子很忙？"

贺显金笑着挠挠眉毛："倒也不是很忙，只是有些私事要处理。"

陈笺方静待后话。贺显金站在游廊里，脚后跟不自觉蹭上了朱漆栏杆的底部，还真是像头炮蹶子的倔驴，陈笺方心上莫名闪过这个念头。

贺显金略有吞吐地开了口："我得去把宋记收拾了——虽不气，却仍要锱铢必较、有仇必报！否则容易夜不能眠、食不能咽，这对身体不好，很不好。"

好吧，他能不能收回那句"舒朗开阔，不拘小节"的谬论？

第二十三章 天生总助 翻脸内讧

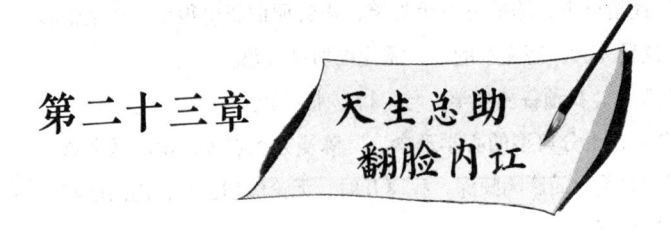

五月,莺飞草长,泾县的溪流在仲春初夏的风中轻快跳跃。水西大街东南角,有好几处酒家,陈敷最喜欢的琴鱼干就出自东南角斜坡上一家棚户酒家——溪香阁。溪香阁倚靠乌溪而建,几根长竹竿撑在油布上,几根粗粗的原木做梁,零散摆了五六张桌子,大厨就在空地上支口大锅,摞上蒸屉和蒸笼,现点现做现上菜。

溪香阁是个生意很好的大排档,酒家好些菜式都不错,清淡咸香,或蒸或炖或煎或焖,激发出食材的原味。贺显金坐在大堂靠窗的位置,挑了缕茄子的内瓤,蘸了蘸特制的烧椒蘸水,品评一番,同陈敷道:"没有张妈打的酱料好吃。"

一股自欺欺人的辣意,看起来张牙舞爪,实则外强中干。

陈敷听了,不太信,决定自己尝一口,蹙眉道:"手艺回潮了!"又叫跑堂,"放点黄糖来!"

徽州属南直隶,地处淮河以南,饮食以清淡为主,有些菜甚甜。待吃完这一餐,贺显金环视一圈,有些失落。

还是没来。守株待兔四五天了,她天天跟着陈敷在这溪香阁胡吃海塞,一回家就再吃不下饭,每每收到张妈幽怨的眼神控诉,有种吃野饭拉家屎之感。

人渐渐走得差不多了,厨子都在泼水磨刀了。贺显金抿抿唇,仰头站起身,将桌上的茶水一饮而尽。正准备招呼跑堂结账离开,却看见不远处,穿着麻布衣裳、一看就是下劳力的五六个男人,跨着步子一脸疲态地进了酒家,寻了个不远的桌子,勾肩搭背坐下。

贺显金挑了挑眉。正好跑堂的上前:"客官,您……"

贺显金手心朝外,做噤声状,重新落座。

"小二,照旧!"为首的男人有气无力地敲敲桌子,刚说完,便倒吸一口气,"嘶"了一声,"算了算了!一人一碗阳春面,我那碗加个卤蛋!"说完便有些烦躁地叹口气,"老东家去的那一两年,日子也没这么难熬……"

旁边有人劝道:"谁的日子不是熬出来的,这做生意有高有低,咱们又不是老板,着急上火也没啥用!"

也有人同样烦躁:"钱多钱少都是小事,咱凭的是手艺吃饭!你看看店子里,小的屁都不懂,一五一十全听那老的!偏生那老的以为自个儿地上全知、天上知一半。你看看咱库里剩的那些货,谁卖得出去,老子给他磕三个响头!"

旁边桌还在埋怨,等面上齐了,便只听到"呼呼"吃面的声音。贺显金与陈敷对视一眼后,亲自到柜台去,递了约莫一两半的银子,同溪香阁掌柜的笑言:"连同隔壁那桌的钱,一块儿结了。"

两桌的饭钱加起来，还大有剩余。贺显金眯着眼看了墙上的菜单，随口点了几道硬菜："再给隔壁桌加一盘猪头肉、一盘卤蹄髈，加碟琴鱼干，再上条新鲜的刀鱼，另上两坛这群伙计素日爱喝的酒。"

"再包一盒芙蓉糕送到水西大街的陈记纸行。"贺显金朝座位上百无聊赖、开始玩弄人家店里粗瓷碗碟的陈敷努努嘴，笑言，"我们家三爷爱吃。"

掌柜的眼珠子左转又右转，笑道："还剩一百文没花！"

贺显金笑道："那就算给掌柜的辛苦费。"

掌柜的笑嘻嘻地将银子一把塞进自己兜里，意有所指："不辛苦不辛苦！带个话儿，有什么辛苦的咧！"

结完账，陈敷剔着牙和贺显金走在街上，回头看了眼棚子下正"呼呼"吃面的几个男人："这么几天，你就为等这几个？"

贺显金一愣，陈敷轻哼一声："你三爷我虽是个吃喝玩乐家，但眼招子亮堂着咧！"要是眼招子不亮堂，怎么做到他老娘哪儿疼，他就往哪儿戳？

陈敷继续哼哼："这几个，看着像是做纸的。"

贺显金好奇："您怎么看出来的？"

陈敷右肩往上一抬，神气地睨看贺显金："看到没？那几个走进来，统一的右肩比左肩高，右边手膀子比左边粗，右侧身体稍稍前倾，这是做纸师傅常年右手拿着竹帘捞纸形成的习惯。"

贺显金大为震撼。陈敷把头昂到天上去，像只骄傲的公鸡："一早就告诉你了，你三爷我虽是个纨绔，却不是个不学无术的纨绔。真要论起来，做纸的功夫，我同你二叔也算不相上下。"

贺显金抿唇笑道："那把作坊给您手上管着？"

如今的泾县作坊，业务很单纯，唯一目标就是尽早做出尽善尽美的六丈宣和八丈宣，其他碎活儿基本交给了小曹村。若陈敷真愿意管起来，倒也是件好事，她迫不及待地想看李三顺老头儿在陈敷面前犟着脖子说"不，我就不"的样子。一个是纨绔仙葩，一个是犟牛疙瘩，只能用魔法打败魔法。

谁料，陈敷听闻此言，顿时花容失色："你休想摆摊子！我还有七个镇没吃完呢！"

耽误您激情出演"舌尖上的泾县"，真是不好意思了呢！

两父女一路闲聊扯淡到铺子，陈敷到底没问贺显金等这群做纸的究竟为啥，就像他沉默地陪着贺显金吃了五天溪香阁的蘸酱茄子，也未置一词。这样聒噪八卦，又耐心浅的一个人，这五日，既不好奇打听，又不无聊埋怨，只是默默陪着。贺显金看陈敷的眼神，有些复杂，有些疑惑，将送到铺子上的芙蓉糕递给他，说话声轻了很多："您少吃些，尽是些猪油黄糖，您看看您，自从来了泾县，肚子都大了两寸……"

陈敷手里拿着糕点，背过身去，朝贺显金胡乱摆摆手。

太阳从西边落下的时候，贺显金正在库里盘货。董管事疑惑地来通报："来了个高师傅，在前厅等着你,说是来谢谢你的两坛清水酒。"

贺显金笑了笑,拍了拍手:"把他请到院子里。"又急匆匆地进里院换了件干净整齐的深灰色短单衣,想了想,又折返回库房包了两本竹纸描红本和几张小曹村新研制的洒金箔夹连熟宣。

一出院子,便见中午在溪香阁为首的那个中年人,正耸着肩站在董管事身侧。

贺显金快走几步,笑着拉开椅子:"您坐啊!"

中年人眉目有些郁色,往贺显金身后看了看:"三爷不在?"

"三爷出去了,您有什么事儿,找我是一样的。"贺显金笑意更深,"噢,忘了自我介绍,我叫贺显金,是陈记泾县铺子和作坊的总掌柜,您可以唤我贺掌柜的,或金姐儿也可。"

中年人耷拉的绿豆眼微微抬了抬。贺显金便笑道:"董叔,你给高师傅泡盏六安瓜片来,中午吃了酒,再喝点瓜片茶是最醒脑的。"

董管事应声而去,中年人看着董管事恭恭敬敬离去的背影,若有所思。

贺显金看在眼里,再将椅子拉开了些,重新邀请他:"高师傅,您坐,有事,咱安安逸逸地坐着说。"

董管事去而复返,身后还带着周二狗和小锁儿,一个手里端着茶盘,一个手里拿着六色糕点攒盒,两个人神情态度从来没有如此恭敬过。从来没有!一看就是被特别叮嘱教育过。

贺显金看了董管事一眼,脸上忍笑,心头不由感慨,不怪乎董管事三道杠,月例银子比县令还高咧!就冲人家这察言观色的职业素养,天生的贤助!

高师傅的掌心无意识地搓着裤子,隐晦又局促地抬头看这院子。陈记店子后院铺着青砖,种了棵很大的樱桃树,树枝延展到青瓦白墙,树枝下一口深井,深井旁摆着榆木小方几,上置一只小小红泥炉,烤着花生、橘子和一小块糍粑,真就像这小丫头说的,安安逸逸。

高师傅颇有些无措,更有些见了世面的自惭形秽。他在宋记,莫说到后院休闲吃茶,连店子大门口也轻易去不了。少东家学过几年书,有点读书人的酸气,嫌弃他们终日在作坊流汗的臭味和石灰粉的涩味,就连三餐,平时作坊下苦力的师傅和店子里写字算账的管事都是各吃各的。他哪里有过在树下井边吃茶、吃糕饼果子的礼遇和闲暇。

再看这小丫头嘴里的董叔,董叔身后跟一个更小的丫头,还有周二狗,这个他认识,是李三顺带着的后生,泾县就这么大点,做纸有点东西的师傅,来来去去也就这几家。这三个人,全都穿着干净整齐的统一衣裳。他们有啥?宋记作坊里的常年一件破烂背心,店子里的倒穿得干净立整。

高师傅突然一下不知道该怎么说了:"这、这……弟兄们叫我来道声谢,谢你晌午给我们点了一桌菜……"

贺显金笑着点点头,执起铜制茶壶,给高师傅斟了大半盏,云淡风轻道:"举手之劳,何足挂齿。做纸是精细活,更是力气活,中午单吃一碗阳春面怎么行?得吃点肉,下午才有气力捞竹帘子。"

高师傅笑得勉强:"这年头,谁家能天天吃肉啊?你是掌柜的,我们是做事的,家里老的老、少的少，有好东西都紧着他们先……"

贺显金明显愣住，迟疑后方道："我们陈记晌午包饭，若事情没做完，晚上走不了，还包一顿晚饭，每日供上果子、茶汤和四色糕点。"似是不可置信地问道，"难道宋记不包饭，饭里没有肉？"

高师傅也愣住了，犹豫着不知如何作答。贺显金又加了一句："而且，咱们陈记的饭食都是从老宅新鲜送出来的，三爷吃啥我们吃啥。我如今在守孝，每次看他们啃肘子啃得认真，便馋得流口水。"

高师傅都要流口水了。这是什么店？包两餐，还有果子、茶汤、糕点？饭是自己宅子里做了送来的，甚至里面还有肘子？少东家有时候自己馋了，预备出去吃，不好意思不带他们，便点一道硬菜，多是他自己想吃的酸汤鱼或是熘肉片，再多点几道青叶、萝卜、豆腐一类的素菜。上桌后，少东家就先把硬菜划拉到自己身侧，先拿汤勺把干货舀在自己碗里，再拿青菜豆腐招呼他们"吃吃吃"，最后还要腼腆地美其名曰"每次邀你们出来吃饭，你们都尽吃些青菜小菜，我怕浪费便只能朝肉菜使劲"。

久而久之，少东家中午再招呼他们出去吃，便没人再去了，都是手上有功夫的，放哪里也饿不死，谁就真缺他一盘子萝卜白菜了？高师傅不由自主拿宋记和陈记作比对，脑子一时转不过来，手掌心在裤腿上摩挲来摩挲去，险些要钻木取火。

他不开口，贺显金也不开口，只笑盈盈地又给高师傅倒了一盏茶。

高师傅连连推辞："您请、您请——"从"你"变成了"您"。

贺显金笑得亲切："高师傅这个时候才过来，可是下工了？"

高师傅脑子里还是陈记的猪肘子和宋记的萝卜白菜，嘴上随口道："一早下工了！这几天生意差，没纸做，每天磨够四个时辰，就下工。"

没纸做？是没银子周转买稻草、檀皮吧！贺显金点点头，抱怨道："那你们清闲着，我们陈记这些日子日日干到宵禁，索性给伙计们将店子二楼收拾出来，李师傅独个一间，几个年轻伙计两人一间，方便他们休息。"

工多，就证明生意好，生意好就证明赚钱，高师傅眼中不由流露出艳羡。

贺显金抬头，笑着和董管事说："我昨儿个还听李师傅埋怨我呢！前两天是他双胞小孙儿入学云岭蒙馆的日子，他忙得甚至来不及送，在背后偷摸我言语呢！"

董管事双手交叠放在腹间，十分熟稔又应景地应了句："那是李老头儿不懂事了，他虽被作坊绊住脚没去送成，你可是亲笔写了封信寄到蒙馆秦夫子处，千叮咛万嘱咐，请他一定要好好照料李老头儿家两个小孙儿的！"

高师傅眼中的艳羡，瞬间变成嫉妒，迸发出灼人的光，声量不由自主地提高："什么！李老头儿两个耗子样的孙子被送到了蒙馆正经念书？！"

贺显金笑而不语。董管事顺势接话："咱们陈记承接了泾县几乎所有蒙馆私塾的描红本生意，其中，云岭蒙馆秦夫子与掌柜的私交甚密，掌柜的出面把李三顺两个孙子送进蒙馆，不仅进去读书容易，连束脩都减半。"

高师傅眼中的光,好似有了实体。

董管事火上浇油,哦不,锦上添花:"整个泾县都知道,咱们掌柜的不仅和蒙馆私塾关系好,和青城山院亦来往不浅。若是李三顺老头儿家的孙子争气,确实有天赋又肯努力,咱们掌柜的作保,把那俩送进青城山院也不是啥难事。"

高师傅也不知是气的,还是激动的,两只手都在发抖。他的天爷欸,这是什么鬼热闹!做事糊口,既包三餐,还有果子糕点,做累了来不及回家,还有休息房间。最最要紧的,还能解决家里小孩读书的问题!

送到学堂,正经开蒙啊!别看他们这帮做纸的大师傅,月例银子开得不少,他在宋记一月能拿三两银子,可银子再多有甚用?他找不着门路送孩子正经开蒙。家里那口子,日也愁夜也愁,回了家就扑上来扭他耳朵,只说:"儿子学了做纸子承父业,冬天三九在乌溪洗树皮,夏天三伏在作坊烫热水,什么苦都吃!孙子咋办?也跟着吃这苦?"

贺显金老神在在地半靠在椅背上,看高师傅一张老脸赤橙黄绿青蓝紫转个遍,心里默数了三个数,"三、二、一",旋即站起身来,躬身笑着告辞:"恕罪,我手上还有些账没完,高师傅难得来一趟陈记,要不请李师傅带他在作坊里逛一逛?"想了想,熨帖地加了一句,"您与李师傅应当相熟吧?"

熟啊,怎么不熟!做纸的功夫算他老李胜半筹,其他的却真是差不多,都是从小在泾县拼着长大,如今各自在纸行干了二十来个年头,境遇却差多了。老李的东家把他当个宝贝,说话间都用"请"字,他的东家却觉得他浑身的树皮味又臭又腥。高师傅浑浑噩噩地任由董管事往里带。

高师傅一走,锁儿和周二狗恭敬的肩膀瞬间卸了下来,周二狗活动活动胳膊肘,不无担心地看着高师傅的背影:"李师傅会不会吃味呀?"

算是来个劲敌,会不会有地位不保的担忧?

贺显金沉着地摇头:"我一早就告知李师傅了,就算签了高师傅,也只会让他到小曹村做大师傅。"如果以后摊子铺大了,高师傅的位子,自然再议,到时候李高二人磨合得差不多,也不至于吃味比拼。

锁儿担心的点却不同:"掌柜的,咱们能挖走他,别人也能撬走。终究是养不熟的。"

贺显金无可无不可地耸耸肩,指着院子里的那口深井,意味深长道:"水向来是流动的,东边的溪水西边的井,没有一滴水是死的。水频繁向外流,首先要检讨自己,是不是咱们这口井窄了?烫了?鱼儿少了?功课要做在前头,而不是一味担心有人要走。"

锁儿似懂非懂地点点头。贺显金再看周二狗,狗爷一脸蒙圈地盯着桌子上的花生,时不时拿手挠挠绷得贼紧的袖子,一副痴呆肌肉男的样子。

贺显金无语,作坊里头,真是八个人凑不齐一个心眼!

"李师傅带高师傅先去看了看咱们作坊,然后一路往外走,看了门口的糕点架子、二楼的休息间,最后去看了库房。"董管事井井有条,语气清晰,"看前几样时,高师傅许是之前听说了，心里有数，神情还算淡然。之后去库房，看到铺在地上的六丈宣和八丈宣时，眼珠子都快掉出来了，后来便哪儿也不去了，一直蹲在库房琢磨那两摞纸，又是闻又是看，却不敢上手摸。"

这是从陈六老爷那儿讹的一刀六丈宣和一刀八丈宣，先前卖"盲袋"，拿了一张六丈宣当彩头，招摇过市地抬着送给了亲爱的博儿，如今陈记的库里还剩了一整刀八丈宣和九十九张六丈宣。这算是陈记如今的大杀器，外杀做不出八丈宣、六丈宣的真同行，内杀内心动摇企图跳槽的老师傅。

贺显金正在整理手上的纸张小样，她预备将店里现生产售卖的纸张种类集成一本小册子。若当真只为待遇和氛围来陈记，虽也是人之常情，但贺显金难免遗憾，没有信仰和理想支撑的匠人，做出来的东西，总欠缺点血气和热气。贺显金抽出一张色白润绵的四尺宣，眯着眼想。

董管事及时开口："这是清水熟宣，在净皮或特制的生宣上刷一层……"

"刷一层矾水而成，做书画是最好的纸材。"贺显金笑一笑，拿软毫在硬纸片上写下"清水，适书画、装裱，常卖价一刀十两"的小楷，蘸上白糨糊贴在纸上。

董管事目光里藏着佩服。宣纸，分生宣、熟宣，生熟宣下又有许多种类，光是陈记，就有五六十种纸张品类，夹连的，不夹连的，洒金的，不洒金的，洇湿的，不洇墨的，每一品类的成本、工时、用途、价格不同，若非耳濡目染，外行人很难在四五个月的时间内，把差别理清楚。而金姐儿面前这张桌子上，四散铺开的纸上都贴着与"清水"相似的硬纸片，每一种的名称、用途、售价全都正确。

董管事想起宵禁后店子里常常亮起的灯，还有店子二楼那间挂满深棕色、浅灰色、酱蓝色衣裳的小房间。若要人前显贵，必定人后受罪，董管事莫名想起这句话。再抬眼看金姐儿，小姑娘正一脸认真地等着他说后话。

董管事当即清清嗓子，继续道："再之后，天色越暗，三顺师傅把高师傅拖到了小稻香吃饭，几壶酒喝下去，三顺师傅便发起牢骚，说小曹村的手上功夫倒没什么挑头，但那脑子属实是有点硬，给什么方子就全部照猫画虎地硬干！天气冷，檀树皮泡水一个月还硬得嚼不烂，偏偏他们就守着方子上的'三两石灰粉'愣是多一勺都不给加！一群榆木脑子，简直无可救药！"

为了结账付钱，董管事也做了那桌席面的陪客，毕竟身临其境，学起李三顺可谓是惟妙惟肖，连那副指点江山的嘴脸都尽数复刻。贺显金默默别过眼去。倒也没有必要有这么强的信念感，适当地复原两句得了……

董管事把"大魏达人秀"的表演往回收了收，重新恢复冷静自持、矜持端庄的贤助理风范："这一番话出，高师傅便红着一张醉脸，高声嚷着，若让他守着小曹村，必定不做这样的蠢事，接着，我就顺理成章地引出小曹村还缺一名管事，若高师傅能将手下带的学徒和宋记剩下的师傅全都游说过来，便能给他开出八两银子的月例……"

贺显金笑了笑，她给董管事的权限是开十两银子一个月。

"高师傅怎么说？"贺显金又抽出一张加了云母贝的纸，对着光看了看，这纸在光下波光粼粼，像极了云海交际、天水一色，美得叫人舍不得着墨。

董管事笑了笑："他当即愣住了，结结巴巴地说想要回家想想……"

贺显金点点头，便没再问下去，将未整理完的纸张理了理，放董管事下班回家。待只有她一个人时，便从柜台下抽出与青城山院学生一模一样的布袋子，慢吞吞地铺纸磨墨，工工整整地写下"少而好学，如日出之阳，壮而好学，如日中之光，老而好学，如炳烛之明……"

昨儿个乔山长差张文博送了一盒品质上乘的铁皮石斛过来，说是从福建送来的，贺显金就多嘴问了一句："可是宁远侯给山长的？"

什么您原猴、平原猴的，张文博闹不清楚："山长只说这玩意儿吃了顺气，他老人家怕你写文章写得郁结于心，特意叫我送一盒给你。"

贺显金写得泪流满面，她没正经写过古代策论，常常因为不明白一个字的表述而抠头挖耳，如便秘一般度过了十来日。

贺显金还没把文章拉出来，高师傅的回复先来了，一个字，就是干。

高师傅找了个晌午，带了四五个伙计过来，除了他，其他人年龄都不大，最大的就是高师傅的儿子，如今不到二十岁，另几个最多十二三岁的样子。还是念小学的年纪，有点像雇用童工。贺显金有点不安，抿唇犹豫。

高师傅却一咬牙："您把我这几个学徒一并收了，我一个月只拿五两银子就够！"倒是个仗义人。

贺显金笑道："董管事谈的多少，就给您多少，董管事答应全部接收，咱就全部接收。"又让董管事拿出一早准备好的契书，挨个儿摁手印，让锁儿带到隔壁邱裁缝处量体裁衣，制作陈记统一整齐的制服，又让李三顺带着几人在二楼选了床，领了被褥，一套流程走下来，天都快黑了。

贺显金又强调说："明日，董管事会驾骡车将你们送到小曹村去，在小曹村里，你们这一套班子我不拆，谁做什么，谁负责什么，全权交由高师傅安排，我只认两点。一则，小曹村产出的纸张必须要好，不仅要好，还要是泾县最好，但凡有一张放在陈记售卖的纸张有瑕疵，我便只寻你们的过错；二则，每三月小曹村须出一个新品类的纸，不拘有多新，也不拘能不能量产售卖，只要是新的，就算完成任务。"

高师傅听得踌躇满志，带着手下的人，高声道："好！"

第二日，天微亮，一驾骡车驶向小曹村。宋记纸行的宋白喜睡眼惺忪地来到店子，刚在柜台后坐下，便见宋管事慌慌张张地过来，声音尖厉："作坊没人了！一个人都没上工！一个人都没有！"

"一个人都没有，是什么意思？"

宋白喜打了个呵欠，颇有些不满地看向老管事。这管事是他爹留给他的，在宋记干了快三十年，从他爷爷起就跟着宋记，据说对宋记忠心耿耿，管事的儿子孙子早年在去旌德买原料的路上被匪类劫杀，而后他便孤家寡人一个，满脑子只有宋记。

对宋记忠心不忠心，他无从知晓，他只知这老管事对他不太忠心，常常冲他大呼小喝，一副老油子的样儿，斥责他这里不对，那里不好。对店里伙计严厉狠毒是应当的，他气急了也会怂恿着老管事拿荆竹条子狠狠抽那群伙计一顿，可对他怎么能也是这个态度呀？

怎么敢的？且不论他是东家少爷，单论读书这一样事，他就是整个宋记最出息的人，他读的书、识的字，可比这老管事多多了！还能有老管事知道，他不知道的道理？！

念及此，宋白喜将不满化到脸上，不以为然道："左不过是迟到！一个人扣一个月的月俸即可！您在店子里大呼小叫的，仔细惊扰到客人。"

老管事一口气堵在喉咙，热血从手指尖朝脑门上冲下灌，一巴掌拍在柜台上："是不见了！他们不来了！老高把工坊的钥匙、对牌、库房的流水全都留在台子上，离开宋记了！"

宋白喜一惊，张大嘴："那、那以后谁做纸？我可不会啊！他们去哪儿了？找回来啊！若找不回来，就告到官府去，说他们逃了，让官府去捉！"

老管事气得满面通红，老高和一群伙计又不是奴籍，他们是良籍！拿着名籍，京师都去得，官府如何会管？又不是捉逃妾，或拿逃奴！

还有，他们又没与宋记签契书！前几年老东家过世后，他提醒小喜，开年后必定要签契书，小喜满口应承，后来说是没找到以前的旧例，又说"这群伙计离开宋记，还怎么糊口？宋记给了他们一口饭吃，他们感激还来不及，怎么会跑？"便将这件事一年推一年，彻底搁置下来。

老管事左边脑袋像被棒槌狠狠敲过，硬撑着沉重的脑袋，耐心对少东家沉声道："我先去老高家里探探情况，你去城东城南的城门墙找官差问一问，这几日老高他们出城了没？"

一个人走，倒是小事一桩，工坊所有人都走，恐怕是被人端了窝。可是福荣记？不不不，福荣记的东家手上还攒着徽州笔的生意，否则怎么他们被人叫纸行，而福荣记的名号却十分宽泛呢？这样的店，端他们做纸的一窝人作什么？老管事细细思索一番，心头暗道一声不好，又言简意赅地交代了宋白喜几句，便顶着剧痛的脑壳急匆匆地出门去。

宋白喜撇撇嘴，腾的一声坐到凳子上，慢条斯理地将柜台里薄薄的流水账簿拿出来再算一遍。这老不死的叫他去城门墙，自己怎么不去？挑了个能喝茶吃菜的地方走，却让他去巴结官爷？想得倒美，他才不去干这低声下气的活儿！等他过了院试，考上秀才，他天天去城门口晃荡。寻常的小吏算什么？就算是县丞大人来了，也要赐他一把交椅坐！

过了晌午，老管事失魂落魄地扒着门框进来，险些被寸高的门槛绊倒，双目无神，嘴里嘟囔："十日前，就有人看到老高去过陈记，昨日陈记的董大宗去过老高家里，今天一早，左邻右舍就看到老高和他儿子大包小拎着东西上了一驾骡车……"

宋白喜心头一喊：便知这老东西只会让他做无用功！这不是什么都自己打探出来了吗？

老管事后背涔涔直冒冷汗，四下看了看。宋记的店子里，摞了高高一堆四十五文钱一本的描红册，左边是玉版，右边是夹连熟宣，再之后就是几刀摞在一起的生宣，最后镇店的是一卷老东家在时制下的金粟山藏金纸。再然后就是库里那三千刀已经被裁剪成四四方方的书页大小的珊瑚桃笺，再就没有了。

人全都走了，他倒是知道做纸每一步怎么走，却从未自个儿上手，如今该怎么办？工坊没人做事，县里各家纸行都有自己的老师傅，专司做纸的小作坊甚至是掌柜亲上阵做纸，怎么可能放人？那他们只能去村镇上挖人，但不是熟面孔，别人怎么会轻易跟他们走？

偏偏他们之前看描红本生意好，还特意将库房里其他品类的纸张四处去换成了珊瑚桃笺，齐齐整整裁剪好，预备把这门生意当作宋记最招财的活儿来干，如今没人，没纸，没货，没印刷的厂子……老管事头痛欲裂，却举目茫然。

宋白喜听闻老管事先头拉拉杂杂一番话，心里明白了个大概，知道与陈记关系莫大。陈记和他们交手过两回了，第一回叫他们闷了三千刀珊瑚桃笺的暗亏，第二回叫那群永无出头之日的老童生颜面扫地，为首那个老童生与他私交甚好，指天骂地地在他面前恶狠狠咒了许多次陈记那小娘生的。两次，宋记都没占到便宜！宋白喜顿时矮了三分，犹犹豫豫没说话，害怕一说话便被这老不死的支使出去当炮灰。

老管事闷了一口大气，强迫自己稳住颤颤发抖的手，沉声嘱托宋白喜："你收拾五十两的情，金银首饰也好，衣裳香袋也罢，今天白天买好，等晚上亲自去陈记寻那贺掌柜……"

人穷志短，被陈记在后背抄了一手，由不得他们不下矮桩。当务之急是让老高回来！老管事哆哆嗦嗦地将手摁在柜台上，还想再说。

宋白喜却拍了木台，一把蹿起身来，咬牙切齿道："我不去！这丢人现眼的事情，你要去自己去！我拿着礼去送一小娘养的，以后还怎么读书，怎么出人头地？你个老不死的，这时候还玩心眼支我跳崖，怪道你儿子你孙子全都死在你前头！"

打人不打脸，揭人不揭短。宋白喜此言一出，老管事不可置信地瞪大眼珠子，手指头颤颤巍巍地指向一直以来当作子侄看待的宋白喜："你你你——"

"你什么你！你不过是宋记的伙计！我爹我爷爷看你可怜才捧着你、顺着你，还叫我让着你！你可别忘了谁是宋记真正的主人！"

老管事整颗头像被榔头捶过，一股从胃底涌上喉头的恶心难以遏制，"噗"的一声，稀稀拉拉的黄白色呕吐物喷射到柜台上，偶有几滴甚至喷溅到旁边摞成一堆的纸张上。老管事可惜地看了眼那刀纸，两眼一闭，终于笨重地砸到地上。

宋白喜惊呼一声，连忙扯起搭在柜台上的袖子，可别沾上这老东西的秽物咧！

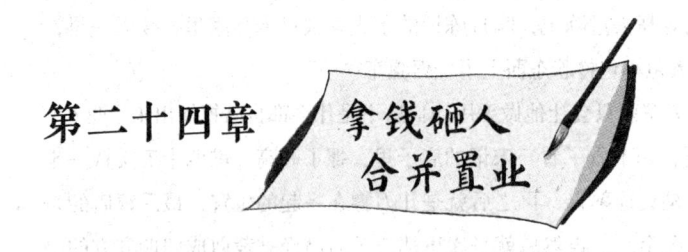

第二十四章 拿钱砸人 合并置业

宋记老管事病重晕倒的消息不胫而走，董管事眼观四路耳听八方，自然能随时掌握一手消息，双手交在腹间，带了点惋惜道："虽行为严厉、为人小气、目光短浅、先己后人……对宋记，他却是真正忠心。如今好歹捡回一条命，却躺在床上，左边身子全动不了，也说不出话了。"

贺显金刚写完《论学》的第三章,洗了手,正拿起筷子吃饭,夹了块蒜蓉香菇,听到这消息,不免愣了愣,怔忡之后低头扒饭,饭在嘴里嚼,如同嚼蜡。

"给他请个大夫。"贺显金咽下饭,面上未显露出半分情绪。

听这形容,像是中了风。老年人,大悲大喜后,身体底子差点的,原本就有心脑血管疾病的,很容易中风后偏瘫。第一次中风最要紧,好好护理,精心照顾,养回来只是时间问题。可问题就是,宋记不管他了,他又无子无孙,只有个身体弱的老伴儿照料他,看医吃药多半舍不得钱财,这如何能照料好?

"再送三十两银子过去。"贺显金几口刨完饭,利索交代,"都以陈家七叔祖的名义。"

这两人算是一代,同行多半有交集,以她的名头,估计宋家这老管事不会接受,甚至可能又被气一次,等会好心办坏事,反倒不美。

董管事点头称是。贺显金再加了一句:"从我的账上走,不需公账划款。"

那这就纯属私人行为了。

董管事迟疑道:"有这必要?"

见贺显金神色淡淡的,心知这小姑娘表里如一,看着清清冷冷,内里却是极有主见,绝不轻易改弦易张,便也不再劝,只犹豫着问:"那咱们还对宋记……"

还对宋记出手吗?毕竟这一套组合拳打下来,把人家的老管事都气瘫了。董管事很有些犹豫。

贺显金诧异地看了董管事一眼:"咱们该做什么就做什么,如今宋家老管事瘫倒,正是他们少东家慌乱害怕的时候,良机稍纵即逝。"

董管事埋下头,隔了许久再应了声"是",又对贺显金道:"那我便将今晚小稻香的包间定下,等会亲去宋记走一趟,邀其少东家一叙。"语声有些迟滞。

贺显金点点头,低头收拾碗筷。里间花厅,习《千字文》的声音渐起,正学到"笃初诚美,慎终宜令",锁儿的声音洪亮又认真,贺显金抬起头认真听了半响,方将头低下,重新铺开笔墨准备将《论学》写完。又过了一会,董管事出去了,花厅的声音也没有了,只剩"唰唰唰"的写字声。

叩叩两声,一只骨节分明又白皙纤长的手,轻叩贺显金桌面。

贺显金一抬头,撞进陈笺方明亮的眼眸。

"与董叔吵嘴了?"陈笺方搬了一只小机凳来,坐到贺显金对面。

多半是被听见了。贺显金拿笔舔舔墨,抿抿唇:"也不算吵嘴,许是董叔觉得我心狠。"

陈笺方顺手将砚台推近,方便贺显金。店就那么点大,教课的花厅就在吃饭的围桌旁,里头的伙计听贺显金和董管事意见相左,皆屏气凝神,大气都不敢出——这让他听墙角听得更清楚。

这事儿吧,各有道理。陈笺方轻言道:"董叔或许也不是埋怨你,只是年长者待人待物总有三分余面。你想的是杀伐果断一刀切,董叔想的却是细水长流慢慢磨,也不是谁对谁错的问题。"

贺显金沉声："商战，不是你死就是我活，刀架在脖子上，慢慢磨就不疼了？成王败寇，若非宋记苛待匠人太过，我纵是千百万金也挖不动，若非宋记抄袭借鉴在先，侮辱背刺在后，陈宋两家仍是井水不犯河水，一起赚大钱。可惜率先招惹陈记的，一直是他们。"

先撩者贱，不能因为他们败了，就觉得他们可怜。

贺显金声音很冷静，抬头看陈笺方："笃初诚美，慎终宜令。为人做事，务必始终如一，要牢牢记住往哪走，走到哪。等此事终了，如董叔般聪明，自会想透彻。"

陈笺方原想安慰她，却发觉这个小姑娘无需任何人的安慰。陈笺方下意识地向椅凳后背靠去，却在半路突然反应过来，现在坐着的这个杌凳光秃秃的，没有靠山。

董管事亲自去相邀，不久后折返，同贺显金回道："只问了一句是你去，还是三爷去。我回说，三爷去，你作陪。宋记的少东家便点了点头，没说去也没说不去。"董管事从袖兜里掏出五六个铜板，哭笑不得，"后来见我要走，还赏了我几个铜板……"

贺显金蹙紧眉头，这是哪里的做派？董管事月例银子十两，年终还有分红，节庆有衣服与节费，还是良籍，怎么就用上"赏"这个字了？都出手了，怎么还只有这么五六个不值钱的铜板？贺显金无语，预感今晚这场酒，估计会很难喝。

华灯初上，陈敷早早等在包间里，十分熟稔地点了六七个菜，佐之梅子酒与清玉露，又给贺显金点了素鸡、豆腐与一盏梅子汁，一瘸一拐地进进出出、忙里忙外。

贺显金蹙眉问："您这脚？"

陈敷苦大仇深："从昨天晚上就疼，指骨里钻心地疼！哎哟哟，一动更疼！我想今天你要请客，我就等着吃了饭，明天再去找大夫看啊！"

听着像是痛风。贺显金麻溜地将梅子酒和清玉露收起来，蹙眉道："那就先不喝酒，等明日看了大夫再说。"

陈敷"哎哟"一声："请客，主家不喝酒，说不过去噢！"

是你自己想喝吧。贺显金默了默，换了种思路："这酒不便宜，那宋家少东家处处给陈记使绊子，既骂我是贱妇生的，又拿五个铜板给董叔打赏，您确定要拿这酒招待他？"

陈敷眉头一皱，火冒三丈，手一拍桌面："那小兔崽子怎么这么可恶！"

转头就拎起酒壶，一瘸一拐地走到包间门口叫小二存起来，又鼓着腮帮子扯开嗓子吩咐："把清炒肚条和冷吃兔丁都退了！"嘟嘟囔囔地瘸腿走回来，"这两个菜最好吃，不给那兔崽子吃！"

贺显金想，真是成熟的反击呀！

天越发黑，夜市的小摊贩陆续架灯出摊，没一会儿，街上人声鼎沸，泾县人民开始了热闹安全的夜生活。贺显金看着面前孤零零的四盘凉菜，心绪平静又稳定。

宋白喜摆谱迟来，难道不是意料之中的事吗？倒是陈敷，本就被那句"贱妇"气得不轻，加之蹄子又痛，肚子还饿，等饭等得想要发火，刚撑起上半身预备骂娘，却见跑堂的领着宋白喜推门而入。

这还是贺显金头一回见这隔空过招两次的对家，高高瘦瘦的，穿了件长衫，二十五六岁的样子，佝背长脸，眯着眼四下找人，估摸着是有近视。

贺显金笑着起身："您是宋东家吧？您请落座。"

跑堂的推开椅子。宋白喜眯着眼，看过去，没见着陈家那个赫赫有名的十五岁中举的陈二郎，心头略有失落，抬起下颌："不用！你既请我，我来便是给你面子了，面子给到了，我没必要跟你个小娘生的坐一块吃饭。"

"你——"陈敷企图伸条瘸腿过去揍他。

贺显金抬手止住陈敷，面上收了笑，语气却仍旧轻快："您来，自是给我脸面，老管事身子骨不好，您就是整个宋记唯一话事人，必定日理万机、十分忙碌。"

宋白喜面色稍霁，读书读多了，眼睛看不太清，只能瞧见个姑娘的大概。就是大概，已不错了，皮肤白净，身姿窈窕，身量高挑，唇红齿白的，必不是个丑人。宋白喜轻哼一声，推开椅子，自己坐下，离得近了，看贺显金看得更清楚。只见小姑娘一身素湖色的单衣，领边滚了深棕色的封边，唇角似笑非笑，眼睛微微上挑，神容清冷，却自有清冷的勾人。

宋白喜轻轻咽了口唾沫，这也没人跟他说过，陈记的贺掌柜是个难得一见的美人啊！若他早知道，必定叫那老不死的手下留情，别对陈记穷追猛打。

贺显金亲自给宋白喜斟了一杯烧刀子，笑盈盈道："早该请您吃个饭，咱泾县做生意做得好的纸行没有五家也有三家，读书读得好的东家，却独您一家，一早就该来拜码头来着。可惜被杂事耽搁着，后来描红本生意做起来，东奔西走的，更没有时间了。"

贺显金一仰头，喝了自己跟前的茶，拿空茶杯去敬宋白喜的烧刀子，笑得亲切可人："小儿不会喝酒，三爷又身有小恙，只好以茶代酒自罚一杯，您是读书人，自然能谅解吧？"

陈敷皱皱眉头。读书人为啥要谅解你拿茶水去敬酒？是因为人家读书读傻了吗？陈敷原以为宋白喜要发脾气，谁知他端起满满当当的一两烧刀子一口干了。

宋白喜顿感飘飘然，不知是被奉承的，还是醉的，坐在桌上摆摆手："你抬举你抬举！"

贺显金笑眯眯又给陈敷满上了一杯淡茶，姿态放得很低："我们陈记的三爷也有幸敬您一杯！我们三爷若有您一半的聪明刻苦就好。这可是我们家瞿老夫人日日挂在嘴上的话呢！"

宋白喜只觉自己快要飘到天上了，在外面交际应酬，原是这么有脸面的事？怪道那老不死的从来都是自己赴酒局，压根没想过带他！否则凭他读书人的巧舌和灵光的脑子，店里早就该他说了算！

陈敷在贺显金目光威视下，丢脸地拿起茶盅，潦草地放低杯沿，仰头一口吞。他陈三爷，这辈子都没在酒桌上，这么不讲武德过！

宋白喜喝酒上脸，一杯烧刀子就叫他红了面颊，见陈敷喝得豪气，他腾地一下站起身来，也仰头一口吞了。贺显金笑眯眯地在旁边拍手，大赞宋白喜风度非凡，宋白喜顿感意气风发。紧跟着，贺显金又以瞿老夫人、陈家二爷、希望之星的名义挨个敬了三盏酒。

跑堂的进进出出上了三四个热菜，宋白喜刚想拿起筷子吃两口，缓解缓解胸腔和胃部空荡荡的灼热，却听隔壁座的小姑娘长长一声叹息，紧跟着便听她似呢喃轻语："百闻不如一见，旁人都说宋家少东家是个读书的料子，若不是为庶务铜臭所困，必定早夺魁入仕，如今恐怕都入翰林清修了……"

宋白喜脑子像塞了一坨棉花似的，脚下像踩在白云端，顺着贺显金的话，大着舌头："谁说不是？我便是因外事冗杂，耽误了学业，否则高低如今也在两榜上了！"

陈敷别过眼。你连秀才都没考过，怎么就两榜了？喝商务酒，真难受。贺显金偏偏极为真诚地颔首认同，双眼极为有神地看着那傻驼背。陈敷决定明天去作坊里看一看帮帮忙，金姐儿信念感太强，牺牲太大了！

"那现在还有读书的机会吗？"贺显金笑着夹了块素鸡放在嘴里，颇为惋惜道，"探花的苗子却不能读书，就像天生的神力不能考武状元，都是暴殄天物啊。"

探花！胃里空空的，烧刀子在身体里流淌一般，宋白喜脑子蒙蒙的，精准地抓住了"探花"二字。是啊！如他一般年纪轻相貌好，又会读书的，一旦考上，必定会被点成探花郎的啊！宋白喜摇头晃脑，好似已看到长街铺红，十里迎他的场景。可惜他没读书了，宋白喜仰头，自己和自己干了一杯酒。

贺显金嘟囔一句："您其实现在去读书也不晚，左右管束您的人身子骨瘫了，作坊里伙计们也有了新出路，您算是无牵无挂，尽可以完成心愿。"

是啊，管束他的人，话都说不出来了，谈何在他面前大放厥词？还有那群大字都不认识几个的伙计，以那高师傅为首，身上一股味儿，酸臭酸臭的，像是汗巾在土里埋了四五十天，又腥又酸又涩，闻着都熏眼睛。这群人，不在他身边了，一心强迫他承接宋记的老父，也在四五年前死了，没人管他了！宋白喜被这个认知冲昏了头脑。

贺显金如与陈敷闲天扯淡，笑言："我若自己说话算话，我便拿着银子去云南、去延边、去福建、去琉球，谁也甭对我指指点点。"贺显金笑呵呵的，似是随手再敬宋白喜一杯酒，"可真是羡慕您呢！想做什么都行！我要是您，就把宋记给盘出去，拿着银子去京师读书！等考中状元，衣锦还乡，不比赚那两块碎银子光宗耀祖？"

嘎吱——好像有一扇大门，在宋白喜的眼前打开。

陈敷的心脏在胸腔跳得可厉害，这姑奶奶也太奸了吧，原是打的这个主意啊！

宋白喜攥紧酒杯，酒意顺藤摸瓜地冲上天灵盖："你说什么？"

贺显金不在意地吃了一块豆腐，大声道："我说！我要是你，便盘了铺子，拿着钱去京师太学读书！京师考学，可比咱们这儿容易多了！"

宋白喜耳边嗡嗡作响，好像被突如其来的巨大惊喜砸晕，原本就近视的眼前，景象重叠，像留有残影。

"我、我怎么盘？"宋白喜讷讷开口，"铺子是赁的，伙计跑了……"

果然，大家伙的铺子都是赁的衙门。贺显金笑道："你库里呢？库里总有多少存货吧？还有你那块牌子，'宋记'那块牌子！"

贺显金开玩笑般大声道："这样！看在我俩情分上，我出一千两，买你库里的纸！另接手你铺子的转租！"小姑娘像是在调侃，声音大大咧咧的，一听就没认真。

宋白喜却认真了，他真没啥好输的了。他库里啥也没有，就还有三千刀被裁剪成书页大小的珊瑚桃笺。一刀珊瑚桃笺正经能卖二三两，不算人力，成本约在半钱至一两左右，可架不住他把这三千刀纸给裁了。被裁剪的纸，可就一点儿也不值钱了！

宋白喜晕晕乎乎地看了贺显金一眼，心头陡生出一股恶意。如果一千两银子，能把那三千刀纸脱了手，他还真既解了围又有了钱，至少够他在京师舒舒服服地拜个师，认认真真读四五年书。错过这个村就没这个店了，只能赌一把，赌这漂亮的小蹄子不知道那三千刀珊瑚桃笺的惨状！

宋白喜一把攥住酒杯，努力让自己眼睛睁大："你！你可当真！"

贺显金抿抿唇，努力将笑意藏好。陈敷倒诧异地看了贺显金一眼，他记得，账上的活钱好像只有三百来两啊。

至于陈敷为啥会知道泾县铺子上的现银，纯属机缘巧合，上月，老董拿着账簿来找他，热泪盈眶，激动不已："春季的盈利出来，咱们比城东桑皮纸作坊多了二十两银，现账面上三百过半……"

当初他老娘给他下的死命令是，泾县铺子的利润超过城东桑皮纸作坊，他就能结束流放，重回宣城近距离啃老。这不了解不知道，一了解吓一跳，桑皮纸作坊算是陈家的底牌，陈家在宣城的大半开销都用的桑皮纸作坊的盈利，泾县作坊在陈家收入里最多算是个添头。他那老娘这么安排，不就是让他一辈子老家蹲吗？如今这惊喜来得太快，打了他个措手不及。

按理说，他是可以回去了，宣城多好呀，花红酒绿，歌舞升平，都是熟人纨绔，在街口一喊，各家不成器的子孙就打着呵欠，一起祸祸爹娘的钱。这泾县虽不穷，却到底小了点，纨绔也少了点，他有点怀才不遇，一腔坑妈的好主意，没地施展啊！

可他还是决定不回去了。陈敷喝了口白开水，笑眯眯地看自家继女一脸纯良地坑蒙拐骗，哄吓骗诈。真可爱呀，但回了宣城，岂不是折断翅膀的鸟儿？还是算了，明显这姑娘在这儿更快乐。

陈敷笑得双眼如弯月，贺显金的表演一丝不苟、细致入微，连微微颤抖的眼睫毛都在表达惊讶。陈敷不由在心中击节赞叹：真是个角儿啊！

贺显金睫毛抖动，像是没听懂，顿了片刻，方做恍然大悟状："您，您当真了？"又笑，"那可不行啊。您库里的存货都不止一千两银子，我可不能因为您喝了酒，就趁机占您便宜，万一您明天醒酒了来找我麻烦，那可真是伤脸面了。"

不不不！宋白喜身形前倾："我虽喝了酒，却没醉，清醒得很！"

——减轻了民事责任。

贺显金明显迟疑："我若是要将库房的纸甩卖，单我一个是做不了主的。"暗示地看了眼陈敷，同宋白喜细细解释，"要通禀三爷，要董管事核账，要李师傅开库房门……"

宋白喜忙摇头道："我不用我不用！宋老叔病了，族中耆老都在村里！我就是管事的掌柜和账房！"

——减轻了宗族力量的阻碍。

贺显金若有所思地满意点头。宋白喜怕极了贺显金反悔，到手的一千两银子要飞，忙道："你就算帮我个忙罢！"

若真的能安心读书，他岂非能像村东那群老童生一样快活？享受家族供奉，可不事生产，衣来伸手饭来张口。他如今过的是什么日子？早晨鸡未叫他先起，每日嗅石灰粉、闻汗臭味、吃糠咽菜、听粗俚语，日日去报到、天天有事做，这和种田有什么差别？读书多好啊。每个人都盼着他考功名，不敢厉声斥责，更不敢忤逆，吃鸡他吃腿，喝汤他吃肉。

宋白喜酒劲上头，眼眶一红，加重了筹码："你便是将我宋记的牌子摘下来，挂上陈记的招牌，我也无二话！"

贺显金看着他，隔了一会儿方笑出声，从袖兜里拿了一卷银票："这是五百两，另五百两待您明日陪着把店子过租后，再一并给您。"

陈敷瞪大双眼，这是哪儿来的钱？

宋白喜企图伸手去够，却被贺显金一个眼神制止住了。贺显金笑道："您少安毋躁！先把契书签好。"

贺显金从随身背着的布袋里，拿了一沓文书和随身软毫笔，站起身来，本欲与宋白喜讲清楚，谁料到宋白喜抢过文书和随身笔，拿笔尖在舌头上舔一舔，迅速在纸上签上大名，再抬头问："可要摁手印？"

贺显金摇头，笑道："读书人，认账、讲理。"

宋白喜只觉这姑娘既漂亮又懂事，若非发誓专心读书，必去陈记把这丫头给纳了。宋白喜签完文书，贺显金将银票卷子向前一推，慢条斯理地收拾起东西。宋白喜拿到钱就想跑，给陈敷摇摇晃晃作了个揖，撩起长袍就向外冲。

"唉——"陈敷长长叹口气，"山外有山楼外楼，败家啃老我不犹。青出于蓝胜于蓝，丧家之犬在泾南。"

贺显金低着头笑起来。陈敷一瘸一拐地靠过来，又道："这是哪儿来的银票啊？"

贺显金正看文书，抬了抬眼，言简意赅解释道："当初陈六老爷企图贿赂我，给了一千两，今年六月份才能兑现的票子。"

好像有所耳闻，先头老董埋怨唠叨的时候，隐隐约约有听到过啦。陈敷眼看贺显金从布袋子里掏出算盘，噼里啪啦一顿乱砸，算出一个数来，盯着算盘看了许久。

"明日就去县衙把宋记的店面过户转租。"贺显金沉声道，"这一千两，我没记入公账，到时就把宋记店面的名字记成您的，是告诉董叔，还是不告诉，看您自己想法。"

陈敷瞠目结舌。这、这是在给他置私产吗？没记入公账划款就证明谁都不知道，把店子的长租人记成他，就证明这个店面如今在他名下，做的生意和赚的银子那自然也都归他，压根就不从陈记账面上过！这不是私房钱是什么？闺女大了，知道给爹塞私房了！陈敷热泪盈眶，预备今晚回去就在艾娘的牌位前敬酒三杯，好好唠一唠他们闺女现在多出息！

陈敷突然想起什么，抹干眼角："不行！要落就落在你名下！你如今名籍跟着我的，我直接给你单辟出去开女户，做了女户就能买地置业，你名下藏点私房银子，对你好！"

"您也知道是藏！"贺显金低头扒拉算盘，"若这生意放我名下，就相当于我最终接受了陈六老爷的贿赂。我这清清白白一个人，犯不着为了这点钱留墨点。"

再者，拿陈家的银子给自己置私业，她又跟那肥头大耳朱管事有什么区别？她赚银子，不是因为喜欢银子，是因为喜欢"赚"。赚银子的过程，让她感受到自我与快乐，银子多少重要吗？

况且，若她离开陈家，这些私业私银，就是授予陈家指责她忘恩负义白眼狼的把柄。贺显金垂眸，这一瞬，睫毛的抖动没有任何技巧，全是感情。

次日，"认账讲理"的读书人宋白喜一早就来拿另五百两，为了拿钱，一路配合，情绪高亢得些许不正常，待成功转户，贺显金将剩下的五百两银票递给宋白喜，非常客气地询问他下面打算。

宋白喜一下子挺直了腰杆，罗锅背都像扳正了似的："自是去京师读书！"

贺显金赞同点头。宋白喜又道："去之前，要先去宣城买两个丫头，租一辆马车，再请一个长随小厮，另要一季做三套衣服……"

陈敷心中哂笑，这就去掉一百两了。

"再去买几台上好的砚台、几块腰间的玉坠和压衣摆的玉佩。"

又去掉一百两。

宋白喜兴致勃勃地做着规划。陈敷听着，这一千两都用完了，这傻子却连南直隶都没走出去。贺显金眼睛尖，看宋白喜嘴角有一道红痕，像是被什么掐了划了，笑问："您嘴边是怎么了？"

宋白喜脸色一僵，随即摆手不自然地笑道："无碍无碍！被猫挠了！"迅速找了个收拾包裹的由头跑了。

真是丑恶的书生嘴脸。贺显金没作声，转头便回去将《论学》文章誊抄一遍，一边誊抄一边往里加东西："学者，若为清闲享乐而学，必失初心，至面目可憎也；为权势名利而学，必失本心，至伤人害己也；为躲懒怕事而学，必学无所成，至滑稽可笑也。若规其险、避其害、逃其恨，当改制提制闭制，致广学而弱幽微，致普慧而立能臣……"

写罢，便至青城山院交作业。乔放之低着头，一目十行，点点头："有些见地，比山院里那些闭门造车的学生写得实写得全。"

那不是嘛，亲自上手，劝了一回学呢！贺显金咧嘴笑。

乔放之一句："然而——"

贺显金的脸一下垮了下去。乔放之将贺显金面部变化尽收眼底。由不得他不收，毕竟这姑娘的五官很有想法，表现力非常强，各司其职地表明喜怒哀乐。

乔放之被小姑娘旺盛的生命力逗笑，山羊胡须跟着笑意往上翘，缓和了语气："然而，通篇文章太实。"

太实也是问题？贺显金大愣。

乔放之从旁边翻出一卷卷子，递到贺显金手上，笑了笑："你看看这篇，勉勉强强可看，上会试，点不到一甲，二甲前二十还是有机会。"

二甲前二十，勉勉强强可看。贺显金抽抽嘴角。

贺显金低头看了看这篇文章，与上次她看的那篇《商道浩荡行者至论》文章应是同一人所作，看到最后一页，果然落款"乔宝元"。

乔宝元，不是山长吗？贺显金抬头看看乔山长双手抱胸，一副静待她看完品评的样子，又想起刚刚乔山长对这篇文章的点评，不由暗自咂舌。乔宝元，不是乔山长啊？那是谁？

贺显金看字慢，不似乔山长那般一目十行，只能双手拿着一点一点看下来。怎么说呢？文章依旧辞藻华丽，用典精准，概括简要，与《商道》文章相比，这篇《论学》明显是作者更熟悉的领域，论点论据既有高度又有热度，既接天线又接地气，是一篇非常好的策论文。嗯，若这篇文章能打90分，那她的那篇文章60分顶天了，其中40分还是写得多给的辛苦分。

贺显金看到最后一句：

"学者，天之广，星海之阔，炙阳之耀，琼英之寒，广寒之冷，诸生平等，皆立天下，沐暖阳，叹天藏，感瑞白，独且明。"

贺显金眨了眨眼睛，再抬头看了看乔山长，又低头重新看了这篇文章的字迹，狷然张狂，笔锋似剑。

乔宝元，是乔徽吧。锦鲤花花叫乔宝珠，他当然也该有个花名，叫乔宝元啊。贺显金喉头微动，眨了眨睫毛，长长的睫毛像一把小扇子，忽闪忽闪，在下眼睑投出一圈隐蔽的阴影。

贺显金一开口，发现喉头有点涩，清了清喉咙道："写得有理有据，有论点，有措施，有展望，用词优美华丽，却也有态度作风。我这篇就太干巴巴了。"

太实的意思，就是没水，读起来又涩又艰难。贺显金明白乔山长的意思了。

乔山长我心甚慰地点点头，指了指脑子："你这里有东西。"又指了指手，"这里却没有。去把茅草书屋用起来，不拘看什么，每旬给我交一篇读后有感。"

这是以培养文科进士为目标在操练她啊。学术垃圾贺显金虽然不知道山长目的，但是能免费蹭国家级名师的单独小灶，这可是天大的便宜。有便宜不占王八蛋！

贺显金又与乔放之闲谈两句并购宋记的故事，乔放之未置一词，只点评了宋白喜这个后生："素来鼠目寸光，宽己严人，又贪乐怕苦，自私自利，还自诩读书人，读书人的脸都被他丢尽了！家业在他手上断送，也正常。"

贺显金正举步欲离，又想起在家嗷嗷待哺的便宜后爹，觍着个小脸，笑眯眯："您素来门路广，家父脚上剧痛无比，您可知，县城内哪位名医更好？"

乔放之沉吟道："水东大街倒有位避世的大夫，原是京师太医院的王医正，因白堕之乱，心灰意冷辞职回乡，只是他年岁已高，这几年越发不愿出门……"乔放之一抬头，见小姑娘眼睛亮亮的，充满期待地看着他，若是身后有尾巴，必定摇出风，不由笑道，"你拿你青城山院乙等的牌子去请，就说是我爱徒家中有事，他应要卖个面子。"

爱徒呢！贺显金眼神亮成钻石。

乔放之拿了本书，像赶蚊子似的："去去去——文章烂写得差，还有脸求人办事！真是皮厚！"

沉浸在"爱徒"喜悦中的贺显金摇摇尾巴，立刻闪人，先去茅草书院借书，再去水东大街求医，最后去新店拆盲盒——看看宋记的库房还剩些什么好货。

贺显金猥琐搓手，自觉把时间管理得很好，哪知出师未捷中道崩殂，一出茅草书院，就遇到了一只奶凶的拦路锦鲤胖花花。乔宝珠小朋友叉着腰，专在青城山院的岔路口逮她，一见贺显金露面，便如弃妇般悲愤指责："你还记得我啊！"

真有点像《那书生真俊》的台词……

"你原说来寻我玩！我等来等去，就是等不来你人影！若不是杜君宁说你时常去茅草书院借书，我才知你常来！"

杜君宁？噢，那条小鱼。贺显金张嘴欲狡辩，哦不，解释，却听锦鲤花花再道："本想去你铺子上找你，爹又拘束我，说你忙得很，不许耽误你正事！"

贺显金忙见缝插针："我近日确实很忙乱！"

锦鲤花花更悲愤："那你有时间与左娘吃茶？！"

好像是吃过两次，贺显金舌头打结。锦鲤花花乘胜追击："果然你更中意如左娘姐姐一般，端庄贤淑又瘦削纤长的女子！"

救命，更像《那书生真俊》了。

贺显金下意识地忙回道："我与她只是寻常的姐妹关系，与你自然更投契！"

见锦鲤花花依旧在胖嘟嘟地生气。贺显金只好摊手，祭出大杀器："你若真要这么想，我也没办法！"说完有点爽，怪不得男人扯到最后就开始耍混，扯这句话做大旗。

锦鲤花花嘟嘟嘴，眼睛往下一耷，埋下头，肩头一抽一抽的，像是在哭。贺显金爽是爽了，爽了之后，看着小胖姑娘撇嘴预备大哭，心头一惊，在心里扇了自己八十个耳光，带着悔之晚矣的心情，开启了漫长又深远的哄花之旅。又是夸"许久不见，宝珠愈发精神挺拔了"，又是许诺"明日我还来茅草书屋，若是小珠儿有空，我们一起吃晌午"，再看小胖姑娘仍旧是愁容难消，深恨自己这张惹祸的嘴，沉吟半晌，方试探性道："要不今儿，你陪我……"

"好好好！"乔宝珠小朋友一抬头，连声应好，眼睛里哪有一点泪光。

你都还不知道去干啥呢！小心被拖着上秤卖掉！

既是要带乔宝珠，去医馆明显不是适宜带崽出行的好项目。贺显金在心里对陈敷道了声"不是"，左右痛风死不了，也轻易治不好，就再让他疼几天，当是为岁月静好、胡吃海塞买单吧。遂决定带着小胖姑娘去视察最新并购的宋记。

宋记左邻右舍皆开门大吉，唯宋记一家关门闭户，贺显金拿出长柄铜钥匙打开店门，进来便嗅到一股淡淡的霉味。贺显金不由蹙眉，卖纸的商家，店里有霉味？

· 169 ·

原因有二，一则店内潮湿，偷懒未做日常除湿。卖纸的、卖干货的、卖茶叶的、做纺织的，这些金贵物件怕水怕潮，每日需拿镂空的铁筒，装上烧得红火的炭在店里作干燥处理，让热气把水汽和潮意全都烧干净。这举措不复杂，日日坚持却很烦琐，且入了六月，天气热起来，人守着一筒燃烧的炭确实也难受，有些偷懒的伙计便略过不做。不做的结果就是货品受潮，要么变质，要么卖不出去。二则是清洁没做好，有东西发了霉。

无论是哪种，在纸行都不应当。应是那老管事被气得瘫床后，宋白喜得过且过，这才把这店子经营成这样。基于此，贺显金压根不想看宋记的账本了。想也知道，必是比下水道搅成一团的头发还乱。

贺显金轻车熟路地在柜台下摸来摸去，摸到一沓粘在一起的纸，纸上黏糊糊的，像是黏痰，都发黄了。乔宝珠挨着贺显金，一股奇怪的味道扑鼻而来，不由自主地翻了个白眼，快要吐了。

贺显金让锁儿带她出去吃饼子，乔宝珠一愣，随后紧紧箍住贺显金胳膊肘："你休想！"

贺显金无语，她倒是没想过，有朝一日，她的吸引力比饼子还大。

贺显金面无表情地接过锁儿递过来的绢帕，擦干净手后，把绢帕套在手上，翻了抽屉又翻了柜子，什么也没找到，便一边站在原地思索，一边四下环视。

因陈记所在的水西大街位置更好，更加当道，两家每月的租金差不多，宋记却比陈记店铺面积更大一些。窗棂边错落有致地摆着几个斗柜和竹编的矮屉，角落立着一个高耸耸的几架，架子上摆了盆蔫不溜秋的云竹。

贺显金转头看了斗柜的锁头和里间上锁的门，心头有了计较，利落地踩在凳子上，踮脚单手将那盆云竹底座掀开，眼神朝上看，另一只手在花盆底座慢慢摸索，没一会儿，果然在最里面摸到了一串冰凉凉的钥匙。贺显金跳下凳子，行云流水地去开几只斗柜的锁。

乔宝珠赞叹地"哇"一声："你怎么知道钥匙在那儿啊？"

贺显金专注开锁，道："那少东家腰上没挂钥匙，他那副德行，定是嫌重又有声响，必会图方便，把钥匙放在店里。"

店子的钥匙要随身带，这是生意人的规矩。陈记的店铺钥匙，分别交给董管事与李三顺统管，店子里的由董管事负责，作坊里的由李三顺负责，库房的需二人与贺显金同时在场才能开启，每一把钥匙都没有备份，若出问题，方便追责。故而当这宋白喜一露面，一副读书人打扮，长衫束发，腰间除了一枚装相的玉佩便无他物，贺显金就知这厮必定是图方便，将钥匙藏在店子里了。不认真不专业的人，做什么都完蛋。

贺显金依次打开，锁儿将斗柜里的纸搬出。贺显金扫视一圈，尽是些大路货。

高师傅倒没说错，宋记四五年都求稳，什么好卖卖什么，什么不容易翻车做什么，忙忙碌碌却平平庸庸，唯一出彩的点，就是前几月抄陈记的描红本，一卖火，宋白喜和老管事便叫几个师傅日夜不停地做珊瑚桃笺，企图干一票大的。

若真是珊瑚桃笺，倒也不算走空。贺显金低头挑了把最亮的钥匙，推开里间二门，往店子后院的库房去。库房门"嘎吱"一开，被油纸布封闭的灯"噗噗"一亮，贺显金愣在当场。

锁儿抽抽嘴角，乔宝珠倒吸一口凉气："怎的这么多厕纸？"

贺显金轻轻动了动喉头。高师傅是说了，宋白喜和那老管事将珊瑚桃笺裁剪成了适宜制作描红本的大小。高师傅被排挤在宋记的权力中心之外，说得个囫囵迷瞪。贺显金记着，有心理准备，可她没想到，那俩卧龙凤雏，动作竟然这么麻溜，把所有纸张全都裁剪成了描红本的大小！不不不，他们甚至为了节约成本，把尺寸裁剪得比现有的描红本更小更窄！

这能干啥？做千纸鹤？折星星？这对难主难仆，犯蠢时行动力倒是很惊人，甚至还带了点令必行、禁必止的纪律意识！贺显金艰难地吞口口水，恨不得再给自己八十个嘴巴子，当初她那一千两给得太痛快了，这副狗样子，至少还能杀二百两下来啊！

贺显金悔不当初，锁儿眨了眨眼，把油灯移到别处，少看点，闹心的程度就少点。不移不知道，一移吓一跳，宋记的库房，除了这几十摞厕纸，便只零零散散、星星点点地放了七八刀纸。

并购，总是风险与机遇并存。贺显金深吸一口气，心中默念，没有卖不出去的货，只有不会卖的人……

贺显金与锁儿立在门口，久久无法释怀。反倒是乔宝珠小朋友，接过锁儿手中的油灯，小心翼翼地捂住鼻子往里走，低头拿了几张裁剪得比书页稍小一些的珊瑚桃笺，拿着油灯凑近看了看，仰头冲贺显金笑着摇了摇手上的纸："这纸真好看！粉粉的，还亮闪闪的呢！"

粉色是因为加了红兰花叶的汁水，闪闪的是因为加了云母磨成的粉。贺显金正欲开口答话，却突然止住了话头。好看？女孩子当然都觉得珊瑚桃笺好看。一则颜色漂亮，粉嫩嫩的，二则光泽漂亮，闪亮亮的。虽然贺显金自己喜欢冷淡的屎壳郎色，却也能理解少女看到可爱物件的心情。

等等！贺显金眯着眼，陡然一震。如果把受众定位为女孩子呢？藏在深闺的女子、刚刚定亲的姑娘、初为人妇的奶奶，她们心思细腻，情感充沛，藏着一腔不可对人言的心绪。她们或许会买一本做工精细，或画着精致花鸟，或写着一两句"心灵鸡汤"，或描了一句清冷诗词的手账日记本？

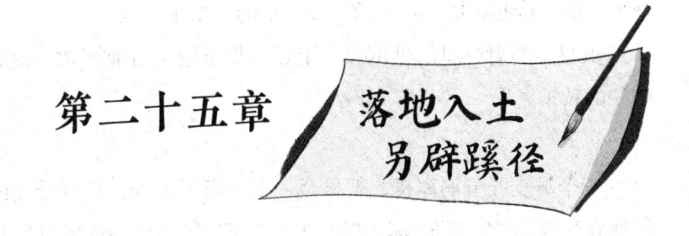

第二十五章　落地入土　另辟蹊径

贺显金的脑子转得飞快，手里紧紧攥住宋记留下的珊瑚桃笺，看着这像小山一样高的纸张，像看到一座小金山。不止手账本，还有很多可以做的东西，如纸扇，如之前的"美人灯"，如用以熏香藏香的笺纸，如女孩子们的口脂纸，再如书签、插画、信纸……

越想越远，贺显金甩甩头，将炯炯有神的目光打散，决定从实际出发，先把手里能抓住的紧紧抓牢。三个小姑娘顶个张妈，贺显金带着两个小丫头把这金山，哦不是，这桃笺纸山慢慢清理出来。

得益于每日一段八段锦和太极拳，贺显金看着精瘦实则有力，抱着一刀纸走得虎虎生风，锁儿是在乡头庄户长大的，也有一股憨力气。反倒是锦鲤花花动作利索、不怕脏累，贺显金有些意外。

六月的天，确实有些热了，人动起来甚至有股抓心挠肝的躁意。油灯挂在墙缘处，忽闪忽闪，乔宝珠小朋友抱着一摞半人高的桃笺，从油灯前走过，贺显金能清晰地看到这小姑娘额角的汗和桃粉色裙摆沾染的灰迹。

"若累了，就去外面吃茶。"贺显金心疼道。

这姑娘白白嫩嫩，一看就不是干这粗活的人。

贺显金半推开库房的门，正好看到东北角的墙上爬满青葱的爬山虎，爬山虎下栽种了几块锦簇花团，火红的绣球花、碧绿的野山兰、米白的风铃草，高低起伏。最美的是，院子里还摆了几只经年的竹子躺椅、吊得矮矮的秋千和几大缸水景，盛水的粗瓷里养了小鱼、凤眼蓝和半边莲，如今正值初夏，半边莲小巧可爱，花骨朵合在一起，像是小姑娘雪白的手掌合拢，比陈记的院子看上去更舒适安逸。

贺显金暗暗点头。这宋白喜虽脑子不灵光，做事不认真，为人不真诚，但倒有个优点，审美还算在线。

贺显金努努嘴："去那坐一坐，吹吹风，散一散热气。"

锦鲤花花抹了把额上的汗，嘟囔："我、我不……"

眼神却跟着贺显金看过去，语气一滞，明显被院子里安静清凉的气氛打动。好吧，她确实有些累了，本就胖乎乎，是顶着一口气要在美人姐姐面前争脸来着。锦鲤花花揉了揉眼睛，脏兮兮的胖爪子把汗水抹开，灰尘在脸上晕成黑乎乎一团。

贺显金笑起来，再看锁儿，小姑娘眼睛盯着院子里的秋千，她便笑起来，语气像在哄小孩儿："锁儿去前面烧壶水，找找看店子里有无瓜片或茶叶，把茶盅、杯子都清洗干净再用！若是饿了，出门左拐有家小馄饨，打包两份回来分吃。你和宝珠都去歇会儿吧！"

锁儿欢呼一声，拎着茶壶，先朝秋千冲去。乔宝珠毫不迟疑地把怀里的那摞纸往贺显金怀里一塞，拎起裙摆，跑得像只没脖子的快乐小白熊。

贺显金看看怀里的纸沉思，说好来帮她的？目前可知，她的吸引力大于门口的饼，小于院子的秋千。

三个臭皮匠分崩离析，贺显金一下午盘了库房，把没受潮的能用的纸清理出来，受潮的纸放在炭筒旁边，看能救回来几成，又洒扫了店里肉眼可见的灰尘。贺显金拿着鸡毛掸子，爬到高处清理窗棂上的蛛网时，正好见院子里两个累瘫的丫头靠在摇摇椅上沉沉睡着，不由愣了一愣，脑子里飞快闪过一个念头。

乔徽奉父命来捉幼妹归家时，就正好见到这个诡异的画面。白胖幼妹和另一只精瘦小丫头，一人抱着一碗剩了点汤底的吃食，优哉游哉地闭眼躺在摇摇椅上，一条丫头酣睡磨牙，一坨丫头张嘴打呼。噗嚕——呲呲——噗嚕——，声音相织交错，配合得极好。

乔徽脸上黑了黑，再往里看，一只穿着深棕色衣裳的长条蟑螂灵活地从凳子上跳下来，左手鸡毛掸子，右手抹布擦子，精神得像半夜睡不着起来打鬼似的，一见他，便探出半个脑壳，笑得露出六颗牙："你怎么来了！"

乔徽吓一大跳，往后退一小步，还以为蟑螂成精会说话了！

"接妹子回去吃饭。"乔徽稳住心神，言简意赅，再看一眼睡得不知今夕何年的妹子，不由默了默。

贺显金笑道："那你得等会儿。"

她探了个身子，找了只没缺口的茶杯，用烧开的水涮了三遍，净手后泡了瓜片递到乔徽手里："坐吧，将就喝，这袋瓜片难得没受潮，等咱把这地儿清理出来，我再请你喝好东西。"

乔徽喝了一口，眉头蹙紧，半响没张开，好容易把瓜片茶吞下后，伸手将那茶盅推得远远的。

贺显金乐起来："不是说读书人追求清苦简朴吗？"却连便宜茶都喝不了？

乔徽也乐："多稀奇！有福不享反吃苦？既有凿壁偷光的读书人，也有窗明几净的；既有映雪囊萤的，也有一点就通的。做人嘛，一生一次，何必给自己设限？"

贺显金笑，一边将卷起的袖口放下，一边将乔徽吃剩的瓜片茶洒在花园里。自从知道乔宝元就是乔徽后，她好像与这人有了某种奇妙的联系，好似以书会友，又像是隔空飞鸽。乔山长每每将落款"乔宝元"的文章给她看，她就有种错觉，她透过乔徽倨傲张狂的外表，洞察到他悲悯又大气、细腻又豁达的思想。

要喝就喝好的，否则就不喝，乔大解元才不将就。贺显金重新给他倒了杯白开水，乔徽决定不暴露自己关于饮品的真实喜好，仰头将白水喝尽，偏头四下看了看宋记纸行，挑了挑眉："市井里传得沸沸扬扬的，说陈记的女掌柜心狠手辣，先将宋家伙计釜底抽薪，再把老管事逼得卧床，最后威逼利诱那宋童生抛妻弃子，拿钱跑路。还有山院的师兄师弟特来问我，问我陈家女掌柜是不是个长了八条腿的蜘蛛精，专会结网设局。"

贺显金抿嘴笑："那你咋说？"

乔徽一笑，眉眼锋利，少年郎意气风发："我说，她若是八条腿蜘蛛精，你就是树上的人参果，难得来世上一遭，却一落地就要入土。"

这不是咒人死得早吗。贺显金愣了一愣后，反应过来，随即哈哈笑起来，文化人骂人就是高级。贺显金笑眯眯的，似是感谢，又给乔大聪明倒了一杯白开水。

乔徽看了看杯子里清澈见底的水，没作声。表达感谢，光靠灌白水就行？也不见留他吃个饭？

乔徽又喝了口白水，余光瞥了眼睡得正酣的妹子，转头把杯子放下，老神在在地说起此事的次生灾害："本来这事，我骂了就过了，谁也不敢在我面前做啥，偏生杜君宁那个小兔崽子……"乔徽双手背头，脚蹬在摇摇椅上，惬意又放松，转头问贺显金，"杜君宁知道吧？"

贺显金想起那个雨夜，那个没有伞的小崽儿，点点头："知道，杜婶子在城里印染作坊干事，他爹过世了。上次陈记送到青城山院的描红本，他也有一份。"

乔徽勾起嘴角，神情似是带了几分赞赏："那小兔崽子年纪不大，倒是有血性，带着几个同样年纪的童生，找了个晚上，把说你是八脚蜘蛛精的师兄敲了个闷棍。"

贺显金一惊。真敲？

乔徽看小姑娘眉毛都飞起来了，便笑起来，露出白亮的牙齿："哪能真敲棒子！咱是读书人，又不是土匪，那小兔崽子趁师兄晚上回宿寝，在路上打了个埋伏，把绳子横在路上，夜黑风高，师兄又老眼昏花，绊了个狗吃屎。"乔徽笑得幸灾乐祸，"据说鼻梁骨都断了。"

说贺显金心里不畅快，那肯定是假的。这群读书人心里清高，觉得全天下的人，都是你名声的垫脚石。随便犯下口孽，别人不能表达愤怒？

贺显金却有些担心小兔崽子杜君宁，迟疑道："别惹上祸事了。"

本来就是贫困生特准入学，要是因为帮她报仇，引咎辍学，犯不着啊！

乔徽摇摇头："黑黢黢的天，那几个兔崽子又藏在树后面，绊倒人之后就麻利地把犯事的绳子扯走了，这谁知道呀？"

贺显金克制住挑眉的冲动。那你咋知道？

乔徽看到贺显金隐藏在眉毛里的问号，理直气壮道："我正好路过，纯属巧合，你不信问博儿！"

你和张文博，真的是一个爱惹事，一个看热闹，捧哏、逗哏凑得倒是很齐全。要不是山长儿子，成绩又好，就冲你这刺头的样儿，谁不想给你两记老拳啊？

说到老拳，贺显金想起被乔徽一记老拳打爆左眼眶的孙顺，问道："我二哥说孙顺回来了，没找你麻烦？"

乔徽一哂："那个蛊虫，看到我就躲，他敢作甚？"想起孙顺回来后，常躲在暗处如毒蛇般阴损的目光，又想起他爹押着他去淮安府探病，见到孙顺的爹打着茶馆的名义当叠码仔，逼几个良籍妇人衣着清凉在二楼揽生意。一家子捞偏门，早晚被打。

乔徽扯了扯嘴角："他若敢玩阴的，迟早让他滚回淮安府。"

贺显金挠挠头。好吧，子弟的世界，她不太懂。

乔徽又说起张文博端午带着六丈宣回家，张爹特意雇了支喜事队伍去镇口迎接："打头的就是唢呐，吹得整个镇子的人都出来看，张文博实属是他爹生的，不以为耻反以为荣，在宿勤里，缅怀了四五遍当日的……"乔徽似是颇难启齿地选了个词，"盛况。"

贺显金哈哈笑起来。唢呐一出谁与争锋，在座的都是弟弟。张文博父子，真是一脉相承，吃浮夸仪式感这一套。说起张文博，贺显金又想起他今年要上考场，随口问了两句今年开考的具体日程。

乔徽手一摊："距离我上次关注院试，已过去十年有余。"他八岁考中秀才。

贺显金嗤了一声："是是是，就你是个大聪明！"

乔徽收回摊开的手，反笑起来。两个人，一个抛话题，一个接话题，一个说，另一个就笑，半个多时辰，话就没掉在地上。

天渐晚，有乌鸦从瓦上飞过。陈笺方埋头拐过白墙，看宋记的店铺，窗棂与门都大大打开着，便单手去撩布帘，里间的说话声与笑声愈发清晰。

陈笺方抬起的手停在半空，疑惑地屏息听了一听，待听清是乔徽时，陈笺方轻轻撩开布帘，出声道："宝元？"

再一看旁边的摇摇椅上，乔宝珠和贺显金身边的锁儿睡得正酣。贺显金与乔徽并排落座于摇摇椅旁，一个脸上挂着意犹未尽的笑，一个眉眼之间含着松弛之态。陈笺方不由微愣。

乔徽抬头，抬了抬下颌，笑着打了个招呼："二郎。"

态度非常坦然，颇有光风霁月之相。陈笺方半垂下眼，轻抿唇，半晌未曾接话。贺显金看看陈笺方，气氛好像有些尴尬。

乔宝珠迷迷瞪瞪地揉着眼睛，先"咦"一声："天黑了！"看自己身边多了一圈人，再看锁儿还睡得如一头小猪，恨铁不成钢地赶紧推醒她，"说来帮忙，睡得却比谁都死！"

贺显金无语，你也就刚醒三秒。

乔徽站起身来，笑着拍拍陈笺方的肩："你也是来帮忙的？"

陈笺方看了乔徽一眼，隔了一会儿，笑了笑："三叔今天让张妈做了辣豆腐汤锅，还炸了两个蛋，在家等半天，没等到金姐儿，就叫我来接。"

辣豆腐汤锅！三个姑娘同时抬头。乔宝珠反应极快，立刻目光炯炯地望向贺显金，语气哀怨："搬了一下午东西，又累又饿，哎哟哎哟——你看我的手！"

贺显金低头，面无表情地看了眼面前白嫩得能掐出水的猪蹄子。这手很好，和你的睡眠一样好。

乔宝珠再次一把箍住贺显金的胳膊肘："要不咱们回去吃了晚饭，再来一起搬？"

贺显金抽抽嘴角。姑娘，麻烦您不要擅自省略主语，应该是"咱们回去吃了晚饭，她自己再来搬"比较符合事实吧。

贺显金看向陈笺方，去陈家吃饭，合情合理，都该由他请，谁知，陈笺方微微垂眸，恢复到素日沉默寡言的状态。这人咋对着恩师的两个崽子都如此内敛呀！贺显金无法，只好笑着邀请花花和她哥："要不，您二位也去陈家老宅用个便饭？"

乔宝珠高声答："好！"

乔徽揉揉鼻子，立在妹妹身后，一言不发地默默表达赞同。

陈笺方不由深看了乔徽一眼，宝元是世家子，孰亲孰疏，泾渭分明，边界清晰，难得越界。难得的是，乔徽其人在山院里既不自矜，亦不刻意逢迎，看得惯便成行，看不惯绝不与之为伍，虽不自持身份，却仍有交往分寸，与人相交难有入心者，一是因傲气，二则是怕麻烦。偏生如此自傲又怕麻烦的人，答应了去商贾老宅吃一碗辣豆腐锅子。

他若不想去，自然能借口学业繁重，待用完饭后再来将妹子接回。他不吭声，只能说明一点，他想去。而他想去的原因，绝不是什么辣豆腐锅子。

陈笺方动了动喉头，喉咙口仿若含了一口冰层下的凉水，冰凉苦涩，满嘴如刀刺针扎。

这一顿饭吃得可谓宾主尽欢，宾嘛，主要是乔宝珠小花花吃得很开心。贺显金与陈笈方先将豆腐、蔬菜与炸蛋依次夹出，之后便下了刀鱼打的鱼泥丸、肥瘦相间的五花肉、新鲜现切的羊腿肉，以及几盘乌溪河坝上摸的小贝、泥鳅和河蟹。

辣豆腐锅，其实就是由辣豆豉锅变来，以油豆豉的辣味为底，调得咸鲜适度，主要迎合锦鲤花花的徽州人口味。在家里有客的情况下，张妈忍痛割爱，背叛了贺显金的四川胃。故而乔宝珠小朋友被张妈过硬的家政本领收服，吃得热火朝天，肚儿鼓圆。

至于主嘛，那就是陈敷非常高兴。主要是他展示"何为新鲜现切羊肉"时，将盛满羊肉片的盘子垂直立起来，羊肉片牢牢贴在盘子上而不掉地，赢得了席上群众热烈的掌声和锦鲤花花捧场的一声"哇！"。

而且乔徽待他恭敬，极大程度地满足了他作为纨绔的虚荣心。乔徽一进门就恭恭敬敬地唤了声"世叔"，虽然他也不知道这"世"是从哪儿算起的。

夜深，贺显金将乔家兄妹送到门外，一回花厅，便见陈笈方神容端凝，径直穿过抄手游廊向里院去。陈敷一瘸一拐地过来，同贺显金郑重其事地咬耳朵，声音非常雀跃："二郎好像情绪不太好啊！你可知为甚？快说来，叫老父畅快畅快！"

贺显金额间闪过三条黑线。这情绪价值欠账，还需父债子偿的？

希望之星本就内敛，别人难摸出喜怒，今日在宋记铺子时，她就察觉到这人情绪不佳，想来必是遇到了些跨不过的坎儿。

贺显金不赞同地蹙眉头，转移话题，看了眼陈敷的瘸脚："您脚好些了吗？"

陈敷顿感委屈："没有呢！可疼了！刚忍着疼陪大家伙吃饭呢！"

在您脸上，可是一点忍耐都没看见呢！

"您再忍忍，山长荐了一位太医院退下的医正大人，明日我陪您去瞧瞧。"贺显金关怀完毕，遂板着脸，教训起便宜老爹，"做人留一线，万事好相见。大爷去了，二郎如今身在泾县，身边最亲近的人便是您，您不帮助关爱，反而处处埋伏收紧。难道您吃过长辈的苦，便要他也吃一份吗？"

小姑娘说话跟弹弓似的，一个字一个字往外砸。

陈敷被教训得臊眉耷眼，直到贺显金的身影彻底消失在花厅，方小声嘟囔一句："以前我对二郎幸灾乐祸，也没见这丫头凶我……"

张妈正收拾桌上残局，随口搭了句："许是这两日，金姐儿和二郎处得不错呗！"

陈敷眉头拧成"川"字："啊？什么不错？"

张妈便将店里晌午二人一同学字吃饭的事说了，总结一句："别说金姐儿，我都觉二郎不错。原以为是个迂腐高傲的，谁承想很是谦逊温和。"

陈敷侧眸看了看抄手游廊，再看看贺显金朝里间走的身影，双手背在身后，干起了他并不擅长的事——思考。

贺显金也在思考希望之星为什么不高兴，多半是学业。是因为乔徽？毕竟，她今天看见希望之星觑了乔徽很多眼。

贺显金翻了个身，叹了口气，虽说书山有路勤为径，可读书这回事，勤奋比不过天赋，你看乔徽，不过两篇文章，便将文风虚浮、过于华丽的不足彻底纠正过来。而且，读书最怕的就是，比你勤奋的人，不仅比你有天赋，还比你有门路。

贺显金再翻了个身，低声唤了唤睡在隔间的锁儿："锁儿——"

锁儿脆生生地应："哎！"

贺显金又道："你去同张妈说，我明日早上想吃马蹄糕，请她多放些糖吧。"

甜食能让人快乐点，希望之星和她一套食谱，吃了甜食，能多一分快乐。

贺显金等了一会儿，没等到锁儿的回应，又喊了一声："锁儿——"

"哎！"

"我刚说的话，你听见没有啊？"

回应她的，是均匀的鼾声。贺显金无语，这是个什么神仙睡眠？老板要摇人，先干脆答"到"，老板派任务，立刻就睡着。

贺显金只好披着衣裳，自己摸到厨房，更新了食谱要求，又摸着近乎令人全盲的黑夜上床睡觉。临睡前，贺显金不死心地再试一次："锁儿——"

"哎！"

"明天给你加条杠杠，顺便请你吃小稻香的酥饼！"

"哎，好！"回答得干净利落，不带丝毫犹豫！

贺显金气得坐起来，借着窗边的烛火，走到隔间眯眼虚看。王三锁小朋友正在隔间四仰八叉地睡得不省人事，笑得甜蜜蜜，还伸出舌头舔了舔嘴角不存在的酥饼末子。

六月初夏的夜晚，宣州泾县已然酷热，逼仄的厢房不通风，一扇窗户又管进气又管出气，房屋内极度闷热。贺显金翻了个身，一闭上眼，便是陈笺方隐忍又沉默的脸，隔了一会儿，变成人满为患的茅草书屋。

一个晚上，希望之星和图书馆来回闪现。贺显金睡的时间很久，但睁开眼睛却累得像杀了人，或者像被人杀了，脑子、脖子、肘子、腰，都痛。

张妈不仅令行禁止，还举一反三。吃早饭，张妈先搞了一碟亮晶晶的马蹄糕，再从蒸屉里端出芝麻花生红糖包子、豆沙糯米粽、奶香糕、干椰片云朵脆，最后上一碗朴实无华的豆浆。八盘糕点，摆成包围阵形。

贺显金在心底为张妈的执行力点了个赞。陈笺方吃了一圈甜食后，默默喝了口豆浆，表情呆滞一瞬，方艰难地吞下。连豆浆都好甜……

贺显金没喝豆浆，却给自己泡了盏提神的苦浓茶，看陈笺方吃了一圈糕点，又喝了豆浆，不禁欣慰地点点头，再从兜里摸出一个昨天晚上从厨房顺走的清水粽。

陈笺方微微一愣："你不吃早饭？"

贺显金理所当然："我不太喜欢吃甜食。"

陈笺方看了眼贺显金手中的清水粽，不自觉地歪头，直觉此事怪怪的，其中必有乾坤。

但具体是什么乾坤，容他想一想。

贺显金剥开粽子叶，空口吃白粽。热糍粑，冷粽子，粽子带着粽叶的清香，口感糯叽叽的。清水粽由细长的糯米制成，恰如其清冷干净的口感。贺显金吃得很认真，也很迅速，向众人展示了三口一个粽的绝活。

小姑娘腮帮子鼓鼓的，嚼东西速度又快，像只大型仓鼠。陈笺方抿了抿唇，想笑，却兀地想起什么来，笑意还未爬上面颊，便戛然而止，整个人迅速回到以往的沉默与安静。陈敷的眼神在贺显金和陈笺方之间左右打量，磨了磨牙齿，暗自告诉自己要忍耐。

贺显金今天要带陈敷看病，不能和陈笺方同行，本想提前告知希望之星，哪知这厮跑得极快，压根没想等她，吃完饭摞碗就跑。

不是说三种搭子要珍惜吗？麻将搭子、吃饭搭子，还有上班固定搭子，她和希望之星至少占两项吧？不说存下了如海沟一般深厚的情谊，至少也有花园水池那么深吧？怎么跑得如此无情无义无理取闹。

贺显金挠挠头，对陈笺方突如其来的冷淡，颇感莫名其妙。

"他是嫉妒你！"陈敷待陈笺方走后，立刻把昨天的思考成果和盘托出，"你本就受乔山长喜欢，如今又与乔山长的子女关系甚好，他必是怕你夺走了乔山长的看重！"

就是这个原因，他想一晚上呢！一晚上他就听到脑子里噼里啪啦乱响，必定是动脑太过，导致脑水回流。陈敷怕贺显金又教训他小肚鸡肠，不像个长辈，往回找补一句："我可是旁观者清，丝毫不掺杂个人憎恶！"

贺显金挠头："我又不考科举！怎会惹他猜忌？"赛道都不同啊！

这个问题，陈敷昨天细想过，如同押题考中般对答如流："话虽如此，可你细想想，一个人的精力就那么多，给你开小灶占不占用乔山长的时间？乔山长的时间就是万千读书人的时间，是不是乔山长辅导他课业的时间就少了！"

贺显金再挠头。是、是吗？当真是因为乔山长单独教她写文章吗？贺显金被陈敷完美的逻辑闭环说服，想了想，叹口气，若是因为这事，希望之星不高兴，那她也没办法啊！

愚蠢又逻辑自洽的两父女窸窸窣窣地背后说小话，向水东大街去。王医正本闭门拒客，但听说贺显金手里拿着青城山院的乙字牌，遂放行。

垂髫小童带着二人穿过葡萄架，到了正院。一白须老者背对大门，左手执白子，右手执黑子，双手博弈，听身后有声音，便将两子各归其位，转头一看，见贺显金面容后微微一愣，笑道："乙字牌，竟被个小丫头拿了！"

陈敷悲愤，难道他看起来就没有拿山院木牌的面相吗！

贺显金将用信封装好的席敬双手呈到石桌上，再规规矩矩拱手行礼，笑言："晚辈显金，承蒙乔师青眼。"

王医正捋捋胡须："哪个显？哪个金？"

贺显金躬身道："显与君子，莫不令德；如金如锡，如圭如璧。"

王医正笑起来："才学到《诗经》？不像是放之学生的水平啊。"

贺显金赧然："启蒙晚，用功少，思考浅，进展慢。本人之过，千字难言，还望王师，体谅则个。"

王医正笑得更开怀，这姑娘是个妙人，满口都是自己的过错，把乔放之择得干干净净。王医正眯着眼细细看过贺显金五官，似有探究之意，再随口问："哪里不好啊？"

贺显金忙扯过陈敷，压着恋爱脑深深一鞠躬："家父在泾县陈记排行第三，近日脚上剧痛无比，一连三日，无论更换姿态、冰敷热泡皆日夜难消。"又把病前与病中说清楚，"发病前，家父日日外食，皆是油腥荤物。病发后，小儿断了家父的荤餐与汤水，日日灌水，并卧床休养，如今虽也疼，但比第一二日好多了。"

王医正听到"家父"二字明显一滞，随后神容复原，转过眼，笑着问陈敷："是这样？"

陈敷连连点头："是是是！这痛吧，像从骨子里散出来的，我躺着，拿东西压住，蜷曲脚趾，疼痛都还在！这几日清汤寡水，吃得我肚子里空落落的，我是既想那口肘子呀，又痛得吃不下饭。我们家祖祖辈辈也没人有这个毛病啊！人生啊，就是由苦痛组成，谁也不知道痛苦与明天，哪个先……"

王医正笑颜往回缩，面无表情地制止陈敷的自我发挥。看吧，如那小姑娘一般，将发病时间、症状、可能的诱因等事挨个井井有条说清楚的病患，一千个里面有一个吧。更多的，就像这位油头粉面的老纨绔。王医正他是在看病，不是在听人朗诵诗歌。

王医正言简意赅："把左手拿上来。"说着，推了个装棋子的小盅过去。

陈敷见这中年神医面色不虞，叨咕一句，有本事谁都了不起。接着，就以"迅雷不及掩耳"之势，将爪子放到棋盅上。棋盅硬邦邦的，边缘硌手得很。恋爱脑看了眼自个儿白嫩的手，心里估摸着，手背一会儿得被硌红。

王医正覆手而上，三十秒后收手，又叫陈敷脱了鞋子看患处，端详了陈敷又红又肿的大脚趾关节，再叫他伸舌头、转眼球、哈气。

王医正收手就转头写方子，唰唰写完，交给贺显金，完全不给陈敷纾解心绪的任何机会，快速道："令尊此为痹病，饮食不节，风邪入体，致风热湿痹，民间也称'白虎历劫'，发作时痛如虎咬。"

老虎咬人！陈敷抱着腿："哎哟哎哟——"

王医正忍耐地眨了眨眼："湿热相合，则肢节烦痛，苦参、黄芩、知母、茵陈者，乃苦以泄之也。老夫开一副当归拈痛汤，略苦，须按时定量服之，疼痛必定缓解。"

略苦？谁不知道医生口中，略苦是苦到发癫，略痛是痛到上吊。贺显金同情地看了眼陈敷，这个恋爱脑目光灼灼地盯着药方，可能只听懂了"疼痛必定缓解"六个字。

贺显金忙点头，赶紧应道："待出门，便去药房抓药，晌午就熬上。"

王医正再交代："一饮一食，必要节制，不吃河生海生、荤汤酒品、蜜糖蔗乳、烤制煎炸之物。"

这陈敷听得懂，抱住脚，警惕地看向王医正："那能吃什么？"

"吃烂菜叶子,吃糠壳子,吃鱼骨头!"王医正毫不掩饰地翻了个白眼,转过头变了张脸,与贺显金和颜悦色,"发病期严格忌口,若很长时间不犯,便可浅尝辄止地吃一点。"

贺显金悲悯地看了陈敷一眼,点头道:"我必督促严管。"说着便预备告辞。

王医正笑着从兜里掏出一只软缎手枕放在桌上,同贺显金道:"要不,陈姑娘也让我诊个脉吧?来都来了。"

贺显金一边无语,一边利索地把手放上去。

王医正指腹轻搭在贺显金左手经脉上,眯了眯眼,静静听,隔了一会儿方问贺显金:"可患有夜视之症?"

就是夜盲。贺显金点头。

王医正再问:"是生来便有,还是偶有发作?"

贺显金回答:"生来便有。"

王医正肩头向下一耷拉,似有一口长气无可奈何地泄出,眉眼间却仍旧不死心,又问:"那可有心悸心弱之症?"

贺显金笃定摇头:"不曾有。"

陈敷在旁嘟囔:"她天天中气十足得很!特别是教训我时,声音大得能把鸟儿打下来……"

贺显金看了陈敷一眼,陈敷脖子一缩,装作看院子外并不咋样的风景。

王医正笑着摇摇头:"没有就好,没有就好。"

贺显金发誓,她看出了王医正的笑容,是苦笑。

"夜视之弱症,若是先天之症便药石无医,素日多多食用肝脏、蛋类与红柿等食材。你脉象平稳有力,均匀丝滑,不见女子常见的郁结堵淤之症。"王医正再开口时,已整理好情绪,态度可亲地看着贺显金,"这很好。女子当世不易,务必要心胸开阔,情绪疏朗,方可身体康健、长寿多福。"

贺显金感谢地点点头。为人医者,能说出女子不易,很客观了。

贺显金又诚挚谢过,便拎着还沉浸在只能吃草的悲痛中的老父往外走。刚过抄手游廊,王医正便听到不远处传来少女埋怨唠叨的声音:"有没有告诉您,吃喝适量、凡事适度?有没有!"

弱弱传来一声:"有……"

"那有没有告诉您,不能多喝酒?"

"也、也有……"

少女的声音多了丝气急败坏:"您一天九顿饭,顿顿外面吃,吃完小稻香,又去溪香阁,回来还要光顾刘记饼铺!您是跟牛一样有四个胃啊?一个装酒,一个装肉,一个装饭,一个装汤?您吃那么多,现下好了,脚疼了!大夫咋说的?饮食不节!您多大个人了,既不需要您谈生意,又不需要您灌酒充面子,您真是靠自己吃出这富贵病……"

声音渐渐弱下。不是少女气消了,而是他们走远了,声音传不过来了。

王医正笑了笑,低头打开拿信封装下的席敬,三十两的银票。

"这手笔，不是当家人拿不出。"王医正身边的老仆侍从小声说，"这位姑娘，看来是陈记在泾县当家作主的人。"

老仆看了眼王医正："她看起来颇像……"

王医正看他一眼："世间事千千万，两个人相像，再正常不过。更何况，也并非很像，至多不过是身量与身形相似罢了。"

此为逆鳞。老仆赶紧埋头称是。

隔了一会儿，方听见王医正叹了口气："这位姑娘生来便有夜视弱症，且无先心不足之症……"

身体的状态是无法骗人的。王医正隔了一会儿，方笑了笑："不过这姑娘看上去利索能干，说话干脆爽朗，脉象有力，想必是一位豁达又大气的女子。"

老仆笑着再加了一句："样貌十分好，人品想必也很是贵重，否则不会得乔山长举荐照护。"

王医正登时心头一动。

是夜。干完一盏苦药，苦出眼泪花花的陈敷，本已跷着脚，躺在床上睡下。谁知，心里陡然过了个事，翻身一动，一拍床板子："他明明就随身带有手枕！却还给老子用棋盅！"

王医正发话，莫敢不从。陈敷的食谱从早上一碗溪香阁的咸豆浆、中午一桌四冷四热四大菜的桌席、晚上张妈爱心牌家常菜，变成了——

"我吃这个？"

陈敷看着面前一个白馒头，一盆白水煮莸菜，一小碟跳水萝卜干，另有一小块卤鸡肉，再抬头看桌上八大碗，有蛋羹、白菜粉条包子、炸萝卜糕，连佐粥的咸菜都由四小碟拼起来。陈敷不可置信地抬头，左右看了看，问道："孙氏来泾县了？"

这么恶毒的招数，孙扒皮拿来对付过贺显金。

贺显金拿了个白菜粉条包子，咬了一口，真好吃。粉条韧韧的，白菜拿粗盐杀过水，吃起来脆脆的。贺显金喜滋滋吞下，语重心长开解老父："忍一时罢！"

贺显金端起一碗盛得满满的菜粥，拿筷子敲了敲碗沿："您看啊，人一生吃的米，都是有定数的，谁先吃完谁先走。"

陈敷的哭泣被堵在了喉咙里。一碗饭谁先吃完谁先走？他之前一天九顿饭，不就等于折了三天的寿数嘛？胡说八道，这不咒人吗！

陈敷一拍桌板子："谁说的！"

贺显金面不改色心不跳："我娘说的。"

陈敷立刻点头，没有丝毫停顿，张口便道："那就说得非常有道理了，可谓是集心学、理学、玄学为一体。"咬了口白馒头，再道，"来，跟你爹说说，你娘还说过哪些至理名言。"

贺显金翻了个白眼，转头将剩下的包子三口两口塞进嘴里，一边嚼一边从布兜里拿了一本珊瑚桃笺做成的厚册子，递到陈敷手里："店里新出的本子，您拿着玩，这么大半年的，泾县九镇二十四村的酒家，您虽说没吃完，却也吃了一半了。您先前不是想写酒家名录吗？

我与尚老板说好了,您只要写出来,他就给您印,三百本起印,我拿到店里去送,哦不,去卖。"

陈敷惊得下巴都快掉了。他写的东西能印刷成册?还能卖?

怎么才能让孩子静悄悄地不作妖?给他找点事情做。最好是他一直想做,但一直没有做成功的。

贺显金整个六月都极为忙碌,往返于印刷作坊、小曹村、青城山院、水东大街和陈记铺子之间,忙得压根回不去老宅,每日都睡在水东大街的原宋记铺子、现装修工地上。

陈左娘挎着篮子来探班时,正好看到贺显金混迹于一众穿着背心的工匠之中,头上披着一张破布头巾,身上浅棕色的单衣东一处白灰、西一处破洞,裙子上全是木屑。看上去,像在草垛子里打了三道滚的流民。

陈左娘正欲上前,却听里间传来一阵随意又恶意的玩笑声:"小女娃家家的,天天往男人堆里面钻,你爹娘也不管管你?别到时候嫁不出去,赖上我们咧!"

下力的工人有三四个,脸上挂着不怀好意的笑,调侃对面正叉腰看图的贺显金。陈左娘皱了眉头,正欲进去维护,却听里间贺显金也笑,哈哈三声,讥笑之意甚浓:"小男人家家的,天天从女人手里拿工钱,你们爹娘也不管管?别到时候用了沾有女人气的铜板,娶不上媳妇儿,赖上我咧!"

说完便弯下腰,与旁边那个名唤锁儿的丫头嘻嘻笑作一团。

陈左娘愣了愣。怎么说呢?这个笑听上去挺贱的,特别是两个人捂着嘴,眉飞色舞地笑作一团时,杀伤力特别大。

工人们脸上的笑顿时僵住了。贺显金叉着腰,指着先前那个说话的出头鸟,笑嘻嘻地说:"刘大根,你怎么左手拿铁锤子啊?下午不用来了哦,干完直接找老董兑账吧。"

刘大根脸色一滞。他左手拿锤子怎么了?谁还不允许他是左利手吗?这才干三天就被辞了?也太亏了吧!这份活儿,可是好容易才找上的啊!铜板丰厚,还包吃,每天中午都有一块大肉,就这么没了!

刘大根企图开口解释。谁料贺显金压根不给他说话的机会。陈左娘看着小姑娘歪着脑袋,手指笑眯眯地从剩下的匠人身上一一指过,声音宠溺又温柔:"来,让我看看,哪个大哥还用左手拿锤子呀?"

一个屋子,三四个彪形大汉齐刷刷地把锤子换个手拿,又齐刷刷地换回来,他们谁也不是左利手,本来就是右手拿的锤子嘛!

陈左娘见贺显金满意地点点头,笑得眼睛都快成两钩弯月了。

"很好很好,大家伙都与我一条心了。"贺显金说,"大家好好干啊!甭管男的女的,老的少的,给你发银子的,就是好人不是?咱干完这一票,你奔西,我奔东,有缘分的下次再见,没缘分的此生永别。何必处得不愉快呢?"

两钩弯月眯成一条缝,贺显金声音甜甜的:"大家伙说说看,是与不是呀?"

"是!"工人们再齐刷刷应道。

陈左娘有些佩服地看着贺显金。贺显金一抬头，正好看见陈左娘，便笑着将人招呼到她平日里落脚的小屋，给陈左娘倒了一壶茶，笑道："三爷说你要来看我，还以为你晌午时来呢。"

陈左娘接过茶盏，见桌子上一大摞文书，最上面那页纸密密麻麻写满了字儿，也没看明白是什么意思。但陈左娘见贺显金忙忙碌碌的样子，心里却有些羡慕。

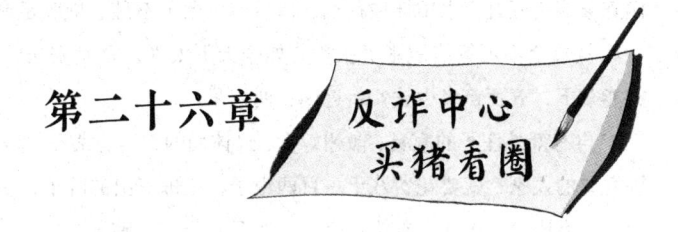

第二十六章 反诈中心 买猪看圈

陈左娘喝了口茶，茶水温热，早已不烫，想来是茶水的主人忙得并没有时间喝水。再看看这小屋堆满了各式各样的纸与本子，连墙上都斜挂着十来本，方方正正的，用细麻绳牵着。

陈左娘笑了笑："三叔说你晌午只有半个时辰休息吃饭，叫我上午来，还能拽着你稍坐一坐，略歇一歇。"

贺显金终于有时间喝口水了，咕噜噜大口灌完一大杯茶水，笑道："他恨不得我也终日无所事事，在家里陪他打牌看戏。"

"不仅是承欢绕膝，三叔更怕你累。"陈左娘笑得温婉，向外探了一眼，"宋家郎君去京师读书，这铺面倒是便宜了我们家。大家都是做纸的，你何必大费周折地重新修缮？循旧例把账目清一清，再将伙计敲打敲打，不又是现成的纸行吗？"

这事业上的规划，贺显金不喜欢说在前做在后，事情尚未做成，反倒唱得满城皆知、花团锦簇，于是打了个哈哈："新人新气象，宋家的东西也不算顶好。"又与陈左娘聊了两句，却听陈左娘顾左右而言他，好似是藏着事来的。

外头一堆工序要做，还要去印刷作坊拉货。贺显金确实没这么多时间暗打机锋，一个直球打过去："若是你无事，便在小屋里等等我，我中午带你去吃溪香阁的黄瓜面。"

陈左娘忙站起身来，摆摆手："无事无事！我只是顺路来看看你！"

不是问过陈敷才来的吗？怎么又变成顺路了？贺显金蹙眉："当真？"

陈左娘连忙点头，害怕贺显金细问，主动张罗着帮忙收拾了里屋的柜子，擦了内厢蒙灰的方桌，还动作利索地帮忙理了三年的账本。待晌午张妈送饭来，陈左娘却怎么说都不肯留下来一起吃，找了个由头便一溜烟走了。

锁儿赞道："大义啊！光干活不吃饭，咱们店子要都是这样的伙计，何愁不发财啊！"说完，便一口啃掉半个鸡腿。

贺显金看了眼陈左娘匆忙离去的背影，心里记下这事，晚上特意提早收工，赶在天还未黑透前回了老宅，与陈敷说起此事："看着像是有事，却如何也不肯说。"

陈敷呵了一声，略有嘲讽："咱们那位七叔祖的脸皮，比人大闺女的面子还值钱。县衙里那位县丞他娘，托人给咱们家递了话，说他们家庄子上的新宅刚建成，三进三出的好宅子，就缺一套上好的红木，问咱们家几时能上门量尺寸、打家具？"

贺显金愣了愣，问："终于来向左娘提亲了？"

陈敷摇头："还说如今他们家现下只有五十亩山林，每年只能吃点橘子、李子。要是咱们陈家能陪五百亩水田插秧种稻，以后就可粟米不愁、饱肚足食。"

贺显金不可置信地张了张嘴。如今天下太平，百姓安居，一亩好田不贵，六百文至八百文能拿下，五百亩多少钱？将近四百两银子。

再有郊外庄子的家具，徽州嫁女，最体面的，就是家具与陪房。一张百子千孙石榴雕花床，讲究些的人家，就要花费八十一百两银子，三进三出的院子，一套家具打下来恐怕又是二三百两。还有压箱底的钱、首饰、金银、布匹、家丁、铺子……

县丞他妈是要求陈家至少一千两银子打底嫁女啊！贺显金收购在泾县经营了百八十年纸业的宋家，也才花了一千两银子。寻常商户人家，若有钱些的，也不过是三四百两的嫁妆。八品县丞的月俸才一年四十五两银，一千两，差不多是他不吃不喝到退休。

"对方的聘礼呢？"虽然贺显金觉得有些离奇，但看待事物要辩证，万一对方拿三千两银子娶妇，陈家也不算倒贴。

陈敷也不知是气的，还是吃菜叶子吃的，一张脸绿油油的："没提。中间人来只说了一句，'县丞大人如今还愿意提亲，已是给青城山院脸面了'。"

噢，对，毕竟她是乔山长的爱徒嘛。贺显金赧然笑了笑，怪不好意思的。这事儿闹得，满城皆知的。

陈敷哼笑，吐出的气都是绿的："这意思不就是，若非咱们家二郎是乔山长带出来的举子，这门亲怕是拿银子都买不回来了！"

举子比爱徒重要？贺显金徒手掰开一只梨，啃了一口，静下心揣了揣。陈家大宗伯死了，唯一在朝任职的官老爷撒手人寰了，那县丞大人本是不想再续这门亲，便一直拖着没来提亲。如今来提亲，也是因为希望之星还有举子的身份，且在青城山院读书，还很可能更进一步，故而这县丞一家便想方设法地要求加嫁妆，加了嫁妆，就来提亲？

花一千两买一个为八品县丞操劳管家、生儿育女、纳妾养仆的名额？是县丞疯了，还是陈左娘疯了？

贺显金再啃一口梨："那左娘姐姐来店里找我作甚？"总不会是找她说知心话，纾困解难吧？

陈敷冷笑得嘴角都歪了："支钱。"

贺显金以为自己听错了，"啊？"了一声。

陈敷点点头，给了贺显金肯定的回答："刚不是说了咱们家七叔祖面子值钱吗？他自己不出面，反倒叫待嫁的姑娘出面来支钱。左娘倒是个好孩子，一边说一边眼睛通红，只说家里凑上凑下，只凑出了三百两，加上循例支的一百两嫁妆，也不过四百两银子，看铺子上还能不能凑一些闲钱出来。"

这姑娘，是陈家少有的让陈敷喜欢的人，温驯又能干，相貌也不差。陈敷说着有些不落忍："左娘说，好歹凑足六七百两，她不要金银首饰、压箱底钱和陪嫁铺子，先把面子上的情也圆过去就行。"

贺显金目瞪口呆。陈左娘，还真想花银子买结婚名额啊？

"左娘，没跟你提支钱这回事？"陈敷顺手将贺显金吃剩的梨子核扔到木桶里，长长的脸露出大大的疑问，"她来寻我支钱，你晓得我的，通身上下顶天二三十两……"

在宣城时，陈敷身上的钱都被他老娘收了，害怕他拿去胡乱花销。到了泾县，他身上仍旧没有大钱，被贺显金尽数充到了铺子里。一个月，他得去作坊或店子晃二十天，早晨去，晚上走，不拘他白天做了啥，但必须出现在那里。若是达到要求了，董管事每个月就发五十两银子给他。

在宣城，他身上哪儿能真没钱啊？他娘收的是月例银子，他还有铺子上的分红、庄子上的孝敬、二哥的接济和大哥每年春节返乡的红封，要真没钱，他拿啥养艾娘？

可到了泾县，他是真没钱了，谁来接济他呀？是一身腱子肉、每天写错字被罚得底裤都不剩的周二狗，还是倔得像头驴、天天住在水槽旁边的李三顺啊？陈敷一把老年辛酸泪，他每个月就依靠贺显金给他发的那五十两银子过活啊！

故而，在他没有外出觅食的日子，他都在作坊混日子，虽无所事事，但为李三顺带去了珍贵的精神鼓励。他娘都没鸡娃他成功，他姑娘做到了。

说起这事，陈敷委委屈屈地阴阳怪气："她今天来，没赶上好时候，若是月初来，我身上还能有五十两银子呢。"

贺显金懒得理他，重新把话题拉回陈左娘身上："她来找了我，帮了一上午的忙，却什么也没说。"

贺显金明白过来，顿时哑然。左娘是没说出口吧？陈敷是长辈，向长辈求助，虽也难堪，却还说得过去，她却是年纪尚小的妹妹。而婆家要求高额陪嫁，才肯来提亲，确实太过尴尬。贺显金抿了抿唇。

陈敷"啧"了一声问道："咱账面上，如今还剩多少银子呀？"

贺显金张口便道："四百余两。尚老板的款子可以谈，小曹村的款可以压在年底支付，活钱四百两。"那就刚刚好。

陈敷叹了口气："若是闲钱，就帮她一把吧，就当我这做三叔的和你这当五妹的给她添妆了。"

钱是王八蛋，谁爱谁完蛋。能用钱买到的东西，都不值钱。这话是艾娘说的，他深以为然。若是区区四百两银子，能维护一个姑娘的声誉，解救她爬出窘迫的困境，那这笔钱远远超出了四百两的价值。

陈敷见贺显金略有犹豫，心里明白这店子上的每一个铜板，金姐儿都是有用的，突然挪动这么一笔现银,必定打乱她的计划,便赶忙劝道:"我手上还有个前朝官窑的鼻烟壶,上回珍宝阁出价二百两要收,我没答应,我明天就去当了,给你补到账上。咱们帮人不能帮到自己山穷水尽。"

铺子上没山穷水尽,也没让你当了自己心爱的鼻烟壶。贺显金摆摆手:"您可把您那些破烂玩意儿收好吧!您卖一个心疼八年,我可不想听您使劲唠叨。"转身朝外走,"这事,您先别管了,自己先去睡了。就算真要给钱,也不能随随便便给了。"

老父那破脚才好,这事交给他,要么贴银子贴得底儿朝天,要么吵嘴吵到半夜坐起来生闷气。这爹的脑子虽不太好,但放在那儿,好歹也是头爹。他还是别出面了。而且,做生意讲究的是漫天要价,坐地还钱,总不能别人要什么给什么。就算要给,至少要让整个陈家知道——老纨绔陈三爷,这回,干了件大事。

但……贺显金叹了口气,若能及时止损,当然是最好的。

贺显金带上锁儿,片刻不停地往街口七叔祖家去,门房一听是贺显金,都未通报,直接带着贺显金进院子。贺显金刚踏过内院门槛,就听见里面的哭声。

"若真凑不齐这个钱,这门亲,咱们不结就是!我绞头当姑子也好,去投江也好,一定不叫咱们家为难!"是陈左娘的声音,连哭都柔柔和和的。

"人家三叔和金姐儿也不欠咱们家的,您却一定要拿我的嫁妆去为难他们!我、我当真说不出口啊!"陈左娘的哭声透着沉闷的绝望,像土壤里没法反抗暴雨与水涝的蚂蚁。

贺显金站在门口,不躲不避,光明正大地听。

先是响起一把中年妇女的哭声,哭陈左娘多舛的命运,哭陈家大爷死得不是时候,哭家里没钱没势,任人宰割。再是一个中年男子骂那把哭声,骂她泼妇无理还信口雌黄。接着又响起一个苍老低沉的声音:"可是陈敷那小儿不同意支钱?"

陈左娘哭得难堪又窘迫:"这事与他们有甚关系!愿意支钱本就是天大的情分,您不怨别人贪婪,却怪家人不肯帮忙!"

拐杖杵地,"咚"的一声,那老人道:"胡闹!荒唐!什么叫家主?不就是危急时刻担事的人吗?我们要四五百两嫁女怎么了?陈敷不该给吗?他若不答应,那咱们就开祠堂!我一把老骨头去跪祖宗,老子把他名声搞臭!"

老头中气十足地骂街。贺显金老神在在地想,名声搞臭?看来您对陈敷现有的名声,还缺乏一套系统的认知啊。

整个院子鸡飞狗跳,门房偷瞄了贺显金一眼:"您还进去吗?"

这闹得跟赶集似的,进去加入战斗?门房自己都不想进来听骂街。贺显金却点点头,一把推开虚掩上的门,果断踏步入内。

堂厅顿时沉默。陈左娘脸涨得通红:"金、金姐儿。"

剩下的人,春节吃饭的时候她都见过,见到贺显金出现,先是一愣,再是一喜。左右二娘的生母许氏抹了把眼泪,哭得撕心裂肺:"金姐儿,你可得帮帮你左娘姐姐!那缺心烂肺

· 186 ·

的东西，欺负咱们家大宗伯去得早……"声音尖得耳膜都要破了。

贺显金挠挠耳朵，先跟大家伙不疾不徐地见了个礼，再笑着安抚众人："左不过是钱的事儿，一百两银子也是赚，二十两银子也是花，总不能因为钱，叫左娘姐姐和咱们陈家丢份儿。"

许氏紧紧握住贺显金的手，如同找到小闺蜜，边哭边回："是是是，是这个道理！"

贺显金笑着反握住许氏，笑道："今天左娘姐姐来铺子，我也没好好招待，若不然我带姐姐出去逛一逛，找个安静地方，咱姐俩好好说说话？"

许氏连声："好好好！咱们这院子小，施展不开，出去出去！婶子给钱！"

七叔祖想了想，也点头应承下来。贺显金与左娘偕出了院落，甫出小巷，贺显金站定后，继续发直球，利落开口："买猪看圈，在婚前，他娘都这般磋磨算计，那婚后，这户人、这门亲事，恐怕将你算计到骨头几两重都一清二楚。"

没等陈左娘反应，贺显金再道："按理说，这个头不该我来出，可如今盘算了又盘算，陈家好似也没出头的人了——你别嫌弃。"

"出头？"身后传来陈筻方的声音，"出什么头？"

盛夏的月夜宁静，两个姑娘的身影被小巷昏黄的油灯光拉得老长。陈筻方手中拎着山院的布袋，在十步之外，清晰地听到贺显金的话，三步并作两步走，面沉如水地走到二人身边，眼神率先落在陈左娘红肿的双眼上，紧跟着转到贺显金脸上。

小姑娘双眉紧蹙，略有焦灼。贺显金外向豁达，极少放任焦虑担心的情绪显露上脸。就算是被误解、被人当街羞辱，也只见她沉着应对，不见羞愤恼怒。这是出什么事了？

陈筻方不由得随之心头抓紧，声音发沉："究竟怎么了？"

陈左娘下意识一把抓住贺显金的手，一时竟不知该不该说出口——她可怕陈筻方了！准确地说，整个陈家，对长房这支又敬又怕。这是对读书人天然的敬畏。特别是对陈筻方，年少得意，又沉默寡言，自小在族中便是锦绣儿郎、天之骄子，和他们这些凡人，天然有别。这个事忒尴尬了。连她亲爷爷都不愿意亲自出面，她对陈筻方不抱希望。陈左娘低了低头，眼神一黯。

贺显金看到陈筻方，却眼神一亮，是了是了，陈家哪里就没人了？这不是个人吗！论地位，陈筻方也是举人，和那县丞平起平坐的。而且陈筻方还在读书，甚至有希望再上一层。

这桩官司，事主恐不好开口。贺显金越俎代庖，将此事三言两语讲清楚，再细问陈筻方："也不知朝中有无婆家要求儿媳嫁妆多少的先例？"

陈筻方面不改色地听，听到最后，嘴角和眉梢都拧得厉害，没有正面回答贺显金的话，反而看向陈左娘："你爹娘和爷爷怎么说？"

陈左娘眼神黯得像蒙上一层黑纱，垂眸摇头："叫我求三叔凑钱，尽快将这门亲事定了……"

陈筻方眉头皱得更紧："荒谬！婚姻大事，岂可叫你一个姑娘出面斡旋？岂可叫几个小辈脑门一拍就定下决策？"陈筻方回头，对小厮说，"去把七叔祖和四叔请到老宅来。"

"现在就请？"贺显金看了眼天上的弯月。

陈笺方声音缓和了些，对贺显金道："事不宜迟，早定好过晚定。"

小厮应声。陈左娘忙道："祖父与父亲恐已睡下！"

陈笺方往前走了两步，半侧过身，神情极冷："那就从床上挖起来。"

陈左娘抹了把泪："他们、他们嫌丢人，不来啊……"

陈笺方抬脚往老宅走，把话丢在了身后："若不来，往后的祭田，恐怕再没有他们这房的份额了。"

少年郎背影被灯越扯越长。贺显金忽而呆愣在原地，只觉这个少年的后背，料峭有棱角。

不过一盏茶的工夫，七叔祖并陈左娘他爹一脸阴沉地来了，身后跟着哭哭啼啼的许氏。陈笺方端坐上首，陈敷斜靠在并排的位置。

既有人接手，那就妥妥的陈家家务事了。贺显金预备脚底一滑，顺势要溜，却被陈笺方眼神一扫，发话道："拿钱的人，也留下听听吧。"

好吧，就当她是财务总监。

陈笺方转过头，请七叔祖和左娘她爹坐下，吩咐张妈泡茶："泡浓一点。给七叔祖那盏茶里加一根参须。今晚事情冗杂，恐需他老人家硬挺一挺了。"

七叔祖看了眼陈笺方。这十七八岁的后生，派头还真是足！

"你叔祖年纪大，经不起折腾。"七叔祖双手拄拐，声音拖得很长，不满地看了眼坐在下首的陈左娘，"小小女儿的婚事，本已下过定、交换过庚帖了，都是板上钉钉的事情。如今不过是两家商议不拢，如何需要半夜三更劳动长辈操心劳神？"

陈左娘脸色涨红，垂下双眸，双手不安地搅动绢帕。

陈笺方喝了口茶，再抬头，目光灼灼地沉声反问："当真无事？"

七叔祖张口就答："不过是支借五六百两银子！也值得半夜会晤？咱们陈家是出不起这份钱？还是主家苛刻，舍不得为旁支支出？"

陈笺方笑了笑，朝七叔祖拱了拱手："支借？谁还？几时还？怎么还？"转头交代，"劳烦张妈取笔墨纸砚来，咱们今天难得人齐，便将借条白纸黑字写下，谁也抵赖不掉。"

"够了！"七叔祖"啪"的一声拍在桌子上，气得眉毛高飞，"你枉为读书人！妹子有难，却不肯帮忙，对长辈不孝，对幼小不怜，你便是考中状元，也走不远、做不成好官！"

啪啪——贺显金狠狠拍了两下桌板，比七叔祖声音还大："你再说什么孝不孝的，我就给你表演表演，到底什么叫作不孝！"

希望之星可是读书人，孝顺是命脉，若被家中长辈告不孝，怕是科举路子都要断！真是蛇蝎心肠。

七叔祖被贺显金气得双手发抖，正欲起身破口大骂。却只见陈笺方微微一愣后，埋下头一瞬，方将眼眸抬起，轻叹了一口气，语气放软了些，止住了七叔祖的后话："若是可以，比起左娘的婚姻，五六百两又算什么？"

许氏止住哭泣，拿帕子掩面，偷偷看向陈笺方。陈笺方继续道："咱们陈家虽不是大户，却也为商数十年，一千两不难凑。若是左娘嫁过去后，又叫她回娘家拿两千两、三千两，否则就休妻另娶，那陈家成什么了？他崔家的钱袋子，还是为他崔衡敛财聚宝的马仔打手？"崔衡就是那位八品县丞。

陈笺方的指节敲了敲桌板："不是钱的事儿，是崔家趁火打劫，为人不地道。若我们下了这个桩，陈家永远在崔家面前低一头。"

"那、那咋办？"许氏哭道，"小定也过了，庚帖也换了，难不成真让左娘退亲？"

左娘她爹赶忙道："不可不可！崔大人如今是泾县的一把手，县官不如现管，暂不说这门亲事退了，左娘还能不能找到这么好的婆家，只说若崔大人因此记恨上我们，岂不是得不偿失！"

这么好的婆家？贺显金默默翻了个白眼。多好的婆家啊，简直就像个榨汁机，你有多少汁水，他就榨多少汁水，还嫌你的汁水不够甜，不够透。

陈笺方蹙眉道："结亲不是结仇，若四叔有这个顾虑，那这件事必定要处理得更好才行。"

"那你说怎么办？"七叔祖不耐地放下参茶碗，"这也不行，那也不行！你说个章法来！"

陈笺方轻轻扬了扬头："第一，陈家绝不接受崔家的无理要求；第二，这个要求是崔衡母亲托人来提的，崔衡本人如何作想，我们尚且不知；第三，要做好退亲再找的准备。"

许氏被第三条吓得一声惊呼，陈左娘却慢慢挺直了腰板。

七叔祖目光晦涩地看向陈笺方："什么情况退亲？什么情况不退亲？"

陈笺方平静地回答："那就要看，我与崔衡交涉的情况了。"

七叔祖眯了眯眼："你也肯？"

这事就是个烫手山芋，最简单的解决办法就是给钱。先把女儿嫁过去，之后的事，之后再说。就算是左娘以后受点委屈，那也没办法——哪个女的嫁人，不受委屈？但是，一旦有人出头担责，那解决得有一点错失，就有得罪官府、耽误族中女子婚嫁之嫌。

所以，他一直支着左娘自己个儿斡旋借钱，丢不起脸是其一，更重要的原因就是害怕当了出头鸟，开罪了县衙。他是真没想到，陈笺方一个十七八的毛头小子，有这个魄力愿意出头。

贺显金轻轻捏住陈左娘的手，目光却闪烁不明地看向陈笺方。只见陈笺方风轻云淡道："我是长房长孙，且身有功名，受宗族教育，享家族供奉，若不能护佑小辈，照顾长辈，我又有何颜面立存于世间？"

陈笺方这话，明说自己，至于字面下，说的是谁，反正贺显金听懂了。

贺显金看了眼打了个呵欠的七叔祖。好吧，字面下的本人，一点没听懂。真羡慕，听不懂别人言外之意的人，真是活得好自我、好开心！

贺显金低头喝了口茶水，再听陈笺方开口："若七叔祖同意将此事全权交予我，那我明日便约崔衡一叙，若您有更好的想法，那二郎也全力配合，唯一点，如有借支，必须走公账。"

陈笺方再加了一句，"咱们陈家适婚定亲的姑娘，不止左娘一个，她妹子右娘再过几年也该定亲了，到时候一碗水端不平，平白叫您受人责骂，也平白叫左娘落人话柄。"

贺显金若有所思地点点头。她倒没想到这点，陈家要嫁人的姑娘肯定不止陈左娘一个，这个多给了五百两银子，那下一个多不多给？一个就是五百两，泾县作坊的利润啥也别干了，全嫁闺女去。贺显金也不是给陈家打工了，全给大魏朝的婚嫁贡献力量了！

贺显金自认没有这么高的思想觉悟，便向陈笺方颇为赞同地点了点头。陈笺方清了清嗓子，感受到贺显金灼热的目光，略有不自在地移开眼。

七叔祖张口又想骂，可话到嘴边，看了眼杀气腾腾的贺姓拖油瓶，便阴沉沉开口："好人做到底，送佛送到西，我便将左娘的婚事彻底交给你了。若要退婚，你既要当中间人和崔家谈条件，又要帮忙给左娘再找一门更好的婚事；若不退婚，你便要叫崔家踏踏实实、心甘情愿地叫左娘嫁进去。"

这个死老头子，甩锅比甩头发还快！是哪一辈的祖宗跟对了阎王，咋啥好事都被他们占完呀？陈敷不可置信地看向七叔祖，好久没见到比他还不要脸的人了。

七叔祖再道："再者说，说一千道一万，左娘嫁的是县衙官吏，本就是高嫁，宗族多出点银两陪嫁，也是人之常情，二郎，这一点，你要考虑进去才行啊。"

这不是变着法地向本家要添妆钱吗？事实证明，不要脸的人，只会不断刷新别人的认知。陈敷都惊呆了。这么不要脸，他确实学不来。

陈笺方微微抬头，笑了笑："若崔家愿意多出彩礼，我们家必定不给左娘丢面。"

贺显金愣了愣。她以为陈笺方会说"平而后清，清而后明"或"大道之行，天下为公"之类的话，贺显金低头抿唇笑了笑。到底是她希望过高，"人且毋分三六九等，是为大同"的道理，确实太过先进。

七叔祖对此明显不满意，这份不满意却不能诉之于口，只好狠狠地砸了拐杖，深看陈笺方一眼，扯着嘴角似笑非笑地叹了口气："老夫今天就回家跪求上苍，恳请老天爷叫瞿嫂子再活长一点！"

瞿氏看重亲缘关系，照顾宗亲，就算他们稍有越界，她也息事宁人，若有所求，必定倾力相帮。陈家几房无论主支，还是旁支，在她手下讨生活都还算松快。如今这小毛头，却是个面冷心寒手又硬的！

陈笺方笑了笑："小儿同求。"

七叔祖冷哼一声，带着驼背的窝囊儿子和哭哭啼啼的儿媳走了，陈左娘惨白一张脸，紧跟其后。

陈敷打了个呵欠，伸了伸懒腰，正欲往里走，想了想转头斜眼冲陈笺方小声说了一句："有些事，没必要太管他。"

你爹早亡，未必没有思量过重、负担过大的缘由。陈敷到底没把这话说出口。

陈笺方没有直接回应，起身拱了拱手："谢三叔关心。"

陈敷哼了一声，嘴巴比拳头硬："谁说是关心了？我只是话比较多！"

说完便又打了个呵欠，一边急声催促贺显金睡觉，一边自己严肃地加速，实现与床的双向奔赴。贺显金回头看了眼陈笺方，微微颔首，便向内院去。

第二日晌午，陈笺方完成本日教学后，一边收拾教具，一边叫住贺显金，神容平静道："晚上与崔衡约了一桌席面，你若无事，便一同前往吧。"

财务总监，连这种涉外会议都要参加吗？贺显金大大的眼睛里显出大大的问号。

陈笺方耐心解释："我定了一个包厢，两张桌子，中间请店家拿屏风与木栅条隔开，你陪左娘坐另一桌。无论我和崔衡交涉如何，嫁与不嫁，如何出嫁，最终都应由左娘同意。"

噢，当听墙角的陪客。既是如此，贺显金自然连连点头。

临到傍晚，贺显金鬼鬼祟祟地摸进包厢，一进去便看到了脸色煞白的陈左娘："来了吗？"

陈左娘连连摇头。贺显金正欲说话，却听一旁传来"咯吱"的推门声，紧跟着便是男子清冷平缓的声音："数年不见，崔大人，别来无恙。"

是陈笺方。贺显金忙抓住陈左娘的手，比了个嘘声，陈左娘脸色不太好，后槽牙咬得隔着脸肉都能看到形状。

陈笺方口中的"崔兄"——崔衡的声音听起来更成熟浑厚些，带了些笑音："二郎清瘦了。"带了股自来熟的意思。

一阵窸窸窣窣的衣料声，二人落座，便又是些许寒暄，一个字也未曾提起今日主题，尽是些读书做文章的探讨。隔了一会，陈笺方"哂"了一声，声音轻快："说起春闱，前两日国子监的常祭酒给我修书一封，洋洋洒洒地考校了我好几页学问，在最后说起今年春闱的题目似是'精兵简政，上令无有不从之'。"

贺显金挑了挑眉，再听崔衡明显一愣后，略有迟疑，惊愕道："春闱题目？"似察觉出自己失态，遂即道，"国子监对你寄予厚望啊！"

陈笺方笑了笑，没否认这个说法，只是再道："既是祭酒来信，我便铺陈开来，围绕精兵简政作策论辨析，而后又收到祭酒的批改信笺。朝中三位阁老，两位推崇理学，一位推崇心学，崇理学的李阁老今年致仕，他的理念就是要精兵简政，裁减军费，砍掉不必要的军饷粮草支出，将砍下来的钱贴补到文官编制上来。"

崔衡听得云里雾里。陈笺方的笑声很轻，贺显金敏锐地捕捉到了。

"文官补编，不就意味着，朝中的文臣空缺或将慢慢补齐吗？"陈笺方意味深长地说道。

贺显金屏住呼吸。希望之星是真的聪明，而且是内秀的聪明，游刃有余，却暗藏于心。需要别人跨越千层万叠的浪花，从他足够冷淡的神容下，深挖出隐藏的棱角，从他了无波痕的言语中抽丝剥茧地拽出秘密的机锋。

贺显金心头万千思绪，刚一抬头，正好撞入陈左娘迷茫的眼神中。贺显金埋下头，压低声音解释："春闱通常在三月，殿试在五月底，如今七月初，自北直隶至泾县，河运转陆运，若为公差骑马，到一个驿站就换一匹新马，通常耗时四十日左右，若不是公务急事，邮差慢行，走一两个月也是常事。"

这超出了陈左娘的认知，目光仍旧迷茫。贺显金抿抿唇，直接道："这也就是说，殿试刚一结束，国子监收到题目后，便把题目信笺寄出来了。"

陈左娘还是没听懂。贺显金有些无奈了，好吧，贤良淑德的姑娘，总要牺牲点脑子，才能有三从四德的品德。

贺显金再说直白一点：“这证明了，虽然我们家二郎守孝在家，国子监的博士与祭酒却完全没有忘记他，甚至在春闱开考后第一时间想到了他。”

贺显金用鼓励的眼神，开展启发式教学：“——这又说明了什么呀？”

陈左娘恍然大悟：“说明咱们家二郎很受老师们的喜爱！”

贺显金点点头：“所以崔县丞才会说一句'国子监对二郎寄予厚望'。”

陈左娘若有所思地点点头，学着贺显金的样子，压低声音问：“那后面那句话是什么意思？”

噢，指的是，那句"文官编制将会慢慢补齐"。贺显金也有点摸不透。

"二郎，这是几个意思？"隔壁包厢传来一声干笑，却带有明显的兴趣，"文官补编也是由今年春闱登科的进士补齐，或是由京里等着外放的庶吉士补足，咱们县上若来一位德才兼备的县令老爷，也是全县之幸了。"

陈笺方轻咳一声，语气颇为恨铁不成钢："今朝春闱不过一百三十八人登科，吏部却清理出了三百六十个空缺，既有六部主事的小京职，亦有各地知府、通判此类实职。光靠那一百三十八人填空，哪里填得满？"

崔衡肉眼可见地身形向前倾，静待陈笺方后话。陈笺方特意顿了顿，起身帮崔衡斟了满杯茶。崔衡等了许久，也未等到陈笺方再度开口，便蹙眉道："入监举子倒是可以填补空缺。"

大魏的举子有两条路，一是入国子监继续以监生的身份考会试，考取进士功名；二是通过坐监肄业和拨历事获得选官资格。副榜举人，即会试成绩较好但因名额限制而未被正式录取的举人，就有以充教职的机会。

崔衡便是第二条路入的仕，但无论是教谕还是县丞，都是八九品，说好听点是入仕，其实还不叫官，只能叫吏。

故而，从县丞到县令，虽只是副职到正职，却跨越了官与吏的鸿沟。县丞或许一辈子就是个县丞，而县令干得好，三年评优后即可调去知府，再三年评优便可一步一步爬到布政使，再爬到京师入六部……

偏偏那个鸿沟难跨！崔衡只觉自己后背在冒汗，这些官场隐秘，若非陈笺方告知，他无处知晓。这也是为何他会定下陈家旁支的闺女做正妻，陈左娘虽是商贾旁支出身，陈家却实实在在出了一位成都府知府的官儿，而崔家，除了他便无人在朝为官，许多内幕消息、约定俗成、裙带关系……他两眼一抹黑，啥也不知道。

家里有个人在朝为官，无论官职大小，总是一棵大树，能省掉好多烦心事。崔衡在心里叹了声可惜，可惜陈知府早死。若不是死得早，等陈笺方登科，父子二人均在朝为官，陈家对他的助力便不可想象。怎么能死得这么早？留下这一堆烂摊子！

崔衡蹙了蹙眉，抬眼看陈笺方平静如水的神色，扯出一丝刻意的笑："补不满又如何？监生入仕的举人有千百，我们泾县素来学风昌盛，又因宣纸与徽笔，银钱经济上向来不弱。再加之地处南直隶，毗邻江南鱼米之乡，恐怕就只是一个小小县令，也会被人争抢破头。"

又发出几声尴尬的假笑,"我这个县丞代管全县之事的重担,总算能交出去喽!"

语气带了些许怅然与喟叹。学历这东西,还真是敲门砖,第一学历更是,举人在两榜进士面前,天然矮一头。崔衡就算是想去争,也不见得有这个胆子。

陈笺方"唉"了一声,颇为不赞成:"崔兄如何妄自菲薄!英雄不问出处!你代管泾县年年评优,向来肝脑涂地、鞠躬尽瘁、死而后已,我告知你此事,便是希望你百尺竿头更进一步,你反倒与我丧气颓废起来!"

崔衡眼神一动,正想开口。陈笺方又道:"此事,我请教了乔师。"

崔衡手握住杯盏,眼神陡然亮起,如果陈笺方说动乔放之为他背书,那他调整的机会,非常大啊!

陈笺方低了低头,避开了崔衡的目光:"乔师道,朝中补缺一事,向来由吏部掌控,但监生举子的升贬却由当地主官上报,吏部拟定清单时,主官的意见参详占比极大。这个名单由知府草拟,呈总督或布政使,再呈吏部。总督、布政使为二品大员,岂会细细计较本辖内四五百个县镇的人事调动?自然知府说好,便是好了。"

贺显金撇撇嘴。这不就是属地管理原则?

崔衡苦笑道:"宣城府……我实在没有门路。"

陈笺方仍旧神色淡淡的:"没有门路就爬窗,没有窗户就爬墙,有志者事竟成,崔兄,你也知如今朝中太平,此等机会十分珍稀啊。"

朝中太平,就意味着人事变动循例而为,对学历上有天然劣势的举人,非常不利。崔衡低头两难。

陈笺方再笑道:"我听说宣城府的熊知府对宣纸颇为沉迷,家中单辟了一小间房,放置珍贵纸张。"

崔衡缓缓抬起头,目光不明地看向陈笺方。陈笺方笑得很浅:"我们家库里还有十张老李师傅制作而成的绝版六丈宣,崔兄如果需要,明日我让人给您送去。"

电光石火间,崔衡脑子里闪过陈左娘模糊的容颜。是因为陈左娘吧?陈笺方才会贴心贴肠地为他着想?

崔衡正欲开口,却又听陈笺方再道:"另熊知府无亲女,只有一个父母双亡的侄女在身边教养,今年十八岁了,孝期刚过,年纪大了些,又兼之无父无母,婚嫁上颇有些难题。"

贺显金紧紧贴住门框。陈左娘的手却不自觉地蜷缩成一个拳头。

只听包厢又传来陈笺方的声音:"我听说这位小熊姑娘很喜欢山水画,连带着也收了许多夹棉熟宣,我们家正好出了几刀云母洒金四层夹棉宣,颜色温润明亮,一向很讨小姑娘喜欢。"

崔衡意味不明地看向陈笺方,隔了许久,才晦涩道:"那劳烦二郎明日送六丈宣来时,顺道也送五刀云母洒金宣……"

陈左娘拳头一松,露出了发白的指尖,贺显金目光柔和却怜悯地看着她。这道阅读理解,左娘听懂了。

第二十七章 豚蹄穰田 母猪上树

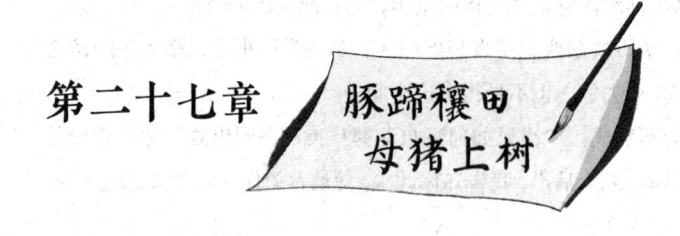

隔壁包厢又断断续续响起男人说话的声音，在聊仕途经济，多是崔衡在说，陈笺方跟着话头回应。崔衡略有兴奋，一杯接一杯地喝米酒，喝到最后，崔衡醉醺醺地搭着陈笺方的肩头，陈笺方避之不及，只好由他勾。

听崔衡醉意颇深，嘟嘟囔囔说考会试的失误，陈笺方一边轻笑应和，一边杀了个回马枪："欸，我听说，先头我们家七叔祖家中的姑娘和崔兄在合八字？"

崔衡扯开嘴角，笑着伸手一摆："三四年前的事了！不提也罢，不提也罢！"

陈笺方笑着将崔衡搭在肩头的手往下放："是这个道理，老黄历了，两家长辈的戏言罢！您家没过彩礼，我家没过嫁妆，更没官府的印章文书，只是两家说在嘴上的玩笑话。"又用公筷给崔衡夹了一筷子鹅肉，"崔兄大好前程在望，我们家纵不能为你助力，也不至于拖后腿。就明日，我请七叔祖和祖母商议一番，赶紧将咱们家姑娘定出去，免得影响崔兄锦绣前程。"

陈笺方始终神容淡淡的，却叫崔衡听得五脏六腑皆熨帖。又供纸，又送情，甚至主动把这门亲事抹了，哪里去找如此懂事的人家？

崔衡吃下鹅肉，拍了拍陈笺方后背："有我崔衡在泾县一日，便竭力照拂陈家一日！"句句未谈退亲，字字却是这个意思。

贺显金认为，要和崔县丞退亲，陈家必定要脱一层皮，官是官，民是民，就算希望之星有举人功名在身，陈家也只是泾县的商贾，仍旧受崔家的掣肘。这也是，崔家拖了陈家这么长的时间不提亲，七叔祖屁都不敢放一个的原因。人在屋檐下，不得不低头。官与民，官与商的关系，比贺显金想象中更分明。

陈笺方能刀不血刃地将婚事退了，甚至这门婚事还退得让崔衡又高兴又感激，花费的功夫不足为外人道也。国子监的消息、职务的安排，甚至宣城府知府的喜好和家中女眷的构成。但凡缺一环，今日之事，恐怕都难善了。

二人仍在喝，陈笺方喝茶水，崔衡灌酒。贺显金看着陈左娘，轻声道："要不，咱们先回去？"

陈左娘愣了一愣后，随即摇摇头，语声温和却坚持："我想把这顿饭吃完。"她看了看桌上几碟未动过的饭菜，垂下眼睛，低声道，"爷爷喜爱银子，父亲喜爱钓鱼，母亲喜爱弟弟，我极少在外吃饭。"

贺显金一愣。陈左娘垂眼，挺直腰杆，拿起筷子，认认真真地每一道菜都夹了一口，再认认真真地咀嚼吞咽。姑娘仍是那个温驯和婉的姑娘，贺显金却觉得喉咙口有点酸。定了亲的夫君，甚至连下家的面儿都没见过，只听了一个名头，便毫不犹豫地掉转了方向。

贺显金摸摸陈左娘的脑袋："难受不？"

陈左娘嘴里吃着一块山药，抬起头，眼神中有茫然也有释然："我本以为我会难受，现在却发觉我好像并不很难受。对崔家而言，我只是个很'勉强'的选择。他们看中我倚靠的陈家，却又担心陈家不够分量，或是我在陈家不够分量，等我嫁进门，若他们要求更多怎么办？"

陈左娘面容上露出惶然："若要求我做一些根本办不到的事情，岂非将我夹在娘家和婆家之间难过，那又该怎么办？索性不去攀这个高枝，寻一门平平淡淡的亲事，过安安稳稳的日子。我一直想告诉爷爷我不想嫁了，可这话我如何说得出口。"

陈左娘是这么想的？贺显金怔了怔，随即恍然点头。这世上哪有这么多因情爱而结合的婚姻啊，所有人都默认了婚姻是交换，是结盟，却唯独不是心之所向，素履以往。

贺显金抿抿唇，挠了挠头，突然笑着拍了拍陈左娘的肩膀："那现在可好了！你二哥答应管这事，照他凡事仔细负责的态度，之后必定给你寻一门日日都让你出门吃饭的亲事！"

这不挺好的吗？塞翁失马焉知非福，可不是所有恋爱脑都和陈敷似的，有个耐坑的妈呀！

贺显金和陈左娘先走了，贺显金将陈左娘送回家后，便拿了本书，端了把摇摇椅，等在陈家老宅的樱树下。樱花树不结果子，花开花谢后，便只剩下浓郁得快要滴下来的绿色。贺显金书中夹着一朵泛黄的樱花，也算是收到了整个易逝的春天。

临近宵禁，几声响亮的打更从巷口传来，贺显金打了个呵欠，正揉眼睛，就见陈笺方终于回来，仍是一身素衣长衫，拎着山院的布袋，眉眼冷冽。陈笺方见到坐在树下的贺显金，第一反应是笑，随后开口说话，掩饰刚刚翘起的嘴角："怎么还没睡？"

贺显金再打呵欠："在等你啊。"多么显而易见。

陈笺方胸口"咚咚"两声，嘴上却轻轻"噢"了一声，余光瞥见贺显金书中的干花，心头又响了三声，好像要蹦出胸腔似的。

"等我做甚？"陈笺方站在贺显金的摇摇椅旁，"在旁边包厢没有听见我与崔衡说了什么？"

贺显金摇头："听全了的！就是好奇来着。"好奇到等不到明天，必须今天就得揪着他问清楚。

"亲事真黄了？"贺显金问。

陈笺方点头："八九不离十吧。崔衡能做主，他不点头，他娘也无法。"

贺显金略有踟蹰："咱们算不算坑了熊知府侄女一家……"照这么看，崔家也并非什么好人家。

陈笺方蹙了蹙眉头，略显惊诧："我们做什么了？"

贺显金被问到。陈笺方没坐下，就这么直挺挺地站在摇摇椅旁边，语气平和："咱们只是给崔衡送去几张纸罢了。崔衡怎么表现，熊知府怎么考量，崔衡当不当得了县令，攀不攀得上知府大人的内侄，这岂是咱们能决定的？"

陈笺方站得直，一低头就能看到贺显金长长的眼睫和光洁细腻的脖子，陈笺方微微偏过头去："只是咱们应尽快为左娘相看定亲了。万一崔衡竹篮打水一场空，又把目光锁在陈家身上，我们岂不是冤枉？"

甚有道理，陈左娘凭什么当兜底？

贺显金极为认同地点头："就怕咱们找了，七叔祖却嫌不足。"

陈笺方表情淡淡的："他有何脸面嫌弃不足？崔家来提亲，他将崔家当宝，既然定亲时未与族中商议，那遭人为难时便不可向宗族求助纾困。没有接受宗族帮助，却不尽族人义务的道理。"

他站着，贺显金坐在摇摇椅上，樱花树就在二人头顶，廊间油灯散发微光，在地上投射出华盖般的影子。陈笺方不由自主地将声音放轻，害怕口中人性的算计惊扰了此刻盛夏夜的静谧："故而，自七叔祖向我求助，并同意由我出面与崔衡交涉时，左娘的终身大事便已交到了我手中。"

"你原可以不接。"贺显金觉得他身上的担子太重。

陈笺方轻轻摇头，将前日夜里的话再沉声重复一遍："我是长房长孙，我必须接。"少年郎眼中有超乎年纪的沉稳和认真。

贺显金心头一颤，掩饰一般将头转到一边，故意放大声音，笑起来："我还以为你也不赞同轻易退亲呢！"

陈笺方摇摇头："我做了两手准备，当我提到熊知府侄女时，如果崔衡并不动心，我便再提他与左娘的婚事，代表陈家同意另购一处两进的宅院给左娘添置嫁妆，并请求乔师设宴邀请熊知府，助崔衡登上县令的候补名册。"

贺显金不由惊愕。陈笺方低头抿唇，薄薄的嘴唇勾起一个极轻的嘲讽的弧度："可惜呀，他毫不犹豫地选了第一条路。"

贺显金不知作何感想，表情呆滞地看向陈笺方。文弱瘦削的书生、担当沉稳的未来当家人、心有城府的设局人……她从未见过这样的男生。

陈笺方略微疑惑。贺显金心脏归位，肚空脸红，忙解释道："我晚上没咋吃！左娘说她没咋下过馆子！我就没夹菜了！我就吃了一小碗杂粮饭、三个菌菇烧卖、四五个豆苗包子，喝了两碗白豆腐汤！"

陈笺方呆滞的神色，转为惊讶。如果这叫没吃，那他这一肚子热茶汤，叫什么？叫给肠胃冲了个澡？

贺显金一拍摇摇椅，站起身，昂着头嚷道："哎呀哎呀！天晚了天晚了！睡觉睡觉！"昂着头虚张声势，是企图藏住你的红脸蛋吗？

陈笺方放任自己笑开，清了清喉咙："走吧。"

"去哪儿？"贺显金偏着脸问。

陈笺方将布袋轻轻放在摇椅上："我请你吃阳春面。"

夜深人静，打更的刚走，乌溪旁的岸边支起棚户摊贩，陈笺方熟门熟路地来到偏僻一角，与老板招呼："两碗素面。"转头问贺显金，"老板还做糍粑、黄豆粑、豆沙糕，也做咸的油糍粑和酥条，还要其他的吗？"

"再来两个糍粑，打碟白糖和黄豆面。"贺显金看上了摆得整整齐齐的糕点。

陈笺方笑了笑："我一碗素面足矣。"

啥意思？他也想吃糍粑？那他自己点啊，难道不好意思？

贺显金愣了愣，从善如流地改口："你若也想吃，就来三个吧。"

陈笺方无语，她也不怕积食？他记得贺显金身边那个锁儿，也如同吹胀的糖人似的，年初来时，看着像根瘦长的豆芽菜，如今壮得像头小牛犊子。作坊里的其他人，除了那位精瘦干练的李三顺师傅，其他伙计无一例外，尽是宽肩窄腰，胳膊肘子鼓得像偷藏了一团棉花，全都极为健壮。陈笺方低头看了眼自己的手腕，他的体形谈不上瘦弱，但和健壮肯定扯不上任何关系。

素清汤面上来了，汤底是棕褐色的清汤，面是揉了鸡蛋的手工面，上面铺满了切得细细的葱白和芫荽根，蔬果的清香和香料淡淡的味道扑鼻而来。贺显金喝了口汤，汤底鲜，不是肉类荤腥的鲜味，而带点薄薄的甜味与浅淡的底盐味，像是用果类、萝卜、海带、紫菜，还有些葱头、姜片、洋葱一类提味的蔬菜熬煮出的香味。

贺显金赞了一声"好吃！"，又笑言："你果然与三爷是亲叔侄，都贼能找好东西吃，连一碗素汤面也能找出花来！"

陈笺方吃了一口面，吞咽下后方道："乔徽带我来过……"

说完，便略有后悔地停下话头。那个下午，贺显金与乔徽并排坐在小院落里笑笑闹闹地说着话，贺显金脸上的轻松，是与他说话时从未出现过的。这让他不知道怎么去形容那时的感受，有不适，也有怯意，有不平，也松了口气，有失落，也有避让不及的惶然。

乔徽，光风霁月的乔徽呀。似乎只有一身轻松、一帆风顺的乔徽，才与开朗豁达、快乐洒脱的贺显金，能坐在一处，抛开世俗的算计与无奈，漫无目的地闲聊笑闹。他能做什么？他无趣、沉默、一本正经又寡言讷行。就算晚上和她一起吃素汤面，除了偷看对方埋头吃饭的头顶，除此之外，便再无其他。

两碗热面下肚，已近宵禁。陈笺方将贺显金送到小院门口，便拎起樱花树下的布袋往外院走。贺显金站在原地看了一会儿少年的背影，转头进去，就着张妈提前打回来的热水舒舒服服地泡了个澡后，一觉睡到了大天亮。

贺显金以为心脏乱跳一通后，总要失一失眠以示尊重。谁知吃过清汤面的夜晚，肚子饱饱，快乐无边，异常好眠。照例是第三声鸡鸣起床，贺显金睡眼迷蒙地翻身爬起，眯着眼拿柳树枝沾上牙粉，认认真真地刷了三遍，牙粉中细辛与薄荷的味道冲鼻，贺显金终于由内到外清醒过来。

照例是一套八段锦混合一套五禽戏，打得脑门沁汗，后背湿透；照例在温水洗脸后，在一众屎壳郎色的单衣中选了一件正宗屎壳郎，贺显金拿出来端详半响，垂了垂眼，重新换了一件小鸡黄圆领衫，另套了米花鸟马面裙。仍旧素净，却生动温和了很多。

花厅早餐，陈敷一边喝菜粥，一边精准捕捉到贺显金照例中的破例："哟呵！屎壳郎蜕壳了！"

贺显金怒了，要是菜粥都堵不住你的嘴，你可就别喝了！

陈笺方顺着陈敷的话，抬起眼眸，一愣。小姑娘眉目清丽地立在花厅中阳光倾洒而下之处，小鸡黄的衣裳稳沉中带了几分跳跃，米花鸟的马面裙上绣着黄色的迎春花，映衬着她白皙的面容与上挑的细长眉眼，十分好看。

陈笺方低下头，喝了口粟米粥。张妈最近手艺回潮了啊，粟米粥，放什么糖啊。

"二郎说，昨天已经跟崔家提退亲了，照我看，赶紧把左娘那丫头嫁了得了！免得夜长梦多，又落回七叔手上。"陈敷吃口脆咸菜，眼里看着桌上的甜豆浆，嘴上也不停歇。

贺显金点点头："是这个道理。"

又想起陈敷诚然是个死纨绔，但也是个路子颇广的死纨绔——日日在外吃喝，怎么着也得认识点人吧？贺显金道："若是您有人选，倒也能推荐一二。"

"我还真有！"陈敷坐直身，"小稻香的少东家，你晓得吧？长得唇红齿白，小鼻子小眼的，家里关系简单，只有一个寡母。别看酒家现在不大，人家手艺硬的，以后前途好的咧！"

贺显金倒是若有所思："他确实长得挺好看的。"

这就是你和你爹择婿的要求吗？别人要求女婿或高中榜首，或富甲天下。你们要求女婿唇红齿白，小鼻子小眼。

陈笺方默了默，再问陈敷："三叔可还有其他人选？"

陈敷连声道："有啊！还有溪香阁的少东家，也是个好的，只是长相远不如小稻香的少东家。"又是个厨子。

"那不行，还是得好看。"贺显金摇头，义正词严。

陈敷附和自家姑娘："是吧是吧！找相公，就得找好看、身体好、脾气好、家里不愁吃喝的……"

你们倒还聊上了，陈笺方只觉额角都生出几滴汗。算了，甭指望自家三叔了。陈敷靠谱，母猪上树。

陈笺方清咳一声，打断了陈敷的"红唇中选论"："倒也不必都是酒家出身，咱们家虽也是商贾，却在宣城、泾县两地有店铺，家中公田也有近千亩，不算弱势。左娘虽是旁支，却也不能单论相貌来找。家世、人才总要二者择其一。"

主家帮忙找的亲事，怎么能只看脸？落在有心人眼中，便是陈家主家做事不地道，苛责怠慢宗族姑娘。陈笺方拱手谢了谢陈敷："金姐儿忙着铺子，我忙着学业与山院，此事还望三叔多多费心。"

贺显金看了眼陈笺方，低头将白粥喝完。

一顿早饭吃完，贺显金与陈笺方一并出门，路过铺子，没进去，反而与陈笺方一同向青城山院走去，陈笺方看了贺显金拎着的布袋，笑道："去茅草书屋？"

贺显金摇摇头，笑着答："给乔山长交文章来着。他老人家布置的《春秋左氏传》读后感，布置一个月了，再不交，怕山长揍我。"

陈笺方笑了笑："怎么让你看史书？"

贺显金反问："女孩子不可看史书？"

陈笺方略一怔愣："并非此意，只是史书枯燥乏味，寓意、释意多过故事讲说，看起来不如……"陈笺方本想说话本，却隐约觉出他"话本"二字一旦出口，后果不堪设想，便及时嘴边刹车，换成了，"看起来不如诗集或文集清丽雅致。"

噢，原是担心接受度的问题。贺显金浑身气势一泄，收回打在半路的铁拳，颔首道："倒也还好，与其说是史书，《左氏传》不如说是相斫书，也像故事游记。从周王朝的兴衰成败，讲到风土人情、民间志异、礼仪规范、社会风俗……特别是战争，描绘得栩栩如生，看得叫人直起鸡皮疙瘩。"

陈笺方诧异地看了贺显金一眼。上一回，这姑娘还在看《说文解字》，这一回，已可围绕《左传》侃侃而谈。究竟是乔师教授指点的功夫过硬，还是贺显金十足聪慧？

一路，二人时不时搭两句话，剩下的便是默契的沉默，陈笺方将贺显金送到乔放之院门后，便匆匆向教舍去。陈笺方白日步履匆匆的背影，与夜里送她回小院的背影重合。贺显金倒是很想和他说一句：倒也不用做什么都将她送到门口。她已年满十六，在哪儿也丢不了，怎么也不需要人手把手、脚跟脚地十八里相送。

屋里亮堂堂，显金心惶惶。

原因无他，只因乔放之拿着她的卷子，越看眉头越皱，嘴角越扁。

隔了半炷香，乔放之将她的卷子放下，皱着眉头，拿手揉了揉山根，语气十分沧桑："你这卷子吧，我看不懂，估计你自己也看不懂。一会儿你拿到庙里烧了，让神仙菩萨看看能不能看懂吧。"

贺显金正左手拿小本本，右手拿芦管笔，预备认认真真听乔师教诲，但师父教诲她把卷子找个庙烧了。贺显金连连点头，下意识抬头想问，找哪个庙、哪个菩萨最好。一抬头，却见乔山长一脸绝望地瘫坐在太师椅上。贺显金默默把小本本和芦管笔放下，作鹌鹑样垂头听训。

乔放之见贺显金低眉顺眼，不顶嘴也不挣扎，一看就做足了听训的思想准备和行为预备，深吸一口气："咱们先不谈你这软趴趴的河虾字，也不谈空洞洞的干观点，更不谈奇奇怪怪的空布局。"

那谈什么？贺显金低头挠了挠耳朵。

乔放之恨铁不成钢地拿指节敲了敲桌板："教你看《左传》，你看了什么？"

乔放之眯着眼，将贺显金的卷子拿很远，照着念，只觉念出来都烧嘴巴："周朝习惯用鼎炖煮食物之我见、周朝嫁娶六礼延续的秘密、还有个啥来着？浅论战争与和平？让你读史，是教你管中窥豹、以小见大，从史书看经济，看政见，看朝代兴旺更迭之密术。你这卷子说了些什么？用鼎炖煮食物更易保留原汁原味，但长久食用易嘴淡、缺油少荤腥……"

乔放之选了一句最打脑壳的，忍住嘴巴不干净的感觉，念了出来。他的天爷啊，谁家好人这么写策论啊！谁家好人会在策论里面用上"嘴淡"这种词儿啊！

贺显金有些迷茫地眨了眨眼。不是教她写这些吗？

"我并不科举……"贺显金下意识答，"我是女子，不能参加科举。"

政见、朝代兴旺、经济、民生、水利修缮，这些大事和她八丈远的关系。贺显金有些无措："我以为您教我，只是、只是……"只是顺手的事儿。

乔放之将卷子放在桌子上，眯着眼，深看贺显金一眼，轻声道："文宗朝，固安县主以三千铁骑踏平西北军，为昭宗登基立下汗马功劳，甚至在和亲二嫁漕帮当家后，仍领骁骑大营实职；当今百安大长公主，自西北卫所起势，领八百骑兵解白堕之围困，扶持庶弟继逊帝，继续牢牢把控住大魏江山；苗疆现任土司也是女子，如今尚不过二十七岁，已渐统西南夷，麾下十三女官治政、经、学、基、礼、兵、吏，皆有为。她们，都是女子。"

乔放之看了眼卷子："你自己想，这些人读《左传》后的感想，会是婚丧嫁娶、鼎食用具吗？"

贺显金愣在原地。乔放之轻叹了口气："你可以没有机会，但你不能不会。如果你不会，一旦机会来时，你又当如何自处？"

贺显金神色复杂，跟随乔放之的目光，看向桌板上自己的卷子，喉头微动，愧疚、感激、后怕，种种情绪涌上心头。

乔放之再道："咱们换个思路想，治大国如烹小鲜，万事万物皆相通，治理一个国家、担当六部之一的主官和管三间铺子、两个作坊，你细想想，是不是一回事？人、财、物、策、对家。"

乔放之如解剖麻雀般，将心中想法掰开了、揉碎了放在贺显金面前："做作坊生意时面对这些，便是做了尚书面对的也是这些，左不过是与人玩的心眼更多，手上过的流水更大，输赢的牌面更广罢了。"

贺显金重新拿起小本本，老老实实记下来。乔放之满意点头，关门女弟子虽底子差，还是有个勤奋好学的优点。乔放之又说了几句商与政的相通与相悖，便从身后拿了份叠成四重的卷子递给贺显金。噢，老曲目了。和乔徽交换答卷，主要是让她在乔大聪明的英明睿智下自惭形秽。

"你这份，我也拿给宝元看看，三人行必有我师，虽为糟粕，却仍有些许用词遣句不流于俗的长处。"乔放之低头喝了口福鼎白茶，抿了抿唇，又道，"十月，我将去应天府一趟，回来时要看到你读《为政》的笔记。"

应天府是南直隶首府。贺显金应了声"是"，作为一个学术能力不太行，主要靠为人处世讨导儿欢心的弟子，贺显金适时表达了对导儿真切的关心："您去应天府作甚？"

乔放之神色淡淡的："老夫也不知，府尹大人有邀，老夫何敢不从？"

嗯，阴阳怪气的，一看就是对朝廷有意见的。怪道三次辞官呢。

贺显金摆摆不存在的尾巴，笑道："瞧您说得，您没退下来时便官拜通政司右参，如今也是桃李满天下，若照科考届次来算，府尹大人恐要尊称您为一句师兄！"

通政司右参是省级，应天府尹参照知府，只是贵在官拜南直隶首府，便与通政司有了平起平坐的资格。贺显金这马屁拍的，多少弥补了些许学术水平欠缺的不足。

乔放之笑起来："什么师兄！他师兄是李阁老，我一个心学的教书匠可担待不起！"又摆摆手将此事揭过不提，随口问了贺显金最近店子里的事，听贺显金说起崔家与陈家在亲事上的磋磨，不由蹙眉道："崔衡虽功利，倒也不至于行此等龌龊之举，多半又是他那亲娘，仗着儿子县丞的名头胡作非为罢。"

乔放之又道："你与二郎既然接管此事，便要为家姐寻一门情投意合、门户合适的婚事，且不可半途而废、虎头蛇尾。"

好导儿，连弟子便秘都管。贺显金严肃应"是"，手里抱着乔徽乔大聪明的卷子，出了导师办公室，便向茅草书屋去。

一路穿松林、过柏丛，长衫素衣的书生满地皆是。约莫是山院伙食不错，年纪轻的个个都身量颀长、面容端正。贺显金一路过去，像进了男校。

等等。男校、书生，身量颀长、样貌端正的书生。这、这哪里是什么青城山院，这分明是"陈左娘后备夫君鱼塘"啊！贺显金陡然眼神冒光，刚准备撸袖子大干一场，却听身后传来熟悉的清澈而愚蠢的声音。

"金儿！金儿！"

贺显金转过头，张文博正兴冲冲地小跑前进，表情之快乐，如偷到蜜糖的耗子，神色之轻松，有种未经磋磨的天真和白白嫩嫩的憨厚。

贺显金眼睛眯了眯："鱼儿，哦不，博儿。好久不见你！"

上回见，还是宋记找几个老书生来闹事，博儿在门口帮忙解围。算一算，如今也有三个多月过去了，这么久没来店里吃喝睡午觉，属实不正常。

张文博挠挠脑壳，不好意思道："端午回了趟淮安老家，把六丈宣带回去装裱一番，回泾县后，又在准备前两日的道试，噢，就是院试……"

哇，博儿出息了！都下场了呢！贺显金笑起来："能当秀才不？"

考过院试就是秀才了，有正儿八经功名加身的，甭说见到县丞，便是见到知县也可免礼不跪。别被众学霸云集的青城山院骗了，以为进士、举人都不稀奇，人人都能复习个两三天直接上阵裸考。那是因为山院的学习生态太逆天，一个县，秀才举人顶了人家两三个布政使司的名额——某位鞋拔子脸的太宗规定，一个县的秀才名额不能超过二十名。只是青城山院，外地的学生特别多，占着外府或外县的功名，投奔乔师探花的名头，这才显得学霸们如集市上的白萝卜，想挑哪根挑哪根。

张文博再挠挠头，嘟囔一句："我没听陈二郎解析题目前，我觉得自个儿答得挺好的……"

贺显金笑起来："听了解析后呢？"

"觉得自己再也不会好了。"张文博白白嫩嫩的脸哭丧下来，"只觉卷子说城门楼子，我在说胯骨轴子，我要是考得上，全靠同窗衬托。"

张文博诚挚地合拢双手，闭眼许愿："希望与我同场的童生们，比我答得还差。"

多么朴素而真实的心愿啊。那她也搭着许个愿：愿世上再没有乔大解元，与她做同一套卷子。

贺显金一边往茅草书屋走，一边努力让自己自然地开口："博儿，你今年多大了呀？"

"十七了。"张文博也去茅草书屋，有问便答。

"那你属猪？"

张文博自豪点头："年初的猪，养得肥，还不用被宰来吃。"

贺显金无语，这究竟有什么好自豪的？

陈左娘今年十八，属狗的，这猪狗放在一起，会不会不太好？

贺显金眼神望向别处，努力让自己看起来像个不露痕迹的专业媒婆："十七不小了，没听说你成婚啊？"

张文博摇头："没成婚。我爹娘说等我考上功名，拿两个茶庄给我当陪嫁，敲锣打鼓送我出家门。"

这公婆，听起来还蛮喜庆的，略微弥补了猪狗不如的劣势。

"可曾相看过？"

张文博眨了眨眼睛，白白嫩嫩的脸上点缀着一双闪烁智慧的眼睛："相看过两三次，每回都不成，不是庚帖莫名燃起来，就是送过去的糕点一打开全碎了。"

噢，怪得可以写进志异。

张文博一摊手："一次两次是巧合，我这出了三次岔子，我娘就害怕，专请了家里供白仙儿的大师来破解，大师只说，我要等考上功名后才能说亲，且姑娘最好比我大一两岁，属狗、属鸡都可，一个是豚蹄穰田，一个是鸡鸣豚润。"

低情商：猪狗不如。

高情商：豚蹄穰田。

这个玄学白仙儿，正业是骗人，副业是劝学，非得让人考中功名才能成亲。贺显金抿抿唇，再一琢磨这要求。这简直就是照着他们家左娘定下来的啊！

贺显金笑眯眯再问："院试结果何时揭榜？"什么时候可以杀猪？

张文博可怜兮兮："还有十来天吧，学政们哪有这么快批完！"

贺显金淡定开口："若卷子做得差，批阅得就特别快。"

张文博问："为啥？"

贺显金学着阅卷先生的样子，拿起卷子："这张一坨大便，这张一堆狗屎，这张野狗拉稀！你能认真看狗屎吗？不恶心吗？"

张文博先是哈哈大笑，继而想起自己的卷子也是狗屎堆里的其中一坨，而且很大可能是最大最硬的那坨，便再也笑不出来了。

陈笺方从柏树丛穿过，眼前便是少年与少女弯腰大笑的一幕，阳光倾斜而下，陈笺方不由自主地，随着这笑勾了唇角。

陈家老宅，晚上用饭，贺显金给陈敷舀饭，舀了一小坨，夹了两根青菜，放了三片肉，想了想，又把其中一片肉放回盘子里。贺显金把碗递给陈敷，又给陈笺方舀饭，陈左娘想来帮忙，却被贺显金摁下去。

贺显金说起张文博来："人不错的，拎得清，也仗义。家里是淮安府清凌镇的乡绅，良田两三千亩，又有六七座山种茶，自己的学业虽不算顶尖，但也不错。"又转向陈左娘小声道，"就是上次你到店里来，你前脚走他后脚来，和你擦肩而过那白嫩小伙，还记得吗？"

陈左娘一张脸通红，规规矩矩地颔首垂眸。她原不敢来，却又实在担心，如今提起此事，陈左娘脸越垂越低："倒是没甚印象。"

陈敷神情复杂地看了眼碗里成双成对的青菜和肉，认命地先吃肉："茶商？"

"也不算正儿八经的茶行。"陈笺方接过贺显金递过来的饭碗，沉稳地补充，"只是淮安府的茶叶生意好像都是从他们家出的，昨年还上贡了两种贡茶，算是淮安府有些名头的人家。"

陈敷一口吃完两根青菜，珍稀地将肉藏到碗底，再问："可身有功名？"

陈笺方摇头："暂无。今年下的场，我托人找学政问了问，说是今年青城山院下场的童生答得还算不错，应当八九不离十。"

贺显金还以为陈敷会犹豫，毕竟功名还没考下来，谁都是未来可期的黑马，谁知这恋爱脑一拍桌板："暂无好啊！就是得暂无！等他有了功名，他家里两眼翻上天，岂不是要磋磨死左娘！"

贺显金愣了愣。陈敷说干就干："赌钱要讲究一个买定离手，六博、赛马、投壶，都是名不见经传的赔率最高，热门下庄的赔率最低。咱们现在就是要低位抄底、高额抛出，赚个中间差，很稳啊！"

陈左娘揪心看向贺显金。听起来怎么那么不靠谱……

贺显金蹙眉看向陈敷，冷笑："您很懂嘛！"

陈笺方闷了闷，垂头收拾碗筷，离这两父女稍远一些。

陈敷咧嘴笑："咱们金姐儿，看人真准！"

贺显金眯了眯眼，一拍桌子："不许您吃喝，您就去博彩啊！您信不信我娘能气得从棺材里跳出来揍死您！"

陈敷被吓得一哆嗦："我不是！我没有！别瞎说！"

贺显金指节一扣桌板："张妈，去店子把账册拿过来！"

张妈看了陈敷一眼，皱了眉头，转身就往外跑。

陈敷一脸不可置信地歪头看："嘿！这张妈，咋听你的啊！"

贺显金双手抱胸，表情有些严肃地望着陈敷，没说话。

"我真没有！"陈敷急得就差手指指天发毒誓了，"我年轻时候，确实被人哄着玩过几局，如今就爱吃点喝点，你得信你老父亲呀！再说，你爹我，哪有那个脑子去赌啊！"

·203·

这倒是真的。贺显金抿抿唇，表情松弛了些。若这恋爱脑真上了赌桌，冒着不孝的名头，冒着天下之大不韪，她也得下狠手把陈敷给掰过来。

生意人最怕的就是那三样，带颜色的尚且还好点，后两样是一个龙潭，一个虎穴。贺显金没说话，等到张妈拿了账册子来，翻了几页，才把账本阖上。心倒是稳了。

"三爷，您乐意怎么高兴就怎么高兴，我当姑娘的都不管。"贺显金肃容端正，"就三件事儿，您得记着。铺子您得去，去了才有月例；家，您得回，若不回，必得差人告诉老宅一声；最后一项，不该沾的您绝不能沾，但凡您有一丝苗头，我必定向老夫人告发您。老夫人要砍您手，我就在她老人家旁边递刀子。"

贺显金说得风轻云淡。陈敷浑身再抖了抖，瓮声瓮气地应了个"是"，再有气无力地趴在桌上挑米饭下的肉片吃。

陈左娘目瞪口呆地看着，隔了一会儿方低头小声问陈笺方："金姐儿在家，向来是……"向来是这个地位吗？对自己后爹，想训就训？想管就管？想怼就怼？

陈笺方筷子一顿，郑重地回想了片刻后，颔首，压低声音接续道："是的，金姐儿向来豁达大度，且知礼有分寸。"

陈左娘无语，好像哪里不对劲吧？

陈左娘来不及细想，只听贺显金言："看左娘的意思，若是想见，咱们就见一见，若不是想见，咱们就再找。鱼塘里的鱼儿多着呢，咱们一网兜子下去，怎么着也得捞上个三五条来，对比对比谁肥谁瘦、谁好吃谁干巴不是？"

陈左娘埋下头，一张脸羞得通红："不……算了吧。"

陈笺方反而微微挑眉。

谁能想到，贺显金没下力气安排，二人反而阴差阳错地碰了头。水东大街原先的宋记铺子快要完工了，贺显金一连几日都守在铺子上，虽也帮不上什么忙，但守着装修总比不在场安心多了。进了伏天后，早晨晚上还能忍，晌午是最热的，站在原地都是一脑门子汗。

张妈怕贺显金热得不爱吃饭，便尽是做些冷淘、白粥、烧卖、蒸饺，这些时日左娘来得勤，便由她来给贺显金和锁儿送午饭。店子的工程在收尾，黄尘与木屑少了许多，只偶有锯木头"嘎吱嘎吱"的声音。

左娘四下看看，惊讶道："怎的这么布局？"

不像纸行，倒像个茶楼。中间空了很大一块地方，周围三面墙，皆打了一墙敞开的柜子，甚至没有柜门，也没有柜台，只有一根宽度适中的长条厚实原木板搭在东南角处。

"这是什么呀？"左娘轻声问。

贺显金埋头喝粥干饺子："吧台。"

左娘"啊"了一声："吧台？"

锁儿也往嘴里塞了颗饺子，囫囵道："就是递出茶汤、小食的地方。"

"茶汤？小食？"左娘以为自己听错了，"咱们家不卖纸了吗？"

贺显金刚想说话，却听门口响起两声憨厚的招呼："金儿！金儿！"跟着就从门后蹿了半个白嫩的额头出来。

贺显金一愣，随即拍拍脑门："我这脑子！全忘了今下午约了博儿看茶。"

贺显金话音刚落，那半颗额头便迎着盛夏耀眼的光萌芽，跟着是白嫩嫩的圆脸和适中的身形。这棵芽虽是一张圆脸，却意外长了一双单眼皮眼睛，看上去人畜无害，很叫人亲近。陈左娘一抬眼，随即面颊发烫，从下巴一路红到耳朵尖。

张文博甫一进来，便看到贺显金身边站了一个穿着鹅黄色襦裙的姑娘，皮肤白白的，微微颔首，气质温婉。也是，任哪个衣着正常的小姑娘站在一只人形屎壳郎旁边，都将显得温婉柔和。

张文博愣了愣。挂在窗棂下的风铃"丁零零"作响，张文博如梦初醒般，一撩长袍，躬身拱手："在下淮安府童生张文博，失礼了。"

贺显金想，你确实很失礼。叫她的时候，哪次不是跟久别重逢的姐妹似的，"金儿金儿"，生怕喊小声了她就被人贩子给拐跑了！如今倒是知道"失礼"了！

张文博？那个人很好且仗义，在青城山院读书的博儿？陈左娘只觉头发都快烧起来了，低着头往贺显金身后半藏一步。

"我们家大姑娘。"贺显金笑着介绍，"今年的秀才公。"

张文博一边颇为赧然地挠头："秀才公早了点！"一边故作若无其事地拿眼睛戳天花板，"不过，我听了你们家二郎君的解析后，心里吧，倒是觉得自己答得不错。"

前天，就在前天，跟她一起在佛前苦苦哀求五百年，求其他考生比他考得还次的人，是谁？

陈左娘头略偏了偏，飞快地仔细看了张文博一眼，便又将头偏了回来，头越埋越低，脸也越来越鲜艳。贺显金看陈左娘快熟了的样子，又见张文博一副又厌又爱现的样子，心里有点害怕张文博会不会在空气中凭空投个篮。

"博儿，你得叫姐姐。"贺显金意味深长地笑了笑，"我们家大姑娘正好比你大一岁，属狗的，且是年末的狗，守了一年的家，功劳苦劳一块算，福气好得很噢！"

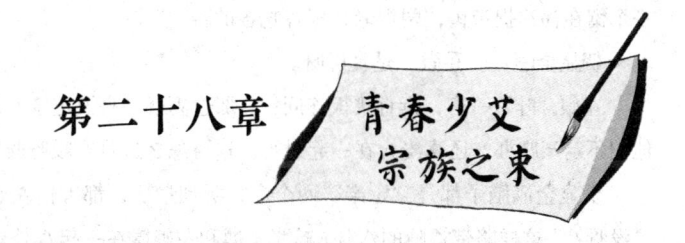

第二十八章 青春少艾 宗族之束

大一岁，属狗的，还是年底的福禄狗。张文博懵懂的心里莫名升起一股欣喜，具体欣喜啥他也不知道，反正就是看着贺显金旁边那位姑娘有种莫名的顺眼。

相貌是很美的，金姐儿像根瘦长的螳螂精，这位陈大姑娘却像块圆润的翡翠。如今虽看不出性情，但和金姐儿能处得好的，品行应是没疑问的。开玩笑！他们青城山院都在疯传，金姐儿是乔山长的闭门女弟子！

有更疯的，还在传乔山长企图让金姐儿女扮男装，去夺得状元宝座。他简直想翻个白眼，金姐儿诚然是只瘦长的螳螂精，相貌也更偏向英气明朗，女扮男装可以说没什么压力。但是乔山长这样做的目的是啥啊？玩的就是一个心跳，玩的就是一个刺激，玩的就是一个女扮男装被发现后诛九族，在危险边缘反复横跳地来回试探？这明显不合理嘛！

对于乔山长亲自出山指导金姐儿，张文博有自己的看法。看法不成熟，甚至有点天马行空，但是绝对原创，且有理有据：乔山长，想将金姐儿聘为儿媳妇！

乔宝元可不是什么省油的棒槌。据说，在乔宝元考完解元，被乔山长送去京师见世面时，有位县主家的姑娘看上他了，他不耐烦那姑娘嘴巴下面有个痦子，便大肆宣扬自己是个断袖。宣扬自己不算，还宣扬隔壁姑母家的大郎君跟他情投意合，二人是只差突破世俗偏见，便可双宿双飞。这下可好，不仅县主家的姑娘歇了心思，连带北直隶十府二十四县的姑娘全都对年纪轻轻的解元和宁远侯家风姿飒爽的世子，断绝了七情六欲。

与此同时，一起断的，还有那根狠抽乔宝元的黄荆条，是乔宝元回泾县后，被乔山长亲自上手打断的。这段佳话，在青城山院可谓是家喻户晓呢。张文博想起来就"嘿嘿嘿"笑。

贺显金一抬眼，便看到张文博一张嫩脸上挂着弱智的微笑，不由心下大慰，地主家的小迷信还挺有眼光的，一见他们家左娘就笑。

贺显金余光瞥了眼低垂眼眸的左娘，决定媒人做到底，斜着眼，非得将张文博的傻态点出来："博儿，你傻笑个什么劲呢！"

张文博："嘿嘿嘿，我想起乔徽被山长揍得个屁滚尿流的佳话了！"

贺显金无语，让你看姑娘，你满脑子男人被揍！你婚事告急，跟玄学屁关系没有，全靠你自己努力。

贺显金深吸一口气，正准备说话，却听左娘好奇开口："乔徽就是青城山院那位最年轻的解元吗？他爹为何要狠狠抽他？"

张文博精神一振，眼睛炯炯有神，将乔徽和宁远侯家世子双宿双飞的故事声情并茂地讲了一遍，又津津有味地评价："这俩也算难兄难弟了，一个如今窝在泾县被他爹守着读书，一个窝在福建捉带鱼，两根老光棍各吃各的苦。"

贺显金咂舌。乔徽，是真虎呀。

左娘"哇"一声，挺直腰板连问："那这俩就一直没定亲？那位县主家的姑娘定亲了吗？他们不定亲咋办？还真凑合在一起过呀？这可怎么过呀？哎呀呀呀——"

贺显金满脑子都是"定亲"两个字，听到最后，都害怕左娘问出"福建海里的带鱼定亲了没呀？"这样略带智障的八卦。趁张文博和左娘凑在一起八卦，贺显金赶紧溜到后院钉柜子，把锁儿留下来了，防止留下未婚男女同处一室的说头。

等天快要黑了，贺显金清完天天开业要上架的货，挑开原木竹帘，从后院出来时，还听到张文博和陈左娘凑在一起窸窸窣窣的八卦声。一个问："那家小妾，真的同和尚私奔了？"

一个答:"谁说不是!原本富商家里人以为小妾偷偷回娘家了,带着几个家丁去捉,结果反而在寺庙隔壁的斋院里堵到了这一对儿。小妾脸上敷着黄泥,和尚头上戴着发套,正预备从山东逃到山西去呢!"

贺显金听得云里雾里。这怎么一下午的时间,八卦的点就从直男装断袖被揍,变成了山东逃妾了?这无论是时间还是空间的跨度,也忒大了吧。

贺显金挑开竹帘,见张文博拱着个屁股趴在吧台上,左娘笑盈盈地端着一盏茶,两个人围绕逃妾该何去何从展开了激烈的讨论,丝毫看不出这两人今天是第一次见。

贺显金看向锁儿,锁儿疲惫又无奈地耷拉眼皮子,做了个口型:"一、直、在、聊。"

贺显金方后知后觉地想起,苦难让人团结,八卦也是啊!能一起聊得拢八卦,怎么可能三观不合?贺显金默向后退了两步,为这两只鸳鸯留出广阔的八卦天地。

经此一下午,张文博出现在陈家老宅四周的频率逐渐提高,中午甚至伙同陈笺方一起来作坊混午饭吃,吃完了就在院子里的摇摇椅上打瞌睡。看得周二狗心下暗恨,梗着脖子和贺显金告状:"他凭什么可以吃了饭睡觉,凭什么不一起学《千字文》!"

贺显金不可思议地抬头:"他今年考秀才!"

周二狗顿时花容失色,企图从张文博白嫩光滑的脸蛋上找出一丝文学的气息。找了半天,周二狗颓唐地摇摇头,没有,一丝都没有,除了单纯的愚蠢,什么也没有。当周二狗深刻理解"人不可貌相"一词时,张文博开始围绕左娘全方位打听了,今天问一问左娘的生辰,明天问一问左娘的出生地,后天再问一问左娘的成长历程。

在将左娘的玄学四宝全部打探完毕后,一个热得汗都快连成线的下午,张文博终于死乞白赖、支支吾吾地站在贺显金面前,先递过来一只四四方方的鎏金镂空珐琅宝顶盒,声如蚊蚋:"顶好的雨前龙井,贡品来着,价值不比六丈宣低。"

贺显金毫不客气地拿过来,喜滋滋地在心里分起赃物。四分之一给乔师,四分之一给陈敷,四分之一给陈笺方,再给左娘尝一尝,最后留点给店子的伙计们开开眼。

"说吧,要干吗?"贺显金笑眯眯。

张文博靠过来:"就、就想问一问……咱们家左娘……"

贺显金笑起来:"咱们家左娘是陈家七叔祖家的姑娘,家里尚有一个妹妹一个弟弟,会读书写字,也会绣花庶务。为人呢,你也晓得的,很是温驯敦厚的一个人,凡事也不掐尖冒头,什么都好,唯一有一点缺憾——"

贺显金刻意顿了顿。这事儿瞒不住,若真想打听,连这水西大街都不用出,便能听满两只耳朵。

贺显金仔细观察张文博的神色:"唯一的缺憾是,以前与人相看过,走到过庚帖那一步便没往下走了。相看的人,你也知道,咱们泾县县丞崔大人。"

张文博一愣,一愣之后随即拍案而起:"相看怕甚!我还比她多相看两个呢!"

这是比较多寡的事儿吗!贺显金默然,整理一下心情,再道:"崔大人要进一步,咱们家帮不上忙也不能拖后腿，便主动向后撤了。虽与崔大人未闹得不快，但你也知道，男人嘛，总是对和自己差点有些联系的姑娘存着照拂关怀的心思。若往后崔大人为难你们家，你们可会责难左娘？"

贺显金问得非常直白了，她主要是怕张文博听不懂。

张文博蹙眉凝神，半晌没说话，贺显金的心一点一点往下掉。

隔了三四个呼吸，张文博方疑惑地抬起头来："我们家在淮安府，崔大人在宣城府辖下的泾县当差，他怎么为难我们？"

贺显金也愣在原地。糟了，好像智商遭到了张文博的碾压。

这个想法，确实是啊！陈家绕着弯子退亲也好，帮崔衡收礼送情也好，不过是害怕开罪如今泾县的地头蛇，防备官府给陈家小鞋穿。张家怕什么？压根就不在一个属地，连张文博考院试，都是回淮安考的！

贺显金眼睛一亮，又怕自己作为娘家人太过热情，便紧紧一握手，堪堪收住脸上乱飞的表情，轻咳一声，声音稳沉道："那照你的意思是，对咱们家左娘有些意思啰？你爹娘是什么意思？知道你的意思吗？"

像在做语义分析："请问上述表达，到底表示了几个意思？"

张文博快被贺显金绕晕，却牢牢抓住了关键句："知道！"

贺显金问："什么知道？"

"爹娘知道我的意思，且他们的意思是，主要问问陈家是什么意思。"

得嘞，把"语义分析"的卷子又丢回来了。

陈筵方进店子时，映入眼帘的是张文博挺着屁股，像只眼馋的哈巴狗，他们家金姐儿扒在柜台上眉飞色舞。支着耳朵听这两个人"意思"来"意思"去，眼看贺显金要表态了，陈筵方双手背后，稳步走进店子，不赞同地蹙眉。

他先看了贺显金一眼，再将眼神落在张文博脸上，语气有点重："婚姻大事，两姓之盟，终身之誓，你爹娘若有心，便亲自来泾县，咱们两家各找媒人聊一聊，岂能叫两个小辈你意思来、我意思去？"

陈筵方算是张文博半个授课夫子，出场自带底气。张文博肩膀一缩，瓮声瓮气道："来了的，如今就在官驿里，一个包袱放了三千两银票，一个包袱放了一千亩田地契书，他们是怕陈家觉得我们张家孟浪……"

倒不怕你孟浪，只觉你摆阔。贺显金快麻了，茶叶生意这么赚钱的吗？一出手就是三千两？天底下有钱人这么多，到底是为什么不能多她贺显金一个？

陈筵方也被惊到了。但这人有个优点，凡事不上脸，说好听点是喜怒不形于色，说得通俗点就是，这人五官和情绪各过各的，长期分居。故而，贺显金只见陈筵方挑了挑眉后，便极为自然地伸手地拍了拍张文博的后背："该提早说，放着两位长辈独自待在官驿，实属是我陈家失礼。"

· 208 ·

态度十分亲昵。张文博浑身打了个抖,后背像被铁烙了。

再听陈笺方的后话,张文博不由自主地瞪大眼睛,兴奋地撑在吧台上:"您答应了吗!您答应了吗!"

这两算平辈,兴奋得出敬称了。陈笺方挑唇笑了笑:"我答应什么了?"

博儿嘿嘿嘿笑,一边笑一边挠头。贺显金把账本放下,伸手拍了拍博儿的肩头:"快回去,城东印刷作坊的尚老板为人不错,家里也有个儿子是秀才,和陈家关系还挺好的。"

啥意思?博儿愣乎乎,脑子一转,也不知道路岔到哪儿去了:"你先别慌啊!我虽如今不是秀才,但我总会是秀才啊!尚老板那儿子我知道!虽然比我高、比我壮、比我有棱角,但是他、他、他……"

"他"了半天,博儿憋出一句:"但是他没有我白!"

贺显金突然有种想把尚老板儿子约出来看看的冲动了呢!又高又壮又有棱角欸!

陈笺方默了默,深吸一口气,沉声道:"结亲要有媒人搭桥啊。张家在泾县若有亲缘,就请她来充媒人;若没有,就请尚老板的夫人来说媒。"

张文博方知其意,赶紧道:"有的有的!我爹娘专门从淮安府抓了个,哦不是,找了个举人娘子一起来的!"

大魏成亲,必须有人保媒拉纤,否则就是奔者为妾。寻常百姓大多找付钱就可以请的媒婆,像陈家、张家这样的大贾,成亲保媒一般都要请有同等地位或更高地位的已婚女性,从中提亲说媒,这才体面。张家能捉个举人娘子千里迢迢来保媒,倒是超出贺显金预料的。

贺显金对张家的诚意非常满意,再看陈笺方仍旧一副风雨不动安如山的样子,便默默在心里点了点头——希望之星就是不一样,稳得起!

陈笺方内心的震惊,倒也不亚于贺显金。张家确是带着十足的诚意来的,除了带钱,还绑了个人。自家姑娘被人重视,任谁也很难不高兴吧!

陈笺方终于笑起来,语气温和:"先回去好好同爹娘说一说,将我们家和左娘的情况都说清楚。我后日、大后日皆在家,你们若要来差人提前说一声,我将七叔祖与左娘父母一并请来。"

这和答应也没什么区别了!陈笺方说话向来九曲十八弯,能直白到这份儿上,已经很不容易了。张文博又惊又喜,迷迷瞪瞪地小跑步回去安排。

陈笺方看那白嫩少年跌跌撞撞向外走的背影,不由轻笑出声,一边笑一边摇头:"青春少艾啊……"

说得你快退休了似的。贺显金内心吐槽,手上递了杯凉茶:"前两日,把要送到熊知府府上的十张六丈宣与五刀洒金桃花珊瑚笺都备好了,六丈宣边缘特意摁了陈记的小章。"送人情,也得顺手把自己那一份捎带上。

陈笺方接过茶盅喝了一口,微微蹙眉,伸手拎起铜制茶壶,给贺显金和自己的茶盅倒了热水:"再热也不可贪凉。"

陈笺方再道:"我尽快将六丈宣与珊瑚笺亲自送到崔衡手中。就看张家来不来了。"

贺显金看了眼面前的温茶，抿了抿唇，轻轻将茶盏推远了些。

张家来了，带着银票走来了。贺显金刚吃完早饭，便听门房来报，说是张家来了四五个人。贺显金想留下来，奈何水西大街的铺子装修就差临门一脚，若想在九月前如期开门营业，这几日必定要疯狂赶工。带着对看不成热闹的浓浓的不舍和遗憾，贺显金投入赚钱大业中。

待天黑起星，贺显金结束加班回老宅，见正堂四方角落都亮着油灯，张妈垂手站在廊间，低眉顺目待着，见贺显金过来，便立刻往里探了个头，赶紧将贺显金拉到一边："先别进去！"

"咋的了？"贺显金不明所以，瞟了眼正堂灯火通明，压低声音，"可是张家提亲？"

别是博儿没提成亲吧？

张妈赶紧摇头："提了提了，来提亲了！请了个举人娘子、一个媒婆，新姑爷他娘亲自来的，还提了许多攒盒礼物，算是把纳采这一步给走了。"

"那是为何？"

"是七叔祖……"张妈颇有些难以启齿。

贺显金皱眉。这老东西，又怎么不是个东西了。

"七叔祖不知从哪儿听说张家豪富，非要让张家匀两间淮安府的店面出来，说是要记在左娘名下，实则想将陈记开到淮安府去……"

这不要脸程度就和崔衡他妈要涨嫁妆有异曲同工之妙啊！

贺显金刚想说话，里间却传来陈笈方明显压抑着怒气的声音："七叔祖，您若嫌我们给左娘找的婆家不好，我们便亲自去将攒盒还了，给张家赔礼道歉，就当没有议过这门亲。也不用拿这些脏祖宗颜面的要求，去为难别人。"

便听七叔祖拐杖一杵："我本也不满意！又不是秀才，家里也不是书香世家！我给左娘找的婆家，可是我们泾县的县丞大人！咱们陈家在泾县风生水起地做生意，全靠我们与县丞关系不浅！"

好吧，跟她拼死拼活地干一点关系也没有，全靠你去给崔衡当舔狗，贺显金撇撇嘴。

"你看看你如今找的什么人呢！家里卖茶的，身上连功名都没有。"

多稀奇呀。你不能因为泾县秀才公满地跑，就否定人家张文博十几岁下场的成绩不值钱啊。贺显金再撇撇嘴。

"这人，我看在二郎你的面子上，也认了。但是！"七叔祖的声音逐渐激动，"我们丢了面子，总得补点里子吧！要两间店铺又怎么了？还不是为了咱们陈记的扩张，又不是为了老朽一己私欲！"

陈笈方四两拨千斤："若张家同意给铺子，你当如何？陈家派谁去监事？"

七叔祖理直气壮："左娘婚事换来的铺子，自然要她爹和她弟弟去监事。贺显金那丫头也去，等两间铺子做起来了，再把她弄到别处去。"

张妈在窗外"啧"了一声，眼神像要吃人，咬牙切齿地咒骂："他怎么不去死啊！四处打主意！丝毫不安分！"

贺显金安抚似的握住张妈的手。正堂，陈笺方沉默半晌后，发出一声轻笑："七叔祖这样打算的？"一阵窸窸窣窣的声音，是陈笺方站起来了，"您既然耳聪目明又手眼通天，那左娘的亲事，晚辈就不插手了，您一切自便。"

"不行！"七叔祖立刻拒绝，与儿子对视一眼。

不能把陈笺方放走！今天听张家的意思，他们愿意出两千两银子娶左娘，能拿这么多钱出来娶媳妇的豪富已是少见，怎么可能把这黄灿灿的金龟婿给放走？金龟婿到了他们家，可就是他们家的王八了。

再则，这意味着，陈家至少要拿一千两嫁女儿才不丢份儿，这一进一出，岂不是有三千两落到左娘口袋了？左娘的钱，不就是她爹她娘她爷爷的钱？这么大笔钱，绝对不可能轻易放手！另则，张家请的是举人娘子，要是陈笺方撒手不管，靠他们自己，想请到与之匹配的保媒人，几乎是白日做梦。

七叔祖人老，脑不老，没一会儿起码想出一百种陈笺方不能撂摊子不管的理由，终是服了个软，轻叹一声："二郎啊，你也见识了人捧高踩低的嘴脸，我、我们这样算计，不过也是怕左娘日后没了倚仗。"

左娘她爹也在一旁帮腔："是是是，这事还得要二郎去说话，我们说话都不作数的！"

隔了一会儿，才传来陈笺方沉稳无波的声音："既然二位长辈将左娘的婚事交给了我，我自当全力以赴，将这门差事办好。凡事一个人拿主意即可，拿主意的人越多，这主意便越乱。"

左娘父亲连声道："是是是！咱们也只是提个建议嘛！"

紧跟着一串干巴巴的尬笑。里间的声音渐渐小了些，没一会儿七叔祖和左娘她爹出来，七叔祖见贺显金立在门口，冷哼一声便拄着拐杖往外走，贺显金也重重地"哼"一声回敬过去。谁惯你这四处咬人的臭毛病！

待人走干净，贺显金走进正堂，只见陈笺方正皱着眉头，侧头眯眼，拿手一下一下揉捏山根。贺显金在心里轻轻叹口气，陈六老爷阴狠恶毒，手上沾着人命，七叔祖胆小怕事，却心比天高。陈家这几个长辈，真的一个比一个精彩。

这些腌臜事，就不能不管吗？贺显金心里这么想，嘴上跟着问出了声："咱能不理会这些烂事，好好过活自己吗？"

一个人精力就这么多，分了许多在处理糟心族务上，自然投入自身事业的就少了。贺显金只觉得烦。这些吸人血的亲戚，真烦。

陈笺方轻轻将手放下，嘴角噙了一抹苦笑，缓缓摇摇头。他是长子长孙，是集陈家全族之力供养出来的。他怎么可能做得出过河拆桥、上树拔梯之事？

贺显金抿抿唇，眼神落在陈笺方正捏鼻梁那双指节分明又纤长有力的手上。许是长久握笔，单单看手，少年郎手背青筋突出，手指修长，不过一眼，贺显金便看出了苍劲孑然的感觉。贺显金喉头一动，吞了口唾沫，在心里狠狠甩了甩脑袋。

宗族是根，是大树向上延伸的底气。无宗之人，犹如水上浮萍，吹一吹便随波逐流，永难靠岸。特别是陈笺方,他和他父亲,自小进的学堂、缴纳的束脩、先生的孝敬,甚至一支笔、一块墨,都是陈家付的。

不是瞿老夫人,不是他父亲,是整个陈家。整个陈家默认将所有的资源、钱财、力量,尽可能地向长房倾斜,在祭祀、分产、利益划分时尽可能向长房输送。同样,接受供养的长房子孙,将以最努力的姿态带领整个家族实现飞跃。

陈敷的哥哥、希望之星的父亲,实现过这样的飞跃,但飞到半路掉下来了,陈笺方又要重新开始飞。陈笺方就是翅膀,翅膀不能选择丢弃哪一根羽毛。

贺显金把想说的话都咽回了喉咙,颓唐地缩了缩肩膀,跟着胡乱摆了摆手。这是他的责任,他肯背,总比没有担当地往外推好。

贺显金刚想开口,却听陈笺方说道:"张家预备拿两千白银娶媳,咱们家一千的陪嫁肯定是要的,别人诚意足,我们也诚意足,我会给祖母写信说明情况……"

贺显金点点头。如果希望之星愿意出面,左娘的嫁妆至少不会在张家丢脸。张家需不需要是一回事,左娘有没有,又是另一回事。

贺显金笑起来,一副混不吝的样子:"左娘有福气的,你这个二哥尽心尽力地帮忙。"

陈笺方正低头看张家送来的攒盒和礼单,未经脑子,随口道:"待你出嫁,三叔必将掏空荷包。"

一语言罢,方觉刚才失言。陈笺方抿抿唇,将礼单翻出"唰唰"声音。贺显金倒没觉得有什么不对,笑道:"三爷同意了我轻易不成婚。"

陈笺方心里默念三声,和小姑娘谈婚事是逾越,和小姑娘谈婚事是逾越,和小姑娘谈婚事是逾越……但是,听贺显金如是说,陈笺方明显一愣,随即放下手上的礼单,抬头蹙眉道:"你说什么?"

贺显金以为他没听清,深吸一口气,扯开嗓门大声:"我说!三爷同意了我可以不成亲!"

陈笺方耳朵快聋了。这姑娘怎么中气这么足啊!听起来下一刻就要上山打虎似的。

陈笺方默默揉了揉耳郭,摇了摇头。不是没听清,是没听懂。

贺显金反应过来,再道:"成亲可有可无吧。我有工作——当大掌柜兼任账房,陈家一个月给我开二十两的月例,比家里正经姑娘、少爷只多不少!"

这个倒是。陈笺方一个月也只有十二两月例,加上举人功名,官府每月给的米粮和布绢,也不过十五两银子。贺显金每个月的薪酬,确实比他还高。陈笺方若有所思地点点头。

贺显金继续说:"且陈家承诺要给我赁一间两进的小院子独住,还要配齐丫鬟婆子和牛车骡子。"

陈笺方下意识蹙眉:"小小姑娘,怎可独居?人来人往,纵是太平盛世,也应有防范之心。"

贺显金从善如流点头:"故而,我没有搬出去,而是在每月的月例银子里扣了二两银子交给张妈,权当作我的房租。"

陈笺方目瞪口呆。这个说法,是他第一次听。

"怎可如此!"陈笺方觉得有些荒唐,"且不论你是三爷白纸黑字认下的女儿,单只看你一介孤女，陈家不过是供了一处遮雨庇荫的住所，怎可因此收你钱财？"

贺显金伸出一只手指，在陈笺方面前郑重地摆了摆："不谈女儿，不是孤女。在这个问题上，对于陈家，我的身份只是一个伙计。顶多这个伙计的作用更大、薪酬更多。"

打工人的初心永不变。一旦变了，就容易失衡，那就意味着，她的人格并不如她所坚持的那般平等了。

陈笺方似懂非懂，紧紧蹙着眉头，隔了许久才道："你所说一切，与你的、你的婚事，又有何相干？"像是用尽全身力气说出"婚事"二字。

贺显金笑道："我既有银钱，有房住，有衣穿，有食吃。"

想起乔山长那张痛心疾首骂她的脸："甚至有书读。"

再想到乔徽、左娘、张文博、锁儿、张妈："还有一群投契的亲友。"

贺显金笑了笑，清冷上挑的眉眼如雨后初霁："我何必嫁人呢？何必洗手做羹汤，摧毁掉自己辛苦建立的事业？让自己陷入无法拔出的深渊？"

陈笺方眉目深沉地注视着贺显金，不知在沉思什么。贺显金被盯得略有些许不自在地低下头，移开了眼。也不知隔了多久，陈笺方笑了笑，素来端凝严正的脸上出现了由衷而明确的轻快笑意。

"嫁人，也可继续你的……"陈笺方好像在找一个准确的名词，"事业。两者并不冲突。显金，你说，有这个可能吗？"

陈笺方面前，张家送来的攒盒大大打开着，里面放着莲藕、茶饼、黄糖、女儿红。提亲四礼，莲藕是节生小枝，枝再生枝；茶饼是圆圆满满，长味余甘；酒是长长久久，久久长长。黄糖是什么？

贺显金陷入沉思，再一抬头，落入陈笺方深邃又认真的眼眸，深茶色的瞳仁黏稠拉丝，就像高温融化后的黄糖。贺显金一阵头晕目眩。

噢，她想起来了，黄糖很甜。从心而动，蜜似糖甜。

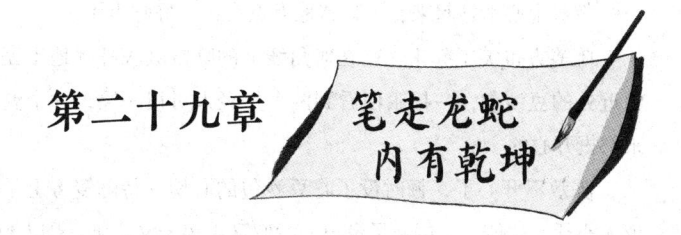

第二十九章 笔走龙蛇 内有乾坤

有陈笺方保驾护航，陈左娘的婚事进展得尤为顺利。由宣城陈家另拨了四百两银子，再加上泾县族中原本就有的四百两银子，也有堪堪八百两。贺显金从铺子里调拨了二百余两，凑了一千余两给左娘作嫁妆。

据张妈实地走访调查得知，七叔祖和他儿子对于左娘这个嫁妆十分满意，不仅专门写了信感恩瞿老夫人祖宗上下十八代,还四处炫耀。比如吃茶的时候,七叔祖硬插进隔壁桌的聊天:"唉?你怎么知道我们家姑娘有千两陪嫁?"

张妈做了总结发言:"我建议七叔祖写个'我家姑娘陪嫁有一千两'的牌子,去哪儿都挂到脖子上。"

贺显金听得一阵无语。七叔祖的张狂自然引起陈家其他嫁过姑娘的人强烈不满,连一表三千里的旁支都到宣城府瞿老夫人跟前喊不公,瞿老夫人倒也利索,直接甩出一句话:"以后族中嫁娶,秉承两条规矩:男子娶妻,彩礼为妻子嫁妆的双数,女子嫁人,陪嫁为夫家彩礼的半数;凡嫁与秀才公以上的姑娘,所在县府的店子另支二百两添妆陪嫁,凡娶举人门第出身的姑娘,所在县府的店子另支二百两银子作彩礼。"

这就很明确地决定了陈家子弟的婚嫁导向,以嫁读书人为最终导向,以嫁娶门当户对的人家为基本导向,基本上制止了陈家子弟婚嫁上的阶级错位。

贺显金琢磨琢磨,看了看正坐在她对面垂眸安静进食的陈笺方,他未来的妻室,必定也是出自家有恒产、父辈为官之家吧?况且陈笺方的样貌和风骨,确实也当得起一句谦谦君子、进退有节。

贺显金低头喝了口豆浆,蹙了蹙眉,今天这豆浆不好喝,张妈放了点花生在里面,喝起来便有些涩口。

"怎么了?"陈笺方轻声问。

贺显金摇摇头,隔了一会才笑道:"豆浆不好喝欸。"

陈笺方愣了愣,低头轻啜一口,略微疑惑地蹙眉。

挺好喝的啊。不甜不淡,既有谷物的清香,又有豆类的油脂,甚至还有花生、核桃、芝麻打碎后独有的香气,混杂在一起,让人非常有满足感,符合张妈的手艺水平。

可贺显金说不好吃……

陈笺方迟疑道:"要不,你再吃两个花卷?甜的咸的配一起,比较解腻。"

陈笺方劝得很郑重,贺显金拿起花卷咬了一口,再看陈笺方正目光灼灼地盯着她,安静地等待她对"花卷配豆浆"的评价,像只性情温顺又可怜巴巴的金毛。

贺显金心情好起来,笑眯眯地点点头:"好吃点了。"

陈笺方也笑了起来。坐在对角线上的陈敷吸吸呼呼地干完一碗皮蛋瘦肉粥,又将魔爪伸向近处的豆沙包,一抬眼便看到两个年轻人对视一笑,一个温温润润,一个疏朗开怀,看起来都挺开心的。

陈敷不开心了,顿时没了吃豆沙包的心情,待陈笺方上学去了,才埋着头跟贺显金背后说人小话:"他一个铜板子没出,我们又出银子又出纸,别人反倒夸他有担当,跟他爹一样样的,拿最多的钱,办最少的事,还得大家伙的称赞……"陈敷冷哼一声,"他对你温温柔柔,纯属是哄你帮他付钱的!啧啧啧,你还跟他笑,你替他搭梯子还有心思跟他笑噢!"

贺显金回头看陈敷,像看到了村口大妈坐在长条凳上嚼舌根的样子。贺显金抹额一手汗,顺手塞了把酥皮瓜子仁到陈敷手中。老爹,可劲儿造吧!吃东西也堵不上你这张嘴!

临到八月底、九月初，进入汛期，乌溪也疾驰狂奔。泾县这几日有几件大事，一件是陈家七叔祖"预告"很久的亲事，淮安府茶行张家请了好几位儿女双全的举人娘子来下聘，聘礼从水西大街走到水东大街，打头的好像是尊通体绿莹莹的观音，紧跟着是两只活力四射的胖雁，这规格快要达到商贾娶亲天花板了。

　　第二件，则是有关县丞崔衡的，据说崔衡近几日与宣城府的熊知府走得贼近，甚至一起到小稻香吃过好几次梅子酒。小稻香的少东家就拿这当噱头，打出的口号还是贺显金给想的——"五十文，让你拥有知府那一口。"小稻香的梅子酒瞬间卖爆。

　　第三件，便与贺显金相关了，水西大街陈记的"子品牌"开了。

　　贺显金提前十日，将水西大街小院和陈记的招牌全部用油浸布罩住，除了一张黑黢黢的油布，别人什么也看不见。开张前第九日，一大清早，有眼尖的看见那油布上，用掺了银粉和金箔的白色墨水龙飞凤舞地写了好几个大字：猜猜，我是什么店？

　　有人笑开："能是啥店？陈家开的还能是啥？纸行呗！"没人当一回事。

　　开店前第八日，油布上换了内容：猜中，得白银二两！油布下放了只刷着红漆的投票箱，旁放了笔墨纸砚，立着一块牌子：一人一次机会，多投无效。

　　有人还真写了一个条子，塞进了投票箱，挑着眉毛和旁人打趣："二两银子到手啰！"

　　开店前五日，又是一大清早，匆匆路过的行人，特别是识字认字的，从铺子门口路过时，都会不由自主地放慢脚步。定睛一看，嚯，油布上的字又换了：我，恭迎最美丽的你。

　　开店前四日，油布上的字换成倒计时：肆——

　　开店前三日：叁——

　　开店前两日：贰——

　　开店前一日：壹——

　　开店当日，店子门口围满了人。陈敷穿了身大红色金丝边连字纹缂丝单衣，头发梳得整整齐齐，背着手满面红光地站在油布前。他的身后，是一脸淡定却挺拔直立的贺显金。

　　"您开吧。"贺显金轻声说。

　　陈敷看着里三层外三层的人，莫名有些口干舌燥。在震天响的锣鼓声与唢呐声中，陈敷双手拽住油布，猛地一下将油布向下狠狠拉拽，门口牌匾上的两个字，终于明朗清晰——看吧。

　　"看吧？"

　　"看吧！"

　　什么意思？这个店的名字叫"看吧"，这究竟是什么意思？人们面面相觑，不明所以。

　　招牌一看就是用的极贵重的深褐色黄花梨木，"看吧"两个大字，笔走龙蛇，镌刻入木三分，用金箔镀了厚厚一层，整个牌匾看上去华丽富贵。牌匾之下挂着一串漂亮的丝绒花，丝绒花下缀着几串拇指大小的珠串子，三面成一墙的木窗由稍浅一点的浅黄色黄花梨木制成，用四层贝母珊瑚洒金笺糊窗。中间那扇黄花梨木门板上挂着一串鹅黄色羽毛的红宝石风铃，风铃后拿丝绒红布另罩着一块小牌子。

整个店子，看上去至少是人均二三两银的量贩式高档会所。嗯，具体怎么形容呢？这个店子的审美，非常符合泾县此等规模的县城里有钱人的审美，珠光宝气，金光闪闪，一看就价值不菲。

油布一拽下来，众人"哇"了一声。太、太闪了吧！

陈敷昂着头迎接"哇"声。有好事者挑着眼角，对着陈敷："三爷，你这'看吧'是几个意思呀？文不文、武不武、词不词、句不句的，别是你窝在你娘怀里睡着了一拍脑门想出来的咧！"就差指着陈敷鼻子说他是"妈宝男"了。

陈敷气得"哼唧"一声。这人是隔壁布庄的黄老五，烦得很，大家都是二世祖，他偏偏要当立在鸡群中的鹤，非得自己开店，先在县衙门口开包子铺，再在山院门口卖四书五经，两门生意都死得惨。不死都奇怪，县衙早上有餐供，谁会在门口花自己的钱买包子？人家都去青城山院读书了，谁还读四书五经这种基础书籍啊？这不是在王婆面前卖瓜？黄老五还是吃了没有文化的亏。

陈敷在心中翻了个白眼：店子里里外外都是屎壳郎的主意，用什么木材、糊什么窗户纸、啥时候开张、以哪种形式开张……他闺女啥都安排得妥妥帖帖的，他又不是吃饱了撑的，干啥去操这个闲心？他和别人可不一样呢，别人要辛苦给崽子攒嫁妆，他崽子能给别人攒嫁妆。

陈敷刚准备张口胡说八道，贺显金笑着开了口："黄五爷，您恐怕没这个机会来'看吧'检查指点！"

黄老五不服气："你这店子虽看起来亮堂，我黄老五也不是兜里没钱的人！"

"'看吧'营业，只面向诸位姑娘、夫人，您……"贺显金扫了眼黄老五，笑得极为真诚，"您要不等下辈子再来试试吧？"

围观诸人"欸"了一声，好像没听明白。贺显金笑着将风铃后的丝绒红布取下来，露出两行字：芙蓉不及美人妆，水殿风来珠翠香。百货风行财政裕，粉甸云集市声欢。

贺显金提高声音："'看吧'只做女子的生意，无论是深藏闺阁的姑娘，还是嫁作人妇的太太，甚至儿孙绕膝满堂欢的奶奶，都可来'看吧'消遣一二。店子收钱的掌柜、跑堂的小二、后院的伙计均为女子。诸位姑娘、奶奶、太太均可放心，在此处，您可安全、安稳、安乐地享受惬意时光。"

众人哗然，陈敷却目光灼灼地看向贺显金。这些念头，艾娘同他说过。

艾娘说："如今市井里多是男人们去的酒家、茶楼、风月馆……女人呢？女人去哪儿？去绣庄？去银票行？去布店？女人去的地方，都是干事的；男人去的地方，却多是消遣的。"

陈敷眼眶微湿。贺显金如今开了一个店，只为她们。若艾娘知道了，必定欢喜。陈敷低头拿袖子擦了把眼角，贺显金真的……他哭死。

围观诸人听贺显金说话，听得一愣一愣的，面面相觑一阵后，有个站在前排，身穿靛青镶斓边高襦的姑娘讷讷开口："那、那咱们姑娘家进店子能做些什么呢？"

贺显金挑眉笑道，透露出丝毫狡黠："您进去看看不就知道了？"

姑娘面上心动，却一眼扫到窗棂下坠着的那颗红宝石，又觉囊中羞涩，脸上红成一片："我、我……"

贺显金适时接话:"凡今日开张进店消费者,无论何种支出,通通六折——您最低只需支付三十文,便可进'看吧'真真切切地看一看了呢。"

"看吧"大大打开的门,像没有结界的盘丝洞。姑娘犹豫着,看着那扇昂贵的黄花梨木大门,再看门口那位看似恭恭敬敬站在陈家当家三爷背后,实则所有话语皆由她所出的瘦长条姑娘,抿了抿唇,终于迈开步子往里走。

有一就有二,有二就有三。只为女子开张营业的店铺,实在太少见了。三十文,不过是三碗素面的价格,多数女子咬咬牙、跺跺脚,总是能够到的,一上午便有五六个怀揣着好奇的姑娘进入"看吧"。

而第一位进店的姑娘,看着眼前通天梯般的书架、厚重的原木前台、零星摆放的桌凳与扑面而来的馨香,只觉奇特。不仅奇特,还十分放松。

不知是这满屋如盛夏林中草木的清新气息,还是三三两两摆放的正圆形桌凳,抑或是斗柜、花斛里盛满的大朵大朵的山茶和绣球花,还有满室招待跑堂的尚未留头的年轻丫头和端着茶水稳重行走的婆子妈妈……这是一个完全没有令人压抑的男性气息的地方,有的只有香气和书气。

姑娘动动鼻尖,嗅到了一股清洌的茶香。贺显金笑着为她指路:"三十文一壶茶,您可以在这儿坐到太阳落山。"指向东边墙壁的那一壁书,"您可以取书来看。"

贺显金又指向东南角的一个小小斗柜,斗柜里错落有致地放着许多本粉红书封的册子:"您也可以去挑一挑有没有喜欢的手账本子——我们家的本子都挺好看的,画的有梅兰竹菊,也有星辰山海,小姑娘、夫人奶奶们应当都喜欢。"再指向里间微微虚掩的淡青色门帘,"再里面就是梧桐包厢,可在院子里看水景喝茶,只是一壶茶要贵一倍,大约六十文钱,还送您四碟应季的糕点。"

姑娘听得出神,不仅出神,甚至手脚冒汗。好棒啊,这是一家完完全全、真真正正在做女子生意的店啊。

姑娘点了一壶胎菊白芽,便径直走向那满架子的书前。架子上约莫有一百来本书,多是游记、杂记和怪谈,其间掺杂了小部分的经典、史书和传奇,也有些漂亮的版画、赋图册和诗词歌赋集。既有如前朝朱翁之的《九州志》这等正经地理沿革,也有如云梅夫人所画的《金石昆虫草木状》总集,既有《云海江南记》此等闲云野鹤的笔记,也有《千家诗》《崇文总目》这等需有一定文学素养方可一观的书册。

"怎没有《女孝经》《女四书》一类的书?"姑娘轻声问。

贺显金答道:"你家里没有吗?"

姑娘迟疑片刻后,如梦初醒般地轻轻点头。

贺显金方笑道:"家里既然有,这里便没有。"

看透不说,参透不言,悟透不语。贺显金倒是还有很多书刊想放进来,比如尚老板极力推荐的《那书生真俊》《穿越人潮相中你》系列丛书，其中有秦夫子最新力作《云岭镇猫眼》，据说是集悬疑、言情、惊悚为一体的狗血大成之作。贺显金笑纳了样书，但拒绝把秦夫子的巨著摆进"看吧"。

诚然，她是想打造一个让姑娘们放松的地方，却不是企图打造一个鼓动姑娘们春心萌动的地方，这么做估计要被抓住关起来。故而在书籍的选择上，贺显金虚心请教了乔放之。乔山长大笔一挥，勾了八十几本适合女子阅读，又不涉及敏感内容、不易被人抓住把柄的书册。

姑娘眼睛尖，一眼看到书架最前方的那十来本崭新的书册，名为《泾县十八吃》，作者名为萧敷艾荣，封面崭新得像昨天印的。

姑娘小声问："这是何时的书册？我怎么从未听过？"

她爹是县衙的学政，举人出身，家里的书在泾县也算不上少，加之她是嫡幼女，父亲让她与哥哥一起开蒙，故而她认识的字、看过的书，在整个泾县的女子中也不算少的。

贺显金看了眼那粉嫩嫩的书封，再看了眼那作者的笔名。她发誓，她从来不知道陈敷的"敷"和贺艾娘的"艾"，还能组个词。

一开始，她还以为陈敷在瞎掰，结果陈笺方看了一眼后便道："《世说新语》言，'毛伯成既负其才气，常称宁为兰摧玉折，不作萧敷艾荣'，意思是因委曲求全而飞黄腾达。"

陈敷在一旁直点头："我翻了好多本书才知道的！"

贺显金无语，但你也不能看到"敷"和"艾"字就兴奋啊！这文中释意，适合你这恋爱脑的体质吗？

对此，陈敷表示非常适合："我对艾娘的感情就是委曲求全，最后得偿所愿……"好吧，"萧敷艾荣"赢了。

贺显金回答小姑娘的疑问，面无表情道："这书是我父亲写的……"

她尴尬地笑笑："他老人家牺牲了许多，才写出了这本书。"牺牲了猪牛下水、豆制品自由，瘸了个脚趾，还吃了半个月的清粥。

小姑娘捂住嘴笑起来，与贺显金玩笑道："我爹也总以文人骚客自居，都有个文章流传千古的梦。"

贺显金笑道："令尊何处高就？"

小姑娘也笑："县衙周学政便是我爹。"

贺显金想，你爹可能是真文人，我爹却是假骚客，只骚，算不上客。

这位周学政家的周小姑娘明显喜欢那满墙的书册，但大部分进店的姑娘都对斗柜上的手账本子、熏染了香气的珊瑚笺书签和用夹棉熟宣制作的纸团扇更感兴趣。

特别是手账本子，以花草、花鸟、山水、鱼虾为插画主题，贺显金特请了青城山院擅长丹青的一名夫子作画，分类别制作印刷手账本子，还摘抄了些略显矫情但多数姑娘都十分喜欢的诗词。有好几位姑娘拿着这手账本子爱不释手，翻来覆去，一页一页地看。

这才是"看吧"预备进账的大头。茶水只是个引子，负责将姑娘奶奶们诱进来，以纸为媒的衍生"文创"产品才是掏空姑娘奶奶们钱袋子的利器。

一本三十页的手账本子卖价为六十文钱，实则成本价不过十来文；熏染了香水的书签，做成了叶子、兔子、白鸽的形象，十枚卖价二十文，实则成本价不过五文钱；之前乔宝珠十分喜欢的"美人灯"，卖价八十文；宣纸团扇卖价十五文……

　　贺显金在以"宣纸"为主题推文创产品，瞄准的群体正是泾县具有消费能力和消费情怀的女性。她打造这家店，为所有被压得喘不过来气的女子腾出一个舒适安逸、可以忘却内宅烦恼的地方。她用书、用茶、用迷醉的香薰、用漂亮的茶盏杯具、用情怀招待姑娘们，这是从商之道最为精妙的一步棋。

　　卖产品不如卖理念，卖理念不如卖情怀，卖情怀不如卖习惯。贺显金信心满满，要是乔山长让她写如何从商的文章，她一定保证不费吹灰之力地打败乔宝元那个不事生产的酸书生！

　　不得不说，贺显金这家店理念定位十分成功。泾县学风昌盛、经济发达，家产万贯的巨富和衣不蔽体的穷人都很少，但足温饱、有余钱的家庭多，这样的家庭也愿意善待女儿和媳妇。善待女儿意味着女性识字的程度较高，手中的零用花销较多，善待媳妇意味着媳妇无需终日闭门在家，偶有空闲也可在外放松。

　　兼具有钱与有闲的泾县中上流名媛圈里，近日来最火爆的问候就是："你去了吗？"

　　你去"看吧"了吗？什么？你没去？那你有些落后了哦，宝贝。

　　一时间，贺显金一手抬起来的"看吧"竟成为女人中口口相传的"有些耍头"的地方，贺显金拿宋记留下的那一堆裁剪不合的珊瑚笺做成的手账本子，也成了女人们记心事、记账、记即兴诗词的必备之物。

　　在泾县这样一个规模适中、经贸昌盛的县城，传播一件事所需的时间，大概在二十天。直到九月中旬，"看吧"的门槛，已被人踩矮了两分。